LE MIROIR AUX ESPIONS

John le Carré est né en 1931. Après avoir étudié à Berne et Oxford, il enseigne à Eton, puis travaille pendant cinq ans pour le Foreign Office. Son troisième roman, *L'Espion qui venait du froid*, lui vaut la célébrité. La consécration viendra avec la trilogie *La Taupe*, *Comme un collégien* et *Les Gens de Smiley*. À son roman le plus autobiographique, *Un pur espion*, succèdent *La Maison Russie*, *Le Voyageur secret*, *Le Directeur de nuit*, *Notre jeu*, *Le Tailleur de Panama*, *Single & Single*, *La Constance du jardinier* et *Une amitié absolue*. John le Carré vit en Cornouailles.

John le Carré

LE MIROIR AUX ESPIONS

ROMAN

Traduit de l'anglais
par Jean Rosenthal

Éditions du Seuil

TEXTE INTÉGRAL

La première édition en langue française de cet ouvrage
a été publiée par les Éditions Robert Laffont en 1965.

TITRE ORIGINAL
The Looking Glass War
ÉDITEUR ORIGINAL
Hodder & Stoughton, Londres

ISBN original : 0-340-73360-8

ISBN 2-02-047996-6
(ISBN 2-02-047246-5, 1re publication)

Préface

Tout écrivain s'imaginant qu'il a une carrière est dupe de la mode et des circonstances. Il a ses livres, et il a sa conscience artistique qui, s'il a un tant soit peu de talent, est autrement plus rigoureuse que tout jugement extérieur.

Je l'ai appris à mes dépens avec *Le Miroir aux espions*, écrit dans la foulée de *L'Espion qui venait du froid*, et qui reçut en Grande-Bretagne un accueil critique si mortifiant que, l'eussé-je pris à cœur, il m'eût convaincu de me reconvertir comme laveur de carreaux ou chroniqueur littéraire.

Le succès de *L'Espion qui venait du froid* me donnait le sentiment d'avoir gagné le droit d'explorer les subtilités du récit d'espionnage que je n'avais pas abordées jusqu'alors. En toute honnêteté, les réalités du terrain telles que je les avais connues étaient fort éloignées du complot machiavélique tendu à mon héros et à mon héroïne dans *L'Espion...* Je cherchai donc comment rendre fidèlement la confusion et la futilité ambiantes. Je m'en sentais même le devoir, car, si *L'Espion...* avait été salué comme le livre ayant levé le voile sur le monde de l'espionnage, je jugeais personnellement qu'il l'avait idéalisé pour l'éternité. Le génie de mon maître-espion anglais, Control, avait tout d'un hommage rendu à nos services de renseignement ; quant à la mort de mes malheureux amants au pied du Mur de Berlin, c'était un ressort éminemment romanesque.

Cette fois-ci, j'allais raconter la vérité toute nue, résolus-je. Cette fois-ci, quel qu'en fût le coût, j'allais décrire des services secrets d'une efficacité plus que douteuse, ressassant leur gloire passée acquise en temps de guerre, nourris de fantasmes ultraconservateurs, coupés du monde, mal dirigés, surprotégés et voués à l'autodestruction.

Une telle organisation, si j'en réussissais le portrait, évoquerait l'univers du renseignement en Grande-Bretagne dans les années 60, avec ses luttes intestines et ses trahisons, ses préjugés de classe et sa hantise d'une Amérique rustre venant piétiner nos précieuses plates-bandes coloniales, mais évoquerait aussi l'Angleterre ultraconservatrice, celle de la campagne de Suez, celle que brocardait à l'époque la troupe hilarante du spectacle *Beyond the Fringe* et que choquait la musique révolutionnaire et subversive des Beatles. En un mot, sous couvert du récit d'espionnage, j'écrirais un roman noir dépeignant l'Intelligence Service comme un somnambule politique avançant à tâtons dans le brouillard postprandial de la victoire, ne sachant plus s'il combat les Russes ou les Allemands, mais combattant néanmoins, parce que ne plus lutter c'est se réveiller. En ce sens, *Le Miroir aux espions* serait un contre-pied délibéré, sinon une franche parodie, de *L'Espion qui venait du froid*.

Mon erreur, m'apparaît-il aujourd'hui, est de ne pas avoir poussé le bouchon assez loin. En y repensant, j'aurais dû me dispenser du Cirque et de George Smiley. J'aurais dû me passer des conseils de mon éditeur américain, le talentueux Jack Geoghegan. Je n'aurais pas dû prendre de gants. J'aurais dû laisser le Département évoluer là où j'étais convaincu qu'évoluait la Grande-Bretagne elle-même (et où elle évolue encore à ce jour, aussi étonnant que cela puisse paraître): dans une nébuleuse d'illusions et d'arrogance de classe, un monde tout rose façon « la vie n'a jamais été si belle », coincé entre nos ennemis extérieurs supposés (Européens, Russes, et *tutti quanti*) et la certitude fallacieuse que notre île peut vivre éternellement de son héritage colonial et des faveurs de ses cousins américains.

L'humour de la chose échappa à mes critiques anglais, ou alors ils ne le trouvèrent nullement à leur goût. Ce qu'ils voulaient, c'était *Un Espion à Pâques*, *Un Espion à Noël*, *Alex Leamas, le retour*... bref, tout sauf des mauvaises nouvelles. Dans un premier temps, le livre ne trouva donc grâce qu'aux yeux de ceux qui connaissaient l'Angleterre de l'extérieur, Européens, mais aussi, à mon grand soulagement, Américains, tel John Kenneth Galbraith, auquel il rappelait le fiasco de la Baie des Cochons, également fondé sur des fantasmes, ou Allen Dulles, ancien directeur de la C.I.A. tout juste retraité, qui y retrouvait le vrai visage du monde de l'espionnage. Mais en Grande-Bretagne, du moins au début, je dus essuyer la cruelle déception de nombreux lecteurs et les attaques injurieuses des critiques. J'en fus naturellement blessé, et naturellement j'y survécus... ainsi que le livre, à ma grande surprise, qui trouva peu à peu la faveur de mon public.

C'est assurément un roman triste, mais, en le feuilletant aujourd'hui, je le trouve assez beau. Je l'écrivis en Crète, où je m'étais réfugié après la tornade de *L'Espion qui venait du froid* dans l'espoir de sauver un mariage trop atteint par les assauts du succès. Coincé sur une péninsule crétoise isolée, me sentant quelque peu déboussolé, je m'identifiai sans doute assez spontanément à mes deux héros aux amours contrariées : Avery, délaissé par son épouse, et Leiser, nostalgique d'un monde défunt.

Même aujourd'hui, je ne saurais dire si ce roman fonctionne ou non. Comme le remarquait Joseph Conrad au sujet d'un de ses personnages, peut-être incarne-t-il tant de choses qu'il se désincarne. Ce que je sais, en revanche, c'est que c'était un livre honnête, voire courageux. Et surtout, je n'aurais pas pu faire mieux à l'époque.

Préface traduite de l'anglais par Isabelle Perrin

À James Kennaway

Avant-propos

Bien des personnages de cette histoire sont déplaisants. Il est donc d'autant plus important que je souligne, (comme j'aurais dû le faire dans mon précédent livre) qu'aucun des personnages, aucun des clubs, aucune des organisations, aucun des services d'espionnage que j'ai décrits ici ou ailleurs n'existe ni, à ma connaissance, n'a jamais existé dans la réalité.

Je tiens à remercier la *Radio Society of Great Britain* et Mr R.E. Molland, ainsi que la rédaction d'*Aviation Week and Space Technology* et Mr Ronald Coles, qui tous m'ont prodigué de précieux conseils techniques ; et ma secrétaire, miss Elizabeth Tollinton, pour son assistance.

Je dois surtout remercier ma femme pour son inlassable coopération et mon ami James Kennaway, à qui ce livre est dédié, pour ses généreux conseils.

JOHN LE CARRÉ
Agios Nikolaos
Crète
Mai 1964

Porter une très lourde charge, telle qu'une malle
ou une grosse valise, avant de manipuler,
rend les muscles de l'avant-bras,
du poignet et les doigts trop insensibles
pour l'émission de bons signaux Morse.

F. Tait
(Manuel complet d'instruction de morse)

La mission de Taylor

«Ci-gît un fou qui a essayé de secouer l'Orient.»
KIPLING

1

La neige recouvrait le terrain d'atterrissage.

Elle était venue du nord avec la brume, poussée par le vent de la nuit, et elle sentait la mer. Elle resterait là tout l'hiver, en couche mince sur la terre grise, comme une poussière brillante et glacée ; sans fondre ni geler, mais immuable comme une année sans saison. La brume capricieuse comme la fumée, des combats planerait au-dessus, avalant tantôt un hangar, tantôt la baraque du radar, tantôt les appareils, puis elle les libérerait l'un après l'autre, délavés, comme autant de charognes noires au milieu d'un désert blanc.

C'était un paysage sans profondeur, sans recoin et sans ombre. La terre ne faisait, qu'un avec le ciel ; les silhouettes des personnages et des bâtiments étaient figées dans le froid comme des corps dans la glace.

Au-delà du terrain, il n'y avait rien ; pas de maison, pas de colline, pas de route ; pas même une barrière, ni un arbre ; rien que le ciel pesant sur les dunes, et la brume qui déferlait par vagues sur la côte boueuse de la Baltique. Quelque part, à l'intérieur des terres, il y avait des montagnes.

Un groupe d'enfants coiffés de casquettes de collégiens s'était rassemblé derrière la longue baie vitrée, et bavardait en allemand. Certains étaient en tenue de ski. Taylor, tenant un verre dans sa main gantée, promena sur eux un regard morne. Un jeune garçon se retourna et le dévisagea, puis rougit et se mit à chuchoter avec ses camarades.

Pour regarder sa montre, il fit, un grand geste du bras, un peu pour retrousser, la manche de son manteau et un peu parce que c'était son style; il souhaitait qu'on dise en le voyant: «C'est un officier, bon régiment, bon club, et il a dû en voir pendant la guerre.»

Quatre heures moins dix. L'avion avait, une heure de retard. Ils allaient être obligés de faire bientôt une annonce au haut-parleur. Il se demandait ce qu'ils allaient dire: retardé par le brouillard, peut-être; décollage retardé. Ils ne savaient sans doute même pas – et ils n'avoueraient certainement pas – que l'appareil, s'était écarté de plus de trois cents kilomètres de sa route prévue et se trouvait au sud de Rostock. Il vida son verre et tourna les talons pour s'en débarrasser. Il fallait reconnaître que certains de ces alcools étrangers, bus dans leur pays d'origine, n'étaient pas si mauvais. Sur place, avec deux heures à tuer et moins vingt de l'autre côté de la vitre il y avait pire que le Steinhäger. Il en ferait commander à l'*Alias Club* quand il reviendrait. Ça ferait sensation.

Le haut-parleur se mit à bourdonner; il y eut une soudaine explosion de bruit, puis la voix se tut et recommença, avec une intensité normale. Les enfants le considéraient avec attention. D'abord, l'annonce en finnois, puis en allemand, et maintenant en anglais. Les Northern Air Services étaient désolés du retard de leur vol 290 en provenance de Düsseldorf. Pas la moindre précision sur l'importance ni sur les raisons de ce retard. Ils n'en savaient probablement rien eux-mêmes.

Mais Taylor, lui, savait. Il se demandait ce qui se passerait s'il s'approchait nonchalamment de cette mignonne petite hôtesse dans sa cage de verre pour lui dire : Le vol 290 ne va pas arriver tout de suite, ma chère enfant, l'avion a été dérouté par de violentes bourrasques venant du nord au-dessus de la Baltique et a complètement perdu son cap. La fille ne le croirait pas, bien sûr, elle le prendrait pour un fou. Elle se rendrait compte plus tard. Elle s'apercevrait qu'il était un personnage assez insolite, assez particulier.

Dehors, la nuit commençait déjà à tomber. Le sol maintenant était plus clair que le ciel ; les pistes dégagées se détachaient sur la neige comme des fossés, marquées de la lumière ambrée des balises. Dans les hangars les plus proches, les tubes à néon jetaient une lueur pâle et lasse sur les hommes et les avions ; la partie du terrain située juste au-dessus de lui s'anima un instant, balayée par le faisceau d'un projecteur qu'on avait allumé sur la tour de contrôle. Une voiture de pompiers avait quitté les ateliers sur la gauche pour rejoindre les trois ambulances déjà garées non loin de la piste centrale. Elles allumèrent en même temps leurs lampes bleues pivotantes ; et elles attendirent là, en lançant patiemment leur signal clignotant. Les enfants les montrèrent du doigt, très excités.

La voix de l'hôtesse retentit de nouveau dans le haut-parleur quelques minutes seulement avaient dû s'écouler depuis la dernière annonce. Une fois de plus, les enfants se turent pour prêter l'oreille. Le vol 290 n'arriverait pas avant une heure. De plus amples renseignements seraient donnés dès que possible. Il y avait dans la voix de l'hôtesse quelque chose à mi-chemin entre la surprise et l'inquiétude, qui parut se communiquer à la demi-douzaine de personnes assises à l'autre bout de la salle d'attente. Une vieille femme échangea quelques mots avec son mari, se leva, prit son sac à main et rejoignit le groupe d'enfants. Pendant quelques instants, elle fixa stupidement le crépuscule. Ne trouvant là aucun réconfort, elle se tourna vers Taylor et lui dit en anglais :

– Qu'est-ce qui est arrivé à l'avion de Düsseldorf ?

Elle avait l'accent un peu rauque et indigné d'une Hollandaise. Taylor secoua la tête.

– Ça doit être la neige, répondit-il. (Il avait un ton vif qui convenait à son allure militaire.)

Poussant la porte battante, Taylor descendit jusque dans le hall du rez-de-chaussée. Près de l'entrée principale, il reconnut le fanion jaune des Northern Air Services. L'employée de service était très jolie.

– Qu'est-il arrivé au vol de Düsseldorf ? (Il avait un style, assuré ; on disait toujours qu'il avait le don de savoir parler aux petites filles.)

Elle sourit en haussant les épaules.

– Je pense que c'est la neige. Nous avons souvent des retards en automne.

– Pourquoi ne demandez-vous pas à la direction ? suggéra-t-il, en désignant du menton le téléphone devant elle.

– Ils l'annonceront par haut-parleur, dit-elle, dès qu'ils le sauront.

– Dites-moi, qui est le patron ?

– Pardon ?

– Qui est le patron, le commandant de bord ?

– Le commandant Lansen.

– Il est bien ?

La jeune fille parut choquée.

– Le commandant Lansen est un pilote très expérimenté.

Taylor la toisa en souriant et dit :

– En tout cas, mon enfant, c'est un pilote qui a beaucoup de chance. (On disait toujours qu'il savait de quoi il parlait, le vieux Taylor. On disait ça à l'Alias le vendredi soir.)

Lansen. C'était bizarre d'entendre prononcer un nom comme ça. Dans le service, on ne le faisait tout simplement jamais. On préférait les périphrases, les noms de code, tout, sauf le vrai nom : le type d'Archie, notre ami le pilote, notre ami du Nord, le gars qui prend les photos ; on utilisait même l'assemblage, tortueux de chiffres et de lettres sous lequel il était connu sur le papier ; mais jamais, en aucun cas, le vrai nom.

Lansen. Leclerc lui avait montré une photographie à Londres : trente-cinq ans, l'air jeune, blond et beau garçon. Toutes ces hôtesses devaient être folles de lui ; d'ailleurs, elles n'étaient bonnes qu'à ça, de la chair à canon pour les pilotes. Elles n'avaient d'yeux pour personne d'autre. Taylor passa rapidement sa main droite dans la poche de son pardessus, juste pour s'assurer que l'enveloppe était toujours là. C'était la première fois qu'il avait une somme pareille sur lui. Cinq mille dollars pour un seul voyage ; dix-sept cents livres, non imposables, pour se perdre au-dessus de la Baltique. Bien sûr, Lansen ne faisait pas cela tous les jours. C'était spécial, avait dit Leclerc. Taylor se demanda ce que ferait la jeune fille s'il se penchait par-dessus le comptoir pour lui dire qui il était ; s'il lui montrait l'argent dans cette enveloppe. Il n'avait jamais eu de filles comme ça ; une vraie fille du Nord, grande et jeune.

Il remonta au bar. Le barman commençait à le connaître. Taylor désigna la bouteille de Steinhäger au milieu de l'étagère et dit :

– Servez-m'en un autre, voulez-vous ? C'est ça, la bouteille juste derrière vous : un peu de votre poison indigène.

– C'est allemand, dit le barman.

Taylor ouvrit son portefeuille et en tira un billet. Dans l'étui de cellophane, il y avait la photographie d'une petite fille de neuf ans peut-être, portant des lunettes et tenant une poupée.

– Ma fille, expliqua-t-il au barman qui eut un sourire approbateur.

Sa voix changeait souvent, comme celle d'un voyageur de commerce. Son accent traînant se faisait plus outrageusement marqué lorsqu'il s'adressait à ses pairs, quand il s'agissait de souligner une distinction qui n'existait pas ou lorsque, comme maintenant, il était nerveux.

Il devait l'avouer : il en avait assez. C'était une situation insensée pour un homme de son expérience et de son âge que de se retrouver à recueillir des renseignements et à participer à des opérations. C'était un travail pour ces dingues du Cirque, absolument pas pour son service. Cela n'avait aucun rapport avec ce qu'il avait l'habitude de faire comme courrier ; il était là, planté sur une jambe à des kilomètres de tout. Il ne comprenait pas quelle idée les avait pris d'installer un aéroport dans un bled pareil. En général, il aimait bien les voyages à l'étranger : une petite visite à ce vieux Jimmy Gorton, à Hambourg, par exemple, ou une virée à Madrid. Cela lui faisait du bien de se séparer un peu de Joanie. Il avait fait la ligne de Turquie deux ou trois fois, bien qu'il n'aimât pas tellement les bicots. Mais même ça, c'était du gâteau en comparaison : voyage en première classe, les sacs sur la banquette à côté de lui, un ordre de mission de l'OTAN dans sa poche ; c'était un métier qui vous posait ; c'était aussi bien que le corps diplomatique, ou presque. Mais cette fois, c'était différent, et cela ne lui plaisait pas du tout.

Leclerc avait dit que c'était important, et Taylor voulait bien le croire. On lui avait donné un passeport sous un autre nom. Malherbe. Ça se prononçait Mallaby, lui avait-on dit. Dieu seul savait qui avait choisi ce nom. Taylor n'arrivait même pas à l'épeler ; il avait fait une rature en signant sa fiche d'hôtel ce matin. Bien sûr, les défrais étaient fantastiques : quinze livres par jour de frais, et on ne demandait pas de justification. Il avait entendu dire que le Cirque en donnait dix-sept. Il pourrait se faire un bon magot avec ça, et acheter quelque chose pour Joanie. Mais elle préférerait sans doute avoir l'argent.

Il l'avait mise au courant, bien sûr : il n'était pas censé le faire, mais Leclerc ne connaissait pas Joanie. Il alluma une cigarette, tira une bouffée et la garda au creux de sa main comme une sentinelle, qui fume en montant la garde. Comment fichtre était-il censé filer jusqu'en Scandinavie sans le dire à sa femme ?

Il se demanda ce que faisaient ces gosses, le nez collé à la vitre. C'était extraordinaire comme ils se débrouillaient bien dans une langue étrangère. Il consulta sa montre de nouveau, faisant à peine attention à l'heure, tâta l'enveloppe dans sa poche. Mieux valait ne pas reprendre un verre : il devait garder la tête claire. Il essaya d'imaginer ce que Joanie était en train de faire en ce moment. Sans doute souffler un peu devant un gin. Quel dommage qu'elle dût travailler toute la journée !

Il se rendit compte soudain que tout était devenu silencieux. Le barman, immobile, tendait l'oreille. Le vieux couple assis à une table en faisait autant, leurs visages abrutis tournés vers la baie vitrée. Il entendit alors très distinctement le bruit, le bruit d'un avion, encore loin, mais qui approchait du terrain. Il se dirigea rapidement vers la grande baie, il était à mi-chemin quand on fit une nouvelle annonce au haut-parleur ; après les premiers mots d'allemand, les enfants, comme un vol de pigeons, s'égaillèrent vers le hall d'arrivée. Les gens assis aux tables s'étaient levés ; les femmes cherchaient leurs gants, les hommes leurs manteaux et leurs serviettes. On fit enfin l'annonce en anglais : Lansen allait atterrir.

Taylor regarda dans la nuit. Pas trace de l'avion. Il attendit, son inquiétude monta. C'est comme la fin du monde, songea-t-il, c'est un vrai décor de fin du monde. Et si Lansen s'écrasait à l'atterrissage ; et si on découvrait les caméras. Il regrettait que ce ne fût pas quelqu'un d'autre qui eût la responsabilité de l'opération. Woodford, pourquoi Woodford ne s'en était-il pas chargé, pourquoi n'avait-on pas envoyé ce petit malin d'Avery, tout frais émoulu du collège ? Le vent se faisait plus fort ; Taylor aurait juré qu'il était beaucoup plus fort ; il n'y avait qu'à regarder comme il soufflait sur la neige, la projetant en tourbillons sur la piste, comme il faisait danser les flammes des feux de signalisation, comme il dressait à l'horizon de blanches colonnes qu'il repoussait avec violence, presque avec haine. Une rafale frappa soudain les vitres devant lui, le faisant reculer, puis il y eut le crépitement des grains de glace et le bref gémissement de la charpente. Une fois de plus il regarda sa montre : c'était devenu une habitude.

– Lansen n'arrivera jamais à se poser dans ces conditions, jamais.

Son cœur cessa de battre. Doucement d'abord, puis montant bien vite jusqu'au hurlement, il entendit les sirènes, les quatre ensemble, qui gémissaient sur ce terrain perdu comme la plainte d'animaux affamés. Le feu... L'avion doit être en feu. Il y a un incendie à bord et il va essayer d'atterrir. Taylor se retourna, affolé, cherchant quelqu'un qui pût le renseigner.

Le barman était planté auprès de lui, en train d'essuyer un verre et il regardait par la vitre.

– Qu'est-ce qui se passe ? cria Taylor. Pourquoi les sirènes ?

– Ils font toujours marcher les sirènes par mauvais temps, répondit-il. C'est le règlement.

– Pourquoi le laisse-t-on atterrir ? insista Taylor. Pourquoi ne le déroute-t-on pas sur un terrain plus au sud ? C'est trop petit ici ; pourquoi ne l'envoie-t-on pas vers un aéroport plus important ?

Le barman secoua la tête d'un air indifférent.

– Ça n'est pas si mal, dit-il en désignant le terrain. D'ailleurs, il est très en retard. Peut-être qu'il n'a plus d'essence.

Ils aperçurent l'appareil à basse altitude au-dessus du terrain, ses feux clignotant au-dessus des flammes des torchères ; ses phares balayèrent la piste. L'avion se posa, sans encombre, et ils entendirent le rugissement, des moteurs tandis qu'il roulait lentement vers le poste désigné par la tour de contrôle. Le bar s'était vidé. Taylor était seul. Il commanda un verre. Il connaissait ses consignes : Restez tranquillement au bar, avait dit Leclerc, Lansen vous y retrouvera. Il lui faudra un moment, pour déposer ses documents de vol, démonter ses caméras. Taylor entendit les enfants qui chantaient en bas et une femme qui les dirigeait. Pourquoi diable lui fallait-il être entouré de femmes et de gosses ? Ça n'était peut-être pas un travail d'homme qu'il faisait, avec cinq mille dollars dans sa poche et un faux passeport ?

– C'est le dernier vol pour aujourd'hui, annonça le barman. Tous les décollages maintenant, sont interdits.

– Je sais, acquiesça Taylor. Il fait un temps épouvantable, absolument épouvantable.

Le barman rangeait des bouteilles.

– Il n'y avait pas de danger, ajouta-t-il d'un ton apaisant. Le commandant Lansen est un très bon pilote.

(Il hésita, ne sachant pas s'il devait ranger aussi le Steinhäger.)

– Bien sûr qu'il n'y avait aucun danger, répliqua Taylor. Qui a parlé de danger ?

– Vous en reprenez ? demanda le barman.

– Non, mais servez-vous. Allez-y, prenez-en un.

Le barman se servit un verre sans entrain, puis enferma la bouteille à clef.

– Tout de même, demanda Taylor, comment font-ils ? (Il parlait d'un ton conciliant, pour se gagner les bonnes grâces du barman.) On ne peut rien voir par un temps pareil ; absolument rien. (Il eut un sourire entendu.) Vous êtes là, assis dans la cabine, et vous pourriez tout aussi bien avoir les yeux bandés, pour ce à quoi ils vous servent. Ça m'est arrivé, précisa Taylor les mains posées devant lui comme si elles tenaient les commandes. Je sais de quoi je parle… Et ils sont les premiers à trinquer, ces pauvres types, si ça tourne mal. (Il secoua la tête.) Je ne les envie pas, déclara-t-il. Ils méritent bien leur salaire. Surtout dans un zinc de cette taille. Ils tiennent avec de la ficelle, ces avions ; de la ficelle.

Le barman acquiesça vaguement, finit sa consommation, rinça le verre vide, l'essuya et le posa sur l'étagère sous le comptoir. Puis il se mit à déboutonner sa veste blanche.

Taylor ne bougea pas.

– Ah, dit le barman avec un sourire sans gaieté, on va rentrer.

– Comment ça : on ? demanda Taylor, en ouvrant de grands yeux et en renversant la tête en arrière. Comment ça ? (Maintenant que Lansen avait atterri, il était agressif.)

– Il faut que je ferme le bar.

– Rentrer, rentrer, en voilà une idée ! Allons, serveznous encore un verre. Rentrez chez vous si vous voulez. Figurez-vous que j'habite Londres. (Il parlait d'un ton de défi, mi-sérieux mi-moqueur, mais de plus en plus fort.) Et puisque vos lignes aériennes ne sont pas fichues de m'emmener à Londres, ni nulle part ailleurs avant demain matin, c'est un peu ridicule de votre part de me dire de rentrer, vous ne trouvez pas, mon vieux ? (Il souriait toujours, mais c'était le sourire fugitif d'un homme nerveux qui perd patience.) Et la prochaine fois que je vous offrirai un verre, mon garçon, je vous prierai d'avoir la courtoisie…

La porte s'ouvrit et Lansen entra.

Ce n'était pas comme cela que les choses devaient se passer ; cela ne correspondait pas du tout à la description qu'on lui avait faite. « Restez au bar, avait dit Leclerc, installez-vous à la table du coin, prenez un verre, posez votre manteau et votre chapeau sur l'autre chaise comme si vous attendiez quelqu'un. Lansen prend toujours une bière quand il arrive. Il aime bien le bar de l'aéroport. C'est son style. Il y aura pas mal de monde, avait expliqué Leclerc. C'est un petit patelin mais il y a toujours de l'animation dans ces aéroports. Il cherchera un endroit où s'asseoir ouvertement et sans se cacher le moins du monde, puis il s'approchera et vous demandera si la chaise est libre. Vous direz que vous la réserviez pour un ami mais que cet ami n'est pas venu. Lansen vous demandera s'il peut s'asseoir là. Il commandera une bière, puis dira "Pour un ami ou pour une amie ?" Vous lui répondrez de ne pas être indiscret, vous éclaterez de rire tous les deux et vous commencerez à bavarder. Posez les deux questions : altitude et vitesse propre. La Section de recherche doit connaître l'altitude, et la vitesse propre. Laissez l'argent dans la poche de votre pardessus. Il prendra votre manteau, accrochera le sien à côté et se servira discrètement, sans histoire : il prendra l'enveloppe et laissera tomber la bobine de pellicule dans votre poche de manteau. Vous terminerez vos consommations, vous échangerez une poignée de main et le tour sera joué. Le lendemain matin, vous prendrez l'avion pour Londres. »

À entendre Leclerc, c'était tout simple.

Lansen traversa la salle déserte ; c'était un grand et robuste gaillard en imperméable bleu et casquette d'aviateur. Il jeta un bref coup d'œil à Taylor puis s'adressa par-dessus son épaule au barman :

– James, donnez-moi une bière. Se tournant vers Taylor il dit : qu'est-ce que vous prenez ?

– Une de vos spécialités du pays, fit Taylor avec un pâle sourire.

– Donnez-lui ce qu'il veut. Un double.

Le barman reboutonna précipitamment sa veste blanche, rouvrit le placard et servit une bière et un Steinhäger bien tassé.

– Vous travaillez pour Leclerc ? demanda Lansen. (N'importe qui aurait pu l'entendre.)

– Oui. (Il ajouta timidement, beaucoup trop tard :) Leclerc et Compagnie, de Londres.

Lansen prit son demi et l'emporta jusqu'à la table la plus proche. Sa main tremblait. Ils s'assirent.

– Alors expliquez-moi, dit-il d'un ton furieux. Quel est le crétin qui m'a donné ces instructions ?

– Je ne sais pas, fit Taylor, déconcerté. J'ignore même quelles étaient vos instructions. Je n'y suis pour rien. On m'a envoyé pour prendre le film, c'est tout. D'ailleurs, ce n'est même pas mon travail, ce genre de chose. Moi, j'opère au grand jour : je suis courrier diplomatique.

Lansen se pencha en avant et posa la main sur le bras de Taylor. Taylor le sentit trembler.

– Moi aussi, je travaillais au grand jour. Jusqu'à

aujourd'hui. Il y avait des gosses dans cet avion. Vingt-cinq écoliers allemands en vacances d'hiver. Tout un chargement de gosses.

– Oui, dit Taylor, avec un sourire forcé. En, effet, le comité d'accueil était dans la salle d'attente.

– Qu'est-ce que nous cherchions ? fit Lansen, voilà ce que je ne comprends pas. Qu'est-ce qu'il y a de si passionnant à Rostock ?

– Je vous dis que je n'ai rien à voir là-dedans. (Et il ajouta, contrairement à toute logique :) Leclerc a dit que ça n'était pas Rostock, mais la région au sud de la ville.

– Je sais, le triangle sud : Kalkstadt, Langdorn, Wolken. Vous n'avez pas besoin de me décrire la région.

Taylor jeta un regard inquiet vers le barman.

– Je pense que nous ne devrions pas parler si fort, dit-il. Ce type n'est pas très sympathique. (Il but une gorgée de Steinhäger.)

Lansen eut un geste de la main, comme pour s'essuyer le visage.

– C'est fini, dit-il, Je n'en veux plus. C'est terminé. Ça allait quand on se contentait de suivre la route en photographiant ce qu'il pouvait y avoir d'intéressant ; mais cette fois, c'est trop, vous comprenez ? J'en ai par-dessus la tête. (Il parlait d'une voix rauque et rocailleuse, comme s'il avait des tendances au bégaiement.)

– Vous avez pris des photos ? demanda Taylor. (Ce qu'il fallait, c'était se faire remettre la pellicule et partir.)

Lansen haussa les épaules, plongea la main dans la poche de son imperméable et, sous le regard horrifié de Taylor, en tira une petite boîte métallique pour pellicule de trente-cinq millimètres, qu'il lui tendit à travers la table.

– Qu'est-ce que c'était ? reprit Lansen. Qu'est-ce qu'ils cherchaient donc dans un endroit pareil ? Je suis passé sous les nuages, j'ai tourné autour de tout le secteur. Je n'ai pas vu la moindre bombe atomique.

– C'est quelque chose d'important, voilà tout ce qu'on m'a dit. Quelque chose de très important. Il fallait y arriver, vous comprenez ? N'importe quel appareil ne peut pas survoler une région comme ça, dit Taylor, répétant ce que quelqu'un lui avait dit. Il faut que ce soit un avion de ligne, d'une compagnie aérienne déclarée, ou rien du tout. Il n'y a pas d'autre moyen.

– Vous savez, ils nous ont repérés tout de suite. Deux Migs. D'où venaient-ils ? Voilà ce que je voudrais savoir. Dès que je les ai aperçus, j'ai plongé dans les nuages ; ils m'ont suivi. J'ai lancé un message en demandant le point. Quand nous sommes sortis des nuages, ils étaient de nouveau là. J'ai cru qu'ils allaient me forcer à descendre, m'ordonner d'atterrir. J'ai essayé de larguer la caméra, mais elle était coincée. Les gosses se pressaient entre les hublots en faisant de grands gestes aux Migs. Ils nous ont escortés un moment, puis ils ont filé. Ils étaient près, très près, c'était rudement dangereux pour les gosses. (Il n'avait pas encore touché sa bière.) Qu'est-ce qu'ils voulaient donc ? demanda-t-il. Pourquoi ne m'ont-ils pas obligé à atterrir ?

– Je vous l'ai dit : je n'y suis pour rien. Ce n'est pas mon genre de travail. Mais quoi que recherche Londres, là-bas ils savent ce qu'ils font. (Il avait l'air de chercher à se convaincre ; il avait besoin d'y croire.) Ils ne perdent pas leur temps. Ni le vôtre, mon vieux. Ils savent ce qu'ils veulent. (Il fronça les sourcils, comme pour souligner qu'il était convaincu, mais Lansen n'avait peut-être pas entendu.)

– Ils ne croient pas aux risques inutiles non plus, reprit Taylor. Vous avez fait du bon travail, Lansen. Chacun de nous doit jouer son rôle… Prendre des risques. Nous le faisons tous. Je l'ai fait pendant la guerre, vous savez. Vous êtes trop jeune pour vous souvenir de la guerre. Mais ça n'a pas changé : nous nous battons pour le même objectif. (Il se rappela soudain les deux questions.) À quelle altitude étiez-vous quand vous avez pris les photos ?

– Ça variait. Au-dessus de Kalkstadt, nous sommes descendus jusqu'à six mille pieds.

– C'est Kalkstadt qui les intéressait le plus, dit Taylor d'un ton satisfait. C'est remarquable, Lansen, remarquable. Quelle était la vitesse propre ?

– Deux cents... Deux cent quarante. Quelque chose comme ça. Mais il n'y avait rien là-bas. Je vous assure. Rien. (Il alluma une cigarette.) En tout cas, c'est fini, répéta Lansen. Quelle que soit l'importance de l'objectif.

Il se leva. Taylor en fit autant ; il plongea la main droite dans sa poche de manteau. Brusquement, il se sentit la bouche sèche : l'argent, où était l'argent ?

– Essayez l'autre poche, suggéra Lansen.

Taylor lui remit l'enveloppe.

– Est-ce que cela va poser des problèmes ? Je veux dire, l'intervention des Migs ?

– J'en doute, dit Lansen en haussant les épaules. Ça ne m'est jamais arrivé encore. Pour une fois, ils me croiront ; ils croiront que c'était à cause du mauvais temps. J'ai dévié à environ mi-chemin. Il aurait pu y avoir quelque chose qui cloche dans le contrôle au sol. Dans les transmissions entre deux aéroports.

– Et le navigateur ? Et le reste de l'équipage ? Qu'est-ce qu'ils croient ?

– Ça me regarde, répliqua Lansen. Mais vous pouvez dire à Londres que c'est fini.

Taylor le regarda avec inquiétude.

– Vous êtes énervé, dit-il ; c'est normal, après coup.

– Foutez-moi la paix, murmura Lansen. Foutez-moi donc la paix.

Il tourna les talons, posa une pièce sur le comptoir et

sortit du bar à grandes enjambées, fourrant nonchalamment dans sa poche d'imperméable la longue enveloppe jaune qui contenait l'argent.

Au bout d'un moment, Taylor le suivit. Le barman le regarda pousser la porte et disparaître dans l'escalier. « Un homme bien antipathique », se dit-il ; mais, de toute façon, il n'avait jamais aimé les Anglais.

Taylor se dit tout d'abord qu'il n'allait pas prendre de taxi pour rentrer à l'hôtel. Il pouvait faire le trajet à pied en dix minutes et économiser un peu sur son défrai. L'employée de la compagnie aérienne lui fit un petit signe de tête lorsqu'il passa devant elle pour gagner la porte principale. Le hall d'accueil était en bois de teck ; des bouffées d'air chaud montaient du plancher. Taylor sortit dans la rue. Le froid mordit comme la lame d'une épée à travers ses vêtements ; comme un poison qui peu à peu vous engourdit, le froid s'étendit rapidement sur son visage nu, puis envahit son cou et ses épaules. Taylor changea d'avis et, s'empressa de chercher un taxi. Il était ivre. Il s'en rendit compte soudain : l'air frais l'avait grisé. Il n'y avait pas une voiture à la station. Une vieille Citroën était garée à une cinquantaine de mètres plus loin, son moteur tournant. « Il fait marcher son chauffage, le veinard », se dit Taylor en repassant précipitamment la porte de l'aéroport.

– Je voudrais un taxi, dit-il à l'employée. Vous savez où je peux en trouver un ?

Il espérait de toute son âme qu'il avait l'air normal. Il était, fou d'avoir tant bu. Il n'aurait pas dû accepter ce verre que lui avait offert Lansen.

– Ils ont emmené les enfants, dit-elle en secouant la tête. Six par voiture. C'était le dernier vol à arriver aujourd'hui. Nous n'avons pas beaucoup de taxis en hiver. (Elle sourit.) C'est un très petit aéroport, vous savez.

– Qu'est-ce que c'est que cette vieille voiture, sur la route là-bas ? Ça n'est pas un taxi ? demanda-t-il d'une voix un peu pâteuse.

Elle alla jusqu'à la porte et regarda dehors. Elle avait une démarche souple, sans recherche, mais provocante.

– Je ne vois pas de voiture, dit-elle.

Taylor regarda par-dessus son épaule.

– Il y avait une vieille Citroën. Avec ses lanternes allumées. Elle a dû partir. Je me demandais si elle aurait pu me prendre. (Bon sang, la voiture était passée et il ne l'avait même pas entendue.)

– Les taxis sont tous des Volvo, observa la jeune fille. Peut-être qu'il y en aura un qui reviendra après avoir déposé les enfants. Pourquoi n'allez-vous pas prendre un verre en attendant ?

– Le bar est fermé, répliqua Taylor. Le barman est rentré chez lui.

– Vous êtes à l'hôtel de l'aéroport ?

– Au *Regina*, oui. À vrai dire, je, suis assez pressé. (Ça allait mieux maintenant.) J'attends un appel téléphonique de Londres.

D'un œil critique, elle examina son manteau, taillé dans un tweed imperméabilisé.

– Vous pourriez y aller à pied, suggéra-t-elle. C'est à dix minutes, vous n'avez qu'à suivre la route tout droit. On peut vous envoyer vos bagages plus tard.

Taylor regarda, sa montre, avec toujours ce même geste large du bras.

– Mes bagages sont déjà à l'hôtel. Je suis arrivé ce matin.

Il avait ce genre de visage soucieux et fripé, à deux doigts du comique et pourtant infiniment triste ; un visage aux yeux plus pâles que la peau, et dont les traits convergeaient vers les narines. Peut-être parce qu'il en avait conscience, Taylor s'était laissé pousser une petite moustache, comme un griffonnage sur une photo, ce qui donnait à son visage un aspect brouillé, sans masquer ce qui lui manquait. Ce n'était pas convaincant, non pas parce qu'il était une canaille, mais parce qu'il n'était pas doué pour tromper son monde. De même il avait certains tics grossièrement imités de quelque original perdu ; ainsi cette irritante habitude qu'ont les militaires de courber soudain le dos, comme s'il s'était surpris dans une posture inconvenante, ou bien il affectait des mouvements des genoux et des coudes qui évoquaient vaguement l'équitation. Mais la souffrance conférait à tout cela une certaine dignité, comme s'il raidissait son corps frêle contre un vent cruel.

– Si vous marchez vite, dit-elle, il faut moins de dix minutes.

Taylor avait horreur d'attendre. Il s'imaginait que les gens qui attendaient étaient des gens sans importance : c'était un affront quand on vous voyait en train d'attendre. Il plissa les lèvres, secoua la tête et, avec un « bonsoir, mademoiselle » de mauvaise humeur, il sortit brusquement dans l'air glacé.

Taylor n'avait jamais vu un ciel pareil. Sans limites, il s'incurvait jusqu'aux champs recouverts de neige, son immensité rompue çà et là par des rideaux de brume où se figeaient les constellations, et qui cernaient la tache jaune de la demi-lune. Taylor était impressionné, comme un terrien qui a peur de la mer. Un peu incertain sur ses jambes, il hâta néanmoins le pas.

Il marchait depuis cinq minutes quand la voiture le rattrapa. Il n'y avait pas d'allée pour les piétons. Il vit d'abord les phares, car le bruit du moteur était assourdi par la neige, et il ne remarqua qu'une lumière devant lui, sans se rendre compte d'où elle venait. Elle balayait lentement les champs enneigés et il crut un moment que c'était le phare de l'aéroport. Puis il vit son ombre rapetisser sur la route, la lumière se faire soudain plus vive, et il comprit que ce devait être une voiture.

Il marchait sur le côté droit, foulant d'un pas vif le bord de la croûte verglacée qui bordait la chaussée. Il remarqua que la lumière était curieusement jaune et il se dit que les phares devaient être conformes au code de la route français. Il n'était pas mécontent de ce petit travail de déduction : son vieux cerveau ne fonctionnait pas si mal, après tout.

Il ne regarda pas par-dessus son épaule, car il avait un côté un peu timide et ne voulait pas donner l'impression de faire de l'auto-stop. Mais l'idée lui vint, un peu tard peut-être, que sur le continent on roulait à droite, qu'il marchait donc sur le mauvais côté de la route et qu'il devrait traverser.

La voiture le frappa par-derrière, lui brisant la colonne vertébrale. Pendant un affreux instant, Taylor garda la posture classique de l'homme torturé, la tête et les épaules violemment rejetées en arrière, les doigts crispés. Il ne poussa pas un cri. On aurait dit que tout son corps et toute son âme étaient concentrés dans cette ultime expression de souffrance, plus éloquente dans la mort que tous les sons qu'il avait émis pendant sa vie. Il est fort possible que le chauffeur ne se fût pas rendu compte de ce qu'il avait fait ; que le choc du corps contre la carrosserie ait ressemblé au bruit sourd d'une motte de neige heurtant l'essieu.

La voiture le traîna sur un mètre ou deux, puis le projeta sur le côté, mort sur la route déserte, silhouette immobile et désarticulée au bord de la plaine immense. Son feutre gisait auprès de lui. Une brusque rafale l'emporta sur la neige. Les lambeaux de son manteau de tweed s'agitèrent dans le vent, cherchant vainement à retenir la petite boîte de zinc qui roula doucement. Pour s'arrêter un moment au bord de la berge gelée, avant de poursuivre sa course cahotante le long de la pente.

La mission d'Avery

« Il y a certaines choses que personne
n'a le droit de demander à un Blanc. »
JOHN BUCHAN, *Mr Standport*.

2

Il était trois heures du matin.

Avery reposa le téléphone, éveilla Sarah et annonça :

– Taylor est mort. (Il n'aurait pas dû lui dire, bien sûr.)

– Qui est Taylor ?

Un raseur, songea-t-il ; il ne se le rappelait que vaguement. Un redoutable raseur, comme on en rencontre plein les rues de Brighton.

– Un type du service des courriers, dit-il. Il était avec eux pendant la guerre. Il n'était pas mal.

– C'est ce que tu dis toujours. À t'entendre, ils sont tous pas mal. Alors comment est-il mort ? Comment se fait-il qu'il soit mort ? répéta-t-elle en se redressant dans le lit.

– Leclerc attend des détails. (Il aurait bien voulu qu'elle ne le regardât pas pendant qu'il s'habillait.)

– Et il veut que tu lui tiennes la main pendant qu'il attend ?

– Il veut que j'aille au bureau. Il a besoin de moi. Tu ne t'attends quand même pas à ce que je me retourne de l'autre côté et à ce que je me rendorme ?

– Je te demandais simplement, dit Sarah. Tu as toujours tellement ménagé Leclerc.

– Taylor était un vieux de la vieille. Leclerc est très ennuyé. (Il entendait encore l'accent de triomphe dans la voix de Leclerc. « Venez tout de suite, sautez dans un taxi ; nous allons revoir les dossiers. »)

– Ça arrive souvent ? Il y a souvent des gens qui meurent ? (Elle parlait d'un ton indigné, comme si personne ne lui disait jamais rien ; comme si elle était seule à trouver épouvantable que Taylor fût mort.)

– Tu ne dois en parler à personne, dit Avery. (C'était une façon de dresser une barrière entre eux.) Tu ne dois même pas raconter que je suis sorti au milieu de la nuit. Taylor voyageait sous un autre nom. Il va falloir que quelqu'un prévienne sa femme, ajouta-t-il, en cherchant ses lunettes.

Elle se leva et passa un peignoir.

– Bonté divine, cesse de parler comme un personnage de cinéma. Les secrétaires sont au courant ; pourquoi les femmes ne peuvent-elles pas l'être ? Ou bien ne les prévient-on que quand leur mari meurt ? lança-t-elle en se dirigeant vers la porte.

Elle était de taille moyenne et portait ses cheveux longs, ce qui contrastait avec son visage sévère, qui exprimait une certaine tension, une inquiétude, un mécontentement naissant, comme si demain ne saurait être que pire. Ils s'étaient rencontrés à Oxford ; elle avait fait de plus brillantes études qu'Avery. Mais, Dieu sait pourquoi, le mariage l'avait rendue puérile ; la dépendance était devenue une habitude, on aurait dit qu'elle avait donné à son mari quelque chose d'irremplaçable et qu'elle en réclamait sans cesse la restitution. Son fils était moins sa projection que son excuse : un mur pour se protéger du monde plutôt qu'un moyen d'y accéder.

– Où vas-tu ? demanda Avery.

Elle faisait quelquefois des choses uniquement pour

le contrarier : par exemple, déchirer un billet pour un concert.

– Nous avons un enfant, dit-elle. Tu te rappelles ?

Il s'aperçut alors qu'Anthony pleurait. Ils avaient dû le réveiller.

– Je te téléphonerai du bureau.

Il se dirigea vers la porte du palier. Au moment d'entrer dans la chambre de l'enfant, elle se retourna et Avery sut qu'elle pensait qu'ils ne s'étaient pas embrassés.

– Tu aurais dû rester dans l'édition, dit-elle.

– Ça ne te plaisait pas mieux.

– Pourquoi n'envoient-ils pas une voiture ? fit-elle. Tu disais qu'ils en avaient des masses.

– Elle attend au coin de la rue.

– Seigneur, pourquoi ?

– Par sécurité.

– Sécurité contre quoi ?

– Tu as de l'argent ? demandait-il. Je crois bien que je n'en ai plus.

– Pour quoi faire ?

– De l'argent, c'est tout. Je ne peux pas me balader sans un sou en poche.

Elle lui donna dix shillings qu'elle prit dans son sac. Refermant rapidement la porte derrière lui, il descendit l'escalier pour gagner Prince of Wales Drive.

Il passa devant la fenêtre du rez-de-chaussée et devina sans regarder que Mrs Yates l'observait de derrière son rideau, comme elle guettait tout le monde nuit et jour, serrant son chat contre elle pour se réconforter.

Il faisait terriblement froid. Le vent semblait siffler de la Tamise à travers le parc. Il inspecta la rue : elle était déserte. Il aurait dû appeler la station de taxis de Clapham, mais il voulait quitter rapidement l'appartement. D'ailleurs, il avait dit à Sarah qu'une voiture venait le chercher. Il fit une centaine de mètres en direction de la centrale électrique, puis changea d'avis et rebroussa chemin.

Il était ensommeillé, il avait la curieuse illusion que même dans la rue il entendait encore le téléphone sonner. Il y avait toujours un taxi du côté d'Albert Bridge, à n'importe quelle heure : c'était la solution la plus sûre. Il repassa donc devant chez lui, jeta un coup d'œil à la fenêtre de la chambre du bébé, et aperçut Sarah qui regardait dehors. Elle devait se demander où était la voiture. Elle tenait Anthony dans ses bras et il devinait qu'elle pleurait parce qu'il ne l'avait pas embrassée. Il mit une demi-heure à trouver un taxi pour se rendre à Blackfriars Road.

Avery regardait passer les réverbères. Il était très jeune, il appartenait à cette classe intermédiaire de l'Anglais d'aujourd'hui qui doit concilier une instruction supérieure avec des origines modestes. Il était grand avec un air rat de bibliothèque, le regard lent, derrière ses lunettes, et des façons gentiment effacées qui lui valaient l'affection de ses aînés. Le mouvement du taxi le réconforta, comme un enfant se console quand on le berce.

Il arriva à St. George's Circus, passa devant l'hôpital et déboucha dans Blackfriars Road. Tout d'un coup, il se trouva devant la maison, mais il dit au chauffeur de le déposer au coin suivant, parce que Leclerc avait recommandé d'être prudent.

– Ici, fit-il. Ce sera très bien.

Le Service était abrité dans une sorte de villa sinistre et noircie par la fumée, avec un extincteur d'incendie sur le balcon. On aurait dit une maison éternellement à vendre. Personne ne savait pourquoi le Ministère avait fait bâtir un mur autour ; peut-être pour la protéger du regard des gens, comme les murs qui entourent les cimetières ; ou pour protéger les gens du regard des morts. Certainement pas pour le jardin, car rien n'y poussait que de l'herbe qui s'était usée par plaques comme le pelage d'un vieux chien bâtard. La porte d'entrée était peinte en vert sombre ; on ne l'ouvrait jamais. Dans la journée, des fourgons anonymes de la même couleur descendaient de temps en temps l'allée pelée, mais c'était derrière la maison qu'ils traitaient leurs affaires. Les voisins, dans la mesure où ils y faisaient allusion, parlaient de la maison du Ministère, ce qui n'était pas exact, car le Service était une entité séparée, qui avait le Ministère pour maître. Le bâtiment avait cet aspect bien reconnaissable de délabrement contrôlé qui caractérise les locaux gouvernementaux à travers le monde. Pour ceux qui y travaillaient, son mystère était comme le mystère de la maternité, sa survivance comme le mystère de l'Angleterre. La maison les enveloppait dans ses plis, les abritait, les protégeait, de façon quasi maternelle.

C'était vrai pour Avery aussi. Il s'en souvenait quand le brouillard s'attardait à plaisir contre ces murs de stuc ou en été, quand le soleil perçait brièvement à travers les rideaux au crochet de son bureau, sans laisser aucune chaleur, sans révéler aucun secret. Et il se souvenait en cette aube d'hiver, où la façade de la maison restait maculée de noir, où les réverbères faisaient briller les gouttes de pluie sur les fenêtres encrassées. Mais quelle que fût la façon dont il s'en souvenait, ce n'était pas un endroit où il travaillait, mais où il vivait.

Il s'engagea dans l'allée qui menait derrière la maison, pressa le bouton de la sonnette et attendit que Paine ouvrît la porte. Il y avait de la lumière à la fenêtre de Leclerc.

Il montra son laissez-passer à Paine. Peut-être cela les

faisait-il tous deux penser à la guerre : Avery aimait ce que ce geste représentait pour son imagination, alors que Paine, lui, n'avait qu'à se souvenir.

– Beau clair de lune, monsieur, dit Paine.

– En effet.

Avery entra dans le couloir. Paine lui emboîta le pas, après avoir refermé le verrou derrière lui.

– Il y avait une époque où l'on maudissait une lune pareille.

– Eh oui, fit Avery en riant.

– Vous avez entendu les résultats du match de Melbourne, monsieur ? Bradley a loupé trois fois son coup.

– Oh, diable, dit Avery d'un ton poli. (Il avait horreur du cricket.)

Une ampoule bleue brillait au plafond comme la veilleuse dans un hôpital victorien. Avery grimpa l'escalier ; il avait froid, il était mal à l'aise. Quelque part une sonnerie retentit. C'était curieux que Sarah n'eût pas entendu le téléphone.

Leclerc l'attendait.

– Il nous faut un homme, dit-il.

Il parlait d'un ton machinal, comme quelqu'un qui vient de s'éveiller. Une lumière brillait sur le dossier devant lui.

Petit, l'air suave et affable, il était net comme un chat de bonne maison, soigné et rasé de près. Il portait des cols durs aux pointes larges ; jamais de cravate club, sachant peut-être que mieux valait ne pas jouer à l'ancien élève d'un collège que le jouer mal. Il avait l'œil sombre et le regard vif ; il souriait en parlant, mais sans exprimer aucun plaisir. Ses vestes étaient fendues sur le côté, il gardait son mouchoir dans sa manche. Le vendredi, il mettait des chaussures de daim, ce qui proclamait qu'il partait en week-end. Personne n'avait l'air de savoir où il habitait. La pièce était dans la pénombre.

– Nous ne pouvons pas faire de nouveaux survols. C'était le dernier ; on m'a prévenu au Ministère. Il va falloir envoyer un agent là-bas. J'ai examiné les vieilles fiches, John. Il y a un nommé Leiser, un Polonais. Il ferait l'affaire.

– Qu'est-ce qui est arrivé à Taylor ? Qui l'a tué ?

Avery s'approcha de la porte et alluma le plafonnier. Les deux hommes se regardèrent avec gêne.

– Désolé. Je suis encore à moitié endormi, dit Avery.

Ils avaient retrouvé le fil : la conversation reprit.

– Vous avez mis du temps, John, dit Leclerc. Ça ne va pas chez vous ? (Il n'avait pas le don inné du commandement.)

– Je n'ai pas pu trouver de taxi. J'ai appelé la station de Clapham, mais on ne m'a pas répondu. Ni à Albert Bridge ; rien là non plus. (Il était navré de décevoir Leclerc.)

– Vous pouvez faire une note de frais, dit Leclerc d'un ton hésitant ; pour les coups de téléphone aussi, vous savez. Votre femme va bien ?

– Je vous ai dit : c'est parce qu'on ne répondait pas. Elle va très bien.

– Elle n'était pas fâchée ?

– Bien sûr que non.

– Ils ne parlaient jamais de Sarah. On aurait dit que tous deux avaient la même attitude vis-à-vis de la femme d'Avery, comme des enfants qui veulent partager un jouet qui a cessé de les intéresser.

– C'est vrai, dit Leclerc, elle a votre fils pour lui tenir compagnie.

– Mais oui.

Leclerc était fier de savoir que c'était un fils et pas une fille.

Il prit une cigarette dans le coffret en argent sur son bureau. Il l'avait raconté un jour à Avery : c'était un cadeau, un cadeau qui datait de la guerre. L'homme qui le lui avait offert était mort, les circonstances dans lesquelles il le lui avait donné appartenaient au passé ; il n'y avait pas d'inscription sur le couvercle. Aujourd'hui encore, disait-il, il ne savait pas avec certitude dans quel camp était cet homme, et Avery riait pour lui faire plaisir.

Prenant le dossier posé sur son bureau, Leclerc le plaça juste sous la lampe, comme s'il y avait quelque chose dedans qu'il devait étudier très attentivement.

– John.

Avery s'approcha, en s'efforçant de ne pas lui toucher l'épaule.

– Qu'est-ce que vous dites d'une tête comme ça ?

– Je ne sais pas. C'est difficile de juger d'après des photos.

C'était la tête d'un jeune garçon, au visage rond, et inexpressif, avec de longs cheveux blonds qui lui retombaient sur la nuque.

– Leiser. Il a l'air bien, n'est-ce pas ? Bien sûr, ajouta Leclerc, c'était il y a vingt ans. Il avait une très bonne cote chez nous. (À regret, il reposa la photographie, alluma son briquet et l'approcha de sa cigarette.) En tout cas, reprit-il d'un ton vif, on dirait qu'il y a un os. Je n'ai aucune idée de ce qui est arrivé à Taylor. Le consulat nous a envoyé un rapport de routine, c'est tout. Un accident d'auto, semble-t-il. Quelques détails, rien de révélateur. Le genre d'explications qu'on donne à la famille. Le Foreign Office nous a envoyé le rapport dès qu'il est arrivé par télex. Ils savaient que c'était un de nos passeports. (Il poussa à travers le bureau une feuille de papier pelure. Avery y jeta un coup d'œil.)

– Malherbe ? C'était le nom sous lequel voyageait Taylor ?

– Oui. Il va falloir que je fasse venir une ou deux voitures du parc auto du Ministère, dit Leclerc. Il est ridicule que nous n'ayons pas nos voitures. Le Cirque en a toute une flotte. Peut-être que le Ministère va me croire maintenant, ajouta-t-il. Peut-être finiront-ils par admettre que nous sommes toujours un service opérationnel.

– Est-ce que Taylor a récupéré le film ? demanda Avery. Savons-nous si on le lui a remis ?

– Je n'ai aucun inventaire de ses affaires, répondit Leclerc avec indignation. Pour l'instant, la police finlandaise a tout confisqué. Peut-être la pellicule se trouve-t-elle dans le lot. C'est une petite ville et j'imagine qu'ils s'en tiennent à la lettre de la loi. (D'un ton nonchalant, si bien qu'Avery comprit que c'était important, il ajouta :) Le Foreign Office craint qu'il n'y ait des complications.

– Oh, diable ! dit machinalement Avery. (C'était le style du Service : désuet, atténué.)

Leclerc le regarda droit dans les yeux, il s'animait.

– Le chef de Dean au Foreign Office a parlé au sous-secrétaire il y a une demi-heure. Ils refusent de s'en mêler. Ils disent, que nous sommes un service clandestin et que nous devons nous débrouiller tout seuls. Il faut que quelqu'un aille là-bas en tant que plus proche parent ; c'est la solution qu'ils préconisent. Pour réclamer le corps ainsi que les objets personnels et les rapatrier ici. Je voudrais vous envoyer.

Avery remarqua soudain les photographies qui tapissaient la pièce, celles des membres du Service qui avaient fait la guerre. Il y en avait deux rangées : de six, de part et d'autre de la maquette d'un bombardier Wellington passablement poussiéreuse, une maquette peinte en noir et sans insigne. La plupart des photos avaient été prises à l'extérieur. Avery apercevait les hangars à l'arrière-plan et, entre les visages jeunes et souriants, les fuselages des avions.

En bas de chaque photographie se trouvaient des signatures, à l'encre déjà brunie et effacée, les unes vigoureuses et bien tracées, les autres – sans doute celles des subalternes – empruntées et compliquées, comme si leurs auteurs avaient accédé de façon anormale à la gloire. Il n'y avait pas de nom, mais des sobriquets pris dans des journaux pour enfants : Jacko, Shorty Pit et Lucky Joe. Le seul uniforme, c'était le Mae West ; les cheveux longs et le sourire radieux, un peu enfantin. On aurait dit qu'ils étaient contents de s'être fait photographier, comme si être ainsi rassemblés était une occasion de s'amuser qui ne se renouvellerait peut-être pas. Ceux qui se trouvaient au premier plan étaient confortablement accroupis, comme des hommes habitués à le faire dans des tourelles de mitrailleurs, et ceux qui étaient derrière se tenaient nonchalamment par les épaules. On ne sentait pas d'affection, mais une bonne volonté spontanée qui, semblait-il, ne survivrait pas à la guerre ni aux photographies.

On retrouvait un visage sur tous les clichés, celui d'un homme mince, au regard vif, en duffle-coat et pantalon de velours côtelé. Il ne portait pas de gilet de sauvetage et se tenait légèrement à l'écart des autres, comme s'il était un peu mieux qu'eux. Il était plus petit qu'eux, plus âgé. Ses traits étaient formés ; on sentait chez lui une raison d'agir qui manquait à ses compagnons. Il aurait pu être leur professeur. Avery avait un jour regardé sa signature pour voir si elle avait changé en dix-neuf ans, mais Leclerc n'avait pas signé son nom. Il ressemblait encore beaucoup à ces photos ; peut-être la mâchoire un peu plus enveloppée, le cheveu un peu plus rare.

– Mais ce serait une mission opérationnelle, dit Avery d'un ton hésitant.

– Bien sûr. Nous sommes un service opérationnel,

vous savez. (Il souligna d'un petit mouvement de la tête cette affirmation.) Vous avez droit à des frais opérationnels. Vous n'aurez qu'à vous faire remettre les affaires de Taylor. Vous devez tout rapporter, à l'exception du film que vous remettrez à une adresse à Helsinki. On vous donnera des instructions particulières à ce propos. Vous revenez et vous pouvez m'aider pour Leiser…

– Le Cirque ne pourrait pas s'en charger ? Je veux dire : est-ce que ça ne serait pas plus simple pour eux ?

Un sourire s'épanouit, lentement sur le visage de Leclerc.

– Il n'en est malheureusement pas question. C'est à nous de jouer John : cette mission est de notre compétence. C'est un objectif militaire. J'esquiverais notre responsabilité si je m'en déchargeais sur le Cirque. Leur champ d'activité est politique, exclusivement politique.

Sa petite main vint lisser ses cheveux, d'un mouvement bref, concis, tendu et contrôlé.

– C'est donc nous que cela regarde. Pour l'instant, le Ministère approuve mon interprétation (une expression qu'il adorait), mais si vous préférez, je peux envoyer quelqu'un d'autre… Woodford ou quelqu'un de la vieille garde. J'ai pensé que ça vous amuserait. C'est une mission importante, quelque chose de nouveau pour vous.

– Bien sûr. J'aimerais bien y aller… Si vous me faites confiance.

La réponse plut à Leclerc. Il poussa vers la main d'Avery une feuille de papier pelure bleu. Elle était couverte de l'écriture de Leclerc, une écriture ronde et un peu enfantine. Il avait inscrit « Mayfly » en haut et l'avait souligné. Dans la marge à gauche, il y avait ses initiales, les quatre lettres, et en dessous la mention *non confidentielle*.

– Si vous le lisez attentivement, dit-il, vous verrez que nous ne déclarons pas expressément que vous êtes le plus proche parent ; nous nous contentons de citer le formulaire rempli par Taylor. C'est tout ce que les gens du Foreign Office sont prêts à faire. Ils ont accepté d'envoyer le message suivant au consulat local via Helsinki.

Avery lut : « Expéditeur : Service consulaire. Réf. : votre télex Malherbe. John Somerton Avery, détenteur passeport britannique n°..., demi-frère du décédé, et désigné dans demande passeport, Malherbe comme plus proche parent. Avery informé envisage prendre avion aujourd'hui pour rapatrier corps et objets personnels. Vol NAS 201 via Hambourg, arrivée 18 h 20 heure locale. Veuillez fournir aide et assistance habituelles. »

– Je ne connaissais pas le numéro de votre passeport, dit Leclerc. L'avion part à trois heures cet après-midi. C'est une petite ville ; j'imagine que le consul vous attendra à l'aéroport. Il y a un vol de Hambourg tous les deux jours. Si vous n'avez pas besoin d'aller à Helsinki, vous pouvez prendre le même avion pour revenir.

– Est-ce que je ne pourrais pas être son frère ? demanda timidement Avery. Demi-frère, ça fait bizarre.

– On n'a pas le temps de préparer le passeport. Le Foreign Office est très tatillon à propos des passeports. Nous avons eu beaucoup de difficultés pour celui de Taylor. (Il s'était replongé dans le dossier.) Beaucoup de difficultés. Vous comprenez, il faudrait que vous vous appeliez Malherbe aussi. Je ne crois pas que ça leur plairait. (Il lui donnait toutes ces informations nonchalamment, sans avoir l'air d'y faire attention.)

Il faisait très froid dans la pièce.

– Et notre ami scandinave ?... dit Avery. (Leclerc le regarda sans comprendre.) Lansen, est-ce qu'on ne devrait pas le contacter ?

– Je m'en occupe. (Leclerc, qui avait horreur qu'on lui pose des questions, répondit prudemment, comme si on risquait de citer sa réponse.)

– Et la femme de Taylor? (Le mot « veuve » lui paraissait pédant.) Vous vous occupez d'elle ?

– Je me suis dit que nous irions tous les deux dès le début de la matinée. Elle n'est pas dans l'annuaire. Et les télégrammes sont si peu clairs !

– Nous ? fit Avery. Nous avons besoin d'y aller tous les deux ?

– Vous êtes mon adjoint, non ?

Le bureau était trop silencieux. Avery regrettait la rumeur de la circulation et la sonnerie des téléphones. Dans la journée, il y avait du monde, les allées et venues des estafettes, le roulement des chariots de courrier. Il avait l'impression, quand il était seul avec Leclerc, qu'il manquait une troisième personne. Personne d'autre ne le rendait si conscient de son attitude, personne d'autre n'avait comme lui l'art de faire s'enliser une conversation.

– Vous avez entendu parler de la femme de Taylor ? demanda Leclerc. C'est quelqu'un de sûr ?

Avery ne comprenait pas. Leclerc reprit :

– Elle pourrait nous mettre dans une situation embarrassante, vous savez. Si elle le voulait. Il va falloir avancer avec prudence.

– Que comptez-vous lui dire ?

– Nous improviserons au fur et à mesure. Comme pendant la guerre. Elle n'est pas au courant, vous comprenez. Elle ne sait même pas qu'il était à l'étranger.

– Il le lui a peut-être dit.

– Pas Taylor. Taylor était un vieux routier. Il avait ses instructions et il connaissait les règles du jeu. Il faut qu'elle ait une pension, c'est l'essentiel. Disparu en service commandé. (Il eut un petit geste précis de la main.)

– Et les autres ? Qu'allez-vous leur dire ?

– Je vais tenir ce matin une réunion des chefs de section. Pour le reste du Service, nous dirons qu'il s'agit d'un accident.

– C'est peut-être le cas, suggéra Avery.

Leclerc souriait de nouveau ; un sourire en barre de fer, comme la séquelle d'une crise d'épilepsie.

– Auquel cas, nous aurons dit la vérité et nous aurons plus de chance de récupérer ce film.

Il n'y avait toujours pas de circulation dans la rue. Avery avait faim. Leclerc jeta un coup d'œil à sa montre.

– Vous regardiez le rapport de Gorton, fit Avery.

Leclerc secoua la tête, effleura tristement un dossier, comme on revient à un album qu'on aime.

– Il n'y a rien là-dedans. Je l'ai lu et relu. J'ai fait agrandir au maximum les autres clichés. Les gens de Haldane se sont penchés dessus jour et nuit. Nous ne sommes pas plus avancés.

Sarah avait raison : il était bien là pour lui tenir la main pendant qu'il attendait.

Leclerc dit, et cela parut soudain être la raison même de leur entretien :

– Je me suis arrangé pour que vous ayez une brève conversation avec George Smiley au Cirque après la conférence de ce matin. Vous avez entendu parler de lui ?

– Non, répondit Avery, en mentant. (C'était un terrain délicat.)

– C'était une de leurs meilleurs recrues. À certains égards, tout à fait le style du Cirque, ce qui se fait de mieux dans le genre. Il donne sa démission, vous savez, et puis il revient. Question de conscience. On ne sait jamais s'il fait partie du Service ou non. Il n'est plus tout à fait dans le coup maintenant. On dit qu'il boit pas mal.

Smiley a le *desk* de l'Europe septentrionale. Il peut vous donner des expli-cations sur la façon de déposer le film. Notre propre service de courrier n'existe plus, alors il n'y a pas d'autre moyen : le Foreign Office ne veut pas nous connaître ; après la mort de Taylor, je ne peux pas vous laisser vous balader avec ça dans votre poche. Qu'est-ce que vous savez du Cirque ? (Il aurait aussi bien pu lui poser la question à propos des femmes, avec méfiance, comme un aîné sans expérience.)

– Pas mal de choses, dit Avery. Ce qu'on raconte.

Leclerc se leva et s'approcha de la fenêtre.

– Ce sont des gens curieux. Il y en a de remarquables, bien sûr. Smiley était bien. Mais il triche, déclara-t-il tout d'un coup. Je sais que c'est bizarre d'employer ce mot-là à propos de collègues, John. Mais le mensonge est pour eux une seconde nature. La moitié d'entre eux ne savent même plus quand ils disent la vérité. (Il penchait la tête d'un côté puis d'un autre pour observer ce qui bougeait dans la rue en train de s'éveiller.) Quel fichu temps ! Il y avait pas mal de rivalités entre nous pendant la guerre, vous savez.

– Je l'ai entendu dire.

– C'est fini maintenant. Je ne les envie pas. Ils ont plus d'argent et plus de personnel que nous. Ils font un travail plus important. Je doute toutefois qu'ils soient plus forts que nous. Rien, par exemple ne peut se comparer à notre Section de recherche. Rien. (Avery soudain eut l'impression que Leclerc venait de lui révéler quelque, chose de très intime, un mariage raté ou un acte déshonorant, et que maintenant tout allait bien.)

– Quand vous verrez Smiley, il vous posera peut-être des questions à propos de l'opération. Je veux que vous ne lui disiez rien, vous comprenez, sinon que vous partez pour la Finlande et que vous aurez peut-être à remettre un film à être expédié d'urgence à Londres.

S'il insiste, laissez entendre qu'il s'agit d'entraînement. C'est tout ce que vous êtes autorisé à dire. Tout le reste, le rapport de Gorton, les opérations futures, rien de tout cela ne les concerne le moins du monde. Il s'agit d'entraînement.

– Je comprends. Mais il doit être au courant pour Taylor, non, si le FO le sait ?

– Je m'en charge. Et n'allez pas vous imaginer que le Cirque a un monopole pour envoyer des agents. Nous avons les mêmes droits. Seulement, nous ne le faisons pas à tort et à travers. (Il avait retrouvé son texte.)

Avery regardait le dos frêle de Leclerc se découpant sur le ciel qui s'éclairait dehors ; un homme exclu, un homme sans fiche.

– On ne pourrait pas allumer le feu ? demanda-t-il en sortant dans le couloir où Paine avait un placard pour les chiffons et les balais.

Il y avait du petit bois et de vieux journaux. Il revint et s'agenouilla devant la cheminée, conservant les meilleurs fragments de braises éteintes et faisant passer les cendres à travers la grille, comme il le faisait chez lui à Noël.

– Je me demande si c'était vraiment habile de les laisser se retrouver à l'aéroport, dit-il.

– C'était urgent. Après le rapport de Jimmy Gorton, c'était très urgent. Ça l'est encore. Nous n'avons pas un moment à perdre.

Avery approcha une allumette du journal et le regarda brûler. Lorsque le bois prit, la fumée monta en douces volutes jusqu'à son visage, lui faisant pleurer les yeux derrière ses lunettes.

– Comment pouvaient-ils connaître la destination de Lansen ?

– C'était un vol régulier. Il avait dû demander l'autorisation d'avance.

Avery ajouta un peu de charbon sur le feu, se redressa et alla se rincer les mains au lavabo dans le coin, les essuyant ensuite avec son mouchoir.

– Je demande sans arrêt à Paine de mettre une serviette, dit Leclerc. Ils n'ont pas assez à faire, la moitié de nos ennuis viennent de là.

– Ça ne fait rien. (Avery fourra le mouchoir mouillé dans sa poche. Il eut une sensation de froid contre la cuisse.) Ça va peut-être changer maintenant, ajouta-t-il sans ironie.

– Je me suis dit que j'allais demander à Paine de me dresser un lit ici. Une sorte de salle d'opération, annonça prudemment Leclerc, comme si Avery risquait de le priver de ce plaisir. Vous pouvez m'appeler ici ce soir de Finlande. Si vous avez récupéré la pellicule, dites simplement que l'affaire a marché.

– Et sinon ?

– Dites qu'elle a échoué.

– Ça se ressemble pas mal, objecta Avery. Je veux dire, si la communication est mauvaise. « Marché » et « échoué ».

– Alors dites que ça ne les intéresse pas. Dites quelque chose de négatif. Vous voyez bien ce que je veux dire.

Avery ramassa le seau à charbon vide.

– Je vais le donner à Paine.

Il passa dans la salle du courrier. Un employé de l'Air Force était à demi endormi auprès des téléphones. Avery se dirigea vers l'escalier.

– Le patron veut du charbon, Paine.

Le concierge se leva ; comme il le faisait toujours quand on lui adressait la parole, il se mit au garde-à-vous près de son lit.

– Je suis désolé, monsieur. Je ne peux pas quitter la porte.

– Bon sang, je surveillerai la porte. On gèle là-haut.

Paine prit le seau, boutonna sa tunique et disparut dans le couloir. Il ne sifflait plus ces temps-ci.

– Il demande aussi qu'on dresse un lit dans son bureau, reprit-il quand Paine revint. Vous n'avez qu'à le dire à l'ordonnance quand elle se réveillera. Oh, et une serviette. Il lui faut une serviette auprès du lavabo.

– Bien, monsieur. C'est bon de voir le vieux Service se remettre en marche.

– Où peut-on prendre le petit déjeuner par ici ? Est-ce qu'il y a un endroit dans les environs ?

– Il y a le *Cadenas,* répondit Paine d'un ton hésitant, mais je ne sais pas si ça conviendra au patron, monsieur. (Il sourit.) Autrefois, on avait la cantine.

Il était sept heures moins le quart.

– À quelle heure ouvre le *Cadenas* ?

– Je ne pourrais pas vous dire, monsieur.

– Dites-moi, connaissez-vous Mr Taylor ? (Il avait failli dire « connaissiez-vous ».)

– Oh, oui, monsieur !

– Vous avez déjà vu sa femme ?

– Non, monsieur.

– Comment est-elle ? Vous n'avez aucune idée ? Vous n'avez jamais entendu parler d'elle ?

– Je ne pourrais vraiment pas vous dire, monsieur. Une bien triste affaire, monsieur.

Avery le regarda avec stupeur. Il se dit que Leclerc avait dû lui raconter, et il remonta. Tôt ou tard, il allait devoir téléphoner à Sarah.

3

Ils prirent leur petit déjeuner quelque part. Leclerc refusa d'aller au *Cadenas* et ils marchèrent interminablement jusqu'au moment où ils découvrirent un autre café, pire que le *Cadenas* et plus cher.

– Je n'arrive pas à me souvenir de lui, dit Leclerc. C'est vraiment ridicule. C'est, semble-t-il, un opérateur radio qualifié. En tout cas, il l'était autrefois.

Avery crut qu'il parlait de Taylor.

– Quel âge disiez-vous qu'il avait ?

– Quarante et des poussières. Un bon âge. Un Polonais de Dantzig. Ils parlent tous allemand, vous savez. Et ils ne sont pas aussi fous que les vrais Slaves. Après la guerre, il a traîné ses guêtres un ou deux ans, et puis il s'est repris et il a acheté un garage. Il a dû se faire un petit magot.

– Alors, je ne pense pas qu'il…

– Allons donc. Il sera ravi, ou il devrait l'être.

Leclerc régla l'addition et la garda. En quittant le restaurant, il dit quelque chose à propos des défrais, et des notes de frais à établir pour la comptabilité.

– Vous pouvez faire état de travail de nuit aussi, vous savez. Ou d'heures supplémentaires. (Ils descendaient la rue.) Votre place d'avion est retenue. Carol a téléphoné de chez elle. Vous auriez intérêt à vous faire donner une avance pour vos frais. Il va y avoir l'expédition du corps, et tout ça. Il paraît que ça peut être coûteux. Vous feriez, mieux de le faire expédier par avion. Nous pratiquerons une autopsie nous-mêmes ici.

– Je n'ai jamais vu de cadavre, dit Avery.

Ils étaient à un coin de rue dans Kennington, en quête d'un taxi ; une usine à gaz d'un côté de la rue, rien de l'autre ; le genre d'endroit où ils pouvaient attendre toute la journée.

– Il faut que vous soyez très discret, John, à propos du fait que nous allons envoyer un agent. Personne ne doit le savoir, pas même à l'intérieur du Service ; absolument personne. J'ai pensé que nous l'appellerions Mayfly.

– Très bien.

– C'est très délicat ; il faut bien calculer le moment. Je suis certain que nous nous heurterons à une certaine opposition, à l'intérieur du Service aussi bien qu'à l'extérieur.

– Qu'est-ce que j'utilise comme couverture… ? demanda Avery. Je ne sais pas très bien.

Un taxi, avec son drapeau levé, passa devant eux sans s'arrêter.

– Le salopard, fit Leclerc. Pourquoi ne nous a-t-il pas pris ?

– Il habite sans doute par ici. Il va vers le West End. Oui, reprit-il, comme couverture ?

– Vous voyagez sous votre vrai nom, Je ne vois pas que cela pose aucun problème. Vous pouvez utiliser votre adresse. Dites que vous êtes éditeur. Après tout, vous l'avez été. Le consul vous expliquera. Qu'est-ce qui vous inquiète ?

– Oh… Simplement les détails.

Leclerc, sortant de sa rêverie, sourit.

– Je vais vous dire une chose ; une chose que vous découvrirez d'ailleurs tout seul. Ne donnez jamais spontanément de renseignements. Les gens ne s'attendent pas à ce que vous vous expliquiez. Après tout, qu'y a-t-il à expliquer ? Le terrain est préparé : le consul aura reçu notre télex. Montrez votre passeport et pour le reste, suivez votre inspiration.

– J'essaierai, dit Avery.

– Vous y arriverez, fit Leclerc avec conviction, et tous deux échangèrent un timide sourire.

– C'est loin de la ville, demanda Avery, l'aéroport ?

– Pas tout à fait cinq kilomètres. Il dessert les principales stations de ski. Dieu sait ce que le consul fait toute la journée.

– Et Helsinki ?

– Je vous ai dit. Cent cinquante kilomètres. Peut-être plus.

Avery proposa de prendre un autobus, mais Leclerc ne voulait pas faire la queue, aussi restèrent-ils à attendre au coin de la rue. Il se remit à parler des voitures officielles.

– C'est absolument ridicule, dit-il. Autrefois, nous avions notre parc à nous, maintenant nous avons deux fourgons et les Finances ne veulent pas nous laisser payer des heures supplémentaires au chauffeur. Comment voulez-vous que je dirige un Service dans ces conditions ?

Ils finirent par y aller à pied. Leclerc avait l'adresse en tête ; il se faisait un point d'honneur de se rappeler ce genre de choses. Avery avait du mal à marcher longtemps auprès de lui, car Leclerc réglait son pas sur celui, plus allongé, de son compagnon. Avery essayait de se surveiller, mais parfois il oubliait, et Leclerc à son côté faisait des enjambées inconfortables, plongeant en avant à chaque pas. Une pluie fine tombait. Il continuait à faire très froid.

Il y avait des moments où Avery éprouvait pour Leclerc une tendresse profonde et protectrice. Leclerc avait ce don indéfinissable de vous donner des remords, comme si, lorsqu'on était avec lui on ne faisait que piètrement remplacer un ami en allé. Quelqu'un avait été avec lui et était parti ; peut-être tout un monde, une génération ; quelqu'un l'avait, créé, et désavoué, et si Avery parfois trouvait exécrables ses manipulations trop évidentes, s'il pouvait détester ses manies comme un enfant déteste les tics de son père ou de sa mère, un instant plus tard il se précipitait pour le protéger, soucieux et profondément conscient de sa responsabilité. Par-delà toutes les vicissitudes de leurs relations, il éprouvait une certaine reconnaissance à l'idée que c'était Leclerc qui l'avait fait; ainsi était née cette solide affection qui n'existe qu'entre les faibles; chacun devenait le modèlc que l'autre cherchait à imiter.

– Ce serait une bonne chose, dit soudain Leclerc, si vous participiez à l'opération Mayfly.

– J'aimerais bien.

– Quand vous rentrerez.

Ils avaient trouvé l'adresse sur le plan : 34, Roxburgh Gardens ; c'était à côté de Kennington High Street. La rue ne tarda pas à prendre un aspect moins élégant, les maisons à être plus rapprochées. Les lumières des réverbères brûlaient d'une flamme jaune et plate comme des lunes en papier.

– Pendant la guerre, on nous avait donné un hôtel pour le personnel. Ils vont peut être le refaire, suggéra Avery.

– Ça fait vingt ans que je n'ai pas fait ce genre de démarche.

– Vous les faisiez seul à cette époque ? demanda Avery, et il le regretta aussitôt. (C'était si facile de faire souffrir Leclerc !)

– En ce temps-là, c'était plus simple. Nous pouvions dire qu'ils étaient morts pour leur patrie. Nous n'avions pas besoin de donner de détails à la famille : ils ne s'y attendaient pas. (C'était donc bien *nous*, se dit Avery. Il y allait avec un autre, un de ces visages rieurs sur une des photos.)

– Des pilotes, il en mourait tous les jours alors. Nous faisions des vols de reconnaissance, vous savez, aussi bien que des opérations spéciales… J'ai honte quelquefois : je ne me souviens même plus de leurs noms. Certains étaient si jeunes… Une tragique procession de visages horrifiés traversa l'esprit d'Avery : des mères et des pères, des fiancées et des épouses, et il essaya d'imaginer Leclerc au milieu d'eux, l'air naïf mais le pied sûr, comme un politicien sur les lieux d'une catastrophe.

Ils s'arrêtèrent en haut d'une montée. C'était un endroit sinistre. La rue descendait, bordée de pavillons crasseux et aveugles ; au-dessus d'eux s'élevait un unique immeuble d'appartements : Roxburgh Gardens. Des cordons de lumières brillaient jusqu'aux tuiles vernissées, divisant et redivisant tout l'édifice en cellules. C'était un grand bâtiment, très laid dans son genre, le début d'un monde nouveau et, à ses pieds, gisaient les ruines sombres de l'ancien : les maisons croulantes, huileuses, hantées par des visages tristes qui passaient sous la pluie comme des épaves dans un port oublié.

Leclerc avait crispé ses poings frêles ; il était parfaitement immobile.

– C'est là ? fit-il. C'est là qu'habitait Taylor ?

– Pourquoi pas ? Ça fait partie d'un projet, d'un ensemble…

Et puis Avery comprit. Leclerc avait honte. Taylor l'avait scandaleusement trompé. Ce n'était pas cela la société qu'ils protégeaient, ces taudis avec leurs tours de Babel. Ils n'avaient pas de place dans la conception que Leclerc se faisait des choses. Penser qu'un collaborateur de Leclerc s'extirpait chaque jour d'un endroit aussi abominable pour gagner le sanctuaire du Service : n'avait-il pas d'argent, pas de pension ? N'avait-il pas quelques économies, comme nous en avons tous simplement cent, deux cents livres, pour pouvoir sortir de cette crasse ?

– Ça n'est pas pire que Blackfriars Road, dit machinalement Avery, pour le réconforter.

– Tout le monde sait qu'autrefois nous étions à Baker Street, répliqua Leclerc.

Ils se dirigèrent rapidement vers l'immeuble, passant devant des vitrines encombrées de vieux vêtements et de poêles électriques rouillés, tout le triste assemblage d'objets inutiles que seuls les pauvres achètent.

– Quel numéro ? demanda Leclerc.

– Vous avez dit 34.

Ils s'engagèrent sous de lourdes colonnes grossièrement ornées de mosaïque, suivirent des flèches en matière plastique marquées de chiffres roses, se glissèrent entre les rangées de voitures, vétustes et vides, pour arriver enfin à une entrée en béton devant laquelle s'entassaient des cartons de bouteilles de lait. Il n'y avait pas de porte, mais quelques marches recouvertes d'un tapis de caoutchouc qui crissait sous leurs pas. Cela sentait la cuisine et ce savon liquide qu'on utilise dans les toilettes de chemin de fer. Sur le mur de stuc, une pancarte écrite à la main incitait au silence. Un poste de radio jouait quelque part. Ils gravirent deux étages et s'arrêtèrent devant une porte verte, dont la moitié supérieure était vitrée. Le numéro 34 était fixé dessus en caractères de bakélite blanche, Leclerc ôta son chapeau et épongea la sueur qui perlait sur ses tempes. Il pleuvait plus fort qu'ils ne s'en étaient rendu compte : leurs manteaux étaient trempés. Il pressa la sonnette. Avery soudain eut très peur. Il jeta un coup d'œil à Leclerc en songeant : À vous de jouer, c'est vous qui allez la prévenir.

La musique semblait plus forte. Ils tendirent l'oreille, à l'affût d'un autre bruit, mais il n'y en avait pas.

– Pourquoi l'avez-vous appelé Malherbe ? demanda brusquement Avery…

Leclerc sonna de nouveau ; ils l'entendirent alors tous les deux ; un gémissement à mi-chemin entre le sanglot d'un enfant et la plainte d'un chat, une sorte de soupir métallique, étouffé. Leclerc fit un pas en arrière, Avery empoigna le heurtoir de bronze sur la boîte à lettres et le laissa retomber avec force. L'écho se dissipa lentement et ils entendirent dans l'appartement un pas léger, hésitant ; un verrou glissa, une serrure joua. Puis ils entendirent de nouveau, plus forte et plus distincte, la même plainte monotone. La porte s'entrebâilla et Avery aperçut une enfant, une fillette frêle et pâle qui n'avait pas plus de dix ans. Elle portait des lunettes à monture d'acier, comme Anthony. Elle tenait dans ses bras une poupée aux membres roses stupidement écartés, avec des yeux teints qui regardaient fixement entre des franges de coton effiloché. La bouche barbouillée de rouge était béante, sa tête pendait sur le côté comme si elle était cassée ou morte. C'était ce qu'on appelait une poupée qui parle, mais aucune créature vivante n'émettait jamais de sons pareils.

– Où est ta mère ? demanda Leclerc, d'un ton agressif, effrayé.

– Elle est à son travail, dit l'enfant en secouant la tête.

– Qui s'occupe de toi alors ?

Elle parlait lentement, comme si elle pensait à autre chose.

– Maman revient à l'heure du thé. Je ne dois pas ouvrir la porte.

– Où est-elle ? Où est-elle allée ?

– Travailler.

– Qui te fait déjeuner ? insista Leclerc.

– Mrs Bradley. Après l'école.

Puis Avery demanda :

– Où est ton père ?

Elle sourit en portant un doigt à ses lèvres.

– Il est parti sur un aéroplane, dit-elle. Chercher de l'argent. Mais je ne dois pas le dire. C'est un secret.

Les deux hommes restèrent silencieux.

– Il va me rapporter un cadeau, ajouta-t-elle.

– D'où ça ? dit Avery.

– Du pôle Nord, mais c'est un secret. (Elle avait toujours la main sur le bouton de la porte.) C'est là qu'habite le Père Noël.

– Dis à ta mère que des messieurs sont venus, dit Avery. Du bureau de ton papa. Nous reviendrons à l'heure du thé.

– C'est important, dit Leclerc.

Elle parut se détendre en apprenant qu'ils connaissaient son père.

– Il est sur un aéroplane, répéta-t-elle.

Avery fouilla dans sa poche et lui donna deux demi-couronnes, la monnaie de son taxi de ce matin. Elle referma la porte, les plantant sur ce maudit escalier, avec le poste de TSF qui jouait une musique rêveuse.

4

Ils s'arrêtèrent dans la rue sans se regarder. Leclerc dit :

– Pourquoi avez-vous posé cette question à propos de son père ? (Comme Avery ne répondait pas, il ajouta bizarrement :) Il ne s'agit pas de se montrer compatissant dans ce métier.

Leclerc parfois ne semblait ni entendre, ni sentir ; il se laissait aller, à l'affût d'un son, comme un homme qui, après avoir appris les pas, se trouve privé de la musique ; cela donnait l'impression d'une profonde tristesse, on aurait dit la consternation d'un homme trahi.

– Je crois malheureusement que je ne pourrai pas revenir avec vous cet après-midi, dit tout doucement Avery. Peut-être que Bruce Woodford pourra vous accompagner.

– Bruce ne fera pas l'affaire. Vous serez à la conférence, ajouta-t-il. À dix heures quarante-cinq ?

– Je serai peut-être obligé de partir avant la fin pour passer au Cirque et faire ma valise. Sarah n'était pas très bien. Je resterai au bureau le plus tard possible. Je regrette d'avoir posé cette question, je regrette vraiment.

– Je veux que personne ne sache. Il faut que je parle à sa mère d'abord. Il y a peut-être une explication. Taylor est un vieux routier. Il connaissait son métier.

– Je n'en parlerai pas. Je vous le promets. Pas plus que de Mayfly.

– Il faut que je parle à Haldane de Mayfly. Il va protester, bien sûr C'est comme ça que nous l'appellerons… L'opération Mayfly. (Cette idée le consola.)

Ils rentrèrent en hâte au bureau, non pas pour travailler, mais pour y trouver un refuge, pour l'anonymat qu'il offrait, et dont ils commençaient à éprouver le besoin.

Son bureau était à côté de celui de Leclerc. Il y avait une étiquette sur la porte avec la mention « ADJOINT DU DIRECTEUR ». Deux ans plus tôt, Leclerc avait été invité aux États-Unis et l'expression datait de son retour. Dans le Service, on désignait les collaborateurs d'après la fonction qu'ils occupaient. Avery était connu simplement sous la dénomination de Secrétariat ; même si Leclerc modifiait le titre chaque semaine, il ne pouvait rien contre l'argot du bureau.

À onze heures moins le quart, Woodford entra dans la pièce. Avery s'y attendait : une petite conversation avant le début de la conférence, un mot en passant sur une question qui ne figurait pas formellement sur l'ordre du jour.

– De quoi s'agit-il ? John. (Il alluma sa pipe, renversa en arrière sa grosse tête et éteignit l'allumette en l'éventant d'un grand geste de la main. Il avait été professeur autrefois c'était un sportif.)

– Je vous le demande.

– Ce pauvre Taylor.

– Précisément.

– Je ne veux pas précipiter le mouvement, dit-il, en se juchant sur le bord du bureau, toujours très occupé par sa pipe.

– Je ne veux pas précipiter le mouvement, John, répéta-t-il. Mais pour tragique que soit la mort de Taylor, il y a un autre problème qu'il nous faut prendre en considération. (Il fourra la boîte de tabac dans la poche de sa veste et dit :) Le classement.

– C'est le domaine de Haldane. La Recherche.

– Je n'ai rien contre le vieil Adrian. Il connaît son métier. Nous travaillons ensemble depuis plus de vingt ans. (Ce qui veut dire que vous connaissez votre métier aussi, songea Avery.)

Woodford avait la manie de s'approcher quand il vous parlait ; il avançait sa lourde épaule contre vous comme un cheval se frotte contre une barrière. Il se pencha en avant et regarda gravement Avery. « Je suis un homme simple très perplexe, semblait-il dire, un brave homme qui choisit, entre l'amitié et le devoir. » Son costume était dans un tissu velu, trop épais pour garder les plis qui faisaient des rouleaux comme une couverture ; des boutons de corne aux arêtes vives.

– John, c'est la pagaïe au classement ; nous le savons tous les deux. On n'enregistre pas les documents qui arrivent, les dossiers ne sont pas à jour. (Il secoua la tête d'un air désespéré.) Depuis la mi-octobre, nous ne retrouvons pas un dossier sur le fret maritime. Il s'est volatilisé.

– Adrian Haldane a fait une note de service à ce propos, dit Avery. Nous sommes tous responsables, et pas seulement Adrian. C'est vrai que des dossiers se perdent, mais c'est le premier depuis avril, Bruce. Je ne trouve pas que ce soit si mal, étant donné le nombre qui nous passe par les mains. J'ai toujours pensé que le classement était un des services qui marchaient le mieux. Les dossiers sont impeccables. Il paraît que notre index de la section Recherche est unique. Tout cela dépend d'Adrian, n'est-ce pas ? Mais si cela vous préoccupe, pourquoi ne lui en parlez-vous pas ?

– Non, non. Ce n'est pas si important, répondit Woodford, magnanime.

Carol entra avec le thé. Woodford prit le sien dans une énorme tasse de céramique, marquée à ses initiales comme une décoration en sucre glacé. En reposant la théière, Carol observa :

– Wilf Taylor est mort.

– Je suis ici depuis une heure à m'en occuper, déclara Avery effrontément. Nous avons travaillé toute la nuit.

– Le directeur est dans tous ses états, dit-elle.

– Comment était sa femme, Carol ? (C'était une fille qui s'habillait bien, un peu plus grande que Sarah.)

– Personne ne la connaît.

Elle sortit et Woodford la suivit des yeux. Il ôta sa pipe d'entre ses dents et sourit. Avery sentit qu'il allait faire une phrase à propos de ses relations avec Carol, et tout à coup il en eut assez.

– C'est votre femme qui a fait cette tasse, Bruce ? demanda-t-il très vite. Il paraît que c'est une excellente céramiste.

– Elle a fait la soucoupe aussi, fit-il.

Il se mit à parler des cours qu'elle suivait, à expliquer comme c'était amusant, la façon dont la mode s'était répandue à Wimbledon, et que sa femme en était ravie.

Il était près de onze heures ; ils entendaient les autres qui se rassemblaient dans le couloir.

– Je ferais mieux, dit Avery, d'aller voir s'il est prêt. Ça fait huit heures qu'il n'a pas dételé.

Woodford prit sa tasse et but une gorgée de thé.

– Si vous en avez l'occasion, John, parlez donc au patron de cette histoire de classement. Je ne veux pas soulever la question devant tout le monde. Adrian est un peu dépassé.

– Le directeur est surchargé en ce moment, Bruce.

– Oh, bon.

– Et il a horreur de se mêler des affaires de Haldane, vous le savez. (Au moment d'ouvrir la porte de son bureau, il se tourna vers Woodford et demanda :) Vous vous souvenez d'un nommé Malherbe, qui était dans le Service ?

Woodford se figea sur place.

– Bon Dieu, oui. Un jeune type, comme vous. Pendant la guerre. Seigneur. (Et d'un ton grave, mais qui n'était pas du tout dans sa manière, il reprit :) Ne mentionnez pas ce nom-là devant le patron. La mort du jeune Malherbe l'a beaucoup secoué. C'était un des pilotes des Services spéciaux. Ils étaient très liés tous les deux.

De jour, le bureau de Leclerc n'avait pas tant l'air sinistre que temporairement occupé. On avait l'impression que son occupant l'avait réquisitionné précipitamment, poussé par l'urgence, sans savoir combien de temps il allait rester. Des cartes s'étalaient sur la table à tréteaux, non pas trois ou quatre, mais des douzaines, certaines à assez grande échelle pour montrer des rues et des immeubles. Des télex, collés par bandes sur du papier rose, pendaient en liasses au tableau de service, fixés par une grosse pince comme des épreuves attendant d'être corrigées. Dans un coin, on avait dressé un lit avec un couvre-pieds. Le bureau était neuf, en métal gris, un bureau militaire. Les murs étaient crasseux. Çà et là, la peinture crème s'était écaillée, révélant la couche vert sombre dessous. C'était une petite pièce avec son lavabo et des rideaux fournis par le ministère des Travaux publics. Il y avait eu une âpre discussion à propos des rideaux, à propos de l'assimilation du grade de Leclerc à tel échelon de la hiérarchie administrative. C'était la seule occasion, semblait-il à Avery, où Leclerc avait fait un effort pour lutter contre le désordre de la pièce. Le feu était presque éteint. Parfois, quand il y avait beaucoup de vent, le feu refusait de prendre, et toute la journée, de son bureau voisin, Avery entendait la suie tomber dans la cheminée.

Avery les regarda entrer: Woodford d'abord, puis Sandford, Dennison et MacCulloch. Ils étaient tous au courant en ce qui concernait Taylor. C'était facile d'imaginer la nouvelle se répandant dans le Service: cela ne méritait pas un gros titre, mais c'était quand même une nouvelle qui faisait un peu sensation, qu'on accueillait avec plaisir, qu'on se passait de bureau en bureau et qui venait rompre un peu la monotonie de la journée: cela leur avait donné un moment d'optimisme, comme une augmentation. Ils observaient Leclerc, ils l'observaient comme des prisonniers guettent un gardien. Ils connaissaient d'instinct ses habitudes et attendaient de le voir rompre avec elles. Il n'y avait pas un employé ni une employée du Service qui ignorât qu'ils avaient été convoqués au milieu de la nuit et que Leclerc dormait au bureau.

Ils s'installèrent autour de la table, posant leurs tasses devant eux, bruyamment, comme des enfants au réfectoire, Leclerc présidant, les autres à sa droite et à sa gauche, et tout au bout une chaise vide. Haldane entra, et Avery comprit dès qu'il le vit que ç'allait être Leclerc contre Haldane. Regardant la chaise vide, celui-ci dit:

– Je vois qu'il faut que je m'asseye dans les courants d'air.

Avery se leva mais Haldane s'était déjà assis.

– Ne vous dérangez pas, Avery. Je suis déjà un malade. (Il toussa, comme il toussait toute la nuit. Même l'été, semblait-il, n'arrangeait rien : il toussait en toute saison.)

Les autres regardèrent leurs mains d'un air gêné ; Woodford prit un biscuit. Haldane jeta un coup d'œil vers le feu.

– C'est tout ce dont est capable le ministère des Travaux publics ? demanda-t-il.

– C'est la pluie, expliqua Avery. La pluie gêne le tirage. Paine a bien essayé, mais ça n'a rien changé.

– Ah.

Haldane était un homme émacié aux longs doigts nerveux un homme renfermé, ses mouvements étaient lents mais son visage mobile, il commençait à devenir chauve, il était sec et maussade ; il semblait n'avoir que mépris pour tout, ne suivant que son propre horaire et n'en faisant qu'à sa tête ; il avait la passion des mots croisés et des aquarelles du XIXe siècle.

Carol entra avec des dossiers et des cartes pour les déposer sur le bureau de Leclerc qui, par contraste avec le reste de la pièce, semblait très en ordre. Ils attendirent dans un silence embarrassé qu'elle fût sortie. Quand la porte fut dûment fermée, Leclerc passa une main hésitante sur ses cheveux bruns comme s'il ne les reconnaissait pas très bien.

– Taylor a été tué. Vous le savez tous maintenant. Il a été tué la nuit dernière en Finlande alors qu'il voyageait sous une fausse identité. (Avery observa qu'il ne citait jamais le nom de Malherbe.) Nous ne connaissons pas les détails. Il semble avoir été renversé par une voiture. J'ai dit à Carol de raconter qu'il s'agissait d'un accident. C'est clair ?

– Oui, dirent-ils, c'était très clair.

– Il était allé chercher un film que devait lui remettre… un contact, un contact scandinave. Vous savez ce que je veux dire. Normalement, nous n'utilisons pas de courrier pour les missions opérationnelles, mais cette fois c'était différent; c'était quelque chose de tout à fait spécial. Je crois qu'Adrian sera de mon avis sur ce point. (Il eut un petit geste de ses mains ouvertes, libérant les poignets de ses manchettes, les paumes et les doigts joints à la verticale: il avait l'air de prier pour obtenir le soutien de Haldane.)

– Spécial? répéta lentement Haldane. (Il avait une voix frêle et sèche, qui lui ressemblait, une voix cultivée, sans emphase et sans affectation; une voix enviable.) C'était différent, oui. D'autant plus que Taylor est mort. Nous n'aurions jamais dû l'utiliser, jamais, remarqua-t-il calmement. Nous avons enfreint un des principes de base du Renseignement. Nous nous sommes servis d'un homme travaillant au grand jour pour une mission clandestine. Alors que nous avons encore des agents.

– Si nous laissions nos maîtres en juger? proposa Leclerc d'un ton faussement humble. Vous conviendrez en tout cas que le Ministère nous harcèle chaque jour pour que nous ayons des résultats. (Il se tourna vers ceux qui le flanquaient, à gauche, et puis à droite; comme si c'étaient des actionnaires à un conseil d'administration.) Il est temps que vous connaissiez tous les détails. Comprenez-moi bien: il s'agit d'une affaire qui doit demeurer extrêmement secrète. Je propose que seuls soient mis au courant les chefs des sections. Jusqu'à maintenant, Adrian Haldane et un ou deux de ses collaborateurs à la Recherche sont les seuls à avoir été mis au courant. Ainsi que John Avery, puisqu'il est mon assistant. Je tiens à souligner que nos collègues en ignorent tout. En ce qui concerne maintenant les dispositions que nous avons prises : l'opération a reçu le nom de code de Mayfly. (Il parlait d'une voix sèche, précise.) Il y a un dossier d'opération, qui, à la fin de chaque journée, me sera retourné personnellement ou rendu à Carol si je ne suis pas là, et il y a un exemplaire d'archives. C'est le système que nous utilisions pendant la guerre et je pense que vous le connaissez tous. C'est celui que nous adopterons désormais. J'ajouterai le nom de Carol à la liste des collaborateurs pouvant y avoir accès.

Woodford braqua sur Avery le tuyau de sa pipe en secouant la tête. Ça ne pouvait pas aller pour le jeune John ; John ne connaissait pas le système. Sandford, qui était assis auprès d'Avery, expliqua. L'exemplaire d'archives était gardé dans la salle du chiffre. Il était interdit par le règlement de l'en faire sortir. Tous les nouveaux documents devaient être enregistrés dans le dossier au fur et à mesure ; la liste d'abonnement, c'était la liste des personnes autorisées à lire le dossier. On ne devait pas utiliser d'épingles : tous les documents devaient être agrafés. Les autres écoutaient d'un air complaisant.

Sandford était l'Administration ; c'était un homme à l'air paternel, qui portait des lunettes à monture d'or et qui venait au bureau à vélomoteur. Leclerc avait protesté une fois, sans raison particulière, et il garait maintenant son engin un peu plus bas dans la rue, en face de l'hôpital.

– Maintenant, dit Leclerc, en ce qui concerne l'opération…

La ligne mince de ses mains jointes coupait en deux son visage radieux. Seul Haldane ne le regardait pas : il avait les yeux tournés vers la fenêtre. Dehors, la pluie tombait doucement sur les maisons comme une averse de printemps dans une vallée sombre.

Leclerc se leva soudain et se dirigea vers une carte

d'Europe accrochée au mur. Il y avait de petits drapeaux plantés dessus. Le bras tendu vers le haut, dressé sur la pointe des pieds pour atteindre les régions septentrionales, il déclara :

– Nous avons de petits ennuis avec les Allemands. (Il y eut quelques rires.) Dans la région au sud de Rostock ; une ville du nom de Kalkstadt, juste ici. (Son doigt suivit la côte baltique du Schleswig-Holstein, continua vers l'est et s'arrêta à quatre ou cinq centimètres au sud de Rostock.) Pour nous résumer, nous avons trois indices qui laissent supposer – je ne peux pas dire qui prouvent – qu'il se monte là quelque chose d'important en matière d'installations militaires.

Il se retourna pour leur faire face. Il allait rester devant la carte et leur expliquer la situation de là, pour montrer qu'il avait tous les faits en mémoire et qu'il n'avait pas besoin des papiers posés sur la table.

– Le premier indice est arrivé il y a exactement un mois, quand nous avons reçu un rapport de notre correspondant à Hambourg, Jimmy Gorton.

Woodford sourit : Seigneur, le vieux Jimmy était toujours dans la course ?

– Un réfugié de l'Allemagne de l'Est a franchi la frontière près de Lübeck : il a passé le fleuve à la nage ; c'est un cheminot de Kalkstadt. Il s'est rendu à notre consulat et à proposé de leur vendre des informations sur une nouvelle base de fusées près de Rostock. Inutile de vous dire qu'au consulat on l'a jeté dehors. Étant donné que le Foreign Office refuse même de nous laisser utiliser la valise diplomatique, on ne peut pas compter sur eux, ajouta-t-il avec un pâle sourire, pour nous aider à acheter des renseignements militaires. (Un murmure approbateur accueillit cette plaisanterie.) Toutefois, par un coup de chance, Gorton eut vent de cette affaire et se rendit à Flensburg pour voir cet homme.

Woodford ne put s'empêcher d'intervenir. Flensburg ? Mais n'est-ce pas l'endroit où ils avaient repéré des sous-marins allemands en 41 ? Flensburg, ç'avait été un sacré coup.

Leclerc gratifia Woodford d'un petit signe de tête indulgent, comme si lui aussi était amusé par ce souvenir.

– Ce pauvre type s'était adressé à tous les organismes alliés d'Allemagne du Nord, mais personne ne voulait l'entendre. Jimmy Gorton a bavardé avec lui. (Leclerc avait une façon de décrire les choses qui laissait entendre que Gorton était le seul homme intelligent parmi une foule d'imbéciles. Il revint vers son bureau, prit une cigarette dans le coffret d'argent, l'alluma, saisit un dossier marqué d'une grosse croix rouge et le déposa sans bruit sur la table devant eux.) Voici le rapport de Jimmy, dit-il. C'est un travail de premier ordre. (La cigarette entre ses doigts semblait très longue.) Le déserteur, ajouta-t-il, on ne sait pourquoi, s'appelait Fritsche.

– Déserteur ? fit aussitôt Haldane. Cet homme est un réfugié sans importance, un simple cheminot. On ne parle généralement pas de désertion dans ces cas-là.

– Ce n'est pas qu'un cheminot, répondit Leclerc, sur la défensive. Il est un peu mécanicien et un peu photographe.

MacCulloch ouvrit le dossier et se mit à le feuilleter méthodiquement. Sandford l'observait, derrière ses lunettes à monture d'or.

– Le 1er ou le 2 septembre – nous ne savons pas exactement, parce qu'il n'arrive pas à s'en souvenir –, il travaillait au hangar du dépôt de Kalkstadt. Comme un de ses camarades était malade, il le remplaçait et devait travailler de six heures à midi, pour reprendre de quatre heures à dix heures du soir. Quand il est arrivé pour pointer, il y avait à l'entrée de la gare une douzaine de Vopos, la police populaire de l'Allemagne de l'Est. Tout le trafic voyageur était interdit. On a vérifié ses papiers d'identité en consultant une liste et on lui a dit de ne pas s'approcher des hangars du côté est de la gare. On lui a dit, ajouta lentement Leclerc, que s'il allait par là, il risquait de se faire tirer dessus.

Cette précision les impressionna. Woodford dit qu'il reconnaissait bien là les Allemands.

– Notre homme est un drôle de pistolet. Il a, paraît-il, discuté avec eux. Il leur a expliqué qu'il était aussi sûr qu'eux, qu'il était un bon Allemand et membre du Parti. Il leur a montré sa carte du syndicat, des photos de sa femme et Dieu sait quoi. Ça n'a servi à rien, bien sûr, car ils se sont contentés de lui dire de respecter les consignes et de ne pas s'aventurer du côté des hangars. Mais il dut s'attirer leur sympathie car quand ils préparèrent la soupe vers dix heures, ils le firent venir pour lui offrir une gamelle. Tout en prenant la soupe, il leur demanda ce qui se passait. Ils étaient méfiants, mais il se rendait compte qu'ils étaient excités. Il s'est alors passé quelque chose. Quelque chose de très important, reprit-il. Un des plus jeunes parmi les policiers a lancé que ce qu'il y avait dans les hangars suffirait à faire filer les Américains d'Allemagne de l'Ouest en deux heures. Là-dessus, un officier est arrivé et leur a dit de retourner au travail.

Haldane se mit à tousser, une toux profonde et désespérée comme un écho dans une vieille crypte.

– L'officier, demanda quelqu'un, était-il allemand ou russe ?

– Allemand. C'est le point le plus intéressant. Il n'y avait aucun Russe sur les lieux.

Haldane intervint sèchement.

– Le réfugié n'en a vu aucun. C'est tout ce que nous savons. Soyons précis. (Il se remit à tousser. C'était très agaçant.)

– Si vous voulez. Il est rentré chez lui déjeuner. Il était écœuré de s'entendre donner des ordres dans sa propre gare par des blancs-becs qui jouaient aux soldats. Il a bu quelques verres de schnaps et il est resté là à penser à ce hangar. Adrian, si votre toux vous gêne… (Haldane secoua la tête.) Il s'est souvenu que sur le côté nord le hangar était flanqué d'un vieux dépôt de matériel et qu'il y avait dans la cloison un système d'aération à volets. L'idée lui est venue de regarder par là pour voir ce qu'il y avait dans le hangar. Histoire de jouer un tour aux soldats.

Woodford se mit à rire.

– Puis il a décidé d'aller plus loin et de photographier ce qui se trouvait là.

– Il devait être fou, observa Haldane. Je trouve cette partie impossible à admettre.

– Fou ou pas, c'est ce qu'il a décidé de faire. Il était furieux parce qu'on ne lui faisait pas confiance. Il estimait avoir le droit de savoir ce qu'il y avait dans le hangar. (Leclerc marqua un temps, puis se réfugia dans les détails techniques.) Il avait un appareil Exa-deux à reflex. De fabrication est-allemande. La boîte n'est pas de bonne, qualité mais on peut adapter dessus tous les objectifs Exakta; bien sûr, il n'a pas la même gamme de vitesses que l'Exakta. (Il regarda d'un air interrogateur les techniciens, Dennison et MacCulloch.) Ai-je raison, messieurs ? demanda-t-il. Il faut me corriger. (Ils eurent un sourire penaud car il n'y avait rien à corriger.) Il avait un bon objectif grand angle. La difficulté, c'était la lumière, Il ne reprenait le travail qu'à quatre heures, à ce moment-là la nuit commencerait à tomber et il y aurait encore moins de lumière à l'intérieur du hangar. Il avait un rouleau de pellicule Agfa rapide qu'il gardait pour une grande occasion ; de la pellicule de 27 Din. Il décida de l'utiliser. (Il s'interrompit, plus pour souligner son effet que pour laisser le temps de poser des questions.)

– Pourquoi n'a-t-il pas attendu le lendemain matin ? demanda Haldane.

– Dans le rapport, continua tranquillement Leclerc, vous trouverez un récit très complet, rédigé par Gorton, de la façon dont l'homme s'introduisit dans le magasin de matériel, se jucha sur un baril d'huile et prit ses photographies par la bouche de ventilation. Je ne m'en vais pas répéter tout cela maintenant. Il utilisa la plus grande ouverture d'objectif, 2,8, et des vitesses allant du 1/25 de seconde à 2 secondes. Heureux exemple de minutie allemande. (Personne ne rit.) Les vitesses, bien sûr, étaient calculées à vue de nez. Il tournait autour d'un temps d'exposition qu'il fixait à une seconde. Seuls les trois derniers clichés montrent quelque chose. Les voici.

Leclerc déverrouilla le tiroir d'acier de son bureau et en tira un jeu de photographies de trente centimètres sur vingt-trois. Il souriait un peu, comme un homme qui regarde son reflet dans un miroir. Ils s'approchèrent tous, à l'exception de Haldane et d'Avery, qui les avaient déjà vues.

Il y avait là quelque chose.

On pouvait le voir en regardant rapidement ; quelque chose de caché dans une ombre qui semblait se dissiper ; mais si on continuait à regarder, les ténèbres se refermaient et la forme disparaissait. Pourtant il y avait là quelque chose : la forme confuse d'un canon, mais pointue et trop longue pour un affût : on soupçonnait la présence d'un automoteur, le vague reflet de ce qui aurait pu être une plate-forme.

– Bien sûr, ils ont dû les camoufler, commenta Leclerc, scrutant leurs visages avec espoir, guettant une expression d'optimisme.

Avery regarda sa montre. Onze heures vingt.

– Il va bientôt falloir que je parte, monsieur, dit-il. (Il n'avait pas encore téléphoné à Sarah.) Il faut que je voie le comptable pour mon billet d'avion.

– Restez encore dix minutes, insista Leclerc.

Haldane, demanda :

– Où va-t-il ?

– S'occuper de Taylor, répondit Leclerc. Mais il a d'abord un rendez-vous au Cirque.

– Comment ça, s'occuper de lui ? Taylor est mort.

Il y eut un silence gêné.

– Vous savez pertinemment que Taylor voyageait sous une fausse identité. Il faut que quelqu'un aille récupérer ses affaires personnelles ; retrouver le film. Avery part en tant que plus proche parent. Le Ministère a déjà donné son approbation ; je ne savais pas que j'avais besoin de la vôtre.

– Pour réclamer le corps ?

– Pour prendre la pellicule, répéta Leclerc, agacé.

– C'est une mission opérationnelle ; Avery n'a pas l'entraînement.

– Pendant la guerre, ils étaient plus jeunes que lui. Il est assez grand pour se débrouiller.

– Ça n'a pas été le cas de Taylor. Que fera-t-il quand il aura le film ? Il le rapportera dans sa trousse de toilette ?

– Si nous en discutions plus tard ? proposa Leclerc, en s'adressant une fois de plus aux autres avec un sourire patient, comme pour expliquer qu'il ne fallait pas en vouloir au vieil Adrian. C'était tout ce dont nous disposions jusqu'à il y a dix jours. C'est alors que nous sommes tombés sur le second indice. La région autour de Kalkstadt avait été déclarée zone interdite. (Il y eut un murmure d'intérêt.) Dans un rayon – pour autant qu'il nous soit possible de l'établir – de trente kilomètres. Complètement bouclée ; fermée à toute circulation. Ils ont fait venir des gardes-frontières. (Il promena autour de la table un regard circulaire.) J'ai alors informé le Ministre. Je ne peux même pas vous révéler tous les détails. Mais laissez-moi vous en citer un. (Il prononça la dernière phrase rapidement, tout en rejetant en arrière les petites mèches de cheveux grisonnants qui poussaient au-dessus de ses oreilles.)

On avait oublié Haldane.

– Ce qui nous a intrigués au début (il fit un signe de tête en direction de Haldane, geste conciliant dans un moment de victoire, mais Haldane y demeura indifférent)... C'était l'absence de troupes soviétiques. Ils ont des unités à Rostock, à Witmar, à Schwerin. (Son doigt pointait parmi les drapeaux.) Mais aucune – et ceci est confirmé par d'autres services – aucune dans les environs immédiats de Kalkstadt. S'il y a bien là des armes, des armes d'une forte puissance destructrice, pourquoi n'y a-t-il pas de troupes soviétiques ?

MacCulloch offrit une explication : ne pourrait-il y avoir des techniciens soviétiques en civil ?

– Je considère cela comme peu probable. (Un sourire modeste.) Dans des cas analogues où l'on transportait des armes tactiques, nous avons toujours identifié au moins une unité soviétique. D'autre part, il y a cinq semaines, on a effectivement vu quelques troupes russes à Gusweiler, un peu plus au sud. (Il revint à la carte.) Les soldats ont eu des billets de logement pour une nuit dans un café. Certains portaient des écussons d'artilleurs ; d'autres ne portaient aucun insigne. Ils ont fait mouvement vers le sud de bonne heure le lendemain matin. On pourrait en conclure qu'ils avaient convoyé quelque chose, qu'ils l'avaient laissé sur place et qu'ils étaient repartis.

Woodford commençait à s'énerver. Qu'est-ce que

tout cela signifiait, interrogea-t-il, qu'est-ce qu'on en pensait au Ministère ? Woodford n'avait aucune patience devant les énigmes.

Leclerc prit son ton académique. Il avait quelque chose d'intimidant, comme si les faits étaient les faits et ne pouvaient, être contestés.

– La Section de recherche a fait un travail magnifique. La longueur totale de l'objet que l'on distingue sur ces photographies – on peut la calculer avec une assez grande exactitude – est égale à la longueur d'une fusée soviétique de portée moyenne. D'après les informations dont nous disposons actuellement, fit-il en tapotant légèrement sur la carte avec son poing fermé si bien qu'elle se balança un peu sur son crochet, le Ministère estime concevable que nous ayons affaire à des missiles soviétiques sous contrôle est-allemand. La Recherche, s'empressa-t-il d'ajouter, ne va pas si loin. Si l'opinion du Ministère se confirme, c'est-à-dire s'ils ont raison, nous nous trouverions (c'était son grand moment)... devant une sorte de nouveau Cuba, mais seulement (il s'efforça de prendre un ton modeste, détaché)..., seulement plus dangereuse.

Il ne manqua pas son effet.

– Ce fut alors, expliqua Leclerc, que le Ministère se crut justifié d'autoriser un survol. Comme vous le savez, depuis quatre ans, le Service a vu son activité limitée à des photographies aériennes sur des itinéraires civils ou militaires orthodoxes. Et même pour cela, il fallait l'approbation du Foreign Office. (Il prit un air rêveur.) C'était vraiment dommage. (Son regard parut chercher quelque chose qui n'était pas dans la pièce. Les autres ne le quittaient pas des yeux, ils attendaient qu'il poursuivît.) Pour une fois, le Ministère a autorisé une exception à cette règle, et je suis heureux de vous dire que c'est à notre Service qu'à été confiée la tâche de monter l'opération. Nous avons choisi le meilleur pilote que nous ayons pu trouver sur nos fiches : Lansen. (Quelqu'un leva les yeux d'un air surpris ; on n'utilisait jamais ainsi les noms des agents.) Lansen a accepté, moyennant rétribution, de se dérouter lors d'un envol organisé de Düsseldorf en Finlande, Taylor avait été envoyé pour se faire remettre le film ; il est mort auprès du terrain d'aviation. Un accident de la route, semble-t-il.

Dehors, on entendait le bruit des voitures qui roulaient sous la pluie comme un froissement de papier dans le vent. Le feu s'était éteint ; il ne restait que la fumée ; suspendue comme un voile au-dessus de la table.

Sandford avait levé la main. Quel genre de missile était-ce censé être ?

– Une Santal, de moyenne portée. La Recherche m'a dit qu'on l'avait montrée en public pour la première fois sur la place Rouge en novembre 62. Elle a depuis lors acquis une certaine notoriété, c'est la fusée Santal que les Russes installèrent à Cuba. La Santal est également (coup d'œil à Woodford)… la descendante directe du V2 allemand de la dernière guerre.

Il alla chercher d'autres photographies sur son bureau et les étala sur la table.

– Voici une photographie prise par la Section recherche de la fusée Santal. Elle se distingue, me dit-on, par ce qu'on appelle une jupe large (il désigna la base de l'engin)… et par de petits ailerons. Elle mesure environ douze mètres de la base à la pointe du cône. Si, en regardant attentivement, vous verrez les crochets – juste ici – qui maintiennent la housse protectrice en place, par une ironie du sort il n'existe pas de photographie de la fusée Santal sous sa housse. Peut-être les Américains en possèdent-ils, mais je ne me sens pas disposé pour l'instant à les approcher.

Woodford réagit aussitôt.

– Bien sûr que non, dit-il.

– Le Ministre tenait à ce que nous ne les alarmions pas prématurément. Il suffit de suggérer aux Américains la présence de fusées pour obtenir la réaction la plus spectaculaire. Nous n'aurons même pas le temps de dire ouf ! qu'ils enverront des U2 au-dessus de Rostock. (Encouragé par leurs rires, Leclerc poursuivit :) Le Ministre a souligné un autre point que je crois pouvoir vous révéler. Le pays qui est le plus directement menacé par ces fusées – elles ont une portée d'environ treize cents kilomètres – pourrait bien être le nôtre. Certainement pas les États-Unis. Politiquement, le moment serait mal choisi pour aller nous réfugier dans les jupes des Américains. Après tout, comme l'a dit le Ministre, nous avons encore une ou deux bonnes dents.

Haldane dit d'un ton sarcastique : « Charmante conception », et Avery se tourna vers lui avec toute la colère qu'il avait réprimée.

– Je pense que vous pourriez faire mieux que cela, dit-il. (Il faillit ajouter : avoir un peu de commisération.)

Le regard glacial de Haldane se fixa sur Avery un moment, puis se détourna.

Quelqu'un demanda ce qu'ils feraient ensuite ; et si Avery ne trouvait pas le film de Taylor ? S'il n'était tout simplement pas là ? Pourrait-on monter un autre survol

– Non, répondit Leclerc. Un nouveau survol est hors de question. Beaucoup trop dangereux. Il nous faudra essayer autre chose.

Il ne semblait pas enclin à continuer, mais Haldane dit :

– Quoi donc, par exemple ?

– Nous aurons peut-être à envoyer un homme sur place. Cela semble être la seule solution.

– Ce Service ? demanda Haldane, incrédule. Envoyer un homme sur place ? Le Ministère ne tolérerait jamais une chose pareille. Vous voulez sans doute dire que vous demanderez au Cirque de le faire ?

– Je vous ai déjà expliqué la situation. Enfin, Adrian, vous n'allez pas me dire que nous ne pouvons pas le faire nous-mêmes ? (Il promena autour de la table un regard suppliant.) Chacun de nous, sauf le jeune Avery, est dans le métier depuis vingt ans ou plus. Vous-mêmes, vous avez le temps d'en oublier plus à propos des agents que la moitié de ce que ces gens du Cirque ont jamais su.

– Bravo, bravo ! s'écria Woodford.

– Regardez votre Section, Adrian ; regardez la Recherche. Il a dû y avoir une demi-douzaine de fois au cours des cinq dernières années où le Cirque s'est bel et bien adressé à vous, vous a demandé votre avis, a utilisé vos méthodes et vos talents. Le jour peut venir où ils en feront autant pour les agents ! Le Ministère nous a autorisé un survol. Pourquoi pas un agent aussi ?

– Vous avez parlé d'un troisième indice. Je ne vous suis pas. Quel était-il ?

– La mort de Taylor, dit Leclerc.

Avery se leva, fit adieu de la tête et se dirigea sur la pointe des pieds vers la porte. Haldane le regarda s'en aller.

5

Sur son bureau, il y avait une note de Carol : « Votre femme a téléphoné. »

Il passa dans son bureau et la trouva assise derrière sa machine à écrire, mais elle ne tapait pas.

– Vous ne parleriez pas du pauvre Wilf Taylor comme ça, dit-elle, si vous l'aviez mieux connu.

– Comme quoi ? Je n'ai pas dit un mot de lui.

Il se dit qu'il devrait la consoler, parce que parfois il y avait entre eux un certain contact ; il se dit qu'elle s'attendait peut-être à un geste de sa part maintenant.

Il se pencha jusqu'au moment où il sentit les pointes des mèches de ses cheveux lui effleurer la joue. Il inclina la tête si bien que leurs tempes se touchèrent et il sentit la peau de la jeune femme se déplacer légèrement sur les méplats de son crâne. Ils restèrent un moment ainsi, Carol assise très droite, regardant droit devant elle, les mains posées à plat de chaque côté de la machine à écrire, Avery penché dans une position incommode. Il songea à passer la main sous son bras pour lui toucher le sein, mais n'en fit rien ; chacun recula doucement, ils se séparèrent et se retrouvèrent seuls. Avery se redressa.

– Votre femme a téléphoné, dit-elle. Je lui ai dit que vous étiez à la conférence. Elle veut vous parler de façon urgente.

– Merci. Il faut que je file.

– John, qu'est-ce qui se passe ? Qu'est-ce que c'est que cette histoire à propos du Cirque ? Qu'est-ce que mijote Leclerc ?

– Je pensais que vous le saviez. Il a dit qu'il allait mettre votre nom sur la liste.

– Je ne parle pas de ça. Pourquoi leur ment-il encore ? Il a dicté une note à Control à propos d'un exercice d'entraînement et de votre départ pour l'étranger. Paine a porté le message lui-même. Leclerc fait toute une histoire à propos de sa pension, la pension de Mrs Taylor ; il recherche des précédents ou Dieu sait quoi. Même la demande de pension est ultra-secrète. Il est en train de construire un de ses châteaux de cartes, John, je le sais. Qui est Leiser, par exemple ?

– Vous n'êtes pas censée le savoir. C'est un agent ; un Polonais.

Elle attaqua sur un autre front.

– Et vous, pourquoi partez-vous ? Voilà une autre chose que je ne comprends pas. D'ailleurs, pourquoi Taylor est-il allé là-bas ? Si le Cirque a des courriers en Finlande, pourquoi n'aurions-nous pas pu les utiliser tout simplement ? Pourquoi envoyer ce pauvre Taylor ? Même maintenant, le FO pourrait encore arranger les choses, j'en suis persuadée. Mais il ne veut même pas leur en donner l'occasion ; il tient à vous envoyer.

– Vous ne comprenez pas, dit Avery sèchement.

Il passa voir le comptable, puis prit un taxi jusqu'au Cirque. Leclerc avait dit qu'il pourrait faire une note de frais pour cela. Il était furieux que Sarah eût essayé de le joindre à un moment pareil. Il lui avait dit de ne jamais lui téléphoner au Service. Leclerc disait que c'était dangereux pour la sécurité.

– Quels cours avez-vous suivi à Oxford ? C'était Oxford, n'est-ce pas ? demanda Smiley en lui offrant une cigarette, une cigarette un peu fripée dans un paquet de dix.

– Les langues, fit Avery en tâtant ses poches pour trouver les allumettes. Allemand et italien. (Comme Smiley ne disait rien, il précisa :) L'allemand principalement.

Smiley était un petit homme nerveux, aux doigts potelés, avec des façons furtives et vagues, qui donnaient l'impression qu'il n'était jamais à l'aise. Avery, en tout cas, ne s'attendait pas à cela.

– Bien, bien. (Smiley hocha la tête, c'était à lui-même qu'il parlait.) Il s'agit d'un courrier, je crois, à

Helsinki. Vous voulez lui remettre un film. Dans le cadre d'un exercice d'entraînement.

– Oui.

– C'est une demande extrêmement inhabituelle. Vous êtes certain... Vous connaissez le format de la pellicule ?

– Non.

Un long silence.

– Vous devriez essayer d'avoir ce genre de renseignement, dit Smiley d'un ton charitable. Je veux dire que le courrier peut vouloir dissimuler le film, vous comprenez ?

– Je suis désolé.

– Oh, ça n'a pas d'importance.

Avery se rappelait Oxford, quand il lisait ses devoirs à son répétiteur.

– Peut-être, dit Smiley d'un ton songeur, y a-t-il une chose que je pourrais vous dire. Je suis sûr que Leclerc a déjà entendu le même son de cloche de Control. Nous tenons à vous donner toute l'assistance possible... Absolument toute l'assistance possible. Il y avait une époque, reprit-il, l'air rêveur, avec ce ton curieusement indécis qui semblait caractériser tous ses propos, où nos services étaient rivaux. J'ai toujours trouvé cela très pénible. Et je me demandais si vous pourriez me donner quelques précisions, très peu... Control était si désireux de vous aider ! Nous serions navrés de commettre un impair par ignorance.

– Il s'agit d'un exercice d'entraînement. En grande tenue. Je ne sais pas grand-chose moi-même.

– Nous voulons vous aider, répéta simplement Smiley. Où se trouve votre objectif, votre objectif fictif ?

– Je ne sais pas. Je ne joue qu'un petit rôle là-dedans. C'est un exercice d'entraînement.

– Mais s'il s'agit d'entraînement, pourquoi tant de secret ?

– Eh bien, c'est l'Allemagne, dit Avery.

– Je vous remercie.

Smiley semblait embarrassé. Il regarda ses mains croisées sur le bureau devant lui. Il demanda à Avery s'il pleuvait toujours. Avery lui répondit que malheureusement oui.

– J'ai été navré d'apprendre la nouvelle à propos de Taylor, reprit Smiley.

Avery dit qu'en effet c'était quelqu'un de très bien.

– Savez-vous à quelle heure vous aurez votre film ? Ce soir ? Demain ? Leclerc pensait plutôt ce soir, me semble-t-il.

– Je ne sais pas. Cela dépend de la façon dont ça marchera. Je ne peux rien dire pour l'instant.

– Non. (Suivit un long silence injustifié. Il est comme un vieillard, se dit Avery, il oublie qu'il n'est pas seul.) Non, il y a tant d'impondérables, Vous avez déjà fait ce genre de mission ?

– Une ou deux fois. (Smiley de nouveau garda le silence, sans paraître y faire attention.)

– Comment va tout le monde à Blackfriars Road ? Vous connaissez Haldane ? demanda Smiley. (La réponse, semblait-il, lui était indifférente.)

– Il est à la Recherche maintenant.

– Naturellement. Une brillante intelligence. Vos gens de la Recherche ont une grande réputation, vous savez. Nous les avons nous-mêmes consultés plus d'une fois. Haldane et moi étions condisciples à Oxford. Et puis, pendant la guerre, nous avions travaillé quelque temps ensemble. Nous l'aurions pris avec nous après la guerre ; mais je crois que les médecins étaient inquiets à cause de ses poumons.

– Je ne l'avais pas entendu dire.

– Vraiment ? (Smiley haussa les sourcils, avec un étonnement comique). Il y a à Helsinski un hôtel qui s'appelle le *Prince de Danemark.* En face de la grande gare. Vous le connaissez peut-être ?

– Non. Je ne suis jamais allé à Helsinki.

– Pas possible ? (Smiley le dévisagea avec inquiétude.) C'est une histoire très étrange. Ce Taylor... C'était de l'entraînement aussi ?

– Je ne sais pas. Mais je trouverai l'hôtel, dit Avery, avec un rien d'impatience.

– On vend des magazines et des cartes postales juste à l'entrée. Il n'y en a qu'une. (On eût dit qu'il parlait de la maison voisine.) Et des fleurs. Je crois que la meilleure solution pour vous serait d'aller là dès que vous aurez le film. Demandez au fleuriste de faire envoyer une douzaine de roses rouges à Mrs Avery à l'*Imperial Hotel* à Torquay. Une demi-douzaine suffirait peut-être, nous n'avons pas envie de gaspiller l'argent, n'est-ce pas ? Les fleurs sont si chères là-bas. Vous voyagez sous votre véritable identité ?

– Oui.

– Vous avez des raisons pour cela ? Je ne veux pas être curieux, s'empressa-t-il d'ajouter, mais la vie est si courte... Je veux dire : avant d'être brûlé.

– Je crois qu'il faut pas mal de temps pour se procurer un faux passeport. Le Foreign Office... (Il n'aurait pas dû répondre. Il aurait dû lui dire de se mêler de ses affaires.)

– Pardonnez-moi, dit Smiley, en fronçant les sourcils comme s'il venait de manquer de tact. Vous pouvez toujours vous adresser à nous, vous savez. Pour les passeports, je veux dire. (Il voulait se montrer aimable.) Vous n'avez qu'à faire envoyer les fleurs. En quittant l'hôtel, réglez votre montre sur la pendule du hall. Une demi-heure plus tard, revenez à l'hôtel. Un chauffeur de taxi vous reconnaîtra et vous ouvrira la portière de sa voiture. Montez, roulez un peu, remettez-lui le film.

Oh, payez-le, je vous en prie. Le prix de la course, simplement. C'est si facile d'oublier les petits détails. De quel genre d'entraînement s'agit-il exactement ?

– Et si je n'ai pas le film ?

– Dans ce cas, ne faites rien. N'allez pas à l'hôtel. N'allez même pas à Helsinki. Ne vous occupez de rien.

Avery se dit que les instructions qu'il lui avait données étaient remarquablement précises.

– Quand vous suiviez des cours d'allemand, avez-vous par hasard étudié les auteurs du XVIIe siècle ? demanda Smiley d'un ton cordial, tandis qu'Avery se levait pour prendre congé. Gryphius. Lohenstein, ces gens-là ?

– C'était un sujet particulier. Malheureusement, je n'ai pas eu l'occasion de l'étudier.

– Particulier, murmura Smiley. Quel mot ridicule ! Je pense qu'ils veulent dire ne figurant pas au programme ; c'est une notion tout à fait impropre.

Comme ils arrivaient à la porte du bureau, il dit :

– Vous avez un porte-documents, une serviette ?

– Oui.

– Quand vous transporterez ce film, mettez-le dans votre poche, conseilla-t-il, et tenez votre serviette à la main. Si on vous suit, on aura tendance à surveiller la serviette. C'est naturel, en fait. Si vous vous contentez de la laisser tomber quelque part, peut-être qu'on cherchera plutôt à la récupérer. Je ne crois pas que les Finlandais soient des gens très évolués. Bien sûr, ce n'est qu'un conseil que je vous donne en passant, pour votre entraînement. Mais ne vous inquiétez pas. C'est une telle erreur, à mon avis, de se fier à la technique !

Il accompagna Avery jusqu'à la porte, puis suivit pesamment le couloir jusqu'au bureau de Control.

Avery monta l'escalier, en se demandant comment Sarah allait réagir. Il regrettait, après tout, de ne pas lui avoir téléphoné, car il avait horreur de la trouver dans la cuisine avec les jouets d'Anthony éparpillés sur le tapis du salon. Cela ne marchait jamais quand il arrivait à l'improviste. Elle s'affolait comme si elle s'attendait à ce qu'il eût fait quelque chose d'épouvantable.

Il n'avait pas de clef ; Sarah était toujours là. Il ne lui connaissait pas d'ami personnel ; elle n'allait jamais à des thés, ni faire des courses toute seule. Elle ne semblait pas douée pour se distraire de son côté.

Il pressa la sonnette, entendit Anthony appeler « maman, maman » et il attendit, guettant son pas. La cuisine était au bout du couloir, mais cette fois elle arriva de la chambre à coucher, doucement, comme si elle était pieds nus.

Elle ouvrit la porte sans le regarder. Elle portait une chemise de nuit de coton et un cardigan.

– Seigneur, tu en as mis du temps, dit-elle en tournant les talons et en revenant d'un pas hésitant vers la chambre. Ça ne va pas ? demanda-t-elle par-dessus son épaule. Quelqu'un d'autre s'est fait tuer ?

– Qu'est-ce qu'il y a, Sarah ? Tu ne vas pas bien ?

Anthony courait dans leurs jambes en criant parce que son père était rentré. Sarah se recoucha.

– J'ai téléphoné au docteur. Je ne sais pas ce que c'est, dit-elle, comme si la maladie n'était pas de son ressort.

– Tu as de la fièvre ?

Elle avait posé auprès d'elle un bol d'eau froide et une serviette éponge. Il essora la serviette et la lui posa sur le front.

– Il va falloir que tu te débrouilles, dit-elle. Je crains que ce ne soit pas aussi passionnant que l'espionnage.

– Quand le docteur doit-il venir ?

– Il a sa consultation jusqu'à midi. Je pense qu'il passera ensuite.

Il se rendit dans la cuisine, Anthony sur ses talons. La vaisselle du petit déjeuner était encore sur la table. Il téléphona à sa mère à Reigate en lui demandant de venir tout de suite.

Il était presque une heure quand le médecin arriva. Une simple poussée de fièvre, dit-il ; un virus qui traînait.

Avery crut qu'elle allait éclater en sanglots quand il lui annonça qu'il partait ; elle accueillit la nouvelle sans rien dire, réfléchit un moment, puis lui conseilla d'aller faire sa valise.

– C'est important ? dit-elle soudain.

– Bien sûr. Très.

– Pour qui ?

– Pour toi. Pour moi. Pour nous tous, je pense.

– Et pour Leclerc ?

– Je t'ai dit. Pour nous tous.

Il promit à Anthony de lui rapporter quelque chose.

– Où vas-tu ? demanda Anthony.

– Je vais en avion.

– Où ça ?

Il allait lui dire que c'était un grand secret, quand il se souvint de la petite fille de Taylor.

Il embrassa Sarah, emporta sa valise dans le vestibule et la déposa sur le paillasson. Pour Sarah il avait fait mettre deux verrous à la porte, et il fallait les tourner simultanément. Il l'entendit dire :

– C'est dangereux aussi ?

– Je ne sais pas. Je sais seulement que c'est très important.

– Tu en es vraiment sûr ?

– Écoute, répondit-il d'un ton presque désespéré, jusqu'où suis-je censé réfléchir ? Ça n'est pas une question de politique, tu comprends ? Il s'agit de faits. Tu ne me crois donc pas ? Tu ne peux donc pas me dire pour une fois dans ma vie que je fais quelque chose de bien ? (Il entra dans la chambre, tout en continuant. Elle tenait un livre de poche devant elle et faisait semblant de lire.) Nous sommes tous obligés, tu sais, nous sommes tous obligés de tirer un trait autour de notre vie privée. Ça ne sert à rien de me demander tout le temps : « Étais-tu sûr ? » Autant me demander si nous devions avoir des enfants, si nous aurions dû nous marier. Ça ne rime à rien.

– Pauvre John, observa-t-elle, en reposant le livre pour le regarder. Servir loyalement sans avoir la foi. C'est très dur pour toi.

Elle dit cela avec une totale absence de passion, comme si elle venait d'identifier un fléau social. Elle l'embrassa, comme quelqu'un qui vient de trahir ses principes.

Haldane les regarda tous sortir : il était arrivé le dernier, il partirait le dernier, il ne se mêlait jamais à la foule.

– Pourquoi me faites-vous cela ? dit Leclerc. (Il parlait comme un acteur épuisé après la représentation. Les cartes et les photographies jonchaient la table, ainsi que les tasses vides et les cendriers.)

Haldane ne répondit rien.

– Que cherchez-vous à prouver, Adrian ?

– Qu'est-ce que vous avez dit, que nous allions mettre un homme là-bas ?

Leclerc s'approcha du lavabo, et s'emplit un verre d'eau.

– J'ai mal à la gorge, dit-il, à force de parler tout le temps. Vous n'en voulez pas ? C'est bon pour votre toux.

– Quel âge a Gorton ?

– Cinquante.

– Il a plus que cela. Il a notre âge. Il avait notre âge pendant la guerre.

– On oublie. Oui, il doit avoir cinquante-cinq ou cinquante-six.

– Il est permanent ? insista Haldane.

– Il n'est pas titulaire, dit Leclerc, en secouant, la tête. Il a eu une carrière hachée. Après la guerre, il est passé à la Commission de contrôle. Quand elle a cessé de fonctionner, il a voulu rester en Allemagne. Il a épousé une Allemande, je crois. Il s'est adressé à nous et nous lui avons fait un contrat. Nous ne pourrions jamais nous permettre de le garder là-bas s'il était permanent. (Il but une gorgée d'eau, délicatement, comme une jeune fille.) Il y a dix ans, nous avions trente hommes en mission. Aujourd'hui, nous en avons neuf. Nous n'avons même pas nos propres courriers, pas de clandestins en tout cas. Ils le savaient tous ce matin ; pourquoi n'ont-ils rien dit ?

– Est-ce qu'il envoie souvent des rapports sur les réfugiés en provenance de l'Est ?

– Je ne vois pas tout ce qu'il envoie, dit Leclerc, en haussant les épaules. Vous êtes bien placé pour le savoir. Mais je pense que le marché est plus restreint, maintenant qu'ils ont fermé la frontière de Berlin.

– On ne me passe que les rapports qui présentent de l'intérêt. Ce doit être le premier que j'ai vu de Hambourg depuis un an. Je m'imaginais toujours qu'il occupait une autre fonction en même temps.

Leclerc secoua la tête. Haldane demanda :

– Quand son contrat arrive-t-il à expiration ?

– Je ne sais pas. Je n'en sais vraiment rien.

– A-t-il droit à une gratification quand il prendra sa retraite ?

– C'est simplement un contrat de trois ans. Il n'y a pas de gratification. Pas d'extra. Bien sûr, si nous avons besoin de lui, il peut continuer après soixante ans. C'est l'avantage d'être temporaire.

– Quand son contrat a-t-il été renouvelé pour la dernière fois ?

– Vous feriez mieux de demander à Carol. Ça doit être il y a deux ans. Peut-être avant.

– Vous parliez d'envoyer un homme là-bas ? reprit Haldane.

– Je revois le Ministre cet après-midi.

– Vous avez déjà envoyé Avery. Vous n'auriez pas dû faire ça, vous savez.

– Il fallait, que quelqu'un y aille. Vous vouliez peut-être que je demande au Cirque ?

– Avery ne convenait pas du tout, observa Haldane.

La pluie ruisselait dans les gouttières, traçant des traînées grises sur les vitres sales. Leclerc, semblait-il, aurait voulu que Haldane parlât, mais Haldane n'avait rien à dire.

– Je ne sais pas encore ce que le Ministre pense de la mort de Taylor. Il va me demander cet après-midi et je lui donnerai mon avis. Bien sûr, nous sommes tous dans le noir. (Sa voix se raffermit.) Mais il me chargera peut-être – c'est une quasi-certitude, Adrian – il me donnera peut-être l'ordre d'envoyer un homme là-bas.

– Et alors ?

– Si je vous demandais de former une section opérationnelle, de procéder aux recherches, de préparer les papiers et l'équipement ; si je vous demandais de trouver, d'entraîner et d'acheminer l'agent. Le feriez-vous ?

– Sans le dire au Cirque ?

– Pas en détail. Nous pouvons avoir besoin de leur assistance de temps en temps. Ça ne veut pas dire que nous soyons forcés de leur raconter toute l'histoire. Il y a le problème de la sécurité : *ce qu'ils ont besoin de savoir*.

– Alors, sans le Cirque ?

– Pourquoi pas ?

Haldane secoua la tête.

– Parce que ce n'est pas notre travail. Nous ne sommes pas équipés, voilà tout. Confiez l'affaire au Cirque et donnez-leur un coup de main pour ce qui est militaire. Confiez ça à un vieux routier, quelqu'un comme Smiley ou comme Leamas…

– Leamas est mort.

– Bon, alors, Smiley.

– Smiley est brûlé.

Haldane rougit.

– Alors Gillam ou un des autres. Un vrai professionnel. Ils ont une écurie assez importante maintenant. Allez voir Control et laissez-le se charger de l'affaire.

– Non, dit Leclerc d'un ton ferme en reposant son verre sur la table. Non, Adrian. Vous êtes dans le Service depuis aussi longtemps que moi, vous connaissez nos consignes. *Prendre toutes mesures nécessaires* – c'est ce que disent les instructions – *toutes les mesures nécessaires pour recueillir, analyser et vérifier des renseignements militaires dans les régions où les dispositifs militaires conventionnels ne le permettent pas*. (Tout en parlant, il martelait les mots avec son petit poing.) Comment croyez-vous que j'aie eu l'autorisation de faire effectuer ce survol ?

– Bon, concéda Haldane. Nous avons nos consignes. Les choses vont changer. On joue un autre jeu aujourd'hui. Autrefois, nous étions les champions : des canots pneumatiques par une nuit sans lune ; un avion ennemi capturé ; des émetteurs radio en territoire occupé, et tout ça. Vous et moi le savons ; nous l'avons fait ensemble. Mais les choses vont changer. Ce n'est plus la même guerre ; on ne se bat plus de la même façon. Ils le savent pertinemment au Ministère. Et ne vous fiez pas trop au Cirque, ajouta-t-il, ne comptez pas sur l'esprit charitable de ces gens-là.

Ils échangèrent un regard surpris : il y eut un instant de brève complicité entre, eux. Leclerc reprit d'une voix qui n'était guère plus qu'un murmurc :

– Ça a commencé avec les réseaux, n'est-ce pas ? Vous vous rappelez comment le Cirque les a avalés l'un après l'autre ? Le Ministère disait : « Nous risquons qu'il y ait double emploi au *desk* polonais, Leclerc. J'ai décidé que Control devrait s'occuper de la Pologne. » Quand était-ce ? En juillet 48. Et cela a continué, année après année. Pourquoi croyez-vous qu'ils protègent votre Section de recherche ? Pas simplement pour vos beaux dossiers ; mais ils nous ont mis là où ils nous voulaient, vous comprenez ? Nous sommes des satellites ! Des services non opérationnels ! C'est une façon de nous mettre au rancart ! Vous savez comment on nous appelle à Whitehall aujourd'hui ? Les bonnes œuvres de Sa Majesté.

Il y eut un long silence.

– Je ne fais que de la collation, dit Haldane, je ne suis pas un opérationnel.

– Vous l'étiez autrefois, Adrian.

– C'était notre cas à tous.

– Vous connaissez l'objectif, Vous connaissez tout le dossier. Il n'y a personne d'autre. Prenez qui vous voulez : Avery, Woodford, qui vous voulez.

– Nous n'avons plus l'habitude des gens. Je veux dire que nous ne savons plus nous en servir. (Haldane était devenu étrangement peu sûr de lui.) Je suis à la Recherche. Je travaille sur des dossiers.

– Nous n'avons rien eu d'autre à vous donner jusqu'à maintenant. Depuis quand ? Vingt ans.

– Savez-vous ce que ça représente une base de fusées ? demanda Haldane. Savez-vous le fatras que ça représente ? Il leur faut des rampes de lancement, des abris, des canalisations pour les câbles, des bâtiments de contrôle ; il leur faut des casemates pour entreposer les têtes explosives, des réservoirs de carburants et d'oxydants. Toutes ces choses sont indispensables. Des fusées, ça ne passe pas inaperçu : ça se déplace comme une attraction foraine, nous aurions eu d'autres indices avant ; ou, sinon nous, le Cirque. Quant à la mort de Taylor…

– Bonté divine, Adrian, vous croyez que le Renseignement n'est fait que de vérités philosophiques inébranlables ? Est-ce que chaque prêtre doit prouver que le Christ est né le jour de Noël ? (Il tendait sa petite tête en avant, en s'efforçant d'arracher à son interlocuteur quelque chose dont il semblait sentir la présence.) On ne peut pas tout mettre en équations, Adrian. Nous ne sommes pas des professeurs, nous sommes des fonctionnaires. Nous avons affaire à des faits ; à des gens, à des situations !

– Eh bien, parlons des faits : s'il a traversé le fleuve à la nage, comment a-t-il sauvegardé la pellicule ? Comment a-t-il vraiment pris ces photos ? Pourquoi n'y a-t-il pas trace que l'appareil ait bougé ? Il avait bu, il était sur la pointe des pieds ; rappelez-vous, d'après lui les temps d'exposition étaient longs : c'étaient des poses. (Haldane semblait avoir peur, pas de Leclerc, pas de l'opération, mais de lui-même.) Pourquoi a-t-il donné pour rien à Gorton ce qu'il avait proposé ailleurs pour de l'argent ? Pourquoi d'ailleurs a-t-il risqué sa vie pour prendre ces photos ? J'ai envoyé à Gorton une liste de questions. Il essaie toujours de retrouver cet homme. (Son regard se posa sur la maquette du bombardier et sur les dossiers qui occupaient le bureau de Leclerc.) Vous pensez à Peenemünde, n'est-ce pas ? Vous tenez à ce que ce soit comme Peenemünde.

– Vous ne m'avez pas dit ce que vous ferez si on me donne ces instructions.

– On ne vous les donnera jamais. Jamais, au grand jamais. (Il parlait d'un ton catégorique, presque triomphant.) Nous sommes morts, vous comprenez ? Vous l'avez dit vous-même. Ce qu'ils veulent, c'est nous mettre au rancart, pas nous faire partir en guerre. (Il se leva.) Alors ça n'a pas d'importance. Au fond, c'est une discussion purement académique. Vous vous imaginez vraiment que Control vous aiderait ?

– Ils ont accepté de nous fournir un courrier.

– Oui, je trouve ça extrêmement bizarre.

Haldane s'arrêta devant une photographie auprès de la porte.

– C'est Malherbe, n'est-ce pas ? Ce garçon qui est mort. Pourquoi avez-vous choisi ce nom-là ?

– Je ne sais pas. Il m'est passé par la tête comme ça. La mémoire vous joue de drôles de tours.

– Vous n'auriez pas dû envoyer Avery. Nous n'avons pas le droit de l'utiliser pour une mission comme celle-là.

– J'ai consulté le fichier hier soir. Nous avons un homme, qui pourrait faire l'affaire. Je veux dire, un homme que nous pourrions envoyer. (S'enhardissant, il ajouta :) Un agent. Un radio expérimenté. Il parle allemand, célibataire.

Haldane ne disait rien.

– Quel âge ? demanda-t-il enfin.

– Quarante ans. Un peu plus.

– Il devait être très jeune.

– Il a réussi un très joli coup. Il s'est fait prendre en Hollande et il s'est échappé.

– Comment s'est-il fait prendre ?

Un silence à peine perceptible.

– Ce n'est pas dans le dossier.

– Intelligent ?

– Il a l'air très qualifié.

Le même long silence.

– Nous en sommes tous là. Voyons ce qu'Avery va rapporter.

– Voyons ce que le Ministère va dire.

Leclerc attendit que le bruit de la toux de Haldane eût disparu dans le couloir avant d'enfiler son manteau. Il décida d'aller faire un tour, de prendre un peu l'air avant de déjeuner à son club ; il commanderait ce qu'il y aurait de mieux. Il se demanda ce que ça allait être : depuis quelques années, cela avait beaucoup baissé. Après le déjeuner, il passerait chez la veuve de Taylor. Et ensuite, au Ministère.

Woodford dit à sa femme :

– Le jeune Avery part pour sa première mission. Clarkie l'a envoyé. Il devrait bien s'en tirer.

– Peut-être qu'il va se faire tuer aussi, dit-elle méchamment. Il ne vous restera plus après cela qu'à donner un bal. Une soirée à tout casser ! Tous au bal des Frères-Noirs [1].

Woodford répliqua :

– J'aime mieux mon travail que le tien. Bridge, céramique, siroter mon gin : voilà ta vie.

Elle leva son verre.

– Oh, Seigneur ! dit-elle d'un ton si neutre que ç'aurait aussi bien pu être une phrase d'excuse qu'une expression de désespoir.

1. *Blackfriars Road* : rue des Frères-Nors.

6

DÉCOLLAGE

Assis dans l'avion, Avery se rappelait le jour où l'on n'avait pas vu Haldane. C'était justement le premier du mois, ce devait être juillet, et Haldane n'était pas venu au bureau. Avery ne l'apprit que quand Woodford l'appela sur le téléphone intérieur pour le prévenir. Haldane était sans doute malade avait dit Avery ; ou bien des affaires personnelles l'avaient retenu. Mais Woodford s'était montré caté-gorique. Il était allé dans le bureau de Leclerc et il avait regardé la feuille des congés : Haldane ne devait pas partir en vacances avant août.

– Téléphonez chez lui, John, téléphonez chez lui, avait-il dit. Parlez à sa femme. Tâchez de savoir ce qui lui est arrivé.

Avery était si stupéfait qu'il ne savait que dire : ces deux hommes travaillaient ensemble depuis vingt ans et même lui savait que Haldane était célibataire.

– Trouvez où il est, avait insisté Woodford. Allez-y, je vous l'ordonne : téléphonez chez lui.

Il avait donc appelé. Il aurait pu dire à Woodford de le faire lui-même, mais il n'en avait pas le courage. Ce fut la sœur de Haldane qui répondit. Haldane était au lit, ses poumons lui jouaient des tours ; il avait refusé de donner à sa sœur le numéro de téléphone du Service. Le regard d'Avery tomba sur le calendrier et il comprit pourquoi Woodford était si agité ; c'était le début d'un trimestre. Haldane aurait pu avoir une nouvelle affectation et quitter le Service sans rien dire à Woodford. Un où deux jours plus tard, quand Haldane revint, Woodford se montra extraordinairement cordial envers lui, faisant bravement la sourde oreille à ses sarcasmes; il lui était reconnaissant de revenir. Pendant quelque temps après cela, Avery avait eu peur. Sa foi ébranlée, il se prit à examiner plus attentivement l'objet auquel elle s'attachait.

Il remarqua qu'ils s'attribuaient mutuellement des qualités légendaires: c'était une sorte de conspiration à laquelle tous, sauf Haldane, participaient. Leclerc, par exemple, présentait rarement Avery à quelqu'un du Ministère dont ils dépendaient, sans lui faire un peu de publicité. « Avery est la plus brillante de nos jeunes étoiles… » Ou bien, à des fonctionnaires plus âgés: « John est ma mémoire. Vous n'avez qu'à demander à John. » Pour la même raison, ils se pardonnaient gaiement leurs erreurs, car ils n'osaient pas croire, dans leur propre intérêt, qu'il y avait place dans le Service pour des imbéciles. Il reconnaissait qu'ils trouvaient là un abri loin des complexités de la vie moderne, un endroit où les frontières existaient encore. Pour ceux qui y appartenaient, le Service avait un aspect quasi religieux. Comme des moines, ils le dotaient d'une identité mystique qui n'avait aucun rapport avec le groupe de pécheurs hésitants qui composaient ses effectifs. S'ils pouvaient parler entre eux avec cynisme de leurs qualités respectives, s'ils pouvaient, afficher un certain mépris à propos de leurs préoccupations hiérarchiques, leur foi dans le Service brûlait dans une chapelle séparée et ils lui donnaient le nom de patriotisme.

Il regardait la mer qui s'obscurcissait au-dessous de lui, la lumière froide du soleil de plus en plus oblique sur les vagues et toutes ces pensées lui gonflaient le cœur d'amour. Woodford, avec sa pipe et ses façons simples, s'intégrait à cette secrète élite à laquelle Avery maintenant appartenait ; et Haldane, Haldane surtout, avec ses mots croisés et ses côtés excentriques, trouvait sa place parmi eux : il était l'intellectuel irréductible, irritable et hautain. Avery regrettait d'avoir été brusque avec Haldane. Il considérait Dennison et MacCulloch comme des techniciens hors pair, des hommes silencieux, qui ne parlaient guère aux réunions mais infatigables et qui, au bout du compte, avaient toujours raison. Il était reconnaissant à Leclerc, profondément reconnaissant de lui avoir accordé le privilège de connaître ces hommes, de lui avoir confié cette mission passionnante, de lui avoir donné l'occasion de progresser, de quitter les incertitudes du passé pour acquérir expérience et maturité, pour devenir un homme l'égal des autres, trempé aux feux de la guerre ; il lui était reconnaissant de la précision de ses consignes, qui imposaient un ordre à l'anarchie de ses élans. Il songeait que quand Anthony serait grand, il pourrait l'emmener, lui aussi, dans ces couloirs poussiéreux pour le présenter au vieux Paine, qui, les larmes, aux yeux, se lèverait et serrerait cordialement la petite main de l'enfant.

C'était une scène dans laquelle Sarah ne jouait aucun rôle.

Avery tâta un coin de la longue enveloppe qu'il avait dans la poche intérieure de sa veste. Elle contenait son argent : deux cents livres dans une enveloppe bleue frappée aux armes du gouvernement. Il avait entendu raconter que pendant la guerre des agents cousaient ces choses-là dans la doublure de leurs vêtements, et il regrettait un peu qu'on ne l'eût pas fait pour lui. C'était puéril, il le savait ; il sourit même en constatant qu'il s'adonnait à de telles rêveries.

Il se souvint de Smiley ce matin ; avec le recul, Smiley lui faisait un peu peur. Et il se souvint de l'enfant qui leur avait ouvert la porte chez Taylor. Un homme devait s'endurcir, ne pas être sentimental.

– Votre mari a fait un excellent travail, disait Leclerc. Je ne peux pas vous donner de détails, mais je suis convaincu qu'il est mort très vaillamment.

Elle avait une bouche barbouillée de rouge à lèvres, affreuse. Leclerc n'avait jamais vu personne pleurer à ce point : c'était comme une blessure qui ne voulait pas se fermer.

– Comment ça, vaillamment ? fit-elle en s'essuyant les yeux. Nous ne sommes plus en guerre. C'est fini toutes ces grandes phrases. Il est mort, dit-elle stupidement, et elle enfouit son visage au creux de son bras, affalée sur la table de la salle à manger comme une marionnette abandonnée.

L'enfant la considérait d'un coin de la pièce.

– Je pense, reprit Leclerc, que vous m'autorisez à faire en votre nom une demande de pension. Vous n'avez qu'à nous laisser faire. Plus tôt nous nous en occuperons, mieux cela vaudra. Une pension, déclara-t-il comme si c'était une maxime de son Service, peut changer beaucoup de choses.

Le consul attendait auprès du fonctionnaire de l'Immigration ; il s'avança en souriant, il faisait son devoir.

– C'est vous, Avery ? demanda-t-il.

Avery aperçut un homme de haute taille, coiffé d'un feutre et portant un manteau sombre, un homme à l'air sévère, au visage coloré. Ils échangèrent une poignée de main.

– Vous êtes le consul britannique, Mr Sutherland ?

– Consul de Sa Majesté, en fait, répondit-il d'un ton un peu pincé. Ce n'est pas tout à fait pareil, vous savez.

(Il avait un accent écossais.) Comment connaissiez-vous mon nom ?

Ils se dirigèrent tous deux vers l'entrée principale. Tout était très simple. Avery remarqua la fille au bureau de renseignements : blonde et assez jolie.

– C'est très aimable de votre part d'avoir fait tout ce chemin, dit Avery.

– Il n'y a même pas cinq kilomètres depuis la ville. (Ils montèrent dans la voiture.) Il a été tué juste là, sur la route, dit Sutherland. Vous voulez voir l'endroit ?

– Je ferais aussi bien. Pour raconter à ma mère. (Il portait une cravate noire.)

– Vous vous appelez bien Avery, n'est-ce pas ?

– Bien sûr ; vous avez vu mon passeport quand je suis arrivé.

Sutherland n'apprécia pas cette remarque, et Avery regretta d'avoir dit cela. Le consul mit le moteur en marche. Ils allaient gagner le milieu de la chaussée, quand une Citroën déboucha brusquement et les dépassa.

– L'imbécile ! lança Sutherland. Les routes sont comme une patinoire. Ça doit être encore un de ces pilotes. Il ne se rend pas compte de la vitesse à laquelle il roule.

Ils aperçurent une casquette à visière derrière le pare-brise tandis que la voiture filait sur la longue route qui traversait les dunes, projetant derrière elle un petit nuage de neige.

– D'où venez-vous ? demanda-t-il.

– De Londres.

Sutherland braqua un doigt droit devant lui :

– C'est là que votre frère est mort. Là-haut, au bord du talus. La police suppose que le conducteur devait être ivre. Ils sont très sévères ici pour les gens qui conduisent en état d'ivresse, vous savez. (Il avait dit cela comme un avertissement. Avery contemplait les plates étendues de campagne enneigée de chaque côté de la chaussée et imaginait l'Anglais Taylor, tout seul, avançant péniblement sur la route, ses yeux larmoyants dans le froid.)

– Nous passerons à la police ensuite, dit Sutherland. Ils nous attendent. Ils vous donneront tous les détails. Vous avez retenu une chambre ici ?

– Non.

Comme ils arrivaient en haut de la côte, Sutherland dit avec un respect forcé :

– Si vous voulez descendre, c'était juste là.

– Ce n'est pas la peine.

Sutherland accéléra un peu, comme s'il voulait quitter plus vite cet endroit.

– Votre frère rentrait à pied à l'hôtel. Au *Regina*, ici. Il n'y avait pas de taxi. (Comme ils descendaient la pente sur l'autre versant, Avery aperçut les lumières d'un hôtel qui s'étendait en travers de la vallée.) Ce n'est vraiment pas loin, observa Sutherland. Il en aurait eu pour un quart d'heure. Même moins. Où votre mère habite-t-elle ?

La question prit Avery au dépourvu.

– À Woodbridge, dans le Suffolk. (Il y avait une élection partielle là-bas, bien qu'il ne s'intéressât pas à la politique, ce fut le premier nom de ville qui lui vint à l'esprit.)

– Pourquoi ne l'a-t-il pas désignée ?

– Je vous demande pardon, je ne comprends pas.

– Comme personne à prévenir en cas d'accident. Pourquoi Malherbe n'a-t-il pas désigné sa mère plutôt que vous ?

Peut-être n'était-ce qu'une question sans importance ; peut-être pouvait-il simplement continuer à faire parler Avery parce qu'il ne savait pas quoi dire ; néanmoins, c'était agaçant. Il était encore énervé par le voyage, il avait envie qu'on le croie, sans le soumettre à tout cet interrogatoire. Il se rendit compte aussi qu'il n'avait pas suffisamment mis au point les liens de parenté qui étaient censés exister entre Taylor et lui. Qu'est-ce que Leclerc avait mis sur le télex : demi-frère ou beau-frère ? Il essaya précipitamment d'imaginer tout un concours de circonstances familiales, décès, remariages ou abandons, qui lui permettraient de répondre à la question de Sutherland.

– Voilà l'hôtel, dit soudain le consul, puis il reprit : bien sûr, ça ne me regarde pas. Il peut indiquer qui il veut. (Le ressentiment était devenu chez Sutherland une façon de parler, une philosophie. Il s'exprimait comme si tout ce qu'il disait était en contradiction avec l'opinion généralement admise.)

– Ma mère est âgée, répondit enfin Avery. C'était pour lui éviter tout choc. C'est à cela qu'il a dû penser en remplissant sa demande de passeport. Elle a été malade : elle a le cœur fatigué. Elle a eu une opération. (Tout cela lui semblait parfaitement puéril.)

– Ah !

Ils avaient atteint l'entrée de la ville.

– Il faudra une autopsie, dit Sutherland. C'est malheureusement la loi ici, en cas de mort violente,

Leclerc allait être furieux. Sutherland poursuivit :

– Pour nous, cela complique les formalités. La police criminelle garde le corps jusqu'après l'autopsie. Je leur ai demandé de faire vite, mais on ne peut pas trop insister.

– Je vous remercie. Je pensais ramener le corps par avion. (Comme ils quittaient la grand-rue pour s'engager sur la place du Marché, Avery demanda négligemment, comme si cela ne l'intéressait pas personnellement :) Et ses affaires ? Je ferais mieux de les emporter avec moi, n'est-ce pas ?

– Je doute que la police vous les remette avant d'avoir l'accord du procureur. C'est à lui qu'on transmet le rapport d'autopsie ; c'est lui qui donne l'autorisation. Votre frère a-t-il laissé un testament ?

– Je n'en ai aucune idée.

– Vous ne savez pas par hasard si vous êtes son exécuteur testamentaire ?

– Non.

Sutherland eut un petit rire patient.

– Je trouve que vous allez un peu vite. Être le plus proche parent n'est pas tout à fait la même chose qu'exécuteur testamentaire, dit-il. Cela ne vous donne malheureusement aucun droit légal, à part celui de disposer du corps. (Il s'interrompit pour regarder pardessus la banquette tout en garant la voiture en marche arrière.) Même si la police me remet les affaires personnelles de votre frère, je ne suis pas autorisé à m'en dessaisir avant d'avoir eu des instructions du Ministère et eux, s'empressa-t-il d'ajouter car Avery allait l'interrompre, ne me donneront pas cette autorisation avant que le testament ait été validé. Mais je peux vous délivrer un certificat de décès, reprit-il d'un ton consolant en ouvrant sa portière, si les compagnies d'assurances en exigent un. (Il jeta à Avery un regard en coulisse, avec l'air de se demander si celui-ci s'attendait à hériter.) Cela vous coûtera cinq shillings pour l'enregistrement consulaire et cinq shillings par exemplaire. Que disiez-vous ?

– Rien.

Ils gravirent ensemble les marches du commissariat.

– Nous allons voir l'inspecteur Peersen, expliqua Sutherland. Il est très bien disposé. Soyez assez aimable pour me laisser faire.

– Bien sûr.

– Il m'a beaucoup aidé avec mes problèmes de SBD.

– Vos quoi ?

– Sujets britanniques en détresse. Nous en avons un par jour en été. C'est navrant. Au fait, votre frère buvait-il beaucoup ? On a laissé entendre qu'il était…

– C'est possible, dit Avery. Je ne l'ai guère vu ces dernières années.

Ils entrèrent dans l'immeuble.

Leclerc, lui, montait lentement les larges degrés du Ministère. Celui-ci se dressait entre les jardins de Whitehall et la Tamise ; le portail était vaste et neuf, flanqué de ces sculptures fascistes qu'aiment toujours les autorités. Partiellement modernisé, le bâtiment était gardé par des sergents à ceinture rouge et s'enorgueillissait de deux escaliers mécaniques ; celui qui descendait était plein, car il était cinq heures et demie.

– Monsieur le sous-secrétaire, commença Leclerc d'un ton mal assuré, il va falloir que je demande au Ministre d'autoriser un nouveau survol.

– Vous perdez votre temps, lui répondit son interlocuteur d'un air satisfait. Il était très inquiet à propos du dernier. Il a décidé désormais qu'il n'y en aurait plus.

– Même pour un objectif comme celui-là ?

– Surtout pour un objectif, comme celui-là.

Le sous-secrétaire effleura les coins de son panier de courrier comme un directeur de banque palperait un relevé de comptes.

– Il faudra trouver autre chose. Une autre solution. Il n'y a donc pas de méthode sans douleur ?

– Aucune. Nous pourrions, je pense, essayer de provoquer la défection de quelqu'un travaillant dans la région. Mais c'est une opération qui demande du temps. Il faut des brochures, des émissions de propagande, des encouragements financiers. Cela marchait bien pendant la guerre. Il faudrait contacter une foule de gens.

– Tout cela paraît bien peu pratique.

– Les choses vont changer.

– Quelles autres méthodes y a-t-il alors ? insista-t-il.

Leclerc sourit, comme s'il ne demandait pas mieux que d'aider un ami, mais il ne pouvait pas faire de miracle.

– Utiliser un agent. Une opération à court terme. Un aller et retour peut-être une semaine en tout.

– Qui pourriez-vous trouver pour une mission comme cela ? fit le sous-secrétaire. Aujourd'hui.

– Qui en effet ? Ce n'est pas facile.

Le cabinet du sous-secrétaire était grand et sombre, avec des rayons entiers de livres reliés. La modernisation s'était étendue jusqu'à son bureau, meublé en style contemporain, mais s'était arrêtée là. On pouvait attendre sa retraite pour refaire son cabinet de travail. Un radiateur à gaz était allumé dans la cheminée de marbre. Au mur était accroché un tableau représentant une bataille navale. On entendait le mugissement des péniches dans la brume. Il régnait une atmosphère étrangement maritime.

– Kalkstadt est assez près de la frontière, suggéra Leclerc. Nous n'aurions pas besoin d'utiliser une ligne commerciale. Nous pourrions organiser un vol d'entraînement et nous perdre. Cela s'est déjà fait.

– Précisément, dit le secrétaire qui ajouta : cet homme de chez vous est mort.

– Taylor ?

– Les noms ne m'intéressent pas. Il a été tué, n'est-ce pas ?

– On n'a pas de preuve, dit Leclerc.

– Mais vous le supposez ?

– Je crois, monsieur le secrétaire, dit Leclerc avec un sourire patient, que nous savons tous les deux qu'il est très dangereux de hasarder des hypothèses quand il s'agit de décider d'une politique. Je demande encore un nouveau survol.

Le rouge monta aux joues du sous-secrétaire.

– Je vous l'ai dit : il n'en est pas question. Non ! Est-ce clair ? Nous parlions d'autres solutions.

– Il n'y a qu'une autre solution, à mon avis, qui ne concernerait guère mon Service. C'est plutôt pour vous et pour le Foreign Office.

– Oh ?

– Faites quelques insinuations auprès des journaux. Arrangez-vous pour qu'on en parle. Faites publier les photos.

– Et puis ?

– Surveillez-les. Surveillez leur presse, leurs diplomates, leurs communications. Lancez un pavé dans la mare et voyez ce que ça donne.

– Je peux vous dire exactement ce que ça donnerait. Une protestation des Américains dont ces couloirs retentiraient pendant les vingt années à venir.

– Bien sûr. J'oubliais ça.

– Vous avez de la chance de pouvoir. Vous parliez d'envoyer un agent ?

– J'en parlais comme ça. Nous n'avons personne en vue.

– Écoutez, dit le sous-secrétaire du ton catégorique d'un homme dont la patience est à bout, la position du Ministre est très simple. Vous avez remis un rapport. S'il est exact, il modifie toute notre politique de défense. En fait, il modifie tout. J'ai horreur des informations sensationnelles et le Ministre aussi. Maintenant que vous avez lâché le lièvre, le moins que vous puissiez faire, c'est de tirer dessus.

– Si je trouvais un homme, dit Leclerc, il y a encore les questions matérielles : l'argent, l'entraînement et l'équipement. Peut-être engager du personnel supplémentaire. Il y a aussi la question de transport. Alors qu'un survol…

– Pourquoi soulevez-vous tant de difficultés ? Je croyais que votre raison d'être, justement, c'était ce genre d'opérations.

– Nous avons les experts, monsieur le sous-secrétaire. Mais j'ai réduit mes effectifs, vous savez. Je les ai beaucoup réduits. Nous avons renoncé à certaines de nos fonctions : il faut être honnête. Je n'ai jamais essayé de faire revenir la pendule en arrière. Au fond, ajouta-t-il avec un petit sourire, nous sommes en présence d'une situation quelque peu anachronique.

Le sous-secrétaire regarda par la fenêtre les lumières le long du fleuve.

– Elle me paraît très contemporaine. Des fusées et tout cela. Je ne crois pas que le Ministère la considère comme anachronique.

– Je ne parle pas de l'objectif mais de la façon de s'y attaquer : forcer le passage de la frontière. Cela n'a guère été fait depuis la guerre. Il s'agit, il est vrai, d'une forme de guerre clandestine dans laquelle mon Service est par tradition à l'aise. Ou, en tout cas, était à l'aise.

– Où voulez-vous en venir ?

– Je ne fais que penser tout haut, monsieur le sous-secrétaire. Je me demande si le Cirque ne serait pas mieux équipé pour s'en charger. Peut être devriez-vous contacter Control ? Je peux lui promettre l'appui de mes spécialistes de l'armement.

– Vous voulez dire que vous ne pensez pas pouvoir vous en charger ?

– Pas avec l'organisation dont je dispose actuellement. Control peut. Dans la mesure, évidemment, où le Ministre ne voit pas d'inconvénient à faire appel à un autre Service. À deux, en fait. Je ne me rendais pas compte que vous teniez tant à éviter toute publicité.

– Pourquoi deux ?

– Control se sentira obligé d'informer le Foreign Office. C'est son devoir. Tout comme je vous informe. Et, dès lors, il nous faut accepter qu'ils s'en mêlent.

– Si ces gens-là sont au courant, dit le sous-secrétaire avec mépris, d'ici demain on en parlera dans tous les clubs.

– Il y a ce danger, admit Leclerc. Je me demande aussi si le Cirque a bien les spécialistes militaires, qu'il faut. Une base de fusées est une installation compliquée : rampes de lancements, abris, canalisations pour les câbles ; tout cela nécessite un examen et des estimations appropriées. Je pense que Control et moi pourrions joindre nos forces…

– Il n'en est pas question. On ne peut pas dire que vous vous entendez bien. Même si vous parveniez à coopérer, ce serait contraire à votre politique : pas de monolithe.

– Ah, oui. Bien sûr.

– Alors, supposons que vous fassiez l'opération vous-même ; supposons que vous trouviez un homme, qu'est-ce que cela représenterait ?

– Des crédits supplémentaires. Débloqués immédiatement. Recruter du personnel nouveau. Disposer d'installations d'entraînement. Plus la protection du Ministère : laissez-passer spéciaux et autori-sations. (Puis, de nouveau, un petit coup de couteau en passant.) Et une certaine aide de Control… Nous pourrions l'obtenir sous un prétexte.

Une sirène de brume retentit lugubrement sur le fleuve.

– Si c'est la seule solution…

– Peut-être voudriez-vous la proposer au Ministre, suggéra Leclerc.

Un silence. Leclerc poursuivit :

– Sur le plan pratique, il nous faut à peu près trente mille livres.

– Justifiables en comptabilité ?

– En partie. Je croyais que vous vouliez qu'on vous épargne les détails.

– Sauf en ce qui concerne le Trésor. Je vous conseille de rédiger un mémoire sur les frais à engager.

– Très bien. Un devis approximatif.

Le silence retomba.

– Ce n'est guère une grosse somme par rapport au risque, dit le sous-secrétaire.

– Au risque éventuel. Nous voulons tirer cela au clair. Je ne prétends pas être convaincu. J'ai seulement des soupçons, de forts soupçons. (Il ne put s'empêcher d'ajouter :) Le Cirque demanderait deux fois plus.

– Alors, trente mille livres et notre protection ?

– Et un homme. Mais il faut que je le trouve moi-même, fit-il avec un petit rire.

Le sous-secrétaire dit brusquement :

– Il y a certains détails que le Ministre ne voudra pas connaître. Vous vous en rendez compte ?

– Bien sûr. J'imagine que c'est surtout vous qui parlerez.

– J'imagine que ce sera surtout le Ministre. Vous avez réussi à l'inquiéter passablement.

– Nous ne devrions jamais faire cela à notre maître, observa Leclerc avec une feinte dévotion ; à notre maître à tous deux.

Le sous-secrétaire n'avait pas l'air de penser qu'ils en avaient un. Ils se levèrent.

– À propos, dit Leclerc, la pension de Mrs Taylor. Je fais une demande au Trésor. Il paraît que le Ministre devrait la signer.

– Pourquoi, Seigneur ?

– Il s'agit de savoir s'il a été tué en service commandé.

Le sous-secrétaire devint de glace.

– C'est absolument ridicule. Vous demandez au Ministère de confirmer que Taylor a été tué.

– Je demande une pension pour sa veuve, protesta gravement Leclerc. C'était un de mes meilleurs hommes.

– Bien sûr. C'est toujours ce qu'on dit.

Le Ministre ne leva pas les yeux quand ils entrèrent.

L'inspecteur de police se leva de sa chaise ; c'était un petit homme replet à la nuque rasée. Il était en civil. Il leur serra la main avec un air de condoléances professionnelles, les installa dans ses fauteuils modernes aux bras en teck et leur offrit des cigares dans une boîte. Ils refusèrent, aussi en alluma-t-il un pour lui dont il se servit ensuite comme prolongation de ses doigts courts lorsqu'il faisait des gestes pour souligner ses propos, et comme instrument de dessin pour décrire dans l'air envahi par la fumée les objets dont il parlait. Il rendit fréquemment hommage au chagrin d'Avery en enfonçant son menton dans son col et en lançant de l'ombre de ses sourcils baissés des regards chargés de compassion. Il commença par relater les circonstances de l'accident, se perdit en détails accablants en vantant les efforts de la police pour retrouver trace de la voiture, fit de fréquentes allusions à l'intérêt que prenait personnellement à l'enquête le directeur de la police, dont l'anglophilie était légendaire, et exposa sa conviction que le coupable serait découvert et puni avec toute la sévérité de la loi finlandaise. Il s'attarda quelque temps sur son admiration pour les Anglais, l'affection qu'il portait à la reine et à sir Winston Churchill, les charmes de la neutralité finlandaise et, enfin, il en arriva au corps.

L'autopsie, il était fier de le déclarer, avait été minutieuse, et le procureur avait affirmé que les circonstances du décès de Mr Malherbe n'avaient rien de suspect, malgré la présence dans le sang d'une quantité considérable d'alcool. Le barman de l'aéroport faisait état pour sa part de cinq verres de Steinhäger. L'inspecteur se retourna vers Sutherland.

– Est-ce qu'il veut voir son frère,? demanda-t-il, estimant sans doute délicat de poser la question à un tiers.

Sutherland était embarrassé.

– C'est à Mr Avery de décider, dit-il, comme si la question dépassait sa compétence.

Ils regardèrent tous deux Avery.

– Je ne pense pas, dit Avery.

– Il y a une difficulté. À propos de l'identification, dit Peersen.

– De l'identification ? répéta Avery. De mon frère ?

– Vous avez vu son passeport, fit Sutherland, avant de me le faire parvenir ? Quelle difficulté y a-t-il ?

– Mais si, mais si, dit le policier en hochant la tête. (Ouvrant un tiroir, il y prit une poignée de lettres, un portefeuille, et des photographies). Il s'appelait Malherbe, dit-il. (Il parlait avec un fort accent américain, qui dans une certaine mesure allait bien avec le cigare.) Son passeport était au nom de Malherbe. C'était un passeport authentique, n'est-ce pas ? fit Peersen en regardant Sutherland.

Pendant une seconde, Avery crut déceler sur le visage soucieux de Sutherland une certaine hésitation qui lui faisait honneur.

– Bien sûr.

Peersen se mit à trier des lettres, en déposant certaines dans un classeur devant lui et remettant les autres dans le tiroir. De temps en temps, lorsqu'il en ajoutait à la pile, il murmurait : « Ah, en effet » ou bien : « Oui, oui. » Avery sentait la sueur ruisseler sur son dos ; ses mains crispées étaient moites.

– Et votre frère s'appelait Malherbe ? répéta-t-il, quand il eut fini de trier les papiers.

– Bien sûr, dit Avery avec un signe de tête affirmatif.

Peersen sourit.

– Pas bien sûr, dit-il en pointant son cigare et en acquiesçant d'un air amical comme s'il voulait souligner un point de la discussion. Toutes ses affaires, ses lettres, ses vêtements, son permis de conduire, tout appartient à Mr Taylor. Vous connaissez Taylor ?

Une affreuse pensée envahissait l'esprit d'Avery. L'enveloppe que devait-il faire de l'enveloppe ? Aller au lavabo, la détruire maintenant avant qu'il fût trop tard ? Il ne pensait pas que cela marcherait ; l'enveloppe était raide et brillante. Même s'il la déchirait, les morceaux flotteraient à la surface. Il se rendit compte que Peersen et Sutherland le regardaient, attendaient qu'il parlât, et il était incapable de penser à autre chose qu'à l'enveloppe qui pesait si lourdement dans la poche de sa veste.

– Non, réussit-il à dire, je ne le connais pas. Mon frère et moi… (Beau-frère ou demi-frère ?)… mon frère et moi n'avions guère de rapports. Il était plus âgé. Nous n'avons pas vraiment grandi ensemble. Il a fait de nombreux métiers, il n'arrivait jamais à tout à fait se poser. Peut-être ce Taylor était-il un de ses amis… qui… (Avery haussa les épaules, s'efforçant d'insinuer que Malherbe de son vivant était un mystère pour lui aussi.)

— Quel âge avez-vous ? demanda Peersen. (Son respect pour le parent affligé semblait diminuer.)

– Trente-deux ans.

– Et Malherbe ? lança-t-il sur le ton de la conversation. De combien était-il votre aîné ?

Sutherland et Peersen avaient vu son passeport et savaient son âge. On se rappelle l'âge des gens qui meurent. Seul Avery, son frère, n'avait aucune idée de l'âge du défunt.

– Douze ans, dit-il au hasard. Mon frère avait quarante-quatre ans. (Pourquoi devait-il en dire tant ?)

– Seulement quarante-quatre ans ? fit Peersen en haussant les sourcils. Alors, le passeport est erroné. Peersen se tourna vers Sutherland, braqua son cigare vers la porte à l'autre bout du bureau et dit gaiement, comme s'il mettait un terme à une vieille discussion entre amis.

– Vous comprenez maintenant pourquoi j'ai un problème d'identification.

Sutherland avait l'air furieux.

– Ce serait une bonne chose si Mr Avery examinait le corps, suggéra Peersen ; alors, nous pourrions être sûrs.

– Inspecteur Peersen, dit Sutherland, l'identité de Mr Malherbe a été établie d'après son passeport. Le Foreign Office de Londres a vérifié que le nom de Mr Avery avait été cité par Mr Malherbe comme personne à prévenir en cas d'accident. Vous me dites qu'il n'y a rien de suspect dans les circonstances de sa mort. La procédure habituelle consiste maintenant pour vous à me confier la garde de ses effets en attendant que soient achevées les formalités au Royaume-Uni. Mr Avery peut sans doute se charger du corps de son frère.

Peersen parut réfléchir. Il prit dans le tiroir métallique de son bureau le reste des papiers de Taylor et les ajouta à la pile déjà devant lui. Il téléphona à quelqu'un et eut une brève conversation en finnois. Au bout de quelques minutes, une ordonnance apporta une vieille valise de cuir avec un inventaire que Sutherland signa. Durant tout ce temps, ni Avery ni Sutherland n'échangea un mot avec l'inspecteur.

Peersen les accompagna jusqu'au perron. Sutherland insista pour porter lui-même la serviette et les papiers. Ils montèrent dans la voiture. Avery attendait que Sutherland dise quelque chose, mais il demeura silencieux. Ils roulèrent une dizaine de minutes. La ville était mal éclairée. Avery remarqua qu'on avait répandu du sel sur la chaussée pour dégager deux voies. Le milieu et les caniveaux étaient encore couverts de neige. Les lampadaires étaient au néon et déversaient une lumière maladive qui semblait se recroqueviller devant les ténèbres environnantes. De temps en temps, Avery remarquait les chevrons en bois d'un toit pointu, le bruit métallique d'un tram ou le haut casque blanc d'un agent de ville.

Par moments, il jetait à la dérobée un coup d'œil par la lunette arrière.

7

Woodford s'arrêta dans le couloir pour fumer sa pipe, souriant aux employés qui s'en allaient. C'était son heure magique. Le matin, c'était différent. La tradition exigeait que le personnel subalterne arrivât à neuf heures et demie ; les cadres à dix heures ou dix heures un quart. Théoriquement, les anciens du Service restaient tard le soir pour ranger leurs papiers. Un gentleman, disait Leclerc, ne regardait jamais l'heure. Cette coutume datait de la guerre, où les officiers passaient les premières heures de la matinée à interroger les pilotes de reconnaissance retour de mission, ou les dernières heures de la soirée à préparer le départ d'un agent. En ce temps-là, le personnel subalterne travaillait par roulement, mais pas les officiers qui arrivaient et partaient selon les exigences de leur service. La tradition aujourd'hui avait une autre utilité. Il s'écoulait maintenant des jours, souvent des semaines, où Woodford et ses collègues savaient à peine comment passer le temps jusqu'à cinq heures trente, tous, sauf Haldane qui supportait sur ses épaules voûtées la réputation du Service dans le domaine de la Recherche. Les autres préparaient des projets qui n'étaient jamais soumis, se chamaillaient sans acrimonie à propos des congés, des listes de permanence et de la qualité de leurs meubles de bureau, accordaient une attention excessive aux problèmes du personnel de leur section.

Berry, l'employé du chiffre, déboucha dans le couloir, et se pencha pour mettre ses pinces de bicyclette.

– Comment va la bourgeoise, Berry ? demanda Woodford. (Il fallait toujours garder le contact.)

– Elle ne va pas mal, je vous remercie, monsieur. (Il se redressa, et se passa un peigne dans les cheveux.) C'est navrant pour Wilf Taylor, monsieur.

– Navrant. C'était un bon élément.

– Mr Haldane fermera le courrier, monsieur. Il travaille tard.

– Vraiment ? Oh, nous sommes tous surchargés en ce moment.

– Et le patron dort ici, monsieur, dit Berry en baissant la voix. On est en pleine crise. On m'a dit qu'il était allé voir le Ministre. On a envoyé une voiture le chercher.

– Bonsoir, Berry. On vous dit trop de choses, murmura Woodford d'un ton satisfait en s'éloignant dans le couloir.

La lumière dans le bureau de Haldane provenait d'une lampe de travail réglable. Elle projetait un court faisceau très intense sur le dossier devant lui, effleurant aussi le contour de son visage et de ses mains.

– Vous travaillez tard ? demanda Woodford.

Haldane déposa un dossier dans la corbeille « départ » et en prit un autre.

– Je me demande comment s'en tire le jeune Avery ; il fera une carrière, ce garçon. Il paraît que le patron n'est pas encore rentré. Ça doit être une longue séance.

Tout en parlant, Woodford s'installa dans le fauteuil de cuir. C'était celui de Haldane, il l'avait apporté de chez lui et s'y installait pour faire ses mots croisés après le déjeuner.

– Comment s'est-il arrangé avec la femme de Taylor ? demanda Woodford. Comment a-t-elle pris la chose ?

Haldane soupira et reposa son dossier.

– Il lui a annoncé la nouvelle. C'est tout ce que je sais.

– Vous ne savez pas comment elle a pris la chose ? Il ne vous l'a pas dit ?

Woodford parlait toujours un peu plus fort qu'il n'était nécessaire, il avait l'habitude de chercher à avoir le dernier mot avec sa femme.

– Je n'ai vraiment aucune idée. Il y est allé tout seul, paraît-il. Leclerc préfère garder ces choses-là pour lui.

– Je pensais que peut-être avec vous…

Haldane secoua la tête.

– Avery seulement, murmura-t-il.

– C'est un gros coup, cette fois, n'est-ce pas, Adrian… Ça pourrait l'être ?

– Ça pourrait. Nous verrons, fit doucement Haldane. (Il n'était pas toujours désagréable avec Woodford.)

– Rien de nouveau du côté de Taylor ?

– L'attaché de l'Air à Helsinki a retrouvé Lansen. Celui-ci confirme qu'il a remis le film à Taylor. Les Russes, semble-t-il, l'ont intercepté au-dessus de Kalkstadt ; deux Migs. Ils lui ont tourné autour, et puis l'ont laissé partir.

– Mon Dieu, dit Woodford stupidement. C'est le bouquet.

– Pas du tout ; ça concorde avec ce que nous savons. S'ils déclarent la zone interdite, pourquoi ne patrouilleraient-ils pas au-dessus ? Ils ont sans doute interdit la région pour des manœuvres, des exercices sol-air. Pourquoi n'ont-ils pas forcé Lansen à atterrir ? Tout cela ne permet de tirer aucune conclusion.

Leclerc apparut sur le seuil. Il avait mis un col propre en l'honneur du Ministre et une cravate noire en l'honneur de Taylor.

– Je suis venu en voiture, annonça-t-il. Ils nous en ont donné une du parc automobile du Ministère, prêtée pour une durée indéterminée. Le Ministre était absolument navré d'apprendre que nous n'en avions pas. C'est une Humber, avec un chauffeur, comme celle de Control. Il paraît que le chauffeur est quelqu'un de très sûr. (Il regarda Haldane.) Adrian, j'ai décidé de former une section spéciale. Je veux que vous en preniez la tête. Je vais pour l'instant confier la Recherche à Sandford. Le changement lui fera du bien. (Un sourire s'épanouit sur son visage, comme s'il ne pouvait se contenir plus longtemps. Il était très excité.) Nous envoyons un homme là-bas. Le Ministre a donné son accord. Nous nous mettons au travail tout de suite. Demain matin à la première heure, je veux voir les chefs de Section. Adrian, je vais vous donner Woodford et Avery. Bruce, vous gardez le contact, avec eux ; adressez-vous aux anciens pour l'entraînement. Le Ministre accepte des contrats de trois mois pour le personnel engagé à titre temporaire. Pas d'extra, bien sûr. Le programme habituel : radio, entraînement sur cible, codage, observations, combats à main nue et fausses identités. Adrian, il va nous falloir une maison. Peut-être Avery pourrait-il s'en occuper quand il rentrera. Je vais contacter Control pour la documentation ; les faussaires sont tous passés chez lui. Il nous faut des informations sur la frontière dans la région de Lübeck. Des rapports de réfugiés, des détails sur les champs de mines et autres obstacles. (Il jeta un coup d'œil à sa montre.) Adrian, je peux vous dire deux mots ?

– Dites-moi une chose, dit Haldane. Qu'est-ce que le Cirque sait de tout ça ?

– Ce que nous voudrons bien leur dire. Pourquoi ?

– Ils savent que Taylor est mort. Tout Whitehall est au courant.

– C'est possible.

– Ils savent qu'Avery va chercher un film en Finlande. Ils ont très bien pu remarquer le rapport du centre de sécurité aérienne sur l'appareil de Lansen. Ils ont une façon de remarquer les choses…

– Alors ?

– Alors, ça ne dépend pas seulement de ce que nous leur disons ? N'est-ce pas ?

– Vous viendrez à la réunion de demain ? demanda Leclerc d'un ton un peu pathétique.

– Je crois avoir l'essentiel de mes instructions. Si vous n'y voyez pas d'inconvénient, j'aimerais faire une ou deux démarches. Ce soir ou demain peut-être.

– Parfait, dit Leclerc, décontenancé. Pouvons-nous vous aider ?

– Est-ce que je pourrais utiliser votre voiture pour une heure ?

– Bien entendu. Je veux que nous nous en servions tous. Pour notre intérêt commun. Adrian ?… Voici pour vous. (Il lui tendit une carte verte dans un étui transparent.) Le Ministre l'a signée personnellement. (Il laissait entendre que, comme pour une bénédiction papale, il y avait des degrés d'authenticité dans un paraphe ministériel.) Alors, vous allez la faire, Adrian ? Vous allez accepter cette mission ?

On aurait dit que Haldane n'avait pas entendu. Il avait rouvert le dossier et examinait avec curiosité la photographie d'un jeune Polonais qui avait combattu les Allemands vingt ans auparavant. C'était un visage jeune, sévère ; sans humour. Ce qui semblait l'intéresser, ce n'était pas de vivre mais de survivre.

– Oh ! Adrian, s'écria Leclerc, brusquement soulagé, vous avez prononcé le second vœu !

Haldane sourit à contrecœur, comme si la phrase avait évoqué dans son esprit quelque chose qu'il croyait avoir oublié.

– Il semble avoir le don de survivre, observa-t-il en désignant enfin le dossier. Ce n'est pas un homme facile à tuer.

– En tant que plus proche parent, commença Sutherland, vous avez le droit d'exprimer vos désirs concernant le transport du corps de votre frère.

– Bon.

La maison de Sutherland était une petite construction avec une baie vitrée derrière laquelle s'alignaient des plantes en pot. Ce détail seul la distinguait de son modèle comme on en trouvait dans les régions-dortoirs d'Aberdeen. Comme ils descendaient l'allée, Avery aperçut derrière la fenêtre une femme d'un certain âge. Elle portait un tablier et époussetait quelque chose. Elle lui rappela Mrs Yates et son chat.

– J'ai un bureau au fond, dit Sutherland comme pour bien montrer que tout dans la maison n'était pas consacré au luxe. Je vous propose de régler le reste des détails maintenant. Je ne vous retiendrai pas longtemps. (C'était expliquer à Avery qu'il ne devait pas s'attendre à rester pour dîner.) Comment comptez-vous le ramener en Angleterre ?

Ils s'assirent de part et d'autre du bureau. Derrière la

tête de Sutherland était pendue au mur une aquarelle représentant des collines mauves qui se reflétaient dans un loch d'Écosse.

– J'aimerais le faire revenir par avion.

– Vous savez que c'est coûteux ?

– J'aimerais quand même le faire transporter par avion.

– Pour le faire enterrer ?

– Bien sûr.

– Ce n'est pas « bien sûr » du tout, répliqua Sutherland avec dégoût. Si votre frère – il prononçait le mot comme s'il était entre guillemets maintenant, mais il était décidé à jouer le jeu jusqu'au bout – si votre frère devait être incinéré, le transport par avion serait tout différent.

– Je comprends. Pardonnez-moi.

– Il y a une entreprise de pompes funèbres en ville, Barford and Company. Un des associés est anglais, marié à une Suédoise. Il y a une assez importante minorité suédoise ici. Nous faisons de notre mieux pour aider les membres de la colonie britannique. Dans ces circonstances, je préférerais que vous retourniez à Londres le plus tôt possible. Je vous propose de m'autoriser à utiliser les services de Barford. Dès qu'on lui aura remis le corps, je lui donnerai le passeport de votre frère. Il lui faudra obtenir un certificat médical précisant la cause du décès. Je le mettrai en rapport avec Peersen.

– Bien.

– Il aura besoin également d'un certificat de décès délivré par un officier d'état civil. C'est meilleur marché si l'on s'occupe soi-même de ce genre de choses. Si les questions d'argent jouent pour vous.

Avery ne répondit rien.

– Lorsqu'il aura trouvé un vol qui convient, il s'occupera du certificat de fret et du connaissement. Il paraît que ce genre de transport se fait généralement la nuit. D'ailleurs, les tarifs sont moins élevés et…

– C'est parfait.

– Bon. Barford s'assurera que le cercueil est étanche. Il sera peut-être en métal ou en bois. Il y joindra une attestation certifiant que le cercueil ne contient que le corps, et le même corps que celui dont font état le passeport et le certificat de décès. Je vous dis cela pour vous quand vous en prendrez livraison à Londres. Barford fera tout cela très vite. J'y veillerai. Il a des accointances avec les compagnies aériennes. Plus tôt il…

– Je comprends.

– Je n'en suis pas sûr. (Sutherland haussa les sourcils, comme si Avery avait parlé hors de propos.) Peersen s'est montré très rai-sonnable. Je ne voudrais pas mettre sa patience à l'épreuve. Barford aura un correspondant à Londres… C'est bien Londres, n'est-ce pas ?

– Londres, oui.

– Je pense qu'il compte sur une partie du paiement d'avance. Vous n'avez qu'à me laisser l'argent contre un reçu. En ce qui concerne les affaires de votre frère, je présume que la personne qui vous a envoyé désirait que vous preniez possession de ces lettres ? fit-il en les poussant à travers la table.

– Il y avait un rouleau de pellicule, marmonna Avery, un rouleau de pellicule non développé. (Il fourra les lettres dans sa poche.)

Sutherland déplia lentement un exemplaire de l'inventaire qu'il avait signé au commissariat de police, l'étala devant lui et son doigt descendit lentement la colonne de gauche, avec méfiance, comme s'il vérifiait les chiffres de quelqu'un d'autre.

– Il n'est pas question de pellicule ici. Il y avait un appareil de photo aussi ?

– Non.

– Ah !

Il accompagna Avery jusqu'à la porte.

– Vous feriez mieux de dire à qui vous a envoyé que le passeport de Malherbe n'était plus valable. Le Foreign Office a expédié une circulaire donnant la liste d'un certain nombre de numéros de passeports, une vingtaine. Celui de votre frère y figurait. Il a dû y avoir une erreur. J'allais le signaler quand un télex du Foreign Office est arrivé, vous donnant pouvoir de prendre possession des affaires de Malherbe. (Il eut un rire bref. Il était furieux.) C'était absurde, évidemment. Les gens du Foreign Office n'auraient jamais envoyé cela d'eux-mêmes. Ils ne sont pas qualifiés pour cela, à moins que vous ayez une main-levée, et ce n'est pas un document que l'on peut se procurer au milieu de la nuit. Vous savez où descendre ? Le *Regina* n'est pas mal, près de l'aéroport. Et puis, c'est en dehors de la ville. Je pense que vous pourrez retrouver votre chemin. Vous devez avoir des défrais convenables.

Avery repartit rapidement, emportant dans sa mémoire l'image indélébile du visage émacié et amer de Sutherland qui se détachait, furieux, contre les collines d'Écosse. Les maisons de bois au bord de la route dressaient leurs silhouettes vaguement blanches dans la nuit, comme des ombres autour d'une table d'opération.

Quelque part non loin de Charing Cross, au sous-sol d'une de ces surprenantes maisons du XVIIIe siècle entre Villiers Street et la Tamise, se trouve un club dont le nom ne figure pas sur la porte. On y accède en descendant un escalier de pierre incurvé. La rampe, comme les boiseries de l'immeuble de Blackfriars Road, est peinte en vert olive et a besoin d'être remplacée.

Les membres constituent un étrange assortiment. Certains sont des militaires, d'autres sont dans l'enseignement, d'autres dans le clergé ; d'autres encore appartiennent à ce *no man's land* de la société londonienne qui s'étend du bookmaker au gentleman, offrant à ceux qui les entourent, et peut-être aussi à eux-mêmes, l'image d'un courage sans raison ; conversant en utilisant des codes et des phrases qu'un homme qui possède le sens du langage ne peut écouter qu'à distance. C'est un endroit plein de vieux visages et de jeunes corps où les tensions de la guerre sont devenues les tensions de la paix, où l'on élève la voix pour noyer le silence et les verres pour noyer la solitude ; c'est l'endroit où se retrouvent ceux qui sont en quête, ils n'y trouvent personne que leurs pareils et le réconfort d'une souffrance partagée ; c'est l'endroit où les yeux las de gaieté n'ont pas d'horizon à observer. Pourtant, c'est leur champ de bataille ; si l'amour existe, ils le trouvent là, l'un auprès de l'autre, timidement comme des adolescents, en pensant tout le temps à d'autres.

C'est un petit établissement, tenu par un homme mince et sec qu'on appelle le major Dell ; il porte la moustache et une cravate avec des anges bleus sur fond noir. Il paie la première tournée et ce sont eux qui paient les autres. Cela s'appelle l'*Alias Club,* et Woodford en était membre,

C'est ouvert le soir. Ils arrivent vers six heures, se détachant avec plaisir de la foule en mouvement, furtifs mais déterminés, comme des provinciaux qui se rendent dans un théâtre mal famé. On remarque d'abord tout ce qui n'est pas là : pas de coupe d'argent derrière le bar, pas de livre de visiteurs ni de liste de membres ; pas d'insigne, de blason ni de titre. Seulement sur les murs de brique blanchis à la chaux, quelques photographies encadrées dans des passe-partout, comme celles du bureau de Leclerc. Les visages sont flous, certains agrandis, semble-t-il, d'après la photo du passeport, prise de face, de façon qu'on voie les deux oreilles conformément ; il y a quelques photos de femmes, dont certaines séduisantes, aux épaules hautes et carrées et aux longs cheveux comme c'était la mode pendant la guerre. Les hommes portent toutes sortes d'uniformes ; les Français libres et les Polonais se mêlent à leurs camarades britanniques ; certains sont des aviateurs. Parmi les visages anglais, un ou deux, qui ont bien vieilli, continuent à hanter le club.

Lorsque Woodford entra, tout le monde se retourna et le major Dell, enchanté, lui commanda sa pinte de bière. Un homme d'un certain âge, au visage coloré, parlait d'une sortie qu'il avait faite jadis au-dessus de la Belgique, mais il s'arrêta en constatant qu'il avait perdu l'attention de son auditoire.

– Bonjour, Woodie, dit quelqu'un, surpris. Comment va la bourgeoise ?

– En pleine forme, dit Woodford avec un cordial sourire. En pleine forme.

Il but une gorgée de bière. On fit passer des cigarettes.

– Woodie a l'air rudement mystérieux ce soir, dit le major Dell.

– Je cherche quelqu'un. Tout cela est assez secret.

– On connaît ça, répondit l'homme au visage rougeaud.

Woodford jeta un coup d'œil du côté du bar et demanda doucement, avec un accent de mystère dans la voix :

– Qu'est-ce que faisait papa pendant la guerre ?

Il y eut un silence surpris. Ils buvaient tous depuis un moment.

– Il s'occupait de maman, bien sûr, dit le major Dell d'un ton hésitant, et ils éclatèrent tous de rire.

Woodford rit avec eux, entrant dans la conspiration, revivant le rituel à demi oublié des nuits du mess secret, quelque part en Angleterre.

– Et où ça ? interrogea-t-il, toujours du même ton confidentiel.

Cette fois, deux ou trois voix lancèrent à l'unisson :

– Sous son grand chapeau !

Ils étaient plus bruyants, plus heureux.

– Il y avait un nommé Johnson, reprit précipitamment Woodford, Jack Johnson. J'essaie de trouver ce qu'il est devenu. Il était chargé de l'entraînement pour la transmission radio ; il était très fort. Il était d'abord à Bovingdon, avec Haldane, jusqu'au jour où on l'a fait venir à Oxford.

– Jack Johnson ! cria l'homme rougeaud, tout excité. Le radio ? J'ai acheté un poste pour ma voiture à Jack il y a quinze jours : Johnson les Bonnes Affaires sur Clapham Broadway, c'est lui. Il passe ici de temps en temps. C'est un radio amateur enthousiaste. Pas très grand, il parle du coin de la bouche ?

– C'est lui, dit un autre. Il fait vingt pour cent de remise aux anciens du groupe.

– Il ne m'en a pas fait, dit le rougeaud.

– C'est bien Jack ; il habite Clapham.

Les autres renchérirent : c'était bien lui, et il tenait ce magasin à Clapham ; le roi des radios amateurs ; il était déjà mordu avant la guerre, quand il n'était qu'un gosse ; mais oui, un magasin dans la grand-rue, qui était là depuis des années ; le fonds devait valoir une fortune. Et lui aimait bien venir au club aux environs de Noël. Woodford, tout rouge de plaisir, commanda des consommations.

Dans le brouhaha qui suivit, le major Dell prit doucement Woodford par le bras et le guida vers l'autre extrémité du bar.

– Woodie, c'est vrai ce qu'on dit à propos de ce vieux Wilf Taylor ? Il s'est vraiment fait avoir ?

Woodford acquiesça gravement.

– Il était en mission. Nous pensons que quelqu'un s'est un peu énervé.

Le major Dell était toute sollicitude.

– Je n'ai rien dit aux autres. Ça ne ferait que les inquiéter. On fait quelque chose pour sa femme ?

– Le patron est en train de s'en occuper. Ça semble assez bien se présenter.

– Bon, dit le major. Bon. (Il hocha la tête, tapotant le bras de Woodford dans un geste de consolation.) Nous n'en parlerons pas aux autres, n'est-ce pas ?

– Naturellement.

– Il avait une petite ardoise. Rien de très important. Il aimait bien passer le vendredi soir. (L'accent du major glissait de temps en temps, comme un nœud de cravate tout fait.)

– Envoyez-les. Nous nous en occuperons.

– Il avait un gosse, n'est-ce pas ? Une petite fille ? (Ils revenaient vers le bar.) Quel âge avait-elle ?

– Dans les huit ans. Peut-être plus.

– Il parlait beaucoup d'elle, dit le major.

– Hé, Bruce, cria quelqu'un, quand allez-vous vous décider à refaire quelque chose à propos des Boches ? Il y en a partout. J'ai emmené ma femme en Italie cet été... C'était plein d'Allemands arrogants comme tout.

– Plus tôt que vous ne croyez, dit Woodford en souriant. Voyons un peu si vous connaissez celui-ci. (La conversation se tut. Woodford ne plaisantait pas. Il était resté sur la brèche.) Il y avait un spécialiste du combat à mains nues, un sergent-chef ; un Gallois. Pas grand non plus.

– On dirait Sandy Low, suggéra le rougeaud.

– Sandy, exactement ! (Ils se tournèrent tous avec admiration vers l'homme au visage rouge.)

– Voyons, reprit Woodford, enchanté, est-ce qu'il n'est pas allé dans un collège comme moniteur de boxe ? (Il les regardait attentivement, sans trop en dire et faisant durer le plaisir parce que tout cela était très secret.)

– C'est lui, Sandy !

Woodford nota des renseignements avec soin, car l'expérience lui avait montré qu'il avait tendance à oublier ce qu'il confiait à sa mémoire.

Comme il allait partir, le major demanda :

– Comment va Clarkie ?

– Il est surmené, répondit Woodford. Il se tue au travail, comme toujours.

– On parle beaucoup de lui, vous savez. J'aimerais bien qu'il vienne ici de temps en temps ; ça leur ferait plaisir, vous savez. Ça leur remonterait le moral.

– Dites-moi, reprit Woodford, alors qu'ils étaient près de la porte. Vous souvenez-vous d'un nommé Leiser ? Fred Leiser, un Polonais ? Il appartenait au groupe. Il était dans le coup de Hollande.

– Il vit toujours ?

– Oui.

– Je regrette, dit le major d'un ton vague. Les étrangers ne viennent plus ; je ne sais pas pourquoi. Je n'en parlerai pas aux autres.

Refermant la porte derrière lui, Woodford sortit dans la nuit de Londres. Il regarda autour de lui, heureux de ce qu'il voyait : sa cité natale confiée à ses bons soins. Il s'éloigna lentement, comme un vieil athlète sur une vieille piste.

8

Avery, lui, marchait vite. Il avait peur. Il n'y a pas de terreur aussi solide et en même temps aussi difficile à décrire, que celle qui obsède un espion en pays étranger. Le regard d'un chauffeur de taxi, la densité de la foule dans la rue, la diversité des uniformes – était-ce un policier ou un postier ? – l'obscurité des coutumes et de la langue et les bruits mêmes qui constituaient le monde dans lequel Avery avait pénétré, tout contribuait à créer chez lui un état de constante anxiété, qui, comme une douleur nerveuse, devenait virulent maintenant qu'il se retrouvait seul. En un instant, son esprit oscillait entre la panique et l'amour veule, réagissant avec une extraordinaire gratitude à un coup d'œil ou à un mot aimable. C'est qu'il éprouvait un sentiment de dépendance quasi féminin envers ceux qu'il dupait. Avery avait désespérément besoin de trouver parmi les visages indifférents qui l'entouraient, l'absolution d'un sourire confiant. Cela ne lui suffisait pas de se dire : Tu ne leur fais pas de mal, tu es leur protecteur. Il évoluait au milieu d'eux comme un homme traqué qui cherche le gîte et le couvert.

Il prit un taxi jusqu'à l'hôtel où il demanda une chambre avec salle de bains. On le pria d'inscrire son nom sur le registre. La pointe de sa plume touchait déjà la page quand il aperçut, moins de dix lignes plus haut, écrit d'une main laborieuse, le nom de Malherbe, brisé en son milieu comme si celui qui l'avait inscrit ne savait pas l'orthographier. Il lut : adresse, Londres ; profession, commandant (en retraite) ; destination,

Londres. Sa dernière vanité, songea Avery, une fausse profession, un faux rang, mais le petit Anglais Taylor avait eu son instant de gloire. Pourquoi pas colonel ? Ou amiral ? Pourquoi ne pas s'attribuer une pairie et une adresse à Park Lane ? Même lorsqu'il rêvait, Taylor connaissait ses limites.

– Le valet de chambre va monter vos bagages, dit le concierge.

– Pardonnez-moi, dit Avery en s'excusant sans raison, et il signa le registre pendant que l'homme l'observait avec curiosité.

Il donna un pourboire au valet de chambre et s'aperçut, ce faisant, qu'il lui avait donné l'équivalent d'une pièce. Il ferma la porte de la chambre et resta un moment assis sur son lit. C'était une chambre conçue avec soin, mais froide et sans âme. Sur la porte était fixé un avis en plusieurs langues, mettant les clients en garde contre les risques de vol, et un autre auprès du lit, qui expliquait les désavantages financiers de ne pas prendre le petit déjeuner à l'hôtel. Il y avait sur la table un magazine de voyages et une Bible à reliure noire. Il y avait une petite salle de bains, très propre, et une penderie dans le mur avec un seul cintre. Il avait oublié d'apporter un livre. Il ne pensait pas avoir à passer du temps libre.

Il avait froid, il avait faim. Il se dit qu'il allait prendre un bain. Il le fit couler et se déshabilla. Il allait entrer dans l'eau lorsqu'il se souvint des lettres de Taylor dans sa poche. Il enfila un peignoir, s'assit sur le lit et les examina. Il y en avait une de sa banque à propos d'un découvert, une de sa mère, une d'un ami qui commençait par « cher vieux Wilf », et le reste d'une femme. Les lettres tout à coup lui firent peur : c'étaient des preuves. Elles risquaient de le compromettre. Il décida de les brûler toutes. Il y avait un autre lavabo dans la chambre. Il y posa tous les papiers et approcha une allumette. Il avait lu quelque part que c'était ainsi qu'on procédait. Il y avait une carte de membre dc l'*Alias Club* au nom de Taylor, et il la brûla aussi ; puis il brisa les cendres avec ses doigts et fit couler l'eau ; le niveau monta rapidement. Le bouchon métallique se manœuvrait de l'intérieur par un levier disposé entre les robinets. Les cendres détrempées l'avaient bloqué, le lavabo était bouché.

Il chercha un instrument pour passer sous le disque métallique du bouchon. Il essaya son stylo, mais c'était trop gros, alors il alla chercher sa lime à ongles. Après plusieurs tentatives, il réussit à pousser les cendres dans le tuyau. L'eau s'écoula, révélant une épaisse tache brune sur l'émail. Il commença par la frotter avec ses mains, puis avec la brosse, mais cela ne partait pas. L'émail ne se tachait pas comme ça, cela devait tenir au papier, il devait y avoir du goudron ou quelque chose dedans. Il passa dans la salle de bains, cherchant en vain un détergent.

En revenant dans la chambre, il se rendit compte qu'elle empestait le papier brûlé. Il se précipita vers la fenêtre pour l'ouvrir. Une rafale de vent glacé vint balayer ses bras et ses jambes nus. Il resserrait le peignoir autour de lui quand on frappa à la porte. Pétrifié de terreur, les yeux fixés sur le bouton de la porte, il entendit frapper de nouveau, cria d'entrer et regarda le bouton tourner. C'était l'employé de la réception.

– Mr Avery ?

– Oui ?

– Excusez-moi. Nous avons besoin de votre passeport. Pour la police.

– La police ?

– C'est l'usage.

Avery avait reculé jusqu'au lavabo. Les rideaux s'agitaient follement auprès de la fenêtre ouverte.

– Je peux fermer la fenêtre ? demanda l'homme.

– Je ne me sentais pas bien. J'avais besoin d'air frais.

Il trouva son passeport et le remit. Il aperçut le regard de l'employé fixé sur le lavabo, sur la tache brune et les petits flocons de cendres qui collaient encore à l'émail.

Il souhaita, comme jamais encore il ne l'avait souhaité, de se retrouver en Angleterre.

La rangée de villas qui borne Western Avenue est comme une rangée de tombeaux roses se détachant sur un fond gris ; l'image architecturale de la cinquantaine. Leur uniformité et la discipline des gens qui vieillissent, qui meurent sans violence et qui vivent sans réussir. Ce sont des maisons qui l'ont emporté sur leurs occupants, dont elles changent à leur gré sans changer elles-mêmes. Les camions de déménagement glissent respectueusement parmi elles, comme des corbillards, enlevant discrètement les morts et amenant les vivants. De temps en temps, un locataire lève la main, prodiguant les pots de peinture sur les charpentes, ou ses efforts dans le jardin, mais tout cela ne modifie pas plus la maison que des fleurs ne changent une salle d'hôpital, et le gazon pousse à sa guise, comme l'herbe sur une tombe.

Haldane renvoya la voiture et quitta la route pour se diriger vers South Park Gardens, une rue en demi-cercle à cinq minutes de la mairie. Il y avait une école, avec un bureau de poste, quatre magasins et une banque. Il marchait un peu penché, une serviette noire au bout de sa main frêle. Le clocher de l'église moderne se dressait au-dessus des maisons ; une horloge sonna sept heures. Au coin de la rue, il y avait une épicerie avec une façade moderne, un magasin de libre-service. Il regarda le nom : Smethwick. Dans le magasin, un jeune homme en salopette marron achevait une pyramide de céréales. Haldane frappa sur la vitre. L'homme secoua la tête et ajouta un paquet à la pyramide. Haldane frappa de nouveau, sèchement. L'épicier sortit sur le pas de sa porte.

– Je n'ai le droit de rien vous vendre, cria-t-il, alors ça n'est pas la peine de frapper. (Remarquant la serviette, il demanda :) Vous êtes représentant ?

Haldane plongea la main dans la poche intérieure de sa veste et brandit quelque chose vers la porte vitrée : une carte dans un étui transparent. L'épicier la regarda, puis, lentement, il tourna le bec-de-cane.

– Je voudrais vous dire un mot en particulier, dit Haldane en entrant.

– Je n'en ai encore jamais vu de celles-là, observa l'épicier, mal à l'aise. Je pense que c'est une vraie.

– Tout à fait vraie. Il s'agit d'une enquête de sécurité. Un nommé Leiser, un Polonais. Il paraît qu'il a travaillé ici il y a longtemps.

– Il faut que j'aille chercher mon père, dit l'épicier. J'étais tout gosse à cette époque.

Il était près de minuit lorsqu'il téléphona à Leclerc. Celui-ci répondit aussitôt. Avery l'imaginait assis dans son lit de fer, les couvertures de l'Air Force repoussées sur ses genoux, son petit visage alerte avide de nouvelles.

– C'est John, dit-il prudemment.

– Oui, oui, je sais qui vous êtes. (Il n'avait pas l'air content qu'Avery eût dit son nom.)

– L'affaire est malheureusement tombée à l'eau. Ça ne les intéresse pas… Négatif sur toute la ligne. Vous feriez mieux de prévenir l'homme que j'ai vu ; le petit homme bedonnant… pour lui dire que nous n'aurons pas besoin des services de son ami ici.

– Bon. Ça ne fait rien. (Il n'avait absolument pas l'air intéressé.)

Avery ne savait pas quoi dire ; absolument pas. Il avait désespérément besoin de continuer à parler à Leclerc. Il voulait lui parler du mépris de Sutherland, lui dire que le passeport n'était pas bon.

– Les gens d'ici, les gens avec qui je traite sont assez préoccupés par toute cette affaire.

Il attendit.

Il aurait voulu l'appeler par son nom, mais il ne savait pas comment on ne disait pas « monsieur » dans le Service ; les anciens s'appelaient par leur nom de famille et appelaient les jeunes par leur prénom. Il n'y avait pas d'étiquette précise pour s'adresser à son supérieur. Il se contenta donc de dire :

– Vous êtes là ?

Et Leclerc répondit :

– Bien sûr. Qui s'inquiète ? Qu'est-ce qui cloche ?

Avery se dit : J'aurais pu l'appeler « monsieur le directeur », mais ç'aurait été enfreindre les règlements de sécurité.

– Le représentant ici, l'homme qui est chargé de nos intérêts… Il est au courant, dit-il. Il a l'air d'avoir deviné.

– Vous avez bien précisé que c'était extrêmement confidentiel

– Oui, bien sûr. (Comment pourrait-il jamais expliquer le personnage de Sutherland ?)

– Bon. Nous ne tenons pas à avoir d'ennuis avec le Foreign Office en ce moment. (D'une voix changée, Leclerc reprit). Ici, John, tout va très bien. Très bien. Quand rentrez-vous ?

– Il faut que je m'occupe de… de… ramener notre ami. Il y a de nombreuses formalités. Ça n'est pas aussi facile qu'on croirait.

– Quand aurez-vous terminé ?

– Demain.

– J'enverrai une voiture vous chercher à Heathrow. Il s'est passé beaucoup de choses depuis quelques heures ; beaucoup d'améliorations. Nous avons besoin de vous, ajouta Leclerc comme on lance un os. Vous vous en êtes bien tiré, John, très bien.

– Tant mieux.

Il s'attendait à s'endormir d'un sommeil pesant cette nuit-là, mais au bout de peut-être une heure, il s'éveilla, ses sens en alerte. Il regarda sa montre : une heure dix. Se levant de son lit, il s'approcha de la fenêtre et inspecta le paysage enneigé, marqué par les lignes plus sombres de la route qui menait à l'aéroport ; il crut pouvoir distinguer la petite éminence où Taylor avait trouvé la mort.

Il se sentait très seul et il avait peur. Il avait l'esprit hanté de visions confuses : le terrible visage de Taylor, le visage qu'il avait failli voir, vidé de son sang, les yeux grands ouverts comme pour communiquer une découverte cruciale, la voix de Leclerc, vibrante d'un optimisme fragile, le gros sergent de ville le dévisageant avec envie comme s'il était quelque chose qu'il n'avait pas les moyens d'acheter. Il se rendit compte qu'il était quelqu'un qui supportait mal la solitude. La solitude l'attristait, le rendait sentimental. Pour la première fois depuis qu'il avait quitté l'appartement ce matin, il se prit à penser à Sarah et à Anthony. Des larmes montèrent brusquement à ses yeux fatigués lorsqu'il se rappela son fils et ses lunettes à monture d'acier comme des fers de forçat en miniature ; il avait envie d'entendre sa voix, il avait besoin de Sarah et du décor familier de son foyer. Peut-être pourrait-il téléphoner chez lui, parler à sa mère, demander de ses nouvelles. Mais si elle était malade ? Il en avait assez vu pour ce jour-là ; il avait dépensé assez d'énergie, de peur et d'invention. Il avait vécu un cauchemar ; il n'était pas en état de lui téléphoner maintenant. Il retourna se coucher.

Malgré tous ses efforts, il ne parvint pas à dormir. Ses paupières étaient brûlantes et lourdes, son corps profondément épuisé, mais il ne parvenait pas à trouver le sommeil. Le vent se leva, faisant trembler les doubles fenêtres ; il avait tantôt trop chaud, tantôt trop froid. Il s'assoupit un moment, pour être violemment tiré de son sommeil agité par un bruit de sanglots : cela aurait pu venir de la chambre voisine, cela aurait pu être Anthony, ou cela aurait pu être – car il ne l'entendait pas bien mais ne faisait que deviner à moitié en s'éveillant quel genre de bruit c'était –, ç'aurait pu être le pleur métallique d'une poupée d'enfant.

Et à un moment, peu avant l'aube, il entendit un bruit de pas devant sa chambre, les pas d'une seule personne dans le couloir, non pas imaginaires mais bien réels ; il resta frissonnant de terreur à attendre que le bouton de sa porte tourne ou qu'un des hommes de l'inspecteur Peersen vienne sans ménagement frapper. En tendant l'oreille, il aurait juré qu'il avait entendu un bruissement d'étoffe, un bruit de respiration étouffée, comme un petit soupir ; puis le silence. Il eut beau continuer à écouter pendant plusieurs minutes, il n'entendit rien de plus.

Il alluma la lumière, s'approcha de la chaise et chercha son stylo dans sa veste. Il était auprès du lavabo. Dans sa serviette il prit un grand portefeuille en cuir que Sarah lui avait offert.

S'installant à la petite table devant la fenêtre, il se mit à écrire une lettre d'amour à quelqu'un qui aurait pu être Carol. Quand enfin le matin arriva, il la détruisit, la déchirant en petits morceaux dans la cuvette des WC avant de tirer la chaîne. Ce faisant, il aperçut quelque chose de blanc sur le sol. C'était une photographie de la fille de Taylor tenant une poupée ; elle portait des lunettes, les mêmes qu'Anthony. La photo devait être parmi ses papiers. Il songea à la détruire mais, sans savoir pourquoi, il s'en trouva incapable. Il la fourra dans sa poche.

9

RETOUR

Comme Avery s'en doutait, Leclerc attendait à Heathrow, dressé sur la pointe des pieds, regardant anxieusement entre les têtes des gens qui attendaient. Il avait, Dieu sait comment, pris ses dispositions avec les douanes, il avait dû faire intervenir le Ministère et, lorsqu'il aperçut Avery, il s'avança dans le hall et le guida d'un air d'autorité, comme s'il avait l'habitude qu'on lui épargne toute formalité. « Voilà la vie que nous menons, songea Avery ; le même aéroport sous différents noms ; les mêmes rencontres précipitées, coupables ; nous vivons hors des murs de la ville, nous sommes les moines noirs d'une maison sombre de Lambeth. » Il était désespérément las. Il avait besoin de Sarah. Il avait envie de dire pardon, de se réconcilier avec elle, de trouver une autre situation, de recommencer ; de jouer encore avec Anthony. Il avait honte.

– Je voudrais simplement passer un coup de fil. Sarah n'était pas très bien quand je suis parti.

– Vous le ferez du bureau, dit Leclerc. Ça ne vous ennuie pas ? J'ai une réunion avec Haldane dans une heure.

Croyant déceler une fausse note dans la voix de Leclerc, Avery le regarda d'un air méfiant, mais son compagnon avait détourné les yeux vers la Humber noire garée dans le parc de stationnement réservé aux voitures officielles. Leclerc laissa le chauffeur lui ouvrir la portière ; il y eut quelques instants de confu sion ridicule jusqu'au moment où Avery s'assit du côté gauche, comme l'exige apparemment le protocole. Le chauffeur semblait en avoir assez d'attendre. Il n'y avait pas de séparation entre lui et eux.

– Ça change, dit Avery, en désignant la voiture.

Leclerc hocha la tête d'un air entendu, comme si ce n'était plus une nouveauté pour lui.

– Comment ça va ? demanda-t-il l'esprit ailleurs.

– Très bien. Il n'est rien arrivé, n'est-ce pas ? Je veux dire, avec Sarah.

– Pourquoi voulez-vous qu'il soit arrivé quelque chose ?

– Blackfriars Road ? demanda le chauffeur sans tourner la tête, comme un certain sens du respect aurait pu l'exiger.

– Au bureau, oui, je vous prie.

– J'ai trouvé un vrai gâchis en Finlande, observa brutalement Avery. Les papiers de notre ami… ceux de Malherbe n'étaient pas en ordre. Le Foreign Office avait annulé son passeport.

– Malherbe ? Ah, oui. Vous voulez dire Taylor. Nous sommes au courant. Tout est arrangé maintenant. Simple manifestation de jalousie habituelle. Control est d'ailleurs assez embêté. Il a envoyé ses excuses. Nous avons un tas de gens de notre côté maintenant, John, vous n'avez pas idée. Vous allez être très utile, John. Vous êtes le seul à connaître le terrain. (À connaître quoi ? se demanda Avery. Ils se retrouvaient. La même intensité, le même malaise physique, les mêmes absences. Comme Leclerc se tournait vers lui, Avery crut pendant un instant d'affolement qu'il allait lui poser une main sur le genou.) Vous êtes fatigué, John, je le sens. Je sais ce que c'est. Mais ça ne fait rien : vous voilà de retour avec nous maintenant. Vous savez, j'ai de bonnes nouvelles pour vous. Le Ministère s'intéresse enfin à nous. Nous devons constituer une unité opérationnelle spéciale pour monter la phase suivante.

– La phase suivante ?

– Bien sûr. L'homme dont je vous ai parlé. Nous ne pouvons pas laisser les choses comme elles sont. Nous ne nous contentons pas de recueillir des renseignements, John, nous éclaircissons la situation. J'ai fait renaître la Section spéciale ; vous savez ce que c'est ?

– Haldane l'a dirigée pendant la guerre... Il s'agissait de former...

Leclerc l'interrompit précipitamment, à cause du chauffeur :

– ... De former les commis-voyageurs. Comme il va de nouveau la diriger, j'ai décidé que vous alliez travailler avec lui. Vous êtes les deux meilleurs cerveaux que j'aie, ajouta-t-il avec un coup d'œil de côté.

Leclerc avait changé. Il y avait quelque chose de nouveau dans son attitude, quelque chose qui était plus que de l'optimisme ou de l'espoir. La dernière fois qu'Avery l'avait vu, il lui avait donné l'impression de lutter contre l'adversité ; on sentait maintenant chez lui une fraîcheur, il avait un but dans la vie, quelque chose de tout nouveau ou de très ancien.

– Et Haldane a accepté ?

– Je vous l'ai dit. Il travaille nuit et jour. Vous oubliez qu'Adrian est un professionnel. Un vrai technicien. Pour un travail comme celui-là, il vaut mieux des anciens. Avec un ou deux jeunes parmi eux.

– Je voudrais vous parler de toute l'opération..., dit Avery. De la Finlande. Je passerai à votre bureau après avoir téléphoné à Sarah.

– Venez tout de suite, comme ça je pourrai vous dire où nous en sommes.

– Je vais appeler Sarah d'abord.

De nouveau Avery eut l'impression déraisonnable que Leclerc l'empêchait de communiquer avec Sarah.

– Elle va bien, n'est-ce pas ?

– À ma connaissance, oui. Pourquoi me demandez-vous cela ? (Leclerc poursuivit, toujours charmeur :) Content d'être rentré John ?

– Oui, bien sûr.

Il s'enfonça dans les coussins de la voiture. Leclerc, sentant son hostilité, l'abandonna un moment ; Avery consacra son attention à la route et aux villas roses et saines qui défilaient sous la bruine.

Leclerc reprit, du ton qu'il avait lors des conférences de travail :

– Je veux que vous commenciez tout de suite. Demain, si vous pouviez. Votre bureau est prêt. Il y a beaucoup à faire. Cet homme. Haldane va le mettre dans le coup. Nous devrions avoir des nouvelles en rentrant. Désormais, vous dépendez d'Adrian. Je pense que cela vous plaît. Nos maîtres ont accepté de vous fournir un laissez-passer spécial du Ministère. Le même genre que celui qu'ils ont au Cirque.

Avery connaissait bien la façon de parler de Leclerc ; il y avait des moments où il procédait uniquement par allusions détournées, offrant un matériau brut que le consommateur, et non pas le fournisseur, devait raffiner.

– Je voudrais vous parler de toute l'affaire. Quand j'aurai appelé Sarah.

– Bon, répondit Leclerc aimablement. Venez m'en parler. Pourquoi pas maintenant ? (Il regarda Avery, en se tournant face à lui : il semblait n'avoir pas d'épaisseur, on aurait dit une lune avec une seule face.) Vous vous en êtes bien tiré, dit-il généreusement, j'espère que vous continuerez. (Ils entraient dans Londres.) Nous obtenons une certaine assistance du Cirque, ajouta-t-il. Ils semblent pleins de bonne volonté. Naturellement, ils n'ont pas une vue d'ensemble de la situation. Le Ministre a été très ferme sur ce point.

Ils passèrent devant Lambeth Road, où trône le dieu des batailles. L'Imperial War Museum d'un côté, des écoles de l'autre, des hôpitaux au milieu ; un cimetière entouré d'un treillage comme un court de tennis. Impossible de dire qui habite là. Les maisons sont trop nombreuses, les écoles trop grandes pour les enfants. Les hôpitaux sont peut-être complets, mais les stores sont tirés. La poussière flotte partout, comme la poussière de la guerre. Elle recouvre les façades creuses, étouffe le gazon dans le cimetière ; elle a chassé les habitants, sauf ceux qui traînent dans les coins sombres comme les fantômes de soldats, ou qui attendent de s'endormir derrière leurs fenêtres où brille une lumière jaune. C'est une autre rue que les gens semblent avoir quittée souvent. Ceux qui sont revenus, et ils sont rares, ont rapporté quelque chose du monde vivant, selon les voyages qu'ils ont faits. L'un, un bout de pré, un autre un fragment de terrasse Régence, un entrepôt ou un champ de déliures ou bien un pub à l'enseigne des *Fleurs de la forêt*.

C'est une rue pleine d'établissements consacrés à la foi. L'un est sous la protection de Notre-Dame-de-la-Consolation, un autre, sous celle de l'Église-Sœur. Tout ce qui n'est pas hôpital, école, pub ou séminaire est mort, et son corps n'est que poussière. Il y a un magasin de jouets avec un verrou sur la porte. Avery le regardait chaque jour en allant au bureau ; les jouets rouillaient sur les étagères. La vitrine avait l'air plus sale que jamais ; le bas de la vitre était marqué des empreintes de doigts d'enfants. Il y a aussi un dentiste, dans le style détartrage-minute. Il jeta un coup d'œil par la portière, comptant les magasins à mesure qu'ils défilaient, se demandant s'il les reverrait jamais comme membre du Service. Il y a des entrepôts avec des barbelés devant la porte et des usines qui ne produisent rien. Dans l'une d'elles, une sonnerie retentissait, mais personne ne l'entendait. Il y a un mur effondré avec des affiches dessus. Aujourd'hui, on est quelqu'un dans l'armée régulière. Ils firent le tour de Saint George's Circus et s'engagèrent dans Blackfriars Road.

En approchant de la maison, Avery sentit que les choses avaient changé. Un instant, il imagina que l'herbe même sur le pauvre bout de pelouse était plus drue, qu'elle avait retrouvé quelque vie pendant sa brève absence ; que les marches de ciment menant à la porte, et qui même en plein été arrivaient à paraître humides et sales, étaient maintenant propres et accueillantes. Il savait, avant même d'avoir franchi le seuil, qu'un esprit nouveau soufflait dans le Service.

Il avait atteint jusqu'aux membres les plus simples du personnel. Paine, impressionné sans doute par la voiture noire officielle et par les soudaines allées et venues de gens affairés, avait un air alerte et pimpant. Pour une fois, il ne dit rien des scores de cricket. L'escalier était tartiné d'encaustique.

Dans le couloir, ils croisèrent Woodford. Celui-ci était pressé. Il portait sous le bras des dossiers avec des étiquettes rouges.

– Bonjour, John ! Alors, bon atterrissage ? C'était bien ? (Il avait vraiment l'air content de le voir.) Sarah est d'aplomb maintenant ?

– Il s'en est bien tiré, s'empressa de dire Leclerc ; il avait une mission très difficile.

– Ah, oui ; ce pauvre Taylor. Nous aurons besoin de vous dans la nouvelle Section. Il va falloir que votre femme se passe de vous pendant une semaine ou deux.

– Qu'est-ce qu'il a dit à propos de Sarah ? demanda Avery.

Tout d'un coup, la peur le saisit. Il se précipita dans le couloir. Leclerc l'appelait, mais il ne s'en souciait pas. Il entra dans son bureau et s'arrêta net. Il y avait un second téléphone sur son bureau, et un lit de fer comme celui de Leclerc le long du mur. Auprès du nouveau téléphone, il y avait une liste des numéros d'urgence. Les numéros à utiliser pendant la nuit étaient marqués en rouge. Sur la porte était collée une affiche en deux couleurs représentant une tête d'homme de profil. En travers du crâne, on pouvait lire l'inscription « Gardez tout ici », et sur la bouche : « Ne laissez rien sortir par ici. » Il lui fallut un moment ou deux pour comprendre que l'affiche était un rappel des règles de sécurité et non pas une mauvaise plaisanterie à propos de Taylor. Il décrocha le combiné et attendit. Carol entra avec une corbeille de papiers à signer.

– Comment ça s'est passé ? demanda-t-elle. Le patron a l'air content. (Elle attendait, tout près de lui.)

– Pensez-vous ! Je n'ai pas la pellicule. Elle n'était pas parmi ses affaires. Je vais donner ma démission ; je l'ai décidé. Bon sang, qu'est-ce qu'a donc ce téléphone ?

– Ils ne savent probablement pas que vous êtes rentré. Il y a un message de la comptabilité à propos de votre note de taxi. Ils font des difficultés.

– De taxi ?

– De votre appartement au bureau. La nuit où Taylor est mort. Ils disent que c'est trop.

– Écoutez, allez les secouer un peu au standard, voulez-vous, ils doivent dormir.

Ce fut Sarah qui répondit au téléphone.

– Oh, Dieu merci, c'est toi.

Avery dit que oui, qu'il était arrivé une heure plus tôt.

– Écoute, Sarah, j'en ai assez. Je vais dire à Leclerc…

Mais avant qu'il ait pu finir, elle explosa : « Seigneur, John, qu'est-ce que tu as donc fait ? Nous avons eu la police ici, des inspecteurs ; ils veulent te parler à propos d'un corps qui est arrivé à l'aéroport de Londres ; un nommé Malherbe. Ils disent qu'il a été envoyé de Finlande avec un faux passeport. »

Il ferma les yeux. Il avait envie de raccrocher, il écarta le combiné de son oreille, mais il entendait encore la voix, qui disait « John, John… »

– Il paraît que c'est ton frère ; c'est adressé à toi, John ; un entrepreneur de pompes funèbres de Londres était censé se charger de cela pour ton compte. John, John, tu es toujours là ?

– Écoute, dit-il, ne t'inquiète pas. Je vais m'en occuper maintenant.

– Je leur ai dit pour Taylor : il le fallait bien.

– Sarah !

– Qu'est-ce que je pouvais faire d'autre ? Ils croyaient que j'étais une criminelle ou Dieu sait quoi ; ils ne me croyaient pas, John ! Ils m'ont demandé comment ils pouvaient te joindre ; j'ai dû dire que je ne savais pas. Je ne savais même pas dans quel pays tu étais, ni quel avion tu avais pris. J'étais malade, John, j'étais dans tous mes états, j'avais cette fichue grippe et j'avais oublié de prendre mon médicament. Ils sont arrivés au milieu de la nuit, à deux. John, pourquoi sont-ils venus la nuit ?

– Qu'est-ce que tu leur as dit ? Bon Dieu, Sarah, qu'est-ce que tu leur as dit d'autre ?

– Ne m'engueule pas ! C'est moi qui devrais te traiter de tous les noms, toi et ton fichu Service ! Je leur ai dit que tu étais parti pour une mission secrète ; que tu avais dû te rendre à l'étranger pour le Service – John, je ne sais même pas comment ça s'appelle ! – j'ai dit qu'on t'avait téléphoné au milieu de la nuit et que tu étais parti. J'ai expliqué qu'il s'agissait d'un courrier du nom de Taylor.

– Tu es folle, cria Avery, tu es complètement folle. Je t'ai demandé de ne jamais rien dire !

– Mais, John, ils étaient de la police ! On peut bien leur dire. (Elle pleurait, il entendait des sanglots dans sa voix.) John, je t'en prie, rentre. J'ai si peur ! Il faut que tu sortes de là, que tu retournes dans l'édition ; peu m'importe ce que tu fais, mais…

– Je ne peux pas. C'est une très grosse affaire. Plus importante que tu ne peux t'en douter. Je suis désolé, Sarah, je ne peux absolument pas quitter le bureau. (Il ajouta méchamment, et c'était un mensonge qui pourrait toujours servir :) tu as peut-être tout fait rater.

Il y eut un très long silence.

– Sarah, il faut que je voie tout cela. Je te rappellerai plus tard.

Quand enfin elle répondit, il décela dans sa voix la même résignation avec laquelle elle l'avait envoyé faire ses bagages.

– Tu as pris le carnet de chèques. Je n'ai pas d'argent.

Il lui dit qu'il lui en ferait porter.

– Nous avons une voiture exprès pour ça, ajouta-t-il, avec un chauffeur.

En raccrochant, il l'entendit dire :

– Je croyais que vous aviez une foule de voitures.

Il se précipita chez Leclerc.

Haldane était debout derrière le bureau ; son manteau encore trempé de pluie. Ils étaient penchés sur un dossier dont les feuilles étaient effacées et un peu déchirées.

– Le corps de Taylor ! déclara-t-il brusquement. Il est à l'aéroport de Londres. Vous avez fait un joli gâchis. Ils ont débarqué chez Sarah ! En pleine nuit !

– Attendez ! (C'était Haldane qui parlait.) Vous n'avez aucune raison d'entrer ici en trombe, fit-il d'un ton furieux. Attendez. (Il se replongea dans le dossier sans s'occuper d'Avery.) Absolument aucune, murmura-t-il et il reprit à l'adresse de Leclerc : Woodford, je crois, a déjà obtenu quelques résultats. Pour le combat à mains nues, ça va. Il a entendu parler d'un opérateur radio, un crack. Je me souviens de lui. Le garage s'appelle le *Roi de cœur* ! C'est une affaire qui marche bien. Nous nous sommes renseignés à la banque ; sans entrer dans trop de détails, ils ont été très coopératifs. Il est célibataire. Il a du succès auprès des femmes ; le style polonais habituel. Il ne s'intéresse pas à la politique. On ne lui connaît pas de dadas ou de dettes, personne ne s'est plaint de lui. Il a l'air assez inexistant. Il paraît qu'il est bon mécanicien. Quant à sa personnalité..., fit-il en haussant les épaules. Que peut-on savoir de personne ?

– Mais qu'est-ce qu'ils ont dit ? Bonté divine, on ne peut pas passer quinze ans parmi les gens sans leur laisser une certaine impression. Il y avait un épicier, Smethwick je crois ? Il habitait avec eux après la guerre.

Haldane se permit un sourire.

– Il paraît que c'était un bon ouvrier, très poli. Tout le monde dit qu'il est poli. Les gens ne se souviennent que d'une chose ; il avait la manie de jouer avec une balle de tennis dans leur cour.

– Vous avez jeté un coup d'œil au garage ?

– Certainement pas. Je ne m'en suis même pas approché. Je me propose d'y faire un tour ce soir. Je ne crois pas que nous ayons le choix. Après tout, cet homme est sur nos fiches depuis vingt ans.

– Vous ne pouvez rien apprendre de plus ?

– Il faudrait faire le reste par l'intermédiaire du Cirque.

– Alors, laissez John Avery mettre au point les détails. (Leclerc semblait avoir oublié qu'Avery était dans la pièce.) Quant au Cirque, je m'arrangerai moi-même avec eux.

Son attention venait d'être attirée par une nouvelle carte sur le mur, un plan de la ville de Kalkstadt, montrant l'église et la gare. À côté, se trouvait une carte plus ancienne de l'Europe de l'Est. Les bases de fusées dont l'existence avait déjà été confirmée y figuraient, par rapport au site supposé, au sud de Rostock. Les lignes de ravitaillement et l'emplacement des états-majors, l'ordre de bataille des armes de soutien étaient indiqués par de minces fils de laine tendus entre des épingles. Un certain nombre d'entre eux convergeaient sur Kalkstadt.

– C'est bien, n'est-ce pas ? Sandford a fait ça hier soir, dit Leclerc. Il est assez fort pour ce genre de choses.

Une baguette neuve de bois blanc était posée sur son bureau. Il avait un téléphone neuf, vert, plus élégant que celui d'Avery, avec, sur l'appareil un avis annonçant : « Les conversations sur cet appareil ne sont pas sûres. » Pendant un moment, Haldane et Leclerc étudièrent la carte, consultant de temps en temps une liasse de télégrammes que Leclerc tenait dans ses deux mains comme un choriste tient un psautier. Puis Leclerc finit par se tourner vers Avery en disant :

– Alors, John ?

Ils attendaient tous les deux qu'il dise quelque chose.

Il sentait sa colère se dissiper. Il aurait voulu s'y cramponner, mais elle lui échappait. Il aurait voulu crier avec indignation : Comment osez-vous mêler ma femme à tout cela ? Il aurait voulu perdre son calme, mais il n'y arrivait pas. Ses yeux étaient fixés sur la carte.

– Eh bien ?

– La police est allée trouver Sarah. On l'a réveillée au milieu de la nuit. Deux hommes. Sa mère était là. Ils sont venus à propos du corps à l'aéroport : le corps de Taylor. Ils savaient que le passeport était faux. Ils croyaient qu'elle était dans le coup. Ils l'ont réveillée, répéta-t-il piteusement.

– Nous savons tout cela. C'est arrangé. Je voulais vous le dire, mais vous ne m'en avez pas laissé le temps. Ils ont laissé sortir le corps.

– C'est un tort d'avoir entraîné Sarah là-dedans.

– Que voulez-vous dire par là ? fit Haldane en levant précipitamment la tête.

– Nous ne sommes pas compétents pour nous charger de ce genre d'affaires. (Cela semblait très pertinent.) Nous ne devrions pas nous en occuper. Nous devrions les confier au Cirque. À Smiley ou à quelqu'un d'autre... C'est eux que cela regarde. Pas nous. (Il poursuivit péniblement.) Je ne crois même pas à ce rapport. Je ne crois même pas qu'il soit vrai ! Je ne serais pas surpris si ce réfugié n'avait jamais existé ; si Gorton avait tout inventé.

– C'est tout ? interrogea Haldane. (Il était furieux.)

– Je n'ai pas envie d'y être mêlé. Je veux dire : à l'opération. Ça ne me plaît pas.

Il regarda la carte, puis Haldane, puis eut un rire un peu stupide.

– Pendant tout le temps où je poursuivais un mort, vous recherchiez un vivant ! C'est facile ici, dans l'usine aux rêves... Mais les gens là-bas sont vrais, ils existent !

Leclerc posa doucement une main sur le bras de Haldane, comme pour dire qu'il allait régler cela lui-même. Il ne semblait nullement déconcerté. Il avait presque l'air satisfait de reconnaître des symptômes qu'il avait auparavant diagnostiqués.

– Retournez dans votre bureau, John, la tension vous a épuisé.

– Mais qu'est-ce que je vais raconter à Sarah ? fit-il, désespéré.

– Dites-lui qu'on ne viendra plus l'ennuyer. Dites-lui que c'était une erreur... Racontez-lui ce que vous voulez. Allez prendre quelque chose de chaud et revenez dans une heure. Ces repas qu'on vous sert dans les avions ne riment à rien. Ensuite, nous entendrons le reste de votre histoire.

Leclerc souriait, du même sourire net et doux qu'il avait sur les photographies où il figurait au milieu des pilotes morts. Avery était à la porte lorsqu'il entendit appeler doucement son nom, avec affection : il s'arrêta et se retourna. Leclerc leva une main de son bureau et, d'un geste large, désigna la pièce dans laquelle ils se tenaient.

– Je vais vous dire une chose, John. Pendant la guerre, nous étions à Baker Street. Nous avions une cave et le Ministère en avait fait une salle d'opération d'urgence. Adrian et moi, nous avons passé là beaucoup de temps. Vraiment beaucoup de temps. (Un coup d'œil à Haldane.) Vous vous rappelez comment la lampe à pétrole se balançait quand les bombes tombaient ? Nous devions faire face à des situations où nous n'avions pour tout élément qu'une rumeur, John, rien de plus. Un indice, et nous prenions le risque. On envoyait un homme, deux s'il le fallait. Et peut-être qu'ils ne reviendraient pas. Peut-être qu'il n'y aurait rien là-bas. Des rumeurs, une hypothèse, une intuition que l'on suit ; c'est facile d'oublier ce que c'est que le renseignement : une question de chance et de réflexion. De temps en temps une aubaine, de temps en temps un coup sensationnel. Parfois, on tombait sur une histoire comme ça : ça pouvait être très important, ça pouvait n'être qu'une ombre. Cela peut venir d'un paysan de Flensburg, ou bien du prévôt du palais, mais vous vous retrouvez avec une possibilité que vous n'osez pas écarter. Vous recevez vos instructions : trouvez un homme, envoyez-le sur place. C'était ce que nous faisions. Et beaucoup n'en revenaient pas. On les envoyait pour dissiper un doute, vous comprenez ? Nous les envoyions parce que nous ne savions pas. Nous avions tous des moments comme ça, John. Ne croyez pas que ce soit toujours facile. (Il eut un sourire chargé de souvenirs.) Souvent, nous avions des scrupules, comme vous. Il nous fallait les surmonter. Nous appelions cela prononcer les seconds vœux. (Il vint s'asseoir à moitié contre le bureau, une jambe pendante.) Les seconds vœux, répéta-t-il. Vous comprenez, John, si vous voulez attendre que les bombes tombent, que les gens meurent dans la rue… (Il était soudain grave, comme s'il professait sa foi.) C'est beaucoup plus dur, je sais, en temps de paix. Ça demande du courage. Un courage d'une autre sorte.

Avery hocha la tête.

– Pardonnez-moi, dit-il.

Haldane l'observait avec dégoût.

– Ce que veut dire le directeur, dit-il d'un ton acide, c'est que si vous désirez rester dans le Service et faire votre travail, faites-le. Si vous souhaitez cultiver vos émotions, allez ailleurs et faites-le en paix.

Haldane parlait comme s'il avait pris une décision et considérait comme une insulte qu'Avery en envisageât une autre ; comme si le poids de cette maison n'avait pas encore écrasé cet homme et que sa vie même était une provocation.

Avery entendait encore la voix de Sarah, il voyait les rangées de petites maisons blotties sous la pluie ; il essaya d'imaginer sa vie sans le Service. Il se rendit compte que c'était trop tard, que ç'avait toujours été trop tard, car il était allé chercher auprès d'eux le peu qu'ils pouvaient lui donner, et ils lui avaient pris le peu qu'il avait. Comme un membre du clergé dans le doute, il avait cru que ce que son petit cœur contenait était bien à l'abri dans son sanctuaire et voilà que c'était parti. Il regarda Leclerc, puis Haldane. Ils étaient ses collègues. Prisonniers du silence, ils travailleraient tous les trois côte à côte, brisant la terre aride quatre saisons durant, étrangers l'un pour l'autre, chacun ayant besoin de l'autre, dans le désert d'une foi perdue.

– Vous avez entendu ce que j'ai dit ? demanda Haldane.

– Vous n'avez pas fait la guerre, John, dit Leclerc avec bonté. Vous ne comprenez pas comment on est pris dans ce genre d'engrenage. Vous ne comprenez pas ce qu'est le vrai devoir.

– Je sais, dit Avery. Je suis désolé. J'aimerais emprunter la voiture pour une heure… pour faire porter quelque chose à Sarah, si c'est possible.

– Bien sûr.

Il se rendit compte qu'il avait oublié le cadeau d'Anthony.

– Je suis désolé, répéta-t-il.

– Au fait. (Leclerc ouvrit un tiroir du bureau et en tira une enveloppe. D'un geste indulgent, il la tendit à Avery.) Voilà votre laissez-passer, un coupe-file spécial du Ministère. Il est à votre nom. Vous pourrez en avoir besoin dans les semaines à venir.

– Merci.

– Ouvrez l'enveloppe.

C'était un morceau d'épais carton dans un étui de cellophane, du carton vert, dont la couleur allait en dégradé vers le bas. Son nom était inscrit en majuscules à la machine à écrire électrique : Mr JOHN AVERY. Le texte précisait que le titulaire de ce laissez-passer était autorisé à se livrer à des enquêtes pour le compte du Ministère. Il y avait une signature à l'encre rouge.

– Merci.

– Avec ça, dit Leclerc, vous ne risquez rien. C'est le Ministre qui l'a signé. Il se sert d'encre rouge, vous savez. C'est la tradition.

Avery regagna son bureau. Il y avait des moments où il faisait face à sa propre image, comme un homme regarde une vallée déserte, et cette vision le poussait vers de nouvelles expériences, comme le désespoir nous contraint à l'extinction. Parfois, il était comme un homme qui fuit mais qui court vers l'ennemi, anxieux de sentir sur son corps en train de disparaître les coups qui prouveraient son existence ; anxieux d'imprimer sur son enveloppe tristement conventionnelle la marque d'un but réel, anxieux peut-être, comme Leclerc l'avait insinué, d'abdiquer sa conscience afin de découvrir Dieu.

La mission de Leiser

> «Plonger comme des nageurs dans l'onde pure,
> tout joyeux d'échapper à un monde vieilli,
> froid et las.»
> RUPERT BROOKE, 1914

10

PRÉLUDE

La Humber déposa Haldane au garage.

– Inutile d'attendre. Il faut que vous conduisiez Leclerc au Ministère.

Il s'avança d'un pas incertain sur la piste de la station, passant devant les pompes à essence jaunes et les panneaux publicitaires secoués par le vent. C'était le soir; il y avait de la pluie dans l'air. Le garage était petit mais très soigné; une salle d'exposition d'un côté, l'atelier de l'autre, et au milieu une tour où habitait quelqu'un. Tout en bois scandinave et en grande baie vitrée; sur la tour, des lumières en forme de cœurs qui changeaient continuellement de couleur. De quelque part venait le gémissement d'une perceuse électrique. Haldane entra dans le bureau. Personne. Ça sentait le cuir. Il pressa la sonnette et fut pris d'une violente quinte de toux. Parfois, quand il toussait, il se tenait la poitrine, et son visage trahissait la docilité d'un homme habitué à la souffrance. Au mur étaient accrochés des calendriers avec des pin-up, auprès d'un petit écriteau manuscrit proclamant: «Saint Christophe et tous ses anges, je vous en prie, protégez-nous des accidents de la route. F. L.» Près de la fenêtre, un canari sautillait nerveusement dans sa cage. Les premières gouttes de pluie s'écrasaient nonchalamment contre les vitres. Un garçon d'environ dix-huit ans entra, les doigts noirs de cambouis. Il portait une salopette avec un cœur rouge cousu sur la poitrine et surmonté d'une couronne.

– Bonsoir, dit Haldane. Pardonnez-moi. Je cherche une vieille connaissance, un ami. Nous nous sommes connus il y a longtemps. Un certain M. Leiser. Fred Leiser. Je me demandais si vous ne saviez pas…

– Je vais le chercher, dit le jeune homme, et il disparut.

Haldane attendit patiemment, en regardant les calendriers et en se demandant si c'était le jeune ouvrier ou bien Leiser qui les avait accrochés là. La porte s'ouvrit une seconde fois. C'était Leiser. Haldane le reconnut d'après sa photographie. Il n'avait vraiment pas beaucoup changé. Les vingt ans n'avaient pas laissé de marques trop profondes, mais de petites rides au coin de chaque œil, et deux plis durs autour de la bouche. La lumière diffuse du plafonnier ne projetait pas d'ombre. C'était un visage qui, au premier abord, n'exprimait rien que la solitude. Le teint était pâle.

– Qu'est-ce que je peux faire pour vous ? demanda Leiser. (Il était presque au garde-à-vous.)

– Bonjour, je me demande si vous vous souvenez de moi ?

Leiser le regarda, comme si on lui demandait de fixer un prix, muet mais méfiant.

– Vous êtes sûr que c'est moi que vous cherchez ?

– Oui.

– Il doit y avoir longtemps, dit-il enfin. Je n'oublie pas souvent un visage.

– Vingt ans, dit Haldane en toussant d'un air d'excuse.

– Alors, c'était pendant la guerre ?

Il était petit, il se tenait très droit ; il était un peu bâti comme Leclerc. Il aurait pu être garçon de café. Ses manches étaient un peu retroussées ; découvrant des avant-bras velus. Il avait une chemise blanche de bonne qualité, ses initiales brodées sur la poche. Il avait l'air d'un homme qui dépensait pas mal pour s'habiller. Il portait une chevalière en or ; un bracelet d'or à sa montre. Il était très soigné. Haldane observa qu'il utilisait une eau de toilette. Ses longs cheveux bruns étaient bien fournis, plantés bien droit sur le front ; bouffant un peu sur les côtés, ils étaient peignés en arrière. Il n'avait pas de raie ; il avait un type nettement slave. Bien qu'il se tînt très droit, il y avait dans sa démarche un certain balancement, une mollesse des hanches et des épaules, qui trahissaient une certaine habitude de la mer. C'était là que toute comparaison avec Leclerc s'arrêtait brusquement. Bien qu'il s'en défendît sans doute, il avait l'air d'un homme ne manquant pas de sens pratique, sachant bricoler ou faire démarrer une voiture par temps froid ; il émanait de lui une certaine innocence, quoiqu'il eût sans doute beaucoup voyagé. Il portait une cravate écossaise.

– Vous vous souvenez sûrement de moi ? insista Haldane.

Leiser contempla les joues creuses, un peu marbrées de rouge, le corps dégingandé et nerveux, les mains qui s'agitaient doucement, et une expression de douloureuse surprise passa sur son visage, comme s'il identifiait les restes d'un ami.

– Vous êtes le capitaine Hawkins, non ?

– Exactement.

– Bon Dieu, dit Leiser sans faire un geste. C'est donc vous qui cherchiez à me retrouver ?

– Nous cherchons quelqu'un qui ait votre expérience, un homme comme vous.

– Pour quoi en avez-vous besoin, mon capitaine ?

Il n'avait toujours pas bougé. C'était très difficile de deviner ce qu'il pensait. Il gardait les yeux fixés sur Haldane.

– Pour effectuer une mission, une seule.

Leiser sourit, comme s'il se rappelait tout cela. De la tête, il désigna la fenêtre.

– Là-bas ? (Il semblait parler de quelque part au-delà de la pluie.)

– Oui.

– Et le retour ?

– La procédure habituelle. L'agent a toute liberté d'action. Comme en temps de guerre.

Il enfonça les mains dans ses poches, trouva des cigarettes et un briquet. Le canari s'était mis à chanter.

– Comme en temps de guerre. Vous fumez ? (Il prit une cigarette et l'alluma, les mains protégeant la flamme comme s'il y avait un vent violent. Il laissa tomber l'allumette par terre : quelqu'un d'autre la ramasserait.) Bon Dieu, répéta-t-il. Vingt ans. J'étais un gosse en ce temps-là, rien qu'un gosse.

– Je pense, dit Haldane, que vous ne regrettez rien. Si nous allions boire quelque chose ? (Il tendit à Leiser une carte de visite. Fraîchement imprimée. Capitaine A. Hawkins. En dessous, un numéro de téléphone.)

Leiser la lut et haussa les épaules.

– Volontiers, dit-il, en souriant de nouveau, mais d'un air incrédule cette fois. Seulement vous perdez votre temps, mon capitaine.

– Vous connaissez peut-être quelqu'un. Un camarade de guerre qui pourrait s'en charger ?

– Je ne connais pas grand monde, répondit Leiser.

Il prit sa veste à la patère et un imperméable de nylon bleu marine. Passant devant Haldane, il ouvrit cérémonieusement la porte, comme un homme qui apprécie la politesse.

Il y avait un pub de l'autre côté de l'avenue. Ils y parvinrent en franchissant une passerelle. La circulation de fin d'après-midi grondait sous eux. Les grosses gouttes de pluie froide semblaient l'accompagner. Les vibrations des voitures faisaient trembler le pont. Le pub était de style Tudor avec des cuivres neufs et une cloche de bateau soigneusement astiquée. Leiser commanda un White Lady. Il ne buvait jamais rien d'autre, expliqua-t-il.

– Boire toujours la même chose, mon capitaine, voilà ce que je conseille. Comme ça, ça ne fait pas de mal.

– Il faut que ce soit quelqu'un qui connaisse le métier, observa Haldane. (Ils s'assirent dans un coin près du feu. On aurait pu les prendre pour deux commerçants en train de discuter.) C'est un travail très important. Ils payent beaucoup plus que pendant la guerre. (Il eut un pâle sourire.) Ils payent très bien maintenant.

– Quand même, l'argent n'est pas tout maintenant, n'est-ce pas ? (Une phrase un peu guindée, empruntée aux Anglais.)

– Ils se sont souvenus de vous. Des gens dont vous avez oublié les noms, même si vous les avez jamais connus. (Un sourire sans conviction plissa ses lèvres minces : cela devait faire des années qu'il n'avait pas menti.) Vous avez laissé une forte impression, Fred ; il n'y en avait pas beaucoup d'aussi forts que vous. Même au bout de vingt ans.

– Alors, ils se souviennent de moi, toute la bande ? (Il en semblait ravi, mais intimidé, comme s'il ne méritait pas qu'on se souvînt de lui.) Je n'étais qu'un gosse en ce temps-là, répéta-t-il. Qu'y a-t-il encore, qui reste-t-il ?

Haldane, l'observant toujours, dit :

– Je vous ai prévenu : nous jouons toujours suivant

les mêmes règles, Fred. On a besoin de savoir, rien n'a changé.

– Fichtre ! déclara Leiser. Rien n'a changé. Alors, le groupe est toujours aussi important ?

– Plus important, fit Haldane en commandant un nouveau White Lady. Vous vous intéressez à la politique ?

Leiser leva une main soignée et la laissa retomber.

– Vous savez comme nous sommes, dit-il. En Angleterre. (Sa voix semblait suggérer avec une certaine impertinence qu'il valait bien Haldane.)

– Je veux dire en général, reprit Haldane. (Il eut une petite quinte de toux sèche.) Après tout, ils ont mis la main sur votre pays, n'est-ce pas ? (Leiser demeurait silencieux.) Qu'est-ce que vous avez pensé de l'affaire de Cuba, par exemple ?

Haldane ne fumait pas, mais il avait acheté des cigarettes au bar, la marque que fumait Leiser. De ses doigts agiles et effilés, il ôta l'emballage de cellophane et les tendit à travers la table. Sans attendre de réponse, il reprit :

– Seulement, vous comprenez, dans l'affaire de Cuba, les Américains savaient. Ils étaient au courant. Ils pouvaient donc agir. Bien sûr, ils ont fait du survol. Mais on ne peut pas toujours le faire. (De nouveau, il eut un petit rire grêle.) On se demande ce qu'ils auraient fait sans cela.

– C'est vrai. (Il hocha la tête comme une marionnette, mais Haldane ne le regardait pas.)

– Ils auraient pu être coincés, dit Haldane en buvant une gorgée de whisky. Au fait, vous êtes marié ?

Leiser sourit, tendit sa main à plat et l'inclina rapidement de gauche à droite, comme un homme qui parle aviation,

– Comme ça, dit-il. (Sa cravate écossaise était fixée à

sa chemise par une grosse épingle d'or en forme de cravache se détachant sur une tête de cheval. Cela faisait un effet très bizarre.) Et vous, mon capitaine ?

Haldane secoua la tête.

– Non, observa Leiser d'un ton songeur, non.

– Il y a eu d'autres occasions, reprit Haldane, où de très graves erreurs ont été commises parce qu'ils n'avaient pas les renseignements qu'il fallait ou bien parce qu'ils n'en n'avaient pas suffisamment. Je veux dire que même nous ne pouvons pas avoir en permanence des gens partout.

– Non, bien sûr, dit Leiser poliment.

Le bar s'emplissait.

– Je me demande si vous connaissez un autre endroit où nous pourrions parler ? demanda Haldane. Nous pourrions dîner, bavarder du bon vieux temps. Ou bien avez-vous d'autres engagements ? (Le menu peuple dîne tôt.)

Leiser consulta sa montre.

– Je suis libre jusqu'à huit heures, dit-il. Il faudrait que vous fassiez quelque chose à propos de cette toux, mon capitaine. Ça peut être dangereux, une toux comme ça.

Sa montre était en or ; elle avait un cadran noir et une petite fenêtre qui indiquait les phases de la lune.

Le sous-secrétaire, qui, lui aussi avait conscience de l'heure, était agacé d'être retenu si tard.

– Je crois vous avoir précisé, disait Leclerc, que le Foreign Office a toujours fait des tas d'histoires pour nous fournir des passeports opérationnels. Ils ont pris l'habitude de consulter le Cirque à chaque fois. Nous n'avons pas de statut, vous comprenez, c'est difficile pour moi d'insister pour ces choses-là : ils n'ont qu'une idée très vague de la façon dont nous travaillons. Je me demande si le meilleur système ne serait pas que mon Service fasse passer les demandes de passeports par votre cabinet. Cela vous épargnerait la peine de nous adresser à chaque fois au Cirque.

– Qu'entendez-vous par des histoires ?

– Vous vous souvenez que nous avons envoyé ce pauvre Taylor sous un autre nom. Le Foreign Office a annulé son passeport opérationnel quelques heures avant son départ de Londres. Je crains que le Cirque n'ait fait une gaffe sur le plan administratif. Le passeport qui accompagnait le corps n'était donc plus valable quand il est arrivé sur le territoire du Royaume-Uni. Cela nous a attiré une foule de complications. Il a fallu que j'envoie un de mes meilleurs hommes arranger cela, dit-il en mentant sans vergogne. Je suis sûr que si le Ministre insistait, Control accepterait sans difficulté un nouvel arrangement.

Le sous-secrétaire désigna de son crayon la porte qui menait au bureau de son attaché de cabinet.

– Voyez ça avec eux. Arrangez quelque chose. Ça m'a l'air tout à fait stupide. À qui avez-vous affaire au Foreign Office ?

– À de Lisle, dit Leclerc avec satisfaction. Au Service général. C'est l'assistant. Et au Cirque, à Smiley.

Le sous-secrétaire nota tout cela.

– On ne sait jamais à qui s'adresser là-bas ; ils font tant de mystères.

– Et puis je peux avoir à contacter le Cirque pour des problèmes d'ordre technique : radio et ce genre de choses. Pour des raisons de sécurité, je me propose d'utiliser une couverture : un programme d'entraînement fictif me semble ce qui conviendra le mieux.

– Une couverture ? Ah, parfaitement : un bobard. Oui, vous m'en aviez parlé.

– C'est une précaution, rien de plus.

– Faites comme bon vous semble.

– J'ai pensé que vous préféreriez que le Cirque ne soit pas au courant. Vous l'avez dit vous-même : pas de monolithe. Je suis parti de là.

Le sous-secrétaire jeta de nouveau un coup d'œil à la pendule au-dessus de la porte.

– Il est d'assez méchante humeur : mauvaise journée au Yémen. Je crois que c'est un peu aussi ces élections complémentaires de Woodbridge : il s'inquiète tellement des voix marginales ! Mais, dites-moi, comment se présente cette affaire ? Cela a été assez éprouvant pour lui, je veux dire : qu'est-ce qu'il doit croire ? (Il marqua un temps.) Ce sont ces Allemands qui me terrifient… Vous me disiez avoir trouvé quelqu'un qui ferait l'affaire.

Ils se dirigèrent vers le couloir.

– Nous avons retrouvé sa trace. Nous le contactons. Nous serons fixés ce soir.

Le sous-secrétaire fronça très légèrement le nez, la main sur le bouton de porte du Ministre. C'était un homme d'Église et il avait horreur de ce qui n'était pas régulier.

– Qu'est-ce qui incite un homme à accepter une mission comme celle-là ? Pas vous ; je veux dire : lui.

Leclerc secoua la tête en silence, d'un air complice.

– Dieu sait. C'est une chose que nous ne comprenons même pas nous-mêmes.

– Quel genre d'homme est-il ? Quel milieu ? En gros, bien sûr.

– Intelligent. Autodidacte. D'origine polonaise.

– Oh, je vois. (Il parut soulagé.) Présentons cela en douceur, voulez-vous ? Ne faites pas un tableau trop noir de la situation. Il déteste le drame. Vous comprenez, il n'y a pas besoin d'être grand clerc pour voir où sont les risques.

Ils entrèrent.

Haldane et Leiser s'installèrent à une table de coin, timidement, comme des amoureux au fond d'un café. C'était un de ces restaurants qui comptent pour se donner du charme sur les bouteilles de chianti vide et sur pas grand-chose d'autre. L'établissement disparaîtrait le lendemain, ou le surlendemain, et pratiquement personne ne s'en apercevrait, mais pendant qu'il existait, qu'il était nouveau et plein d'espoir, ce n'était pas mal du tout. Leiser prit un steak – cela semblait être son habitude – et le mangea d'un air un peu guindé, les coudes serrés contre le corps.

Au début, Haldane fit semblant de ne plus penser au but de sa visite. Il parla maladroitement de la guerre et du Service ; des opérations qu'il avait à demi oubliées jusqu'à cet après-midi, quand il s'était rafraîchi la mémoire en lisant les dossiers. Il parla – et, sans aucun doute, c'était préférable – il parla surtout de ceux qui avaient survécu.

Il fit allusion aux cours que Leiser avait suivis ; s'intéressait-il toujours à la radio ? À vrai dire, non. Et le combat à mains nues ? Heu, il n'en avait pas eu l'occasion, en fait.

– Vous avez eu un ou deux mauvais moments pendant la guerre, je me rappelle, lança Haldane. Vous n'avez pas eu des ennuis en Hollande ? (Ils se retrouvaient sur le terrain de la vanité et du bon vieux temps.)

Leiser eut un hochement de tête un peu raide.

– J'ai eu quelques ennuis, avoua-t-il. J'étais plus jeune en ce temps-là.

– Qu'est-il arrivé exactement ?

Leiser regarda Haldane, comme s'il se demandait qui l'avait éveillé, puis il se mit à parler. C'était un de ces récits de guerre qu'on a racontés avec des variations depuis le début de la guerre, aussi loin de ce petit restaurant soigné que la faim ou la pauvreté, et moins croyable malgré leurs précisions. On aurait dit un récit de seconde main. Ç'aurait pu être une pièce qu'il avait entendue à la radio. Il avait été pris, il s'était échappé, il avait vécu pendant des jours sans ravitaillement, il avait tué, on lui avait offert un refuge et on l'avait rapatrié clandestinement en Angleterre. Il racontait bien ; peut-être était-ce ce que la guerre signifiait maintenant pour lui, peut-être était-ce vrai, mais comme chez une veuve latine narrant les circonstances de la mort de son mari, la passion avait quitté son cœur pour animer le récit. Il semblait parler parce qu'on l'en avait prié ; ses manières, contrairement à ceux de Leclerc, étaient moins conçues pour impressionner les autres que pour se protéger lui-même. Il avait l'air d'un homme très renfermé, dont l'élocution était tâtonnante ; un homme qui avait vécu longtemps seul et qui ne s'était pas adapté à la société ; il était équilibré, mais pas osé. Son accent était bon, mais nettement étranger, il lui manquait cette mauvaise articulation, ce sens de l'élision qui échappent même aux imitateurs doués ; il avait une voix qui connaissait bien son environnement mais qui n'y était pas à l'aise.

Haldane écouta courtoisement. Quand ce fut terminé, il demanda :

– Comment vous ont-ils repéré, le savez-vous ? (L'espace entre eux était très grand.)

– Ils ne me l'ont jamais dit, répondit-il d'un ton neutre, comme si ce n'était pas une question à poser.

– Évidemment, vous êtes l'homme dont nous avons besoin. Vous avez la culture allemande, vous voyez ce que je veux dire. Vous les connaissez, n'est-ce pas ? Vous avez l'expérience des Allemands ?

– Seulement de la guerre, dit Leiser.

Ils parlèrent de l'école d'entraînement.

– Comment va le gros ? George je ne sais plus quoi. Un petit bonhomme triste.

– Oh... Il va bien, merci.

– Il a épousé une jolie fille. (Il eut un rire obscène, tout en levant l'avant-bras droit, dans ce geste par lequel les Arabes symbolisent les prouesses sexuelles.) Bon sang, dit-il, en se remettant à rire. Nous, les petits, tout nous est bon.

C'était une sortie assez extraordinaire, et qui semblait être ce que Haldane attendait. Il observa longuement Leiser. Le silence devint frappant. Haldane se leva lentement ; il avait tout à coup l'air furieux ; furieux contre le sourire stupide de Leiser et contre tout ce flirt minable et sans intérêt ; contre ces blasphèmes absurdes et cette sordide façon de tourner en dérision un être de qualité.

– Soyez assez aimable pour ne pas dire ça. Il se trouve que George Smiley est un de mes amis.

Il appela le garçon et régla l'addition, puis sortit à grands pas du restaurant, laissant Leiser seul et abasourdi, tenant délicatement à la main son White Lady, ses yeux bruns toujours tournés vers le seuil par lequel Haldane avait si brutalement disparu.

Il finit par s'en aller, revenant par la passerelle, lentement, dans la nuit et dans la pluie, contemplant la double rangée des réverbères entre lesquels passait le flot de la circulation. De l'autre côté de la route se dressait son garage, avec la rangée des ponts illuminés, la tour couronnée de son cœur de néon en ampoules de soixante watts rouges et vertes alternées. Il entra dans le bureau brillamment éclairé, dit quelque chose au jeune ouvrier et monta lentement l'escalier vers l'étage d'où provenaient les accents d'une musique bruyante.

Haldane attendit qu'il eût disparu, puis il s'empressa de regagner le restaurant pour appeler un taxi.

Elle faisait marcher le phonographe. Elle écoutait de la musique de danse, assise dans son fauteuil, en train de boire.

– Bon Dieu, fit-elle. Tu es en retard. Je crève de faim.

Il l'embrassa.

– Tu as mangé, dit-elle. Tu sens la nourriture.

– Un petit rien, Bett. J'ai été obligé. Un homme est venu me voir nous avons pris un verre.

– Menteur.

– Allons, Betty, fit-il en souriant. Nous dînons ensemble, tu te souviens ?

– Quel homme ?

L'appartement était très soigné. Rideaux et tapis à fleurs, surfaces polies protégées par des carrés de dentelles. Tout était protégé ; les vases, les lampes, les cendriers, tout était soigneusement défendu, comme si Leiser n'attendait rien de la nature que de brutales collisions. Il avait un faible pour ce qui faisait ancien : ce goût se reflétait dans l'ébénisterie en torsade du mobilier et les ferronneries des appliques lumineuses. Il y avait un miroir entouré d'une baguette dorée et un tableau au cadre de plâtre ; une pendule moderne avec des poids qui tournaient dans un boîtier de verre.

Lorsqu'il ouvrit le bar portatif, une boîte à musique joua un petit air.

Il se prépara un White Lady, avec soin, comme un homme qui va prendre un médicament. Elle l'observait, ses hanches s'agitant au rythme de la musique, tenant son verre de côté comme si c'était la main de son cavalier et que le cavalier ne fût pas Leiser.

– Quel homme ? répéta-t-elle.

Il était planté près de la fenêtre, se tenant très droit comme un soldat. Le cœur lumineux sur le toit éclairait les maisons, les arches du pont et allumait des reflets tremblants sur la surface mouillée de l'avenue. Par-delà les maisons se dressait l'église, comme un cinéma avec un clocher, tout en briques avec des auvents pour les cloches. Par-delà l'église, il y avait le ciel. Il se disait parfois que l'église était tout ce qui restait et que le ciel de Londres était éclairé par la lueur d'une ville qui brûlait.

– Fichtre, tu es rudement gaie ce soir.

Les cloches de l'église étaient un enregistrement de carillon, fortement amplifié pour noyer le bruit de la circulation. Il vendait beaucoup d'essence le dimanche. La pluie tombait plus fort sur la chaussée ; il la voyait estomper les faisceaux des phares sur l'asphalte.

– Viens, Fred, viens danser.

– Une minute, Bett.

– Oh, bon sang, qu'est-ce que tu as ? Prends un autre verre et n'y pense plus.

Il entendait ses pieds traîner sur le tapis au rythme de la musique ; le tintement inlassable de son bracelet.

– Danse, bon sang !

Elle avait une diction un peu brouillée, s'attardant sur la dernière syllabe d'une phrase plus qu'il n'était normal ; c'était le même désenchantement calculé avec lequel elle se donnait, d'un air renfrogné, comme si elle donnait de l'argent, comme si les hommes avaient tout le plaisir et les femmes la souffrance.

Elle arrêta le disque en soulevant le bras sans précaution, si bien que l'aiguille gratta la cire.

– Enfin, qu'est-ce qu'il y a ?

– Rien ; je te dis. J'ai eu une dure journée, voilà tout. Et puis ce type est venu, quelqu'un que je connaissais autrefois.

– Je n'arrête pas de te demander : qui ça ? Une femme, n'est-ce pas ? Une grue.

– Non, Betty, c'était un homme.

Elle s'approcha de la fenêtre et lui donna un petit coup de coude.

– Qu'est-ce que ça a de si merveilleux, cette vue ? Un tas de petites maisons dégueulasses. Tu as toujours dit que tu les avais en horreur. Alors, qui était-ce ?

– Il appartient à une grosse société.

– Et ils veulent t'engager ?

– Oui... Ils veulent me faire une offre.

– Bon Dieu, qui peut vouloir d'un Polak ?

– Eux, dit-il en tiquant imperceptiblement.

– Quelqu'un est venu à la banque, tu sais, demander des renseignements sur toi. Ils se sont tous installés dans le bureau de Mr Dawnay. Tu as des ennuis, hein ?

Il alla décrocher le manteau de la jeune femme et l'aida à l'enfiler, très correctement, les coudes bien écartés.

– J'espère qu'on ne va, pas à ce nouveau restaurant, dit-elle.

– C'est agréable là-bas, non ? Je croyais que ça te plaisait. Et puis on peut danser : tu aimes ça. Où veux-tu aller alors ?

– Avec toi ? Bon sang, quelque part où ce soit un peu vivant, tout simplement.

Il la dévisagea en lui ouvrant la porte. Brusquement, il sourit.

– Bon, Bett. C'est ta soirée. Descends mettre la voiture en route, je vais retenir une table. (Il lui donna les clefs.) Je connais un endroit vraiment bien.

– Qu'est-ce qui te prend maintenant ?

– Je te laisse conduire. On va faire une vraie sortie. (Il se dirigea vers le téléphone.)

Il était près de onze heures quand Haldane revint au Service. Leclerc et Avery l'attendaient. Carol tapait à la machine dans le bureau voisin.

– Je pensais que vous arriveriez plus tôt, dit Leclerc.

– Ça ne marche pas. Il a dit qu'il ne voulait pas. Je pense que vous feriez mieux d'essayer le suivant vous-mêmes. J'ai perdu la main. (Il dit cela tranquillement, puis il s'assit. Ils le regardaient d'un air incrédule.)

– Vous lui avez proposé de l'argent ? finit par demander Leclerc. Nous pouvons aller jusqu'à cinq mille livres.

– Bien sûr que j'ai offert de l'argent. Je vous le dis, ça ne l'intéresse pas, voilà tout. C'est un homme très déplaisant. Je suis navré, dit-il sans préciser pourquoi.

On entendait la frappe régulière de Carol. Leclerc dit :

– Alors, que faisons-nous ?

– Je n'ai aucune idée. (Il jeta un coup d'œil à sa montre.) Il doit y en avoir d'autres ; il doit sûrement y en avoir d'autres.

– Pas sur nos fiches. Pas d'aussi qualifiés. Il y a des Belges, des Suédois, des Français. Mais Leiser était le seul à savoir l'allemand tout en ayant l'expérience technique. Sur le papier, il n'y a que lui.

– Il est encore assez jeune. C'est ce que vous voulez dire ?

– Je pense qu'il faudrait que ce soit un ancien. Nous n'avons pas le temps ni les moyens de former quelqu'un. Nous ferions mieux de demander au Cirque. Ils nous dépanneront.

– Nous ne pouvons pas faire ça, dit Avery.

– Quel genre d'homme était-ce ? insista Leclerc, qui ne voulait pas perdre espoir.

– Assez ordinaire, type slave. Petit. Il joue le Rittmeister. C'est très déplaisant. (Il cherchait l'addition dans ses poches.) Il s'habille comme un bookmaker, mais ils doivent le faire tous. Je vous donne ça à vous ou à la comptabilité ?

– Il a l'air sûr ?

– Il me semble.

– Et vous lui avez dit que c'était urgent ? Vous lui avez expliqué que les alliés d'autrefois ne sont plus ceux d'aujourd'hui ?

– Il a préféré les amis d'autrefois. (Il posa l'addition sur la table.)

– Et sur le plan politique... Certains de ces exilés sont très...

– Nous avons parlé politique. Il n'est pas de ce type d'exilés. Il se considère comme intégré, il est naturalisé anglais. Qu'est-ce que vous attendez de lui ? Qu'il jure fidélité à la Maison royale de Pologne ? (De nouveau, il regarda sa montre.)

– Vous n'avez jamais eu envie de l'engager ! s'écria Leclerc, exaspéré par l'indifférence de Haldane. Vous êtes content, Adrian, je le vois sur votre visage ! Bon Dieu, et le Service ! Ça ne signifie rien pour lui ? Vous n'y croyez plus, vous vous en fichez !

– Qui d'entre nous y croit vraiment ? demanda Haldane avec mépris. Vous l'avez dit vous-même : nous faisons simplement notre métier.

– Moi, déclara Avery, j'y crois.

Haldane allait parler quand le téléphone vert se mit à sonner.

– Ça doit être le Ministère, dit Leclerc. Qu'est-ce que je leur dis ? demanda-t-il à Haldane qui l'observait. (Il décrocha le combiné, le porta à son oreille puis le tendit à Haldane.) C'est le standard. Je me demande pourquoi ils sonnent sur le vert ? On demande le capitaine Hawkins. C'est vous, n'est-ce pas ?

Haldane écouta, son visage mince impassible. Il dit enfin :

– Oui, je pense. Nous trouverons quelqu'un. Cela ne devrait pas poser de problème. Demain à onze heures. Ayez l'amabilité d'être ponctuel. (Il raccrocha. La lumière dans le bureau de Leclerc semblait se retirer vers les stores de la fenêtre. Dehors, la pluie tombait sans cesse.) C'était Leiser. Il a décidé d'accepter. Il veut savoir si nous pouvons trouver quelqu'un pour s'occuper de son garage pendant son absence.

Leclerc le regarda avec stupéfaction. Une expression comique de plaisir se peignit sur son visage.

– Vous vous y attendiez ! s'exclama-t-il. (Il tendit sa petite main.) Excusez-moi, Adrian. Je vous avais mal jugé. Toutes mes félicitations.

– Pourquoi a-t-il accepté ? demanda Avery, tout excité. Qu'est-ce qui l'a fait changer d'avis ?

– Pourquoi les agents font-ils jamais quelque chose ? Qu'est-ce qui nous pousse, tous autant que nous sommes ? dit Haldane en se rasseyant. (Il avait l'air vieux, mais intact, comme un homme dont les amis sont déjà morts.) Pourquoi acceptent-ils ou refusent-ils, pourquoi mentent-ils ou disent-ils la vérité ? Pourquoi ? (Il se remit à tousser.) Peut-être qu'il n'a pas assez de travail. Il y a les Allemands. Il les déteste. C'est ce qu'il dit. Je ne compte pas là-dessus. Il a dit aussi qu'il ne pouvait pas nous laisser tomber. En fait, c'est sans doute pour lui-même qu'il ne veut pas laisser tomber. (Se tournant vers Leclerc, il ajouta :) Je lui ai dit : Comme en temps de guerre ; c'est vrai, n'est-ce pas ?

Mais Leclerc appelait déjà le Ministère.

Avery passa dans le bureau de Carol et la trouva debout.

– Qu'est-ce qui se passe ? demanda-t-elle aussitôt. Pourquoi toute cette excitation ?

– C'est Leiser. (Avery referma la porte derrière lui.) Il a accepté. (Il ouvrit les bras pour la serrer contre lui. Ce serait la première fois.)

– Pourquoi ?

– Par haine des Allemands, dit-il. À mon avis, c'est pour l'argent.

– C'est une bonne chose ?

– Dès l'instant que nous le payons plus que les autres, fit Avery avec un sourire entendu.

– Ne devriez-vous pas retourner auprès de votre femme ? dit-elle brusquement. Je n'arrive pas à croire que vous ayez besoin de dormir ici.

– Nous sommes en opération.

Avery regagna son bureau. Elle ne lui dit pas bonsoir.

Leiser raccrocha. Tout soudain était très silencieux. Les lumières du toit s'éteignirent, laissant la pièce dans l'obscurité. Il descendit rapidement. Il plissait le front, comme si toute son énergie mentale était concentrée sur la perspective de faire un second dîner.

11

Ils choisirent Oxford comme ils l'avaient fait pendant la guerre. La diversité des nationalités et des occupations, les allées et venues constantes d'universitaires en visite et l'anonymat qui en résultait, la proximité de la pleine campagne, tout convenait parfaitement à leurs besoins. Et puis, c'était un endroit qu'ils pouvaient comprendre. Le lendemain matin qui suivit le coup de téléphone de Leiser, Avery partit en éclaireur pour trouver une maison. Vingt-quatre heures plus tard, il téléphonait à Haldane pour annoncer qu'il en avait loué une pour un mois, au nord de la ville, une vaste construction victorienne avec quatre chambres à coucher et un jardin. C'était très cher. On la désigna dans le Service comme la maison Mayfly et on la classa au titre des frais de déplacement.

Dès que Haldane eut appris la chose, il prévint Leiser. Sur le conseil de ce dernier, on convint qu'il raconterait qu'il suivait un cours dans les Midlands.

– Ne donnez pas de détails, avait dit Haldane. Faites-vous expédier votre courrier poste restante Coventry. Nous le ferons prendre là.

Leiser fut enchanté quand il apprit qu'il allait à Oxford.

Leclerc et Woodford avaient désespérément cherché quelqu'un pour s'occuper du garage en l'absence de Leiser ; ils songèrent tout d'un coup à MacCulloch. Leiser lui donna une procuration et passa une brève matinée à le mettre au courant.

– Nous vous fournirons en échange une sorte de garantie, dit Haldane.

– Je n'en ai pas besoin, répondit Leiser en expliquant très gravement : je travaille pour des gentlemen.

C'était le vendredi soir que Leiser avait téléphoné pour donner son accord. Le mercredi, les préparatifs étaient suffisamment avancés pour que Leclerc convoquât une réunion de la Section spéciale pour exposer ses projets. Avery et Haldane devaient accompagner Leiser à Oxford ; ils partiraient tous les deux le lendemain soir, date à laquelle ils pensaient que Haldane aurait terminé le résumé de son programme. Leiser arriverait à Oxford un ou deux jours plus tard, dès que lui-même aurait réglé ses affaires. Haldane devait surveiller son entraînement, Avery être l'assistant de Haldane. Woodford resterait à Londres. Il aurait notamment la tâche de consulter le Ministère (et Sandford, de la Recherche) afin de réunir la documentation sur les caractéristiques extérieures des fusées à courte et moyenne portée ; quand il aurait réuni tout cela, il partirait à son tour pour Oxford.

Leclerc s'était montré infatigable, il était tantôt au

Ministère pour faire son rapport sur les progrès de l'opération, tantôt au Trésor pour discuter le cas de la veuve de Taylor, tantôt, avec l'aide de Woodford, à rechercher d'anciens instructeurs de radio, de photographie et de combat à mains nues.

Le temps qui lui restait, Leclerc le consacrait à Mayfly zéro : le moment où Leiser devait être infiltré en Allemagne de l'Est. Au début, il semblait n'avoir pas d'idées précises sur la façon dont il allait procéder. Il parlait vaguement d'une opération maritime à partir du Danemark ; un petit bateau de pêche et un canot en caoutchouc pour éviter le repérage radar ; il examina avec Sandford les problèmes de franchissement clandestin de la frontière et télégraphia à Gorton pour avoir des renseignements sur la région frontière aux environs de Lübeck. Il consulta même le Cirque en termes voilés, Control se montra extraordinairement coopératif.

Tout cela avait lieu dans cette atmosphère d'intense activité et d'optimisme qu'Avery avait observée à son retour. Même ceux qui étaient censés être maintenus dans l'ignorance de l'opération étaient gagnés par cette atmosphère de crise. Le petit groupe qui se réunissait chaque jour au déjeuner à une table de coin du café *Cadenas* bourdonnait de rumeurs et d'hypothèses. On disait, par exemple, qu'un nommé Johnson, connu pendant la guerre sous le nom de Jack Johnson, instructeur radio, avait été recruté par le Service. La comptabilité lui avait versé des défrais et – ce qui était plus surprenant que tout – avait été priée de faire un projet de contrat de trois mois à soumettre au Trésor. Qui avait jamais entendu parler, disaient-ils, d'un contrat de trois mois ? Johnson s'était occupé des parachutages en France pendant la guerre ; une fille qui était dans le Service à l'époque se souvenait de lui. Berry, l'employé du chiffre, avait demandé à Mr Woodford ce que Johnson devait faire. (Berry avait toujours du culot.) Mr Woodford lui avait répondu en riant de s'occuper de ses oignons, mais que c'était pour une opération, une opération extrêmement secrète qu'on montait en Europe… En Europe septentrionale, et cela intéresserait peut-être Berry de savoir que le pauvre Taylor n'était pas mort pour rien.

Il y avait maintenant des allées et venues incessantes de voitures et d'estafettes du Ministère dans l'allée ; Paine demanda, et se vit accorder par un autre service gouvernemental, un adjoint plus jeune qu'il traita avec une souveraine brutalité. Par Dieu sait quels détours, il avait appris que l'objectif était l'Allemagne, et cette nouvelle le rendait diligent.

On racontait même chez les commerçants du quartier que la maison du Ministère allait changer de propriétaire ; on citait des acheteurs privés et l'on plaçait de grands espoirs sur leur clientèle. On envoyait des repas à toutes les heures, des lumières brûlaient jour et nuit, la porte de devant, jusqu'alors condamnée pour des raisons de sécurité, était ouverte, et le spectacle de Leclerc avec chapeau melon et serviette sous le bras entrant dans sa Humber noire devint fort habituel à Blackfriars Road.

Et Avery, comme un blessé refusant de regarder sa plaie, dormait dans son petit bureau dont les murs finirent par devenir les bornes de son existence. Il envoya une fois Carol acheter un cadeau à Anthony. Elle revint avec un camion miniature chargé de bouteilles en matière plastique. On pouvait ouvrir les couvercles et remplir les bouteilles d'eau. Ils l'essayèrent un soir, puis le firent envoyer par la Humber.

Quand tout fut prêt, Haldane et Avery partirent en première classe pour Oxford, avec un ordre de mission du Ministère. Au dîner à bord du train, ils avaient une table pour eux tout seuls. Haldane commanda une demi-bouteille de vin et la but tout en terminant les mots croisés du *Times*. Ils restèrent un moment assis en silence, Haldane plongé dans son problème, Avery trop peu sûr de lui pour l'interrompre. Avery soudain remarqua la cravate de Haldane; sans prendre le temps de réfléchir, il s'écria:

– Tiens, je ne savais pas que vous aviez fait du cricket.

– Vous attendiez que je vous le dise? riposta Haldane. Je pouvais difficilement la porter au bureau.

– Pardonnez-moi.

Haldane le regarda attentivement.

– Vous ne devriez pas tant vous excuser, observa-t-il. Vous avez cette tendance tous les deux. (Il se servit du café et commanda un cognac. Les garçons faisaient toujours attention à Haldane.)

– Tous les deux?

– Vous et Leiser. Lui le fait implicitement.

– Ça va être différent avec Leiser, n'est-ce pas? s'empressa de dire Avery. Leiser est un professionnel.

– Leiser n'est pas des nôtres. Ne faites jamais cette erreur. Nous l'avons contacté il y a longtemps, voilà tout.

– Comment est-il? Quelle sorte d'homme est-il?

– C'est un agent. C'est un homme à utiliser, pas à connaître. (Il revint à ses mots croisés.)

– Il doit être loyal, dit Avery. Sinon, pourquoi accepterait-il?

– Vous avez entendu ce qu'a dit le directeur: les seconds vœux. Les premiers sont souvent pris de façon très frivole.

– Et les seconds?

– Ah, c'est différent. Nous serons là pour l'aider à les prendre.

– Mais pourquoi a-t-il accepté la première fois ?

– Je me méfie des raisons. Je me méfie de mots comme loyauté. Et surtout, déclara Haldane, je me méfie des mobiles. Nous envoyons un agent, voilà tout. Vous avez fait de l'allemand, n'est-ce pas ? Au commencement était l'action.

Peu avant leur arrivée, Avery risqua une nouvelle question.

– Pourquoi le passeport était-il périmé ?

Quand on lui adressait la parole, Haldane avait une certaine façon d'incliner la tête.

– Le Foreign Office avait l'habitude d'allouer une série de numéros de passeports au Service pour des raisons opérationnelles. L'arrangement était reconduit d'année en année. Il y a six mois, le Foreign Office a dit qu'il ne nous en délivrerait plus sans consulter le Cirque. Leclerc, paraît-il, n'avait pas utilisé suffisamment cette possibilité, et Control la lui a fait supprimer. Le passeport de Taylor appartenait à une des anciennes séries. Ils ont annulé le tout trois jours avant son départ. On n'avait le temps de rien faire. Personne ne s'en serait peut-être jamais aperçu. Le Cirque a agi là de façon très tortueuse. (Un silence.) À vrai dire, j'ai du mal à comprendre où Control veut en venir.

Ils prirent un taxi jusqu'à North Oxford et descendirent au coin de leur rue. En marchant, Avery regardait les maisons dans la pénombre, apercevait des silhouettes aux cheveux gris passant derrière les fenêtres éclairées, des fauteuils tendus de velours ornés de dentelles, des paravents chinois, des pupitres à musique et quatre bridgeurs assis comme des courtisans ensorcelés dans un château. C'était un monde qu'il avait connu jadis ; il s'était presque imaginé un moment qu'il en faisait partie ; mais il y avait longtemps de cela.

Ils passèrent la soirée à préparer la maison. Haldane

déclara que Leiser devrait avoir la chambre du fond, qui donnait sur le jardin ; eux-mêmes prendraient celle qui donnait sur la rue. Il avait fait envoyer d'avance des livres avec une machine à écrire et d'imposants classeurs. Il déballa tout cela et le disposa sur la table de la salle à manger à l'intention de la gouvernante du propriétaire qui viendrait tous les jours.

– Nous appellerons cette pièce le cabinet de travail, dit-il.

Dans le salon, il installa un magnétophone.

Il avait des bandes magnétiques qu'il enferma dans un placard, ajoutant méticuleusement la clef à son trousseau. D'autres bagages attendaient encore dans le vestibule : un projecteur fourni par l'Air Force, un écran et une valise de toile verte, soigneusement fermée, avec des coins en cuir.

La maison était spacieuse et bien entretenue ; les meubles étaient en acajou avec des poignées en cuivre. Les murs étaient encombrés de portraits d'une famille inconnue : esquisses au sépia, miniatures, photographies effacées par les ans. Il y avait des pétales de fleurs dans un bol sur le vaisselier et un rameau accroché au miroir ; il y avait des lustres au plafond, sans grâce, mais inoffensifs ; dans un coin, une table ronde ; dans un autre un petit amour, très laid, le visage tourné vers l'ombre. Toute la maison avait un air doucement vétuste ; comme l'enfant, elle dégageait une impression de courtoise mais d'inconsolable tristesse.

Vers minuit, ils avaient fini de déballer. Ils s'assirent dans le salon. La cheminée de marbre était soutenue par deux Noirs d'ébène ; la flamme de la rampe à gaz jouait sur les chaînes de roses dorées qui entravaient leurs lourdes chevilles. La cheminée datait d'une époque, peut-être le XVIIe siècle, peut-être le XIXe, où les Nègres avaient brièvement remplacé les lévriers comme bêtes de société décoratives ; ils étaient tout nus, comme pourrait l'être un chien.

Sa chambre était vaste et sombre ; Avery se servit un whisky, puis alla se coucher, laissant Haldane plongé dans ses pensées. Au-dessus du lit était tendu un abat-jour de porcelaine bleu ; il y avait des napperons en dentelle sur les tables et un petit écriteau émaillé disant : « La bénédiction de Dieu soit sur cette maison » ; auprès de la fenêtre, un tableau représentant un enfant disant ses prières pendant que sa sœur prenait son petit déjeuner au lit.

Il resta éveillé, en se demandant ce qu'allait être Leiser ; c'était comme s'il attendait une fille. De l'autre côté du couloir, il entendait la toux solitaire de Haldane, incessante, comme une machine. Elle ne s'était pas arrêtée quand il s'endormit.

Leclerc trouva que le club de Smiley était un endroit très étrange ; pas du tout ce à quoi il s'attendait. Deux pièces à demi en sous-sol et une douzaine de personnes dînant par petites tables devant un grand feu. Certains visages lui étaient vaguement familiers. Sans doute des gens du Cirque.

– Ça n'est pas mal. Comment s'inscrit-on ?

– Oh, on ne peut pas, dit Smiley d'un ton d'excuse, puis il rougit et reprit : je veux dire, ils ne prennent pas de nouveaux membres. C'est juste une génération… Certains ne sont pas revenus de la guerre, vous savez, d'autres sont morts ou sont partis pour l'étranger. Que vouliez-vous me dire ?

– Vous avez été assez bon pour donner un coup de main au jeune Avery.

– Oui… Oui, bien sûr. Au fait, comment ça s'est-il passé ? Je n'ai jamais eu de nouvelles.

– C'était une simple mission d'entraînement. En définitive, il n'y avait pas de film.

– Je suis navré, s'empressa de dire Smiley, prenant un ton de circonstance, comme si quelqu'un était mort et qu'il ne l'eût pas su.

– Nous ne nous attendions pas réellement à ce qu'il y en eût. C'était une simple précaution. Qu'est-ce qu'Avery vous a dit au juste ? Nous faisons un stage pour un ou deux des anciens… et quelques-uns des nouveaux aussi. C'est une bonne chose à faire, expliqua Leclerc, pendant la morte-saison… Au moment de Noël, vous savez, les gens sont en vacances.

– Je sais.

Leclerc remarqua que le bordeaux était excellent. Il regrettait de n'être pas membre d'un tout petit club ; le sien avait terriblement baissé. Ils avaient de tels ennuis de personnel.

– Vous avez sans doute appris, ajouta Leclerc d'un ton très officiel, que Control m'a offert son entière assistance pour ces stages d'entraînement.

– Oui, oui, évidemment.

– Mon Ministre a beaucoup insisté. L'idée d'un pool d'agents bien entraînés lui plaît. Quand on a commencé à discuter ce projet, je suis allé moi-même en parler à Control. Ensuite, Control est venu me voir. Vous le saviez sans doute.

– Oui, Control se demandait…

– Il nous a beaucoup aidés. Ne croyez pas que je ne lui en sois pas reconnaissant. Il a été convenu – je crois que mieux vaut que je vous donne une vue d'ensemble, votre bureau vous le confirmera – que pour que cet entraînement soit efficace, nous devons créer quelque chose qui se rapproche le plus possible d'une atmosphère opérationnelle. Ce que nous appelons les conditions de combat. (Il eut un sourire indulgent.) Nous avons choisi une région d'Allemagne de l'Ouest. C'est une campagne sinistre et qu'ils ne connaissent pas, l'endroit idéal pour des exercices de passage de frontières et ce genre de choses. Nous pouvons demander le concours de l'armée si nous en avons besoin.

– En effet. Excellente idée.

– Pour des raisons élémentaires de sécurité, nous sommes tous d'accord pour que votre bureau ne soit mis au courant que des aspects de cet exercice pour lesquels vous avez la bonté de nous prêter assistance.

– Control me l'a expliqué, dit Smiley. Il tient à faire tout son possible. Il ne savait pas que vous aviez encore ce genre d'activité. Il était enchanté.

– Tant mieux, dit brièvement Leclerc. (Il avança un peu les coudes à travers la table bien cirée.) Je me suis dit que je pourrais vous demander des tuyaux… À titre tout à fait officieux. Un peu comme vous autres avez eu recours de temps en temps à Adrian Haldane.

– Naturellement.

– Tout d'abord, les faux documents. J'ai regardé notre liste de faussaires. Je vois que Hyde et Fellowby sont passés au Cirque il y a quelques années.

– Oui. C'était dû au changement d'orientation de vos activités.

– J'ai rédigé un signalement d'un homme que nous employons, qui devrait être censé résider à Magdebourg. C'est un des hommes qui participent à ce stage d'entraînement. Croyez-vous qu'ils pourraient préparer des papiers, cartes d'identité, cartes du Parti et tout ça ? Enfin tout ce qu'il faut.

– Il faudrait que votre homme les signe, dit Smiley. Nous appliquerions alors le tampon par-dessus sa signature. Il nous faudrait également des photographies. Il faudrait lui expliquer comment utiliser ces documents. Peut-être Hyde pourrait-il faire cela sur place avec votre agent ?

Leclerc eut une légère hésitation.

– Certainement. J'ai choisi un faux nom. Il ressemble au sien ; c'est une technique qui nous a paru bonne.

– Peut-être n'est-il pas inutile de préciser, dit Smiley en fronçant les sourcils d'un air un peu comique, puisqu'il s'agit d'un exercice si *poussé* ; que les faux papiers n'ont qu'une valeur très limitée. Je veux dire qu'un coup de fil à la municipalité de Magdebourg et les meilleurs faux papiers du monde ne valent plus rien…

– Je crois que nous le savons. Si nous voulons leur apprendre à assumer une fausse identité, les soumettre à un interrogatoire… Vous voyez.

Smiley but une gorgée de bordeaux.

– Je voulais simplement vous préciser ce point. C'est si facile de se laisser hypnotiser par la technique. Je ne voulais pas insinuer… Comment va Haldane, au fait ? Il a fait des études de lettres, vous savez. Nous étions ensemble.

– Adrian va bien.

– J'ai bien aimé votre Avery, dit Smiley poliment. (Une grimace contracta son petit visage bouffi.) Vous rendez-vous compte, dit-il gravement, que la période baroque ne figure toujours pas au cours d'allemand ? Ils prétendent que c'est un sujet spécial.

– Et puis il y a la question d'un émetteur radio clandestin. Nous n'avons guère utilisé ce genre d'appareils depuis la guerre. Il paraît que tout cela est devenu beaucoup plus compliqué. Avec les histoires de transmission à vitesse accélérée, etc. Nous tenons à suivre notre époque.

– Oui. Oui, je crois que le message est enregistré sur un magnétophone miniature et transmis en quelques secondes. (Il poussa un soupir.) Mais personne ne nous dit vraiment grand-chose. Les techniciens cachent jalousement leur jeu.

– Est-ce une méthode qu'on puisse inculquer à nos hommes de façon valable… Disons en un mois ?

– Et utiliser dans des conditions opérationnelles ? demanda Smiley avec étonnement. Tout de suite, après un mois d'entraînement ?

– Vous savez, certains d'entre eux ont une formation technique. Des gens qui s'y connaissent en radio.

Smiley observait Leclerc avec incrédulité.

– Pardonnez-moi. Est-ce qu'il… est-ce qu'ils, demanda-t-il, auraient d'autres choses à apprendre aussi pendant ce mois ?

– Pour certains, il s'agit plutôt d'un cours de révision.

– Ah !

– Que voulez-vous dire ?

– Rien, rien, dit Smiley, d'un ton vague en ajoutant : je ne crois pas que nos techniciens seraient très disposés à se séparer de ce genre de matériel sauf…

– Sauf pour leurs propres opérations d'entraînement ?

– Oui, dit Smiley en rougissant. Oui, c'est ce que je veux dire. Ils sont très difficiles, vous savez, jaloux.

Leclerc se tut, tapotant légèrement le pied de son verre de vin sur la surface polie de la table. Il sourit tout à coup, et dit, comme s'il venait de chasser ses pensées moroses :

– Oh, bon. Nous nous contenterons d'un émetteur conventionnel. Est-ce que les méthodes de repérage goniométrique se sont également améliorées depuis la guerre ? L'interception, la localisation d'un émetteur clandestin ?

– Oh, oui beaucoup.

– Il faudra en tenir compte. Combien de temps un homme peut-il émettre avant qu'on ne le repère ?

– Deux ou trois minutes, peut-être. Ça dépend. Souvent c'est une question de chance, ça dépend s'ils l'entendent tout de suite. On ne peut le coincer que pendant qu'il émet. La question de fréquence est importante aussi. D'après ce qu'on m'a dit.

– Pendant la guerre, dit Leclerc d'un ton songeur, nous donnions plusieurs cristaux à un agent. Chacun vibrait suivant une fréquence déterminée. De temps en temps, il changeait de cristal ; c'était généralement une méthode assez sûre. Nous pourrions l'appliquer de nouveau.

– Oui, en effet, je me souviens de cela. Mais il y avait l'inconvénient de refaire le réglage de l'émetteur... Parfois de changer la bobine... D'adapter l'antenne.

– Si un homme est habitué à un émetteur classique... Vous me dites que les chances d'interception sont plus grandes aujourd'hui qu'elles ne l'étaient pendant la guerre ? Selon vous, il peut se permettre deux ou trois minutes ?

– Ou moins, dit Smiley en l'observant. Ça dépend de beaucoup de choses... De la chance, des conditions de réception, de l'importance du trafic radio, de la densité de la population...

– S'il changeait sa fréquence toutes les deux minutes et demie d'émission. Ça devrait suffire ?

– Ça risque d'être lent. (Son visage triste et maladif était barré de plis soucieux.) Vous êtes absolument sûr qu'il ne s'agit que d'entraînement ?

– Pour autant que je me souvienne, insista Leclerc qui suivait son idée, ces cristaux sont de la taille d'une petite boîte d'allumettes. Nous pourrions leur en donner plusieurs. Nous ne comptons que sur quelques émissions ; peut-être trois ou quatre. Ma suggestion vous paraît-elle mauvaise ?

– Ça n'est guère mon domaine.

– Quelle autre solution proposez-vous ? J'ai demandé

à Control ; il m'a dit de m'adresser à vous. Il m'a dit que vous m'aideriez, que vous me trouveriez le matériel. Qu'cst-ce que je peux faire d'autre ? Puis-je parler aux techniciens ?

– Je suis désolé. Control était en effet d'accord en ce qui concerne le côté technique pour que nous vous donnions toute l'assistance possible, mais sans compromettre notre nouveau matériel. Je veux dire : sans risquer de le compromettre. Après tout, il ne s'agit que d'entraînement. Il a estimé, je crois, que si vous n'aviez pas toutes les ressources techniques, vous devriez…

– Renoncer à ce sujet ?

– Non, non, protesta Smiley, mais Leclerc l'interrompit.

– Ces gens finiraient par être utilisés comme des objectifs militaires, dit-il, furieux. Purement militaires. Control accepte cela ?

– Oh, tout à fait. (Il semblait avoir renoncé.) Et si vous voulez un émetteur conventionnel, nous pouvons certainement vous en dénicher un.

Le garçon apporta un carafon de porto. Leclerc regarda Smiley en verser un peu dans son verre, puis faire doucement glisser le carafon à travers la table.

– Il est excellent, mais j'ai bien peur que ce ne soit presque la fin. Quand nous aurons fini celui-là, il faudra en boire de plus jeunes. Je vois Control dès demain matin. Je suis sûr qu'il n'aura aucune objection à formuler. Je veux dire à propos des papiers. Et des cristaux. Nous pourrions vous conseiller sur les fréquences, j'en suis sûr. Control a insisté là-dessus.

– Control a été très aimable, avoua Leclerc. (Il était un peu ivre.) Ça m'étonne parfois.

12

Deux jours plus tard, Leiser arriva à Oxford. Ils l'attendaient impatiemment sur le quai, Haldane scrutant les visages dans la cohue. Chose étrange, ce fut Avery qui le vit le premier : une silhouette immobile en manteau de poil de chameau à la vitre d'un compartiment vide.

– C'est lui ? demanda Avery.

– Il voyage en première. Il a dû payer la différence. (Haldane disait cela comme si c'était un affront.)

Leiser abaissa la vitre et tendit deux valises en peau de porc conçues pour la malle d'une voiture, un peu trop orange pour que ce fût du vrai porc. Ils se saluèrent rapidement, échangeant une poignée de main à la vue de tous. Avery voulut porter les bagages jusqu'au taxi, mais Leiser préféra les prendre lui-même, une valise dans chaque main, comme si c'était son devoir. Il marchait un peu à l'écart, les épaules bien droites, contemplant les gens à mesure qu'ils passaient, un peu ahuri dans cette foule. À chaque pas, ses longs cheveux s'agitaient.

Avery, en l'observant, se sentit soudain troublé.

C'était un homme ; pas une ombre. Un homme dont le corps était fort, dont les mouvements avaient un but, mais c'était à eux de le lui désigner. Il semblait prêt à aller n'importe où. On l'avait engagé ; et il avait déjà pris les façons brusques et nerveuses d'un homme qui est dans l'armée. Pourtant, Avery l'admettait, aucun élément pris séparément ne suffisait à expliquer l'enrôlement de Leiser. Il n'appartenait pas au Service depuis longtemps, mais il connaissait déjà le phénomène de la motivation organique, des opérations qui n'avaient pas de genèse ni de conclusion perceptibles, qui faisaient partie d'une suite sans fin d'activités jusqu'au moment où elles cessaient d'avoir aucune identité. Mais en observant cet homme qui marchait auprès de lui, d'un pas vif et alerte, il convint que jusque-là ils avaient courtisé des idées, de façon incestueuse, entre eux ; maintenant, ils avaient sur les bras un être humain, et c'était cet homme.

Ils montèrent dans le taxi, Leiser le dernier parce qu'il insista. C'était le milieu de l'après-midi, on voyait un ciel d'ardoise derrière les platanes. La fumée montait des cheminées de North Oxford en lourdes colonnes, comme la preuve d'un vertueux sacrifice. Les maisons étaient modestement cossues ; des coques romantiques aménagées chacune suivant une légende différente. Ici des tourelles espagnoles, là le treillis sculpté d'une pagode ; entre eux, les arbres taillés en espalier et le linge à sécher à demi dissimulé comme des papillons hors de saison. Les maisons étaient assises comme il convenait au milieu de leur jardin, des rideaux tirés, d'abord du tulle, puis du brocart, comme des jupons et des jupes. On aurait dit une mauvaise aquarelle, les objets sombres très marqués, le ciel gris et souillé dans le crépuscule, la peinture trop travaillée.

Ils laissèrent le taxi au coin de la rue. Une odeur d'humus flottait dans l'air. S'il y avait des enfants, on ne les entendait pas. Les trois hommes marchèrent jusqu'à la grille. Leiser, regardant la maison, posa ses valises.

– C'est bien, dit-il d'un ton satisfait. (Il se tourna vers Avery.) Qui a choisi la maison ?

– Moi.

– C'est bien, fit-il en lui tapotant l'épaule. Vous avez fait du bon travail.

Avery, enchanté, sourit et ouvrit la porte ; Leiser tenait à laisser passer les autres devant lui. Ils l'emmenèrent au premier et lui montrèrent sa chambre. Il portait toujours ses valises,

– Je les ouvrirai plus tard, dit-il. J'aime faire ça comme il faut.

Il visita la maison, l'examinant d'un œil critique, prenant des bibelots ici et là pour les examiner ; on aurait cru qu'il venait faire une enchère pour acheter la propriété.

– C'est agréable, dit-il enfin ; ça me plaît.

– Tant mieux, dit Haldane, avec l'air de s'en moquer éperdument.

Avery l'accompagna dans sa chambre pour voir s'il pouvait l'aider.

– Comment vous appelez-vous ? demanda Leiser. (Il était plus à l'aise avec Avery, plus vulgaire.)

– John.

Ils échangèrent une nouvelle poignée de main.

– Eh bien, bonjour, John ; content de vous connaître. Quel âge avez-vous ?

– Trente-quatre ans, dit-il en mentant.

– Seigneur, je voudrais bien les avoir. Vous avez déjà fait ce genre de choses, n'est-ce pas ?

– J'ai terminé une mission la semaine dernière.

– Comment ça c'est passé ?

– Bien.

– Parfait. Où est votre chambre ?

Avery la lui montra.

– Dites-moi, comment ça fonctionne ici ?

– Que voulez-vous dire ?

– Qui commande ?

– Le capitaine Hawkins.

– Personne d'autre ?

– Pas vraiment. Je serai là.

– Tout le temps ?

– Oui.

Il commença à défaire ses valises. Avery l'observait. Il avait des brosses au dos de cuir, de la lotion capillaire, toute une série de petits flacons de choses pour homme, un rasoir électrique dernier modèle et des cravates, les unes écossaises, les autres en soie, assorties à ses chemises coûteuses. Avery descendit. Haldane l'attendait. Il sourit en le voyant entrer.

– Alors ?

Avery haussa les épaules, d'un geste un peu forcé. Il se sentait exalté mais mal à l'aise.

– Et vous, demanda-t-il, qu'est-ce que vous pensez de lui ?

– Je le connais à peine, dit Haldane sèchement. (Il avait l'art de couper court aux conversations.) Je veux que vous soyez toujours avec lui. Marchez avec lui, tirez avec lui, buvez avec lui s'il le faut. Il ne doit pas être seul.

– Et sa permission ?

– On verra. En attendant, faites ce que je vous dis. Vous verrez qu'il sera ravi de votre compagnie. C'est un homme très seul. Et n'oubliez pas qu'il est anglais – anglais jusqu'à la moelle. Encore une chose – c'est extrêmement important –, ne le laissez pas croire que nous avons changé depuis la guerre. Le Service est resté exactement tel qu'il était – c'est une illusion que vous devez entretenir chez lui.

Ils commencèrent le lendemain matin. Le petit déjeuner terminé, ils se rassemblèrent dans le salon et Haldane prit la parole.

L'entraînement serait divisé en deux périodes de quinze jours chacune, avec un bref repos entre les deux. La première serait un cours de révision ; dans la seconde, les vieux talents retrouvés devraient s'adapter à la tâche à accomplir. Ce ne serait que lors de la seconde période que Leiser connaîtrait son nom opérationnel, sa fausse identité et la nature de sa mission ; même alors on ne lui révélerait ni la région où se trouvait l'objectif ni les moyens grâce auxquels il devait y pénétrer.

Pour les transmissions, comme dans tous les autres domaines de son entraînement, il passerait du général au particulier. Dans la première période, il se familiariserait une fois de plus avec la technique du chiffre, des horaires et des modalités d'émission. Dans la seconde, il passerait beaucoup de temps à émettre réellement dans des conditions semi-opérationnelles. L'instructeur arriverait au cours de cette semaine-là.

Haldane expliqua tout cela avec une âpreté de pédagogue, tandis que Leiser écoutait attentivement, avec de temps en temps un bref hochement de tête approbateur. Avery trouvait étrange que Haldane se donnât si peu de mal pour dissimuler son dégoût.

– Au cours de la première période, nous verrons ce dont vous vous souvenez. Je vous préviens, nous vous ferons courir. Nous voulons que vous soyez en forme. On vous entraînera au maniement des armes légères, au combat à mains nues, aux exercices mentaux, aux trucs du métier. Nous tâcherons de vous faire marcher l'après-midi.

– Avec qui ? John viendra ?

– Oui, John vous emmènera. Vous devez le considérer comme votre conseiller sur tous les problèmes mineurs. S'il y a quoi que ce soit que vous désiriez discuter, si vous avez à vous plaindre de quelque chose ou si vous êtes inquiet, je compte sur vous pour ne pas hésiter à vous en ouvrir à l'un de nous.

– Entendu.

– Dans l'ensemble, je dois vous demander de ne pas

sortir seul. Je préférerais que John vous accompagne si vous voulez aller au cinéma, faire des courses ou vous livrer à toute autre activité que vous permettront vos horaires. Mais je crains que n'ayez sans doute guère d'occasion de vous distraire.

– Je ne m'y attends pas, dit Leiser; je n'en ai pas besoin. (Il semblait vouloir dire qu'il n'y tenait pas.)

– L'instructeur radio, quand il viendra, ne connaîtra pas votre nom. C'est une précaution habituelle: veuillez la respecter. La femme de ménage croit que nous participons à une conférence académique. Je n'imagine guère que vous ayez l'occasion de lui parler, mais si cela vous arrive, souvenez-vous-en. Si vous souhaitez avoir des nouvelles de votre affaire, je vous prie de me consulter d'abord. Vous ne devez pas téléphoner sans mon consentement. Il y aura d'autres visiteurs: des photographes, des médecins, des techniciens. Ils sont ce que nous appelons des auxiliaires et ne sont pas dans le coup. La plupart d'entre eux croient que vous êtes ici dans le cadre d'un programme d'entraînement plus vaste. Veuillez vous le rappeler.

– O. K., dit Leiser.

Haldane regarda sa montre.

– Notre premier rendez-vous est à dix heures. Une voiture viendra nous chercher au coin de la rue. Le chauffeur n'est pas des nôtres: pas de conversation pendant le trajet, s'il vous plaît. Vous n'avez pas d'autres vêtements? demanda-t-il. Ceux-ci ne conviennent guère pour aller tirer.

– J'ai une veste de sport et un pantalon de flanelle.

– Je vous souhaiterais moins voyant.

Comme ils montaient se changer, Leiser fit un petit sourire à Avery.

– C'est un vrai, n'est-ce pas? Un vieux de la vieille.

– Il est très fort, dit Avery.

– Bien sûr. Dites-moi une chose. Vous avez toujours eu cette maison ? Vous l'avez utilisée pour beaucoup de gens.

– Vous n'êtes pas le premier, dit Avery.

– Écoutez, je sais que vous ne pouvez pas me dire grand-chose. Est-ce que le groupe est toujours comme il était… Des gens partout… La même organisation ?

– Je ne crois pas que vous trouviez beaucoup de différence. Je pense que nous nous sommes développés un peu.

– Il y a beaucoup de jeunes comme vous ?

– Désolé Fred. Je ne peux pas vous répondre.

Leiser posa sa main sur l'épaule d'Avery.

– Vous êtes bien, vous aussi, dit-il. Ne vous en faites pas pour moi. Il n'y a pas de quoi, pas vrai, John ?

Ils allèrent à Abingdon. Le Ministère avait pris des dispositions avec la base de parachutistes. L'instructeur les attendait.

– Vous êtes habitué à une arme plutôt qu'à une autre ?

– Browning 38 automatique, s'il vous plaît, dit Leiser, comme un enfant qui passe une commande d'épicerie.

– Nous disons le 9 millimètres, aujourd'hui. Vous avez dû utiliser le Mark 1.

Haldane attendait dans la galerie au fond, tandis qu'Avery aidait à mettre en place la cible en forme de silhouette humaine à une distance de dix mètres et à coller des bouts de sparadrap sur les vieux trous.

– Appelez-moi « moniteur », dit l'instructeur, et il se tourna vers Avery. Vous voulez essayer aussi, monsieur ?

– Oui, dit précipitamment Haldane, ils tirent tous les deux, s'il vous plaît, moniteur.

Leiser commença. Avery resta près de Haldane pendant que Leiser, son long dos tourné vers eux, attendait dans la salle de tir vide, en face de la silhouette en contreplaqué d'un soldat allemand. La cible était noire, se détachant sur le crépi blanc écaillé des murs ; sur son ventre et à l'aine, on avait grossièrement dessiné un cœur à la craie. Ils le regardèrent ; il commença par soupeser le pistolet, l'élevant rapide-ment au niveau de son œil, puis l'abaissant lentement ; mettant en place le chargeur vide, l'ôtant et le remettant. Il jeta par-dessus son épaule un coup d'œil à Avery, de sa main gauche chassant sur son front une mèche de cheveux bruns qui menaçait de gêner sa vision. Avery lui fit un sourire d'encouragement, puis dit rapidement à Haldane :

– Je n'arrive toujours pas à voir quel genre de type il est.

– Pourquoi donc ? C'est un Polonais parfaitement ordinaire.

– D'où vient-il ? De quelle région de Pologne ?

– Vous avez lu son dossier. Dantzig.

– C'est vrai.

L'instructeur commença.

– Nous allons d'abord essayer avec le pistolet vide, les deux yeux ouverts, regardez bien dans la mire, les pieds écartés maintenant, merci, c'est très bien. Détendez-vous, soyez à l'aise, ce n'est pas un mouvement d'exercice, c'est une position de tir, oh, oui, nous avons déjà fait cela, je vois ! Maintenant, faites pivoter votre arme, braquez mais sans jamais viser. Bon ! (L'instructeur reprit son souffle, ouvrit une boîte en bois et en tira quatre chargeurs.) Un dans le pistolet et un dans la main gauche, dit-il en tendant les deux autres à Avery, qui regarda avec fascination Leiser glisser adroitement un chargeur plein dans la crosse de l'automatique et repousser du pouce le cran de sûreté.

« Maintenant armez, en le pointant vers le sol à trois mètres devant vous. Prenez la position de tir, le bras tendu. En pointant mais sans viser, videz un chargeur, par deux coups à la fois, en vous souvenant que nous ne considérons pas le pistolet automatique comme une arme scientifique, mais plutôt comme une arme destinée à éviter le combat de près. Lentement maintenant, très lentement…

Il n'avait pas terminé que la salle retentissait du fracas des coups de feu de Leiser : il tirait vite, très raide, la main gauche tenant le chargeur de rechange le long de son corps comme une grenade. Il tirait avec fureur, comme un muet qui trouve un moyen d'expression. Avery sentait avec une excitation croissante la fureur et le but de cette mitraillade ; deux coups, encore deux, ou trois, puis une longue volée, tandis qu'un peu de fumée l'entourait et que le soldat de contreplaqué tremblait et que les narines d'Avery s'emplissaient de la douce odeur de la cordite.

– Onze sur treize dans la cible, déclara l'instructeur. Très bien, vraiment très bien. La prochaine fois, tenez-vous-en à des séries de deux coups, je vous prie, et attendez que je vous donne l'ordre de tirer. (Se tournant vers Avery, le subalterne, il proposa :) Vous voulez essayer, monsieur ?

Leiser s'était approché de la cible et de ses mains fines tâtait doucement les trous laissés par les balles. Le silence se fit soudain oppressant. Il semblait perdu dans ses méditations, palpant le contreplaqué ici et là, passant le doigt d'un air songeur sur la silhouette du casque allemand, jusqu'au moment où l'instructeur cria :

– Venez. Nous n'avons pas toute la journée.

Avery se planta sur le tapis de gymnastique, en soupesant le pistolet. Avec l'aide de l'instructeur, il inséra un chargeur, serrant l'autre nerveusement dans sa main gauche. Haldane et Leiser regardaient.

Avery tira, le lourd pistolet martelant ses oreilles de coups sourds, et il sentit son jeune cœur frémir tandis que la silhouette oscillait passivement sous ses coups.

– Bien tiré, John, bien tiré !

– Très bien, dit machinalement l'instructeur. Une excellente première tentative, monsieur. (Il se tourna vers Leiser). Ça ne vous ennuierait pas de ne pas crier comme ça ? (Il reconnaissait un étranger quand il en voyait un.)

– Combien de coups au but ? s'empressa de demander Avery, tandis que le sergent et lui examinaient la cible, tâtant les perforations noircies qui criblaient la poitrine et le ventre. Combien, moniteur ?

– Vous feriez mieux de venir avec moi, John, murmura Leiser, en prenant Avery par l'épaule. Vous m'encouragerez de votre présence.

L'instructeur leur fit traverser le terrain de manœuvre jusqu'à un bâtiment de briques comme un théâtre, sans fenêtre, et assez haut à une extrémité. Il y avait des murs qui s'entrecroisaient comme à l'entrée de toilettes publiques.

– Des cibles mouvantes, dit Haldane, et le tir dans le noir.

Au déjeuner, ils firent marcher les enregistrements. Les bandes magnétiques devaient se dérouler comme un thème musical au long des deux premières semaines de son entraînement. C'étaient les enregistrements de vieux disques de phonographe ; il y avait un craquement sur l'un qui revenait comme le battement d'un métronome. L'ensemble formait un redoutable jeu de société dans lequel les choses à se rappeler n'étaient pas énumérées mais citées en passant, de façon détournée souvent, sur un fond d'autres bruits qui distrayaient l'attention ; tantôt elles étaient contredites dans la conversation, tantôt corrigées ou modifiées. Il y avait trois voix principales, une de femme et deux d'hommes. D'autres intervenaient aussi. C'était la femme qui les exaspérait.

Elle avait cette voix antiseptique que les hôtesses de l'air semblent toujours finir par acquérir. Sur la première bobine, elle lisait des listes, rapidement, d'abord une liste de courses : deux livres de ceci, un kilo de cela ; sans crier gare, elle se mettait à parler de quilles de couleurs : tant de vertes et tant d'ocre ; puis il était question d'armes, de pistolets, de torpilles, de munitions de tel et tel calibre ; puis d'une usine avec sa superficie, ses chiffres de production, ses objectifs annuels et ses réussites mensuelles. Sur la seconde bobine, elle n'avait pas abandonné ces sujets, mais d'autres voix la distrayaient et entraînaient la conversation sur des chemins inattendus.

Tout en faisant ses courses, elle engageait une discussion avec la femme de l'épicier à propos de certaines marchandises qui ne lui plaisaient pas : des œufs qui n'étaient pas frais, le prix scandaleux du beurre. Quand l'épicier en personne s'efforçait d'agir en médiateur, il était accusé de favoritisme ; on parlait de points et de cartes d'alimentation, d'allocations supplémentaires de sucre pour la confection des confitures ; on faisait allusion à des trésors cachés sous le comptoir. L'épicier élevait la voix d'un air furieux, mais il s'arrêtait quand l'enfant intervenait pour parler de quilles. Maman, maman, j'ai renversé les trois vertes, mais quand j'ai essayé de les redresser, sept quilles noires sont tombées ; maman, pourquoi ne reste-t-il que huit quilles noires ?

La scène se passait maintenant dans un pub. C'était de nouveau la femme. Elle récitait des statistiques d'armement ; d'autres voix se joignaient à la sienne. On discutait chiffres, on citait de nouveaux objectifs, on rappelait des anciens, les performances d'une arme – une arme qu'on ne nommait pas, qu'on ne décrivait pas – étaient cyniquement mises en doute et défendues avec chaleur.

Toutes les quelques minutes, une voix criait « break ! » – on aurait dit un arbitre de boxe – et Haldane arrêtait le magnétophone et faisait parler Leiser de football ou du temps, ou lui faisait lire tout haut des articles de journaux pendant cinq minutes qu'il chronométrait à sa montre (la pendule de la cheminée était cassée). On remettait le magnétophone en marche, et on entendait une voix, vaguement familière, traînant un peu comme celle d'un ecclésiastique ; une voix jeune, hésitante et modeste, comme celle d'Avery : « Voici maintenant les quatre questions : sans tenir compte des œufs qui n'étaient pas frais, combien en a-t-elle acheté au cours des trois dernières semaines ? Combien y a-t-il de quilles en tout ? Quelle était la production annuelle totale de canons de fusil pour les années 1937 et 1938 ? Enfin, rédigez sous forme télégraphique des renseignements à partir desquels on peut calculer la longueur des canons de fusils. »

Leiser se précipita dans le bureau – il avait l'air de connaître le jeu – pour écrire ses réponses. Dès qu'il eut quitté la pièce, Avery dit d'un ton accusateur :

– C'est vous. C'était votre voix à la fin.

– Vraiment ? répondit Haldane. (On aurait dit qu'il ne le savait pas.)

Il y avait d'autres bandes aussi, et qui sentaient la mort : des pas qui couraient dans un escalier de bois, le claquement d'une porte, un déclic, et la voix d'une femme qui demandait, comme si elle proposait du citron ou de la crème : « C'est une serrure ou le cran de sûreté d'un pistolet ? »

Leiser hésita.

– Une serrure, dit-il. C'était simplement la serrure.

– C'était un pistolet, répondit Haldane. Un 9 millimètres Browning automatique. C'était le bruit du chargeur qu'on introduisait dans la crosse.

Dans l'après-midi, ils allèrent faire leur première promenade tous les deux, Leiser et Avery, en passant par Port Meadow et à travers la campagne. C'était Haldane qui les avait envoyés. Ils marchaient vite, foulant l'herbe haute, le vent s'attaquant aux cheveux de Leiser et les faisant voler en mèches folles autour de sa tête. Il faisait froid mais il ne pleuvait pas ; c'était un jour clair et sans soleil, où le ciel au-dessus des champs plats était plus sombre que la terre.

– Vous connaissez les environs, n'est-ce pas ? demanda Leiser. Vous étiez au collège par ici ?

– J'ai été étudiant ici, oui.

– Quelles matières ?

– J'étudiais les langues. L'allemand surtout.

Ils escaladèrent une barrière et se retrouvèrent dans une étroite allée.

– Vous êtes marié ? demanda Leiser.

– Oui.

– Des enfants ?

– Un.

– Dites-moi une chose, John. Quand le capitaine a choisi ma fiche… Qu'est-ce qui s'est passé ?

– Comment ça ?

– Ça ressemble à quoi, un fichier pareil ? Il doit être important dans une unité comme la nôtre.

– C'est par ordre alphabétique, dit Avery d'un ton penaud. Ce sont des fiches. Pourquoi ?

– Il a dit qu'ils se souvenaient de moi, les anciens. Il paraît que j'étais le meilleur. Mais qui au juste se souvenait ?

– Tous. Il y a un fichier spécial pour les meilleurs

agents. Pratiquement tout le monde dans le Service connaît Fred Leiser. Même les nouveaux. Avec un passé comme le vôtre, on ne se fait pas oublier, vous savez, ajouta-t-il en souriant. Vous faites partie du mobilier, Fred.

– Dites-moi autre chose, John. Je ne veux pas faire de complications, vous comprenez, mais dites-moi… Est-ce que je serai vraiment bien à l'intérieur ?

– À l'intérieur ?

– Dans le Service, avec les autres. Je pense qu'il faut être né là-dedans, en fait, comme le capitaine.

– Je le crois malheureusement, Fred.

– Quelles voitures utilisez-vous, John ?

– Des Humber.

– Hawk ou Snipe ?

– Hawk.

– La 4 cylindres ? La Snipe est un meilleur modèle, vous savez.

– Je parle des moyens de transport non opérationnels, dit Avery. Pour les missions, nous avons toute une gamme de matériel.

– Comme la camionnette ?

– C'est ça.

– Dans combien de temps… Combien ça prend-il de temps pour vous entraîner ? Vous, par exemple ? Vous venez de faire une mission. Au bout de combien de temps vous ont-ils envoyé ?

– Désolé, Fred. Je n'ai pas le droit… Même à vous.

– Ça ne fait rien.

Ils passèrent devant une église bâtie sur un tertre qui dominait la route, contournèrent un champ labouré et retrouvèrent, épuisés et radieux, l'accueillante atmosphère de la maison Mayfly avec le radiateur à gaz qui allumait des reflets sur les roses d'or.

Le soir, ils utilisèrent le projecteur pour la mémoire

visuelle : ils étaient dans une voiture, et passaient devant un atelier de réparations ; ou bien dans un train qui longeait un aéroport ; on leur faisait faire une promenade à pied à travers une ville et tout d'un coup ils s'apercevaient qu'un véhicule ou qu'un visage avait réapparu et qu'ils avaient oublié ses caractéristiques. Parfois une série d'objets sans rapports entre eux étaient projetés en rapide succession sur l'écran, et il y avait des voix à l'arrière-fond, comme sur les bandes magnétiques, mais la conversation n'avait aucun rapport avec le film, si bien qu'il fallait faire appel au sens de l'ouïe comme à celui de la vue et retenir ce que chacun apportait de valable.

Ce fut ainsi que s'acheva le premier jour, et les jours qui suivirent devaient lui ressembler : des jours sans souci et passionnants pour tous les deux, des jours de sincère effort et d'une amitié d'abord prudente qui s'affermissait à mesure que les jeux de l'enfance redevenaient une fois de plus des armes de guerre.

Pour le combat à mains nues, ils avaient loué près de Headington un petit gymnase qu'ils avaient utilisé pendant la guerre. Un instructeur était arrivé par le train. On l'appelait sergent.

– Est-ce qu'il aura un couteau ? Ça n'est pas que je veuille être curieux, ajouta-t-il respectueusement. (Il avait un accent gallois.)

– Ça dépend de ses goûts, dit Haldane en haussant les épaules. Nous ne tenons pas à trop le charger.

– Le couteau présente beaucoup d'avantages, mon capitaine. (Leiser était encore dans le vestiaire.) À condition qu'il sache s'en servir. Et les Boches ont horreur de ça, absolument horreur. (Il avait apporté des poignards dans une sacoche, et il les déballait comme un voyageur de commerce exhibe ses échantillons.) Ils n'ont jamais aimé le froid de l'acier, expliqua-t-il. Il ne faut pas un couteau trop long, tout est là, mon capitaine. Quelque chose de plat, avec une lame dont les deux bords soient tranchants. (Il en choisit un et le montra à Haldane.) À vrai dire, on ne peut guère faire mieux que ce modèle-ci. (La lame était large et plate comme une feuille de laurier, le métal ne brillait pas, le manche avait un étranglement au milieu comme un sablier, et il était strié pour ne pas glisser dans la main.)

Leiser s'approchait d'eux, en se passant un peigne dans les cheveux.

– Vous en avez déjà utilisé un comme ça, non ?

Leiser examina le couteau et acquiesça. Le sergent le toisa de la tête aux pieds.

– Mais je vous connais. Je m'appelle Sandy Lowe. Je suis gallois.

– Vous avez été mon instructeur pendant la guerre.

– Bon Dieu, murmura Lowe, c'est vrai. Nous n'avez pas beaucoup changé, vous savez. (Ils échangèrent un sourire timide, ne sachant s'ils devaient se serrer la main.) Venez un peu que je voie ce que vous vous rappelez.

Ils se dirigèrent vers le tapis de paille tressée au milieu de la salle. Lowe lança le couteau aux pieds de Leiser et le ramassa, grommelant tout en se penchant.

Lowe portait une très vieille veste de tweed. Il fit rapidement un pas en arrière, l'ôta et du même mouvement l'enroula autour de son avant-bras gauche, comme un homme qui s'apprête à combattre un chien. Tirant son couteau, il tourna lentement autour de Leiser, en prenant appui tantôt sur un pied et tantôt sur l'autre. Il était penché en avant, le bras protégé par la veste mollement tendue devant lui, les doigts écartés, la paume tournée vers le sol. Il agitait la lame devant lui, tandis que Leiser restait immobile, ne quittant pas des yeux le sergent. Pendant quelques instants ils firent quelques feintes : à un moment, Leiser plongea et Lowe bondit en arrière, en laissant le couteau taillader le tissu de la veste sur son bras. Puis Lowe fléchit les genoux, comme pour attaquer sous la garde de Leiser, et ce fut au tour de celui-ci de sauter en arrière, mais trop lentement sans doute, car Lowe secoua la tête en criant « Halte ! » et se redressa.

– Vous vous rappelez ça ? (Il désigna son estomac et son bas-ventre, en serrant les bras et les coudes comme pour se faire plus étroit.) Offrez toujours une cible aussi petite que possible.

Il fit rengainer son couteau à Leiser et lui montra des prises, passant le bras gauche autour du cou de Leiser et faisant mine de le poignarder aux reins ou au ventre. Puis il demanda à Avery de se planter au milieu de la salle comme un mannequin et tous deux évoluèrent autour de lui, gravement, Lowe indiquant les emplacements de la pointe de son couteau tandis que Leiser hochait la tête avec de temps en temps un sourire lorsqu'il se rappelait un truc.

– Vous n'avez pas fait de moulinets assez forts. Souvenez-vous le pouce dessus, la lame parallèle au sol, l'avant-bras tendu, le poignet souple. Qu'il ne puisse pas poser les yeux sur le couteau, pas un instant. Et la main gauche en garde, que vous ayez le couteau ou non. Il ne faut jamais offrir généreusement son corps, c'est toujours ce que je dis à ma fille. (Ils rirent tous consciencieusement, tous sauf Haldane.)

Après cela, ce fut le tour d'Avery. Leiser avait l'air d'y tenir. Ôtant ses lunettes, il tint le couteau comme Lowe le lui avait montré, hésitant, sur ses gardes, tandis que Leiser sautillait autour de lui, faisant des feintes et reculant prestement, le visage en sueur, ses petits yeux brillant de concentration. Pendant tout ce temps,

Avery sentait les profondes cannelures du manche contre la chair de sa paume, les crampes lui tenaillaient les mollets et les fesses tandis qu'il se penchait en avant sur la pointe des pieds, et il sentait aussi le regard furieux de Leiser cherchant le sien. Puis Leiser lui fit un croche-pied: en perdant l'équilibre il sentait qu'on lui arrachait le couteau de la main; il bascula en arrière, sentant sur lui Leiser peser de tout son poids, et sa main le serrant au col de sa chemise.

Ils l'aidèrent à se relever, en riant, tandis que Leiser époussetait la poussière sur les vêtements d'Avery. On rangea les couteaux pendant qu'ils faisaient de la culture physique; Avery en fit également.

Quand ce fut terminé, Lowe dit:

– Encore un petit rien de combat à mains nues et ce sera parfait.

Haldane jeta un coup d'œil à Leiser.

– Vous n'en avez pas assez?

– Ça va très bien.

Lowe prit Avery par un bras et le planta au milieu du tapis de gymnastique.

– Asseyez-vous sur le banc, lança-t-il à Leiser, pendant que je vous montre deux ou trois trucs.

Il posa une main sur l'épaule d'Avery.

– Avec ou sans couteau, il n'y a que cinq points qui nous intéressent. Lesquels?

– L'aine, les reins, le ventre, le cœur et la gorge, répondit Leiser d'un ton las.

– Comment casse-t-on le cou d'un homme?

– On ne le casse pas. On lui réduit la trachée en bouillie par-devant.

– Et un coup sur la nuque?

– Pas à main nue. Pas sans arme. (Il se tenait la tête à deux mains.)

– Bien. (Il approcha lentement sa paume ouverte de

la gorge d'Avery.) La main est tendue, et les doigts droits, c'est ça ?

– C'est ça, dit Leiser.

– Qu'est-ce que vous vous rappelez d'autre ?

– La patte de tigre, fit-il après un silence. Aux yeux.

– N'utilisez jamais ce coup-là, répliqua sèchement le sergent. Pas pour attaquer. Vous vous découvrez complètement. Voyons maintenant les prises d'étranglement. Toujours par-derrière, vous vous rappelez ? Vous renversez en arrière la tête de votre adversaire, comme ça, la main sur la gorge, là, et vous serrez. (Lowe regarda par-dessus son épaule.) Regardez par ici, voulez-vous. Ce n'est pas pour moi que je fais ça... Eh bien, venez ; si vous savez tout ça, faites-nous une démonstration !

Leiser se leva, prit Lowe par les bras, et pendant un moment, ils luttèrent, chacun attendant que l'autre offrît une ouverture. Puis Lowe céda du terrain, Leiser trébucha et la main de Lowe vint le frapper à la nuque, le projetant en avant si bien que Leiser s'affala sur le tapis, face contre terre.

– Vous tombez joliment, dit Lowe en souriant, et là-dessus Leiser revint à l'attaque, tordant sauvagement le bras de Lowe et le projetant très violemment si bien que son corps frêle heurta le tapis comme un oiseau frappe le pare-brise d'une voiture.

– Ne trichez pas ! déclara Leiser. Ou bien je vais vous faire mal.

– Ne prenez jamais appui sur votre adversaire, dit sèchement Lowe. Et ne vous énervez pas au gymnase. À vous maintenant, monsieur, lança-t-il à Avery. Faites-lui faire un peu d'exercice.

Avery se leva, ôta sa veste et attendit que Leiser s'approchât. Il sentit une poigne solide lui serrer les bras et il eut conscience tout d'un coup de la fragilité de son corps devant cette force d'adulte. Il essaya de saisir les avant-bras de son adversaire, mais ses mains n'arrivaient pas à en faire le tour ; il essaya de se libérer, mais Leiser maintenait sa prise ; il sentait la tête de Leiser contre la sienne, il avait dans les narines une odeur de cosmétique. Il sentait la joue rêche de barbe et moite de Leiser contre la sienne et la chaleur un peu âcre de ce corps mince et tendu dans l'effort. Appuyant des deux mains sur la poitrine de Leiser, il se repoussa en arrière, jetant toute son énergie dans un effort frénétique pour échapper à l'étreinte suffocante de son adversaire. Comme ils prenaient du recul, ils s'aperçurent, comme si c'était pour la première fois, par-delà le berceau de leurs bras entremêlés ; le visage de Leiser, crispé par l'effort, s'adoucit en un sourire ; il relâcha son étreinte.

Lowe s'approcha de Haldane.

– C'est un étranger, n'est-ce pas ?

– Polonais. Comment le trouvez-vous ?

– À mon avis, c'était un rude lutteur en son temps. Pas facile. Il est bien bâti. Et au fond, en bonne forme aussi.

– Bon.

– Et vous-même, mon capitaine, comment vous sentez-vous. Ça va ?

– Oui, merci.

– C'est bien. Vingt ans. C'est étonnant. Les gosses, ça grandit, pendant ce temps-là.

– Je n'en ai pas.

– Je parle des miens.

– Ah !

– Vous voyez quelquefois les anciens, mon capitaine ? Comment va Mr Smiley ?

– Vous savez, je n'ai pas gardé le contact. Je ne suis pas très sociable. Voulez-vous que nous fassions nos comptes ?

Lowe attendit, presque au garde-à-vous, pendant que Haldane le payait : l'argent du voyage, ses honoraires, trente-sept shillings six pour le couteau, plus vingt-deux shillings pour l'étui, un étui plat et métallique avec un ressort pour qu'on puisse dégainer plus facilement. Lowe lui fit un reçu qu'il signa S. L. pour des raisons de sécurité.

– J'ai eu le poignard au prix coûtant, expliqua-t-il. C'est une combine de mon club. (Il en avait l'air très fier.)

Haldane donna à Leiser un trench-coat ainsi que des bottes et Avery l'emmena faire une promenade dans la campagne. Ils prirent le car jusqu'à Headington, s'installant à l'impériale.

– Qu'est-ce qui s'est passé ce matin ? demanda Avery.

– Je croyais que c'était pour rire, voilà tout. Et puis là-dessus il m'a projeté au sol.

– Il se souvenait de vous, n'est-ce pas ?

– Bien sûr : alors, pourquoi a-t-il cherché à me faire mal ?

– Il n'en avait pas l'intention.

– Ça ne fait rien, n'en parlons plus. (Mais il était encore agacé.)

Ils descendirent au terminus et se mirent à marcher sous la pluie.

– C'est parce qu'il n'était pas des nôtres, dit Avery, voilà pourquoi il ne vous a pas plu.

Leiser rit sans rien dire. La pluie, tombant en lentes bourrasques à travers la rue déserte, ruisselait sur leur visage et s'insinuait dans le col de leur imperméable. Ils marchaient, contents tous les deux, oubliant la pluie ou s'en jouant, pataugeant dans les flaques les plus profondes sans se soucier de leurs vêtements.

– John, est-ce que le capitaine est content ?

– Très. Il dit que ça marche admirablement. Nous allons bientôt commencer l'entraînement radio, juste les rudiments. On attend Jack Johnson demain.

– Ça me revient, vous savez, John, le tir au pistolet, le maniement du poignard, tout ça. Je n'avais pas oublié. (Il sourit.) Le vieux P. 38.

– 9 millimètres maintenant. Vous vous en tirez bien, Fred. Très bien. Le capitaine l'a dit.

– C'est ce qu'il a dit, John ?

– Bien sûr. Et il l'a répété à Londres. À Londres, ils sont contents aussi. Nous craignons seulement que vous ne soyez un peu trop…

– Trop quoi ?

– Oh… Trop anglais.

– Ne vous en faites pas, John, dit Leiser en riant.

Ils consacrèrent une matinée aux codes. Haldane faisait office d'instructeur. Il avait apporté des morceaux de tissu de soie sur lequel était imprimé un code du genre dont Leiser allait se servir, et un tableau collé sur du carton pour changer les lettres en chiffres. Il posa le tableau sur la cheminée, le coinçant derrière la pendule de marbre, et il leur fit un cours, un peu comme l'aurait fait Leclerc, mais sans affectation. Avery et Leiser étaient assis à la table, un crayon à la main, et sous la surveillance de Haldane convertissaient une phrase après l'autre en chiffres d'après le tableau, déduisaient le résultat des chiffres imprimés sur le tissu pour finalement retraduire le tout en lettres. C'était un procédé qui exigeait de l'application plutôt que de la concentration, et peut-être parce que Leiser se donnait trop de mal il finit par s'ennuyer et par faire des fautes.

– Nous allons faire un essai chronométré sur vingt groupes, dit Haldane, et il se mit à dicter d'après la feuille de papier qu'il tenait à la main un message de onze mots signé Mayfly. À partir de la semaine prochaine, il faudra vous passer du tableau. Je le mettrai dans votre chambre et vous l'apprendrez par cœur. Partez !

Il déclencha son chronomètre et s'approcha de la fenêtre pendant que les deux hommes travaillaient fébrilement, marmonnant presque à l'unisson tout en se livrant à des calculs élémentaires sur le bloc qu'ils avaient devant eux. Avery sentait la nervosité croissante qui marquait les gestes de Leiser, les soupirs et les imprécations qu'il réprimait, les ratures rageuses ; ralentissant délibérément, il jeta un coup d'œil par-dessus lc bras de son compagnon pour s'assurer de sa progression et il remarqua que le bout de crayon que Leiser serrait dans sa petite main était tout barbouillé de sueur.

Même au bout de ces quelques jours, il était devenu évident que Leiser considérait Haldane comme un malade se tourne vers son médecin, comme un pécheur vers son directeur de conscience. Il y avait quelque chose de redoutable chez cet homme qui tirait sa force d'un corps aussi délabré.

Haldane affectait de ne pas faire attention à lui. Il s'accrochait obstinément à ses habitudes : il ne manquait jamais de faire ses mots croisés. On livra une caisse de bourgogne en demi-bouteilles, et il en buvait une tout seul à chaque repas pendant qu'ils écoutaient les bandes magnétiques. Sa retraite, en fait, était si totale qu'on aurait pu le croire révolté par la proximité de Leiser. Pourtant, plus Haldane se faisait fuyant, inaccessible, plus sûrement il attirait Leiser. Celui-ci, au nom de quelque obscur système de valeurs qui lui était propre, l'avait catalogué comme le type même du gentleman britannique, et tout ce que Haldane faisait ou disait ne servait aux yeux de Leiser qu'à le fortifier dans son rôle.

Haldane prenait de la stature. À Londres, c'était un homme qui marchait lentement ; il arpentait les couloirs d'un pas de magister, comme s'il cherchait des prises pour ses pieds ; les dactylos et les secrétaires traînaient avec impatience derrière lui, n'ayant pas le courage de le dépasser. À Oxford, il manifestait une agilité qui aurait stupéfié ses collègues de Londres. Sa carcasse desséchée avait retrouvé vie, il se tenait très droit. Même son attitude généralement renfrognée devenait soudain la marque de son autorité. Il ne restait que la toux, cette toux déchirante et trop violente pour une poitrine aussi étroite, qui faisait naître des taches rouges sur ses joues maigres et qui provoquait chez Leiser l'inquiétude muette d'un élève pour le maître qu'il admire.

– Est-ce que le capitaine est malade ? demanda-t-il un jour à Avery, en ramassant un vieux numéro du *Times* de Haldane.

– Il n'en parle jamais.

– Je pense que ça ne doit pas se faire. (Son attention fut attirée soudain par le journal. Il n'était pas déplié. Seul le problème de mots croisés était fait, et dans la marge, à côté, était griffonné l'anagramme d'un mot de neuf lettres. Il le montra à Avery avec stupéfaction.) Il ne le lit pas, dit-il. Il n'a fait que les mots croisés.

Ce soir-là, quand ils allèrent se coucher, Leiser apporta le journal avec lui, furtivement, comme s'il contenait un secret qui se révélerait à l'examen.

Pour autant qu'Avery pouvait en juger, Haldane était satisfait des progrès de Leiser. La grande variété des activités auxquelles s'adonnait maintenant Leiser leur avait permis de l'observer plus attentivement ; avec cette impitoyable intuition des faibles, ils décelaient ses failles et mesuraient sa force. À mesure qu'ils gagnaient sa confiance, il devenait d'une désarmante franchise : il aimait se confier. Il était leur créature ; il leur donnait tout et ils l'entassaient comme font les pauvres, Ils se rendaient compte que le Service avait orienté son énergie : comme un homme à l'appétit sexuel hors du commun, Leiser avait trouvé dans son nouvel emploi un amour qu'il pouvait manifester en prodiguant les dons. Ils comprenaient qu'il prenait plaisir à être sous leurs ordres, à donner en retour sa force pour les remercier de lui permettre de s'accomplir. Ils savaient peut-être même qu'à eux deux ils représentaient pour Leiser les deux pôles de l'autorité absolue : l'un par l'intransigeance avec laquelle il se conformait à un système de valeurs qui demeureraient toujours étrangères à Leiser, l'autre par sa vulnérabilité juvénile, par la douceur apparente et la docilité de son caractère.

Il aimait bien parler à Avery. Il lui parlait des femmes qu'il avait eues, ou de la guerre. Il supposait – c'était agaçant pour Avery, mais rien de plus – qu'un homme de trente-cinq ans, qu'il fût marié ou non, avait une vie amoureuse intense et variée. En fin de soirée, quand tous les deux avaient enfilé leurs manteaux et s'étaient précipités au pub au bout de la rue, il posait les coudes sur la petite table, penchait en avant son visage brillant d'animation et narrait par le menu ses exploits, la joue appuyée sur une main, ses doigts minces s'écartant et se refermant rapidement, imitant inconsciemment les mouvements de ses lèvres. Ce n'était pas la vanité qui le poussait, mais l'amitié. Ces trahisons et ces aveux, vrais ou inventés, étaient simplement la marque de leur intimité. Jamais il ne parla de Betty.

Avery en vint à connaître le visage de Leiser avec une précision où la mémoire ne jouait aucun rôle. Il remarqua combien ses traits semblaient se modifier suivant son humeur, comment, quand il était fatigué ou déprimé à la fin d'une longue journée, la peau sur ses joues était tendue vers le haut plutôt que vers le bas, comment les coins de ses yeux et les commissures de ses lèvres se crispaient, si bien qu'il prenait une expression aussitôt plus slave et moins familière.

Il avait acquis, à fréquenter les gens de son quartier ou ses clients, certaines tournures de phrases qui, bien que dénuées de toute signification, avaient frappé son oreille d'étranger. Il parlait par exemple d'« une certaine mesure de satisfaction », utilisant une construction impersonnelle parce que cela lui semblait plus digne. Il avait assimilé aussi toutes sortes de clichés. Des expressions comme « ne pas s'en faire », « laisser couler », « donner le feu vert » lui venaient constamment aux lèvres, comme s'il aspirait à un mode de vie qu'il ne comprenait qu'imparfaitement et que c'étaient les clefs qui lui permettraient d'y accéder. Certaines expressions, observa Avery, étaient démodées.

Une ou deux fois, Avery eut l'impression que Haldane n'aimait pas son intimité avec Leiser. À d'autres moments, il lui semblait que Haldane déclenchait chez Avery des émotions dont il n'avait plus le contrôle. Un soir, au début de la seconde semaine, alors que Leiser procédait à la longue toilette qui précédait presque tous ses moments de loisir, Avery demanda à Haldane s'il n'avait pas lui-même envie de sortir.

– Qu'est-ce que vous croyez ? Que j'ai envie d'aller en pèlerinage sur l'autel de ma jeunesse ?

– Je pensais que vous aviez peut-être des amis ici, des gens que vous connaissez encore.

– Si c'est le cas, il serait imprudent d'aller les voir. Je suis ici sous un autre nom.

– Pardonnez-moi. Bien sûr.

– D'ailleurs, fit-il avec un sourire amer, nous ne sommes pas si prolifiques dans nos amitiés.

– C'est vous qui m'avez dit de rester avec lui ! s'exclama Avery.

– Justement ; et c'est ce que vous avez fait. J'aurais tort de me plaindre. Vous faites ça admirablement.

– Je fais quoi ?

– Vous obéissez.

À ce moment, on sonna à la porte et Avery descendit pour aller ouvrir. À la lueur du réverbère, il distingua la silhouette familière d'une camionnette du Service garée dans la rue. Une petite silhouette banale était plantée sur le seuil. L'homme portait un costume marron et un pardessus. Ses chaussures étaient bien cirées. Il aurait pu venir relever le compteur.

– Je m'appelle Jack Johnson, dit-il d'un ton incertain. Johnson les Bonnes Affaires, c'est moi.

– Entrez, dit Avery.

– C'est bien ici, n'est-ce pas ? Le capitaine Hawkins… et tout ça ? Il avait un sac de cuir qu'il déposa avec précaution sur le sol comme s'il contenait tous ses biens terrestres. Refermant à demi son parapluie, il le secoua d'un geste expert pour l'égoutter, puis le posa dans le porte-parapluie sous son manteau.

– Je m'appelle John.

Johnson lui prit la main et la serra cordialement.

– Enchanté de vous connaître. Le patron a beaucoup parlé de vous. Il paraît que vous êtes l'avenir du Service.

Ils éclatèrent de rire tous les deux. Il prit Avery par le bras avec des airs de conspirateur.

– Vous utilisez votre vrai nom, n'est-ce pas ?

– Oui. Mon prénom.

– Et le capitaine ?

– Hawkins.

– Comment est-il, Mayfly ? Comment s'en tire-t-il ?

– Bien. Très bien.

– Il paraît que c'est un vrai don Juan.

Pendant que Johnson et Haldane discutaient dans le

salon, Avery monta furtivement au premier pour prévenir Leiser.

– Pas question de sortir, Fred. Jack est arrivé.

– Qui est Jack ?

– Jack Johnson, le spécialiste radio.

– Je croyais que nous ne commencions ça que la semaine prochaine.

– Rien que les rudiments cette semaine, pour vous faire la main. Descendez dire bonjour.

Il avait un complet sombre et tenait, une lime à la main.

– Alors on ne sort pas ?

– Je vous ai dit ; on ne peut pas ce soir ; Jack est arrivé.

Leiser descendit et échangea une brève poignée de main avec Johnson sans formalité, comme s'il n'aimait pas les gens qui arrivent tard. Ils bavardèrent de façon un peu contrainte pendant un quart d'heure, jusqu'au moment où Leiser, invoquant sa fatigue, monta se coucher.

Johnson fit son premier rapport.

– Il est lent, dit-il. Bien sûr, ça fait longtemps qu'il n'a pas touché un manipulateur. Je n'ose quand même pas l'essayer sur un émetteur avant qu'il soit un peu plus rapide. Je sais que ça fait vingt ans, mon capitaine ; on ne peut pas lui en vouloir. Mais il est lent, mon capitaine, vraiment lent. (Il parlait en articulant soigneusement, en répétant ses phrases comme dans une comptine.) Le patron dit que je dois m'occuper de lui tout le temps, quand il sera en mission aussi. Il paraît que nous partons tous pour l'Allemagne, mon capitaine.

– En effet.

– Alors, il va falloir que nous fassions plus ample connaissance, Mayfly et moi, reprit-il. Nous aurons à être ensemble souvent, mon capitaine, dès l'instant où je commencerai à le faire travailler sur un émetteur. C'est comme l'écriture, vous savez, il faut s'habituer à l'écriture de l'autre. Et puis il y a les horaires, les heures d'appel et tout ça; les précautions à prendre pour changer de fréquence. Les mesures de sécurité. Ça fait beaucoup à apprendre en quinze jours.

– Les mesures de sécurité ? demanda Avery.

– Les erreurs délibérées, mon capitaine; par exemple, une faute d'orthographe dans un groupe donné, un E à la place d'un A ou quelque chose comme ça. S'il veut nous annoncer qu'il a été pris et qu'il émet sous contrôle, il supprimera cette erreur. (Il se tourna vers Haldane.) Vous connaissez tout ça, mon capitaine.

– Il avait été question à Londres de lui enseigner la transmission accélérée sur bande. Vous savez si on veut toujours le faire ?

– Le patron m'en a en effet parlé, mon capitaine. Mais il paraît qu'on ne peut pas se procurer le matériel nécessaire. Je dois dire d'ailleurs que je n'y connais pas grand-chose dans ce domaine; les histoires de transistors, c'est depuis mon temps. Le patron a dit qu'il fallait s'en tenir aux méthodes d'autrefois mais changer la fréquence toutes les deux minutes et demie; il paraît que les Boches sont très forts maintenant en repérage gonio.

– Quel équipement ont-ils envoyé ? Ça m'a l'air bien lourd à porter ?

– C'est ce modèle que Mayfly utilisait pendant la guerre, un bel appareil. Le vieux B2 dans son étui étanche. Si nous n'avons que deux semaines, on n'a guère le temps de faire autre chose. D'ailleurs, il n'est pas encore prêt...

– Qu'est-ce que ça pèse ?

– Vingt-trois ou vingt-quatre kilos, mon capitaine, tout compris. Le modèle ordinaire en valise. C'est l'étui étanche qui ajoute du poids, mais c'est indispensable s'il doit le trimbaler en campagne. Surtout à cette époque de l'année. (Il hésita.) Mais, mon capitaine, son morse est bien lent.

– Je sais. Croyez-vous pouvoir lui faire retrouver un rythme normal en temps voulu ?

– Je ne peux pas le dire, mon capitaine. Pas avant d'avoir vu ce qu'il donne vraiment sur l'émetteur. Pas avant la seconde période où je lui laisserai un peu plus la bride sur le cou. Pour l'instant, je vais simplement l'habituer au manipulateur.

– Je vous remercie, dit Haldane.

13

À la fin des deux premières semaines d'entraînement, on lui accorda une permission de quarante-huit heures. Il ne l'avait pas demandée et parut surpris quand on la lui octroya. Il ne devait en aucun cas se rendre dans son quartier. Il aurait pu partir pour Londres le vendredi, mais dit qu'il préférait prendre le train le samedi. Il pourrait rentrer le lundi matin, mais il dit que ce n'était pas sûr et qu'il reviendrait peut-être tard dans la soirée du dimanche. Ils précisèrent qu'il devait éviter tous les gens susceptibles de le connaître et, chose étrange, cela parut lui faire plutôt plaisir.

Avery, inquiet, alla trouver Haldane.

– Je ne crois pas que nous devrions le lâcher comme ça dans la nature. Vous lui avez dit qu'il ne pouvait pas retourner à South Park ; ni aller voir des amis, en admettant qu'il en ait ; je ne vois pas très bien où il peut aller.

– Vous pensez qu'il va se sentir seul ?

– Je pense, dit Avery en rougissant, qu'il n'aura qu'une envie rentrer.

– Nous ne pouvons guère nous y opposer.

On lui donna de l'argent en vieux billets de cinq et de une livres. Il voulait refuser, mais Haldane insista comme si c'était une question de principe. On lui proposa de lui retenir une chambre, mais il dit que ce n'était pas la peine. Haldane supposait qu'il allait à Londres, aussi finit-il par y aller, comme si c'était une obligation.

– Il a une femme, dit Johnson avec satisfaction.

Il partit par le train de midi, emportant une valise en peau de porc et son manteau de poil de chameau ; le manteau avait une coupe légèrement militaire et des boutons de cuir, mais avec ça personne de bien n'aurait pu prendre Leiser pour un Anglais cossu.

Il laissa sa valise à la consigne de la gare de Paddington et s'en alla déambuler dans Praed Street car il n'avait nulle part où aller. Il marcha environ une demiheure, en regardant les vitrines. C'était samedi aprèsmidi : des hommes d'un certain âge en melon et imperméable traînaient entre les librairies pornographiques et les maquereaux qui attendaient au coin de la rue. Il y avait très peu de circulation : une ambiance de loisirs sans espoir emplissait la rue.

Au ciné-club on lui demanda une cotisation d'une livre et on lui donna une carte de membre antidatée pour ne pas enfreindre la loi. Il prit place parmi des silhouettes fantomatiques sur une chaise de cuisine. Le film était très vieux ; il était peut-être venu de Vienne lorsque les persécutions avaient commencé. Deux filles, complètement nues, prenaient le thé. Le film était muet et elles se contentaient de boire leur thé en changeant un peu de position tout en se passant leur tasse. Si elles avaient survécu à la guerre, elles devaient avoir soixante ans maintenant. Il se leva pour s'en aller car il était cinq heures et demie passées et que les pubs étaient ouverts maintenant. Comme il passait devant le guichet à l'entrée le directeur lui dit :

– Je connais une fille qui aime bien s'amuser. Très jeune.

– Non, merci.

– Deux guinées et demie ; elle aime bien les étrangers. Elle peut vous faire ça à l'étrangère, si vous voulez. À la française.

– Foutez-moi le camp.

– Vous n'allez quand même pas me dire de foutre le camp.

– Foutez le camp, dit Leiser en revenant vers le guichet, le regard soudain brillant. La prochaine fois que vous me proposerez une fille, que ce soit à l'anglaise, vous comprenez ?

Dehors, il faisait plus doux, le vent était tombé, la rue s'était vidée c'était à l'intérieur maintenant qu'on s'amusait. La serveuse derrière le comptoir dit :

– Vous préparer un White Lady, maintenant ? Regardez le monde qu'il y a ! Attendez que ça se calme un peu.

– Je ne bois que ça.

– Je suis navrée.

Il commanda donc un vermouth-gin qu'on lui servit tiède et sans cerise. La marche l'avait fatigué. Il s'assit sur le banc le long du mur en regardant les joueurs de fléchettes. Ils ne parlaient pas, mais s'adonnaient à leur jeu avec une ardeur silencieuse, comme s'ils avaient profondément enraciné en eux le sens des traditions. C'était comme au ciné-club. L'un d'eux était avec une fille et ils interpellèrent Leiser :

– Vous voulez faire le quatrième ?

– Ma foi, avec plaisir, dit-il, content qu'on lui adresse la parole.

Il se leva, mais un ami arriva, un nommé Henry, et ce fut Henry que l'on préféra. Leiser allait protester, mais à quoi bon ?

Avery aussi était sorti, tout seul. À Haldane, il avait dit qu'il voulait marcher un peu, à Johnson qu'il allait au cinéma. Avery avait une façon de mentir qui défiait les explications rationnelles. Il se retrouva dans des endroits qu'il avait connus jadis : son collège, les librairies, les pubs, les bibliothèques. On était à la fin du trimestre. Il flottait dans Oxford un parfum de Noël, que la ville reconnaissait en rechignant : on décorait les vitrines avec les guirlandes de l'an passé.

Il prit Banbury Road jusqu'à la rue où Sarah et lui avaient habité la première année de leur mariage. Pas de lumière dans l'appartement. Il s'arrêta devant, cherchant à déceler dans la maison, en lui-même, une trace de sentiment, d'affection, d'amour ou de ce qui avait pu justifier leur mariage, mais il n'en trouva pas et se dit qu'il n'y en avait sans doute jamais eu. Il chercha désespérément, avide de trouver le mobile qui l'avait poussé dans sa jeunesse, mais il n'y en avait aucun. Il contemplait une maison vide. Il s'empressa de rentrer à la maison, celle qu'il partageait avec Leiser.

– Bon film ? demanda Johnson.

– Excellent.

– Je croyais que vous étiez allé marcher, fit Haldane en levant le nez de ses mots croisés.

– J'ai changé d'avis.

– Au fait, reprit Haldane, pour le pistolet de Leiser. Il a l'air de préférer le 38.

– Oui. Ce qu'on appelle aujourd'hui le 9 millimètres.

– Quand il sera rentré, il va falloir qu'il commence à

l'avoir sur lui ; à le trimbaler partout, pas chargé, bien sûr. (Il lança un coup d'œil à Johnson.) Surtout quand il va commencer les exercices de transmission. Il devra l'avoir toujours sur lui ; ce que nous voulons, c'est que sans son pistolet il se sente perdu. Je me suis arrangé pour qu'on nous en remette un ; vous le trouverez dans votre chambre, Avery, avec divers modèles de baudrier. Si vous voulez bien lui expliquer ?

– Vous ne voulez pas lui parler vous-même ?

– Faites-le donc. Vous vous entendez admirablement avec lui.

Il monta téléphoner à Sarah. Elle était partie pour s'installer avec sa mère. La conversation manquait de chaleur.

Leiser composa le numéro de Betty, mais on ne répondait pas.

Soulagé, il se rendit dans une petite bijouterie près de la gare, ouverte le samedi après-midi, et acheta un carrosse d'or attelé de chevaux pour accrocher à un bracelet. Cela coûtait onze livres, c'est-à-dire tout ce qu'on lui avait donné comme argent de poche. Il leur demanda de l'envoyer en recommandé à l'adresse de Betty, à South Park. Il y joignit un billet disant : « Je rentre dans deux semaines. Sois sage. » Dans un moment d'aberration, il signa F. Leiser ; mais il biffa sa signature et écrivit « Fred ».

Il marcha un peu, songea un moment à ramasser une fille et finit par prendre une chambre dans un hôtel près de la gare. Il dormit mal à cause du bruit de la circulation. Le lendemain matin, il retéléphona à Betty : toujours pas de réponse. Il raccrocha rapidement ; il aurait pu attendre un peu plus longtemps. Il prit son petit déjeuner, sortit et acheta les journaux du dimanche, puis il remonta dans sa chambre et lut les comptes rendus des matchs de football jusqu'à l'heure du déjeuner. L'après-midi, il fit une promenade – ça devenait une habitude – il marcha dans Londres sans trop savoir où. Il suivit la Tamise jusqu'à Charing Cross et se retrouva dans un jardin public désert sur lequel tombait la pluie. Les allées d'asphalte étaient jonchées de feuilles jaunes. Un vieil homme était assis dans le kiosque à musique, tout seul. Il avait un pardessus noir et un sac à dos en toile verte comme un étui de masque à gaz. Il dormait ou écoutait la musique.

Il attendit toute la soirée pour ne pas décevoir Avery, puis prit le dernier train en partance pour Oxford.

Avery connaissait un pub derrière Balliol où on vous laissait jouer au billard le dimanche. Johnson aimait jouer au billard. Il buvait de la Guinness, Avery, du whisky. Ils riaient de bon cœur ; ç'avait été une rude semaine. Johnson gagnait ; il jouait sans prendre de risques, méthodiquement, tandis qu'Avery tentait les coups difficiles.

– Je partagerais bien avec Fred en ce moment, dit Johnson avec un petit ricanement. (Il joua un coup ; une boule blanche tomba consciencieusement dans son trou.) Les Polonais sont de rudes baiseurs : un Polak, ça saute n'importe quoi. Surtout Fred, c'est un vrai don Juan. Il n'y a qu'à le regarder.

– Et vous, Jack ?

– Quand l'envie me prend. Tenez, en ce moment, ça ne me déplairait pas.

Ils jouèrent encore un peu, chacun perdu dans une euphorie alcoolique de rêves érotiques.

– Quand même, dit Johnson d'un ton satisfait, j'aime mieux être dans ma peau que dans la sienne, pas vous ?

– Je pense bien.

– Vous savez, dit Johnson en frottant le procédé de sa queue de billard, je ne devrais pas vous parler comme ça, hein ? Vous avez été au collège et tout ça. Nous ne sommes pas de la même classe, John.

Ils se portèrent mutuellement un toast, pensant tous deux à Leiser.

– Bon sang, fit Avery. Nous faisons la même guerre, non ?

– C'est vrai.

Johnson versa dans son verre ce qui restait de Guinness. Malgré ses précautions, il en renversa un peu sur la table.

– À la santé de Fred, dit Avery.

– À Fred. À son retour au bercail. Et bonne chance.

– Bonne chance, Fred.

– Je ne sais pas comment il va s'en tirer avec le B2, murmura Johnson. Il a du chemin à faire.

– À Fred.

– À Fred. C'est un chic type. Dites donc, vous connaissez ce Woodford, celui qui m'a fait venir ?

– Bien sûr. Il va venir la semaine prochaine.

– Vous n'avez jamais vu sa femme, Babs ? Ça, c'était un numéro ; et pas farouche… Seigneur ! Enfin, elle a dû changer maintenant. Mais quand même, elle a un beau passé.

– C'est vrai.

– Gloire à qui a beaucoup donné, car il recevra beaucoup en retour, déclara Johnson.

Ils burent, et la plaisanterie tomba un peu à plat.

– Elle était avec ce type de l'Administration, Jimmy Gorton ? Qu'est-ce qu'il est devenu ?

– Il est à Hambourg. Il se débrouille très bien.

Ils rentrèrent avant Leiser. Haldane était déjà couché.

Il était plus de minuit quand Leiser accrocha son manteau en poil de chameau tout mouillé à un cintre dans le hall, car c'était un homme soigneux ; il passa à pas de loup dans le salon et alluma l'électricité. Son regard s'attarda tendrement sur le lourd mobilier, le haut chiffonnier aux boiseries tarabiscotées avec ses grosses poignées de cuivre ; l'écritoire et le lutrin. Il évoqua avec affection les jolies femmes jouant au croquet, les beaux hommes qui s'en allaient en guerre, les garçons dédaigneux en canotiers, les jeunes filles à Cheltenham ; tout un long passé d'inconfort sans un souffle de passion. La pendule sur la cheminée était comme un pavillon de marbre bleu. Les aiguilles étaient en or, si travaillées, si décorées et si compliquées dans leur dessin qu'il fallait y regarder à deux fois avant de voir où se trouvaient les pointes. Elles n'avaient pas bougé depuis son départ, peut-être même depuis sa naissance, et ça n'était pas mal pour une vieille horloge.

Il prit sa valise et monta. Haldane toussait, mais aucune lumière ne filtrait de sa chambre. Il frappa à la porte d'Avery.

– Vous êtes là, John ?

Au bout d'un moment, il l'entendit se redresser dans son lit :

– Vous vous êtes bien amusé, Fred ?

– Je pense bien.

– Côté femmes, ça a marché ?

– Juste ce qu'il fallait. À demain, John.

– À demain matin. Bonne nuit, Fred. Oh, Fred…

– Oui, John ?

– Jack et moi, on s'est bien amusés. Dommage que vous n'ayez pas été là.

– Ça ne fait rien, John.

Il suivit lentement le couloir, heureux de sa lassitude, entra dans sa chambre, ôta sa veste, alluma une cigarette et se laissa tomber avec gratitude dans le fauteuil. Un fauteuil profond et confortable, avec des appuie-tête. De là, il aperçut soudain quelque chose. Un tableau était accroché au mur pour la conversion des lettres en chiffres et dessous, sur le lit, posé au milieu de l'édredon, se trouvait une vieille valise de style européen, en toile vert foncé avec des coins de cuir. Elle était ouverte ; à l'intérieur étaient rangées deux boîtes d'acier gris. Il se leva et les contempla longuement : il les reconnaissait ; il tendit la main pour les toucher, timidement, comme s'il risquait de se brûler ; il tourna les boutons, se pencha pour lire les légendes sous les manettes. Ç'aurait pu être le poste qu'il avait en Hollande : émetteur et récepteur dans un coffret ; batterie et écouteurs dans l'autre. Les quartz, une douzaine, dans un sac en soie de parachute, fermé par un cordon de tirage vert. Il tâta du doigt le manipulateur : il avait gardé le souvenir de quelque chose de plus grand.

Il regagna le fauteuil, les yeux toujours fixés sur la valise ; il resta assis là, raide et sans la moindre envie de dormir, comme un homme qui veille un mort.

Il était en retard au petit déjeuner. Haldane annonça :

– Vous passez toute la journée avec Johnson. Matin et après-midi.

– Pas de promenade ?

Avery était occupé à manger ses œufs.

– Demain peut-être. Désormais, nous nous occupons de la technique. J'ai bien peur que les promenades ne passent qu'en second.

Control restait très souvent à Londres le lundi soir : c'était, disait-il, le seul moment où il pouvait trouver un fauteuil à son club ; Smiley le soupçonnait de vouloir fuir sa femme.

– Il paraît que c'est la prospérité à Blackfriars Road, dit-il. Leclerc circule en Rolls Royce.

– C'est une Humber tout ce qu'il y a d'ordinaire, répliqua Smiley. Venant du parc automobile du Ministère.

– Vraiment ? demanda Control, en haussant les sourcils. Alors, les Frères noirs ont gagné le gros lot.

14

– Alors, vous connaissez l'appareil ? demanda Johnson.

– Le B2.

– C'est ça. Le nom officiel, c'est Mark deux, modèle trois ; fonctionne sur courant alternatif ou sur une batterie de voiture de six volts, mais vous utiliserez le courant du secteur, n'est-ce pas ? Ils se sont renseignés pour savoir ce que c'était là où vous allez, et c'est de l'alternatif. Avec ce poste, vous consommez cinquante-sept watts quand vous émettez et vingt-cinq quand vous recevez. Alors, si vous vous retrouvez quelque part où il n'y ait que du continu, il faudra que vous empruntiez une batterie, vous comprenez ?

Leiser ne rit pas.

– Votre câble d'alimentation est muni d'adaptateurs pour tous les modèles de prises de courant européennes.

– Je sais.

Leiser regarda Johnson préparer le poste. Il commença par relier l'émetteur et le récepteur à la source de courant au moyen de fiches à six plots, fixant les pinces aux deux bornes ; ayant branché l'appareil et l'ayant mis en état de marche, il fixa le petit manipulateur de morse à l'émetteur et les écouteurs au récepteur.

– Le manipulateur est plus petit que celui que nous utilisions pendant la guerre, protesta Leiser. Je l'ai essayé hier soir. Mes doigts glissaient tout le temps.

Johnson secoua la tête.

– Je suis désolé, Fred ; c'est la même taille. Peut-être que vos doigts ont grossi.

– Peut-être. Continuons.

Johnson tira d'unc autre boîte un bobinage à fils multiples dans une gaine en matière plastique et en fixa une extrémité au bout de la prise d'antenne.

– La plupart de vos quartz auront une fréquence d'environ trois mégahertz, alors vous n'aurez peut-être pas besoin de changer votre bobine : si vous en déroulez une bonne longueur pour votre antenne, vous serez paré à cent pour cent, Fred ; surtout la nuit. Maintenant, attention au réglage. Vous avez branché votre antenne, votre prise de terre, le manipulateur, les écouteurs et la batterie. Regardez votre plan d'émission et voyez sur quelle fréquence vous êtes ; vous prenez le cristal correspondant, n'est-ce pas ? (Il brandit une petite capsule de bakélite noire et introduisit les plots dans la prise.) Les fiches mâles dans les trous, comme ça. Ça va pour l'instant, Fred ? Je ne vais pas trop vite ?

– Je vous regarde. Ne me posez pas tout le temps des questions.

– Maintenant, tournez le bouton de sélection des quartz sur la position fréquence fondamentale pour tous les quartz, et choisissez votre gamme de façon à recouvrir votre fréquence. Si vous êtes sur trois mégahertz et demi, vous devez vous mettre entre trois et quatre, par exemple. Maintenant, branchez votre bobinage enfichable, Fred, et vous avez une très bonne couverture.

Leiser, la tête appuyée sur une main, essayait désespérément de se rappeler la succession de gestes qui jadis lui venait si naturellement. Johnson opérait avec la méthode d'un homme qui a fait cela toute sa vie. Il avait la voix douce et tranquille, il était d'une extrême patience, ses mains passaient instinctivement d'un bouton à l'autre, sans effort aucun. Et il ne cessait de monologuer :

– Le bouton ARE sur A pour l'accord ; comme ça, votre anode et votre antenne sont toutes les deux réglées sur dix ; maintenant, vous pouvez mettre le contact, n'est-ce pas ? (Il désigna le cadran indicateur.) Vous devez avoir une lecture trois cents, à peu près, Fred. Maintenant, je suis paré : je pousse mon sélecteur de mesure sur la position trois et je tourne le bouton de réglage de l'AP jusqu'à ce que j'aie la déviation maximale ; je mets maintenant sur six…

– Qu'est-ce que c'est que l'AP ?

– L'amplificateur de puissance, Fred ; vous ne le saviez pas ?

– Continuez.

– Maintenant je tourne le bouton d'accord de l'anode jusqu'au moment où j'ai la déviation minimale… tenez ! Je suis à cent avec le bouton sur deux, vous voyez ? Maintenant, poussez le bouton ARE sur E – E pour émission, Fred – et vous êtes prêt à régler l'antenne. Là… pressez le manipulateur. Vous voyez ? Vous avez un chiffre plus important parce que vous avez le courant qui passe dans l'antenne, vous comprenez ?

Il procéda en silence aux gestes rituels du réglage de l'antenne jusqu'au moment où l'ampèremètre se fixa docilement sur le chiffre prévu.

– Et voilà ! déclara-t-il triomphalement. Maintenant, à Fred. Dites donc, vous avez la main qui transpire. Vous avez dû avoir un week-end bien rempli, mon gaillard ! Attendez, Fred !

Il quitta la pièce et revint avec une énorme poivrière qui lui servit à saupoudrer de poudre de craie le losange noir du manipulateur.

– À partir de maintenant, dit Johnson, vous laissez les filles tranquilles, hein, Fred ?

Leiser regardait sa paume : des gouttelettes de sueur se rassemblaient dans les sillons.

– Je n'ai pas dormi.

– Ça ne m'étonne pas. (Il tapota affectueusement la boîte.) Désormais, c'est avec elle que vous allez dormir. C'est elle, Mrs Fred, et personne d'autre, compris ?

Il débrancha l'appareil et attendit que Leiser commence. Avec une lenteur enfantine, Leiser se mit péniblement à remettre l'équipement en état de marche. Il y avait si longtemps.

Jour après jour, Leiser et Johnson s'asseyaient devant la petite table de la chambre à émettre leurs messages. Parfois Johnson s'en allait avec la fourgonnette, laissant Leiser seul, et ils conversaient par radio jusqu'au petit matin. Ou bien Leiser partait avec Avery – on ne le laissait pas sortir seul – et, d'une maison qu'on leur avait prêtée à Fairford, ils transmettaient leurs messages, codant, envoyant et recevant en clair des banalités comme des radios amateurs. Leiser changeait visiblement. Il devenait nerveux et irritable ; il se plaignait à Haldane en disant que c'était compliqué d'émettre sur une série de fréquences différentes, que c'était difficile de perpétuellement procéder à un nouveau réglage, que c'était une course contre la montre. Ses rapports avec Johnson manquaient de souplesse ; Johnson n'était pas là depuis le début et, Dieu sait pourquoi, Leiser insistait pour le traiter comme un étranger, refusant de le laisser accéder à cet esprit de camaraderie qui, pensait-il, existait entre Avery, Haldane et lui.

À un petit déjeuner, il y eut ainsi une scène particulièrement ridicule. Leiser souleva le couvercle d'un pot de confiture, regarda à l'intérieur et, se tournant vers Avery, demanda :

– C'est du miel d'abeille ?

Johnson se pencha à travers la table, son couteau à la main, une tartine beurrée dans l'autre.

– On ne dit pas ça, Fred. On appelle ça du miel, simplement.

– C'est ce que j'ai dit, du miel. Du miel d'abeille.

– Du miel tout court, répéta Johnson. En Angleterre, on dit simplement du miel.

Leiser referma le pot d'un geste lent, il était pâle de colère.

– Ça n'est pas vous qui allez m'apprendre à parler.

Haldane leva le nez de son journal.

– Calmez-vous, Johnson. Miel d'abeille peut très bien se dire.

La courtoisie de Leiser avait quelque chose de servile et ses querelles avec Johnson sentaient les cuisines.

En dépit d'incidents de ce genre, comme deux hommes qui travaillent chaque jour à une même entreprise, ils en vinrent peu à peu à partager leurs espoirs, leurs humeurs, leurs crises de découragement. Si une leçon s'était bien passée, le repas qui suivait se déroulait dans une ambiance joyeuse. Les deux hommes échangeaient des remarques d'initiés sur l'état de l'ionosphère, sur un écart survenu sur une fréquence donnée ou sur un caprice du réglage. Si les choses s'étaient mal passées, ils ne desserraient pas les dents ou presque, et tout le monde, à l'exception de Haldane, avalait rapidement le contenu de son assiette faute de n'avoir rien à dire. De temps en temps, Leiser demandait s'il ne pourrait pas faire une promenade avec Avery, mais Haldane secouait la tête en disant que l'on n'avait pas le temps.

Comme les deux semaines touchaient à leur terme, la maison Mayfly reçut à plusieurs reprises la visite de spécialistes de tel ou tel domaine venus de Londres. Il vint ainsi un instructeur en photographie, un homme de haute taille, aux yeux creux, qui montra à Leiser comment utiliser un appareil de photo miniature à lentilles interchangeables ; il y eut aussi un médecin, à l'air bienveillant et sans aucune curiosité, qui ausculta pendant plusieurs minutes le cœur de Leiser. Le Trésor avait insisté là-dessus ; c'était pour l'éventualité d'une pension à verser. Leiser déclara qu'il n'avait pas de famille, mais il se laissa examiner quand même pour satisfaire le Trésor.

Avec l'accroissement de ses activités, Leiser en vint à tirer un grand réconfort de son pistolet. Avery le lui avait donné après son retour de permission. Il choisit un baudrier accroché sous l'aisselle (la coupe de ses vestes dissimulait fort bien la bosse que cela faisait) et parfois, à la fin d'une longue journée, il prenait l'arme et la palpait, inspectant le canon, le levant et l'abaissant comme au stand de tir.

– Il n'y a pas mieux, disait-il. Pas de cette taille. Les pistolets qu'ils font en Europe, ils peuvent les garder. Des joujoux de femmes, comme leurs voitures. Croyez-moi, John, un 38, c'est ce qu'il y a de mieux.

– On appelle ça le 9 millimètres aujourd'hui.

Son antipathie pour les étrangers se manifesta avec une violence inattendue à l'occasion de la visite de Hyde, un homme du Cirque. La matinée s'était mal passée. Leiser avait fait des exercices radio chronométrés, codant et transmettant quarante groupes ; leurs deux chambres étaient maintenant reliées par un circuit intérieur ; ils travaillaient ainsi portes closes. Johnson lui avait enseigné un certain nombre de signaux internationaux : QJR, vos signaux sont trop faibles ; QRW, émettez plus vite ; QSD, vous frappez mal ; QSM, répétez le dernier message ; QSZ, émettez chaque mot deux fois ; QRU, je n'ai rien pour vous. Leiser émettait de façon de plus en plus inégale et les commentaires de

Johnson, exprimés sous cette forme mystérieuse, ajoutaient encore à sa confusion, jusqu'au moment où, poussant une exclamation de colère, il coupa le contact et descendit trouver Avery. Johnson lui emboîta le pas.

– Ça ne sert à rien d'arrêter, Fred.

– Foutez-moi la paix.

– Écoutez, Fred, vous avez tout fait de travers. Je vous ai dit de donner le nombre de groupes avant d'envoyer le message. Vous n'êtes donc capable de rien vous rappeler…

– Écoutez, je vous ai dit de me foutre la paix.

Il allait ajouter quelque chose quand on sonna à la porte. C'était Hyde. Il avait amené un adjoint, un homme replet qui suçait des pastilles contre la toux.

Ils ne firent pas jouer les bandes magnétiques pendant le déjeuner. Leurs hôtes étaient assis côte à côte et mangeaient d'un air lugubre comme s'ils absorbaient la même nourriture tous les jours pour avoir leur ration de calories. Hyde était un homme décharné au visage sombre, sans aucune trace d'humour, qui rappela Sutherland à Avery. Il était venu pour donner à Leiser une nouvelle identité. Il avait des papiers à lui faire signer, carte d'identité, carte d'alimentation, permis de conduire, laissez-passer pour un certain secteur de la zone frontière, plus une vieille chemise qu'il avait apportée dans sa serviette. Après le déjeuner, il étala le tout sur la table du salon pendant que le photographe installait son appareil.

Ils firent passer la chemise à Leiser et le photographièrent de face, de façon qu'on vît les deux oreilles, comme il le fallait sur les documents d'identité allemands, puis on l'emmena signer les divers papiers. Il paraissait nerveux.

– Nous allons vous appeler Freiser, dit Hyde, en guise de conclusion.

– Freiser ? Ça ressemble à mon vrai nom.

– Justement. C'est ce que vos chefs voulaient. Pour les signatures et tout ça, pour qu'il n'y ait pas d'erreur. Vous feriez quand même bien de vous entraîner un peu à signer.

– J'aimerais mieux que ce soit différent. Très différent.

– Je crois que nous allons nous en tenir à Freiser, dit Hyde. La décision a été prise à un échelon très élevé. (Hyde était de ces hommes qui s'abritaient toujours derrière une Mystérieuse Autorité.)

Il y eut un silence gêné.

– Je veux un nom différent. Je n'aime pas Freiser et je veux que ce soit un nom différent. (Il n'aimait pas Hyde non plus et trente secondes plus tard, il allait le dire.)

Haldane intervint.

– Vous devez obéir aux consignes. Le Service a pris la décision. Il n'est pas question de la modifier maintenant.

Leiser était très pâle.

– Alors ils n'ont qu'à changer les consignes. Je veux un nom différent, voilà tout. Bon Dieu, ça n'est pas grand-chose tout de même. C'est tout ce que je demande : un autre nom, un nom convenable et pas une espèce d'imitation du mien.

– Je ne comprends pas, dit Hyde. Il s'agit seulement d'entraînement, non ?

– Vous n'avez pas à comprendre ! Changez le nom, c'est tout. Pour qui donc vous prenez-vous à venir comme ça me donner des ordres ?

– Je vais téléphoner à Londres, dit Haldane et il monta.

Ils attendirent son retour avec gêne.

– Voulez-vous de Hartbeck ? demanda Haldane, avec un rien de sarcasme dans la voix.

– Hartbeck, fit Leiser en souriant. C'est bien. (Il écarta les mains dans un geste d'excuse.) Hartbeck est parfait.

Leiser passa dix minutes à mettre au point une signature, puis il signa les documents, avec à chaque fois un petit geste de la main, comme s'il y avait de la poussière dessus. Hyde leur fit un cours sur ce que représentaient ces divers papiers ; cela prit très longtemps. Il n'y avait pas de véritables cartes d'alimentation en Allemagne de l'Est, dit Hyde, mais il existait un système d'inscription dans les magasins qui fournissaient un certificat. Il expliqua le principe des permis de circuler et les conditions dans lesquelles on les délivrait ; il parla longuement de l'obligation pour Leiser de présenter sans qu'on la lui demande sa carte d'identité quand il achèterait un billet de chemin de fer ou quand il s'arrêterait dans un hôtel. Leiser discuta avec lui et Haldane s'efforça de mettre un terme à la réunion, mais Hyde ne voulait rien entendre. Lorsqu'il eut fini, il salua de la tête et repartit avec son photographe, repliant la vieille chemise pour la fourrer dans sa serviette comme si cela faisait partie de son équipement.

Cette sortie de Leiser parut causer quelque inquiétude à Haldane. Il téléphona à Londres et demanda à Gladstone de rechercher dans le dossier de Leiser s'il trouvait trace du nom de Freiser ; il fit faire des recherches également dans tous les fichiers, mais sans succès. Lorsque Avery se hasarda à dire que Haldane attachait trop d'importance à cet incident, l'autre secoua la tête.

– Nous attendons qu'il prononce ses seconds vœux, dit-il.

À la suite de la visite de Hyde, Leiser avait chaque jour de véritables cours sur sa nouvelle identité. Peu à peu, Avery et Haldane reconstruisirent avec une patience minutieuse les antécédents du nommé Hartbeck, ce qu'étaient son travail, ses goûts et ses penchants dans sa vie amoureuse et dans le choix de ses amis. Ils pénétrèrent ensemble dans les recoins les plus obscurs de l'existence imaginée de cet homme, ils le gratifièrent de talents et de qualités que Leiser possédait à peine lui-même.

Woodford arriva avec des nouvelles du Service.

– Le directeur est extraordinaire, dit-il comme s'il parlait de la façon dont Leclerc luttait contre une maladie. Nous partons pour Lübeck d'ici une semaine. Jimmy Gorton a fait une enquête sur la population frontalière allemande : il dit qu'on peut compter sur eux. Nous avons repéré un point de passage et nous avons loué une ferme à la lisière de la ville. Il a raconté que nous étions un groupe d'universitaires désireux d'avoir un peu de calme et d'air pur. (Woodford regarda Haldane d'un air de conspirateur.) Le Service fonctionne magnifiquement. Comme un seul homme. Et quel bon esprit, Adrian ! Plus question de regarder la pendule maintenant. On ne s'occupe pas des grades non plus. Dennison, Sandford… nous ne formons qu'une équipe bien unie. Vous devriez voir la façon dont Clarkie harcèle le Ministère à propos de la pension de ce pauvre Taylor. Comment Mayfly se comporte-t-il ? ajouta-t-il en baissant la voix.

– Très bien. Il fait de la radio au premier.

– Pas de nouveaux signes de nervosité ? de sorties comme l'autre jour ?

– Pas à ma connaissance, répondit Haldane, comme si de toute façon il n'avait guère de raisons d'être au courant.

– Et l'abstinence ne lui pèse pas trop ? Il leur faut parfois une fille.

Woodford avait apporté des dessins de fusées soviétiques. Ils avaient été faits par des dessinateurs du Ministère à partir de photographies que possédait la

Section de recherche, agrandies à quatre-vingt-dix centimètres sur soixante et montées sur carton. Quelques-uns portaient la mention « secret ». Les parties principales étaient marquées d'une flèche ; la nomenclature était étrangement enfantine : aileron, cône, réservoir de carburant, puissance porteuse. Auprès de chaque engin, une joyeuse petite silhouette comme un pingouin, coiffée d'un casque de pilote et sous laquelle était écrit « taille d'un homme moyen ». Woodford les disposa autour de la pièce comme si c'était ses œuvres ; Avery et Haldane observaient en silence.

– Il peut les regarder après le déjeuner, dit Haldane. Rangez-les en attendant.

– J'ai apporté un film pour lui fournir de la documentation sur les lancements de missiles, les transports, quelques précisions sur la puissance de destruction. Le directeur a dit qu'il devrait avoir une idée de ce que ces engins sont capables de faire. Ça lui donnera du cœur à l'ouvrage.

– Oh, il en a, dit Avery.

Woodford se rappela soudain quelque chose.

– Oh… et le petit Gladstone veut vous parler. Il a dit que c'était urgent… il ne savait pas comment vous joindre. Je lui ai promis que vous lui passeriez un coup de fil quand vous auriez le temps. Vous avez dû lui demander certains renseignements à propos de la zone de l'opération Mayfly. Sur l'industrie ou les manœuvres, non ? Bref, il a la réponse pour vous à Londres. C'est un excellent sous-off, ce type. (Il jeta un coup d'œil au plafond.) Quand Fred descend-il ?

– Je ne veux pas que vous le voyiez, Bruce, dit sèchement Haldane. (Haldane n'avait pas l'habitude d'appeler les gens par leur prénom.) Il va falloir malheureusement aussi que vous déjeuniez en ville. Vous ferez une note de frais.

– Bien entendu.

– C'est pour des raisons de sécurité. Les dessins sont assez éloquents par eux-mêmes ; et sans doute en est-il de même pour les films.

Woodford repartit, profondément vexé. Avery comprit alors que Haldane était déterminé à entretenir Leiser dans l'illusion qu'au sein du Service, il n'y avait pas de place pour les imbéciles.

Pour le dernier jour d'entraînement, Haldane avait prévu toute une série d'exercices de dix heures du matin à huit heures du soir, comprenant observation visuelle en ville, photographie clandestine et audition de bandes magnétiques. Les renseignements que Leiser recueillerait dans la journée devaient fournir la matière d'un rapport qu'il coderait et transmettrait par radio à Johnson dans la soirée. À la conférence matinale régnait une certaine hilarité. Johnson dit en riant qu'il ne s'agirait pas de photographier par erreur la police d'Oxford ; Leiser éclata de rire et même Haldane se permit un pâle sourire. C'était la fin du trimestre : les élèves allaient rentrer chez eux.

L'exercice fut une réussite ; Johnson était enchanté ; Avery enthousiasmé ; Leiser manifestement ravi. Ils avaient procédé à deux émissions impeccables, dit Johnson, Fred était parfait. À huit heures, ils se retrouvèrent pour dîner, chacun sur son trente-et-un. On avait préparé un menu spécial ; on parla d'une réunion annuelle pour l'avenir. Leiser avait l'air très élégant en costume bleu sombre avec une cravate de soie pastel.

Johnson était passablement ivre et insista pour descendre l'émetteur de Leiser et pour porter des toasts à la santé de l'appareil en l'appelant Mrs Hartbeck.

Le lendemain, un samedi, Avery et Haldane regagnèrent Londres. Leiser devait rester à Oxford avec Johnson jusqu'au moment où ils partiraient tous pour l'Allemagne, le lundi. Le dimanche, une camionnette de l'Air Force viendrait chercher la valise. Celle-ci serait expédiée séparément à l'adresse de Gorton, à Hambourg, ainsi que l'équipement de base de Johnson et acheminée de là jusqu'à la ferme des environs de Lübeck d'où partirait l'opération Mayfly. Avant de quitter la maison, Avery jeta un dernier regard autour de lui, en partie pour des raisons sentimentales et en partie aussi parce que c'était lui qui avait signé le bail et qui était responsable de l'inventaire.

Haldane était mal à l'aise pendant le voyage jusqu'à Londres. Il semblait attendre encore de voir éclater chez Leiser une crise imprévisible.

15

C'était samedi soir. Sarah était au lit. Sa mère l'avait raccompagnée à Londres.

– Si jamais tu as besoin de moi, dit-il. Je viendrai, où que tu sois.

– Tu veux dire quand je serai à l'agonie. Puis elle ajouta : J'en ferai autant pour toi, John. Maintenant, puis-je répéter ma question ?

– Lundi. Nous partons en groupe. (C'était comme des enfants.)

– Quelle région d'Allemagne ?

– En Allemagne, en Allemagne de l'Ouest. Pour une conférence.

– Tu vas chercher de nouveaux cadavres ?

– Oh, bon sang, Sarah, tu crois que je cherche à te cacher quelque chose ?

– Mais oui, John, dit-elle avec simplicité. Je crois que si tu étais autorisé à m'en parler, ton métier ne t'intéresserait pas. Tu as des droits que je n'ai pas, voilà tout.

– Tout ce que je peux te dire, c'est qu'il s'agit d'un grand coup… d'une opération d'envergure. Avec des agents. Je les ai entraînés.

– Qui dirige l'opération ?

– Haldane.

– C'est celui qui te fait des confidences à propos de sa femme Je trouve ça absolument dégoûtant.

– Non, celui-là, c'est Woodford. Haldane est très différent. Il est bizarre. Des airs de professeur. Très fort.

– Mais ils sont tous très forts, non ? Woodford est fort aussi.

La mère de Sarah arriva avec le thé.

– Quand te lèves-tu ? demanda-t-il.

– Lundi sans doute. Ça dépend du médecin.

– Elle a besoin de calme, dit sa mère. Et là-dessus, elle sortit.

– Si tu y crois, reprit Sarah, vas-y. Mais ne… (Elle n'acheva pas sa phrase et secoua la tête ; on aurait dit une petite fille maintenant.)

– Tu es jalouse. Tu es jalouse de mon métier et du secret dans lequel je travaille. Tu ne voudrais pas au fond que je croie à mon travail !

– Mais si. Crois-y si tu peux.

Pendant un moment, ils évitèrent de se regarder.

– S'il n'y avait pas Anthony, finit par déclarer Sarah, je te quitterais vraiment.

– Pourquoi ? demanda Avery d'un ton sans espoir, puis voyant une ouverture : Ne te laisse pas arrêter par Anthony.

– Tu ne me parles jamais ; à Anthony non plus. C'est à peine s'il te connaît.

– De quoi veux-tu parler ?

– Oh, Seigneur !

– Je ne peux pas parler de mon travail, tu le sais. Je t'en dis déjà plus que je ne devrais : c'est pour ça que tu te moques toujours du Service, n'est-ce pas ? Tu ne peux pas comprendre ; tu ne veux pas ; tu n'aimes pas que tout ce que je fais soit secret, mais tu me méprises quand j'enfreins le règlement.

– Ne recommence pas.

– Je ne reviens pas, dit Avery. C'est décidé.

– Cette fois peut-être que tu penseras à rapporter un cadeau à Anthony.

– Je lui ai rapporté ce camion de lait.

Le silence retomba entre eux.

– Il faudrait que tu fasses la connaissance de Leclerc, dit Avery. Je crois que tu devrais lui parler. Il me le propose tout le temps. Qu'il vienne dîner… il te convaincrait peut-être.

– De quoi ?

Elle trouva un bout de fil qui pendait à la couture de sa liseuse. En soupirant, elle prit une paire de ciseaux dans le tiroir de la table de chevet et le coupa.

– Tu aurais dû le tirer par-derrière, dit Avery. Tu abîmes tes affaires en faisant ça.

– Comment sont-ils, les agents ? demanda-t-elle. Pourquoi font-ils ce métier ?

– En partie par fidélité. En partie aussi pour l'argent, je suppose.

– Tu veux dire que vous les achetez ?

– Oh, tais-toi !

– Ils sont anglais ?

– L'un d'eux est anglais. Ne me pose pas d'autres questions, Sarah ; je ne peux pas te répondre. (Il pencha la tête vers elle.) Ne me demande plus rien, Douce. (Il lui prit la main ; elle le laissa faire.)

– Ce sont tous des hommes ?

– Oui.

Elle dit brusquement, sans aucune transition, sans larme non plus, mais très vite, avec compassion, comme si c'en était fini des discours et que le moment du choix avait sonné :

– John, je veux savoir, il faut que je sache maintenant, avant que tu partes. C'est une question épouvantable, pas du tout anglaise, mais il y a une chose que tu ne cesses pas de me répéter depuis que tu fais ce métier. Tu me dis que les gens ne comptent pas, que je ne compte pas non plus, ni Anthony, ni les agents. Tu me dis que tu as trouvé ta vocation. Alors, ce que je te demande, c'est quelle vocation ? Voilà la question à laquelle tu ne réponds jamais c'est pour cela que tu m'évites. Es-tu un martyr, John ? Faut-il que je t'admire pour ce que tu fais ? Fais-tu des sacrifices ?

Évitant son regard, Avery répondit d'un ton neutre :

– Pas du tout. Je fais un travail. Je suis un technicien ; un rouage dans une machine. Tu veux que je t'avoue que je peux croire à deux principes contradictoires en même temps, comme dans *1984* ? Tu veux me démontrer que ma vie est un paradoxe.

– Non. Tu as dit ce que je voulais t'entendre dire. Il faut que tu traces un cercle et que tu n'en sortes pas. Ce n'est pas que tu croies à deux principes contradictoires, c'est que tu ne crois à rien. C'est très humble de ta part. Penses-tu vraiment que tu vaux si peu ?

– C'est toi qui me rapetisses. Ne te moque pas toujours de moi. Tu me rapetisses en ce moment.

– John, je te le jure, ce n'est pas ce que je veux. Quand tu es rentré hier soir, on aurait dit que tu venais de tomber amoureux. Le genre d'amour qui réconforte. Tu semblais avoir l'esprit libre et en paix. J'ai cru un moment que tu avais trouvé une femme. C'est pourquoi je t'ai demandé, vraiment c'est pour ça, si c'étaient tous des hommes… Je pensais que tu étais amoureux. Maintenant tu me dis que tu n'es rien du tout et tu as l'air fier de ça aussi.

Il attendit un moment puis, souriant, du même sourire qu'il adressait à Leiser, il dit :

– Sarah, tu m'as terriblement manqué, Quand j'étais à Oxford, je suis allé jusqu'à la maison de Chandos Road, tu te souviens ? On a eu de bons moments là-bas, n'est-ce pas ? (Il lui pressa la main.) De très bons moments. J'y ai pensé, j'ai pensé à notre mariage et à toi. Et à Anthony. Je t'aime, Sarah ; je t'aime. Pour tout... pour la façon dont tu élèves notre enfant. (Il eut un petit rire.) Vous êtes parfois tous les deux si vulnérables qu'il y a des moments où j'ai du mal à vous distinguer l'un de l'autre.

Comme elle restait silencieuse, il poursuivit :

– Je me suis dit que peut-être si nous nous installions à la campagne, si nous achetions une maison... j'ai une situation maintenant : Leclerc s'arrangerait pour qu'on me fasse un prêt. Et puis Anthony pourrait courir davantage. Il s'agirait seulement d'accroître notre rayon d'action. Nous irions au théâtre, comme quand nous étions à Oxford.

– Nous y allions ? fit-elle d'un ton absent. Nous ne pouvons pas aller au théâtre si nous habitons la campagne, tu ne crois pas ?

– Mais tu ne comprends pas que le Service me confie des responsabilités maintenant ? C'est une vraie situation que j'ai. Je fais un travail important, tu sais, Sarah.

Elle le repoussa doucement.

– Ma mère nous a invités à Reigate pour Noël.

– Parfait. Écoute... pour le bureau... Ils me doivent quelque chose maintenant, après tout ce que j'ai fait. Ils m'acceptent sur un pied d'égalité. Comme un collègue. Je suis des leurs.

– Alors, tu es responsable, non ? Tu fais partie de l'équipe. Dans ce cas, il n'est pas question de sacrifice.

Ils se retrouvaient à leur point de départ. Avery, qui ne s'en rendait pas compte, reprit doucement :

– Je peux lui dire, n'est-ce pas ? Je peux lui dire que tu viendras dîner ?

– Je t'en prie, John, fit-elle sèchement, n'essaie pas de me manœuvrer comme un de tes malheureux agents.

Cependant, Haldane, assis à son bureau, étudiait le rapport de Gladstone.

Il y avait eu à deux reprises des manœuvres dans la région de Kalkstadt : en 1952 et en 1960. La seconde fois, les Russes avaient simulé une offensive d'infanterie sur Rostock appuyée par de nombreux éléments blindés, mais sans soutien d'aviation. On ne savait pas grand-chose des manœuvres de 1952, sinon qu'un important détachement avait occupé la ville de Wolken. Ces soldats, croyait-on, portaient des épaulettes violettes. Le rapport ne fournissait guère de renseignements valables. Les deux fois on avait déclaré la région zone interdite ; cette interdiction s'étendait jusqu'à la côte septentrionale. Venait ensuite une longue énumération des principales industries de la région. D'après certaines informations – émanant du Cirque, qui refusait d'en révéler la source – on construisait une nouvelle raffinerie sur un plateau à l'est de Wolken, le matériel ayant été apporté de Leipzig. Il était possible (mais peu vraisemblable) qu'il eût été transporté par chemin de fer via Kalkstadt. Aucun indice d'agitation politique ni sociale, aucun incident non plus qui pût justifier que la ville eût été déclarée provisoirement zone interdite.

Dans son panier de courrier se trouvait une note des Archives. On lui communiquait les dossiers qu'il avait demandés, mais certains étaient réservés aux abonnés et il devrait les consulter à la bibliothèque.

Il descendit, manœuvra la combinaison de la porte blindée des Archives et chercha à tâtons le commutateur. Il finit par s'avancer dans le noir entre les rayons pour gagner la petite pièce sans fenêtre au fond du bâtiment où l'on rangeait les documents secrets ou particulièrement intéressants. L'obscurité était totale. Il craqua une allumette et trouva le commutateur. Sur la table étaient posées deux piles de dossiers : *Mayfly*, qui en était maintenant à son troisième classeur, et avec une liste d'abonnés collée sur le carton et *Faux Renseignements (URSS et Allemagne de l'Est),* une collection impeccablement tenue de documents et de photos classés dans des chemises cartonnées.

Après un bref coup d'œil aux dossiers Mayfly, il se pencha sur ces chemises, découvrant à mesure qu'il feuilletait les pages la même déprimante collection de canailles, d'agents doubles et de déséquilibrés qui, aux quatre coins de la terre, et sous les prétextes les plus divers, avaient tenté, parfois avec succès, de duper les services de renseignements occidentaux. On retrouvait avec lassitude la technique éternellement la même : le grain de vérité soigneusement reconstitué à partir d'articles de journaux et de rumeurs ; la suite, moins soigneusement conçue, qui trahissait le mépris du faussaire envers sa dupe ; et enfin le moment où le faussaire se laissait emporter par son imagination, la touche d'impertinence artistique qui mettait délibérément un terme à des relations déjà condamnées.

Sur un rapport il remarqua une étiquette avec les initiales de Gladstone ; au-dessus on pouvait lire ces mots tracés de son écriture ronde et appliquée : « Pourrait vous intéresser. »

C'était un rapport de réfugiés sur des essais de tanks auxquels avaient procédé les Soviétiques dans les environs de Gusweiler. Il portait la mention : « À ne pas faire circuler. Pure invention.» Il y avait une longue justification citant des passages du rapport copiés presque mot pour mot d'après un manuel d'instruction militaire soviétique de 1949. L'auteur du rapport semblait avoir augmenté d'un tiers toutes les dimensions et ajouté quelques détails de son cru. Il y avait également six photographies, très floues, censées avoir été prises d'un train au téléobjectif. Au dos des clichés, MacCulloch avait soigneusement noté: «Prétend avoir utilisé un appareil Exa-deux de fabrication est-allemande. Boîtier de mauvaise qualité, objectif Exakta. Temps de pose long. Négatifs très flous à cause secousses du train en marche. Douteux.» Tout cela n'était rien moins que concluant. La même marque d'appareil photo, voilà tout. Haldane referma la porte des Archives et rentra chez lui: ce n'était pas son devoir, avait dit Leclerc, de prouver que le Christ était né le jour de Noël.

La femme de Woodford ajouta un peu d'eau de Seltz à son scotch par habitude plutôt que par goût.

– Dormir au bureau, mon œil, dit-elle. Tu touches des indemnités opérationnelles?

– Oui, évidemment.

– Bon, alors ce n'est pas une conférence, n'est-ce pas? Une conférence, ça n'est pas opérationnel. À moins, ajouta-t-elle en ricanant, qu'elle n'ait lieu au Kremlin.

– Bon, d'accord, ça n'est pas une conférence. C'est une opération. C'est pour ça que je touche une indemnité spéciale.

Elle le considéra sans tendresse. C'était une femme émaciée, qui n'avait pas eu d'enfant, elle avait les yeux mi-clos pour éviter la fumée de la cigarette qu'elle avait aux lèvres.

– Il ne se passe rien du tout. C'est toi qui inventes

tout ça. (Elle se mit à rire, d'un rire dur et qui sonnait faux.) Pauvre cloche, dit-elle, toujours riant d'un air railleur. Comment va le petit Clarkie ? Tu as peur de lui, n'est-ce pas ? Pourquoi ne dis-tu rien contre lui ? Jimmy Gorton le faisait, lui : il y voyait clair, lui.

– Ne me parle pas de Jimmy Gorton !

– Jimmy est adorable.

– Babs, je te préviens !

– Pauvre Clarkie ! Tu te souviens, reprit-elle d'un ton songeur, de ce charmant petit dîner auquel il nous a invités à son club ? Le jour où il s'est rappelé que c'était notre tour d'être ses hôtes ? Steak, rognons et petits pois congelés. (Elle but une gorgée de whisky.) Et du gin tiède. (Une idée la frappa soudain.) Je me demande s'il a jamais eu une femme, dit-elle. Seigneur, c'est le seul homme à propos de qui je me sois jamais posé cette question.

Woodford revint en terrain plus sûr.

– Bon, entendu, il ne se passe rien. (Il se leva, arborant un sourire stupide, et alla prendre des allumettes sur le bureau.)

– Tu ne vas pas fumer cette horrible pipe ici, dit-elle machinalement.

– Donc il ne se passe rien, répéta-t-il d'un ton satisfait et il alluma sa pipe en aspirant bruyamment.

– Dieu que je te déteste !

Woodford secoua la tête, souriant toujours.

– Ça ne fait rien, reprit-il, ça ne fait rien. Tu l'as dit, ma chère, pas moi. Je ne couche pas au bureau, alors tout va bien, n'est-ce pas ? Et je ne suis pas allé à Oxford non plus ; je ne suis même pas allé au Ministère ; je n'ai pas de voiture pour me raccompagner à la maison le soir.

Elle se pencha en avant et lança d'une voix soudain pressante, inquiétante :

– Qu'est-ce qui se passe ? J'ai le droit de savoir, non ? Je suis ta femme, non ? Tu le dis à ces petites grues du bureau, n'est-ce pas ? Alors, dis-le-moi !

– Nous faisons passer la frontière à un homme, expliqua Woodford. (C'était son instant de triomphe.) Je suis chargé de ce qui se passe à Londres pour cette opération. Nous sommes en pleine crise. Il y a même un risque de guerre. C'est une affaire très délicate.

L'allumette s'était éteinte, mais il la secouait toujours de haut en bas d'un long mouvement du bras en regardant sa femme avec une lueur de triomphe au fond des yeux.

– Menteur, fit-elle. Raconte ça à d'autres.

À Oxford, le pub du coin était aux trois-quarts vide. Ils avaient le bar pour eux seuls. Leiser sirotait un White Lady pendant que Johnson buvait de l'ale à la santé du Service.

– Vous n'avez qu'à y aller doucement, voilà tout, Fred, répétait-il avec gentillesse. Ce dernier exercice a merveilleusement marché. Nous vous entendrons, ne vous en faites pas : vous n'êtes qu'à cent trente kilomètres de la frontière. C'est du gâteau dès l'instant que vous vous rappelez comment procéder. Allez-y doucement pour le réglage ou bien nous sommes tous foutus.

– Je me rappellerai. Ne vous inquiétez pas.

– Ne vous dites pas non plus que les Boches vont nous repérer ; vous n'envoyez pas des lettres d'amour, mais simplement quelques groupes. Ensuite nouvel indicatif et vous changez de fréquence. Ils n'arriveront jamais à vous localiser, pas le temps que vous y serez.

– Ils y arriveront peut-être maintenant, dit Leiser. Peut-être qu'ils ont fait des progrès depuis la guerre.

– Il y aura toutes sortes d'autres émissions qui viendront se mêler aux vôtres : celles des navires en mer, les radios militaires, le contrôle aérien, Dieu sait quoi. Ce ne sont pas des surhommes, Fred ; ils sont comme nous. Pas plus malins. Ne vous en faites pas.

– Je ne m'en fais pas. Ils ne m'ont pas eu pendant la guerre ; en tout cas, pas longtemps.

– Écoutez, Fred, voilà ce que je vous propose. Encore une tournée et on rentre, et puis on passe un petit moment avec Mrs Hartbeck. Et attention dans le noir ; elle est timide, vous comprenez ? Que tout soit bien au point avant qu'on se mette au pieu. Demain, repos. Après tout, demain, c'est dimanche, non ? ajouta-t-il avec sollicitude.

– J'ai envie de dormir. Je ne peux pas dormir un peu, Jack ?

– Demain, Fred. Vous pourrez vous reposer. (Il lui donna un coup de coude dans les côtes.) Vous êtes marié maintenant, Fred. Vous ne pouvez pas dormir tout le temps, vous savez. Vous avez prononcé les vœux, comme on disait.

– Bon, eh bien, n'en parlons plus, voulez-vous ? (Leiser avait l'air exaspéré.)

– Désolé, Fred.

– Quand partons-nous pour Londres ?

– Lundi, Fred.

– John sera là ?

– Nous le retrouverons à l'aéroport. Avec le capitaine. Ils voulaient que nous ayons le temps de nous entraîner encore un peu…

Leiser acquiesça, tapotant légèrement l'index et le médius sur la table comme s'il actionnait le manipulateur.

– Dites donc… pourquoi n'avez-vous jamais dit un mot de ces filles que vous avez eues pendant votre week-end à Londres ?

Leiser secoua la tête.

– Allons, on partage et on fait une dernière partie de billard.

Leiser eut un sourire timide ; il avait oublié son agacement.

– J'ai bu pour plus cher que vous, Jack. Le White Lady, ça n'est pas donné. Ne vous en faites pas.

Il mit de la craie sur son procédé et introduisit les six pences dans l'appareil.

– Je vous fais ça quitte ou double ; pour le dernier soir.

– Écoutez, Fred, dit doucement Johnson. Ne cherchez pas toujours les gros coups, comme, par exemple, la rouge dans la poche de cent. Jouez les vingt et les cinquante : ça finit par chiffrer, vous savez. Vous vous y retrouvez.

Leiser se mit soudain en colère. Il reposa sa queue de billard au râtelier et prit son manteau en poil de chameau à la patère.

– Qu'est-ce qui se passe, Fred ? Bon sang, qu'est-ce qu'il y a maintenant ?

– Au nom du ciel, foutez-moi la paix ! Cessez de vous conduire comme si j'étais votre prisonnier, bon Dieu ! Je pars en mission, comme nous l'avons tous fait pendant la guerre. Je n'attends pas dans une cellule de condamné à mort.

Carol déposa le café sur le bureau devant Leclerc. Il leva vers elle un visage souriant et dit merci d'un ton las mais bien élevé, comme un enfant à la fin d'une réception.

– Adrian Haldane est parti, observa Carol. (Leclerc se pencha de nouveau sur sa carte.) J'ai regardé dans son bureau. Il aurait pu dire bonsoir.

– Il ne le fait jamais, dit Leclerc avec fierté.

– Je peux vous aider ?

Il secoua la tête.

– Je ne me souviens jamais comment on convertit les yards en mètres.

– Moi non plus.

– Le Cirque dit que ce ravin a deux cents mètres de long. Ça fait à peu près deux cent cinquante yards, n'est-ce pas ?

– Je crois. Je vais chercher le manuel.

Elle alla dans son bureau prendre le tableau de conversion sur le rayonnage.

– Un mètre fait trente-neuf pouces, trente-sept, lut-elle. Cent mètres font cent neuf yards, treize pouces.

Leclerc nota les chiffres.

– Je pense que nous devrions envoyer un télégramme de confirmation à Gorton. Prenez d'abord votre café et venez ensuite avec votre bloc.

– Je ne veux pas de café.

– Envoyez-le en priorité habituelle, pas besoin de tirer ce vieux Jimmy de son lit. (Il passa vivement sa petite main sur ses cheveux.) Un. Avant-garde, Haldane, Avery, Johnson et Mayfly arriveront vol BEA numéro tant à telle heure, le 9 décembre. (Il leva les yeux.) Demandez les détails à l'Administration. Deux. Tous voyageront sous leur véritable identité et gagneront ensuite Lübeck par le train. Pour des raisons de sécurité vous ne serez pas – je répète *vous ne serez pas* – à l'aéroport pour les accueillir, mais vous pourrez discrètement contacter Avery par téléphone à la base de Lübeck. Nous ne pouvons pas lui dire de contacter Adrian, observa-t-il avec un petit rire. Ils ne peuvent pas se souffrir… (Il reprit d'un ton plus officiel :) Trois. L'échelon suivant comprenant le directeur n'arrivera que par le vol du matin le dix décembre. Vous le rencontrerez à l'aéroport pour une brève conférence avant qu'il continue vers Lübeck. Quatre. Votre rôle consistera à fournir discrètement conseils et assistance à tous les stades afin de mener l'opération Mayfly à bonne fin.

Elle se leva.

– Est-ce que John Avery est forcé d'y aller ? Sa pauvre femme ne l'a pas vu depuis des semaines.

– Ce sont les risques de la guerre, répondit Leclerc sans la regarder. Combien faut-il à un homme pour parcourir deux cent vingt yards en rampant ? (Il marmonna quelque chose.) Oh, Carol… ajoutez une phrase à ce télégramme. « Cinq. Bonne chasse. » Le vieux Jimmy aime bien qu'on l'encourage un peu, il est là-bas tout seul.

Il prit un dossier dans le panier de courrier « arrivée » et en examina la couverture d'un regard critique.

– Ah, fit-il, avec un sourire calculé. Ce doit être le dossier hongrois. Vous n'avez jamais rencontré Arthur Fielden à Vienne ?

– Non.

– Un homme charmant. Tout à fait votre type. Un de nos meilleurs éléments… il sait s'y prendre. Bruce me dit qu'il a fait un excellent rapport sur des changements d'unités à Budapest. Il faut que je demande à Adrian d'y jeter un coup d'œil. C'est fou ce qu'il y a comme travail en ce moment. (Il ouvrit le dossier et se mit à lire.)

– Vous avez parlé à Hyde ? demanda Control.

– Oui.

– Alors, qu'est-ce qu'il a dit ? Qu'est-ce qu'ils ont fabriqué là-bas ?

Smiley lui tendit un whisky-soda. Ils étaient chez Smiley qui habitait Bywater Street. Control était assis dans le fauteuil qu'il préférait, tout près du feu.

– Il a dit qu'ils semblaient avoir le trac.

– Hyde a dit ça ! Il a employé cette expression ? Comme c'est extraordinaire !

– Ils ont loué une maison à North Oxford. Il y avait simplement cet agent, un Polonais d'une quarantaine d'années, et ils voulaient qu'il ait des papiers d'identité au nom de Freiser, mécanicien, à Magdebourg. Ils voulaient aussi un laissez-passer pour Rostock.

– Qui d'autre y avait-il ?

– Haldane et ce nouveau, Avery. Celui qui est venu me voir à propos du courrier en Finlande. Et un opérateur radio, Jack Johnson. Nous l'avions pendant la guerre. Personne d'autre. Voilà à quoi se résume leur grande équipe d'agents.

– Qu'est-ce qu'ils mijotent ! Et qui donc leur a donné tout cet argent juste pour l'entraînement ? Nous leur avons prêté du matériel, n'est-ce pas ?

– Oui, un B2.

– Qu'est-ce que c'est ?

– Un émetteur du temps de guerre, dit Smiley avec agacement. Vous avez dit que c'était tout ce qu'on pouvait leur passer. Ça et les quartz. Pourquoi les quartz, d'ailleurs !

– Par charité. Un B2, n'est-ce pas ? Bah, fit Control, avec un visible soulagement. Ils n'iront pas bien loin avec ça, non ?

– Vous rentrez chez vous ce soir ? demanda Smiley avec impatience.

– Je pensais que vous m'offririez peut-être l'hospitalité, suggéra Control. C'est si assommant de rentrer. Les gens… je les trouve de plus en plus pénibles.

Leiser était assis à la table et il avait encore dans la bouche le goût des White Ladies ; il regardait le cadran lumineux de sa montre, la valise ouverte devant lui. Il était onze heures dix-huit ; l'aiguille des heures approchait par saccades de douze. Il se mit à tapoter sur le manipulateur JAJ, JAJ – vous vous souviendrez, Fred, je m'appelle Jack Johnson, vous comprenez ? – puis il passa sur écoute et la réponse de Johnson lui parvint, parfaitement claire.

Prenez votre temps, avait dit Johnson, ne vous bousculez pas. Nous serons à l'écoute toute la nuit. À la lueur d'une petite torche électrique, il compta les groupes codés. Il y en avait trente-huit. Il éteignit la torche et tapa un trois, puis un huit ; les chiffres, c'était facile, mais long. Il avait l'esprit très clair. Il croyait entendre Jack lui répéter avec douceur : Vous êtes trop rapide sur vos brèves, Fred : un point, c'est le tiers d'un trait, vous savez. C'est plus long que vous ne croyez. Ne passez pas trop vite non plus sur les espaces, Fred : cinq points entre chaque mot, trois entre chaque lettre. L'avant-bras horizontal dans le prolongement du manipulateur ; le coude bien dégagé. C'est comme pour le combat au couteau, songea-t-il avec un petit sourire, et il se mit à taper. Les doigts souples, Fred, détendez-vous, le poignet ne reposant pas sur la table. Il tapa les deux premiers groupes, avec quelques bavures sur les espaces, mais pas autant que d'habitude. Puis le troisième groupe : le signal de sécurité. Il tapa un S, puis l'annula et tapa les dix groupes suivants, jetant de temps en temps un coup d'œil au cadran de sa montre. Au bout de deux minutes et demie, il cessa, prit la petite capsule qui contenait du quartz, découvrit du bout des doigts les deux fiches, les brancha puis procéda minutieusement au réglage, tournant les boutons, allumant et éteignant sa torche devant la petite fenêtre en croissant pour regarder trembler la langue noire du voyant.

Il tapa le second indicatif, PRE, PRE, passa aussitôt sur écoute et entendit Johnson QRK 4, je vous entends clairement. Il recommença à émettre, sa main remuant lentement mais avec méthode, tandis qu'il suivait du regard les lettres alignées en un ordre incompréhensible jusqu'au moment où, avec un hochement de tête satisfait, il reçut la réponse de Johnson : Message reçu. QRU : je n'ai rien pour vous.

Lorsqu'ils eurent terminé, Leiser insista pour qu'ils fissent une petite promenade. Il faisait un froid mordant. Ils suivirent Walton Street jusqu'aux grilles de Worcester, puis par Banbury Road ils regagnèrent le respectable sanctuaire de la maison de North Oxford plongée dans l'ombre.

16

DÉCOLLAGE

C'était le même vent. Le vent qui s'acharnait sur le corps gelé de Taylor, qui giflait de pluie les murs noircis de Blackfriars Road, le vent qui fouettait l'herbe de Port Meadow battait maintenant contre les volets de la ferme.

La ferme sentait le chat. Il n'y avait pas de tapis. Le sol était dallé et perpétuellement humide. Johnson alluma le poêle de faïence de l'entrée dès qu'ils arrivèrent, mais l'humidité persistait sur le dallage, se concentrant dans les rainures comme les débris d'une armée en déroute. Ils ne virent jamais un chat de tout leur séjour, mais ils les sentaient dans toutes les pièces. Johnson laissa du corned-beef sur le pas de la porte : dix minutes plus tard, il n'y en avait plus trace.

C'était un bâtiment sans étage, avec un grenier, tout en briques, et accoté à un petit bois sous un immense ciel qui rappelait la Flandre, une longue construction rectangulaire flanquée d'étables du côté abrité. On était à trois kilomètres au nord de Lübeck. Leclerc avait précisé qu'ils ne devaient pas mettre les pieds en ville.

Une échelle donnait accès au grenier et ce fut là que Johnson installa sa radio, tendant l'antenne entre deux poutres puis faisant passer le fil par une lucarne pour l'accrocher à un orme au bord de la route. Dans la maison, il portait des chaussures de gymnastique fournies par l'armée et un blazer avec l'écusson de son escadrille. Gorton avait fait livrer des provisions du dépôt de la NAAFI à Celle. Le sol de la cuisine était couvert de cartons accompagnés d'une facture portant la mention « invités de Mr Gorton ». Il y avait deux bouteilles de gin et trois de whisky. Ils avaient deux chambres ; Gorton avait fait venir des lits de camp, deux par chambre, et des lampes avec des abat-jour verts réglementaires. Haldane était furieux.

– Il a dû parler à tous les services de la région, déplorait-il. Du whisky de cantine, du ravitaillement fourni par l'Intendance, des lits militaires. Nous allons sans doute découvrir qu'il a réquisitionné la maison. Seigneur, en voilà une façon de monter une opération !

L'après-midi touchait à sa fin lorsqu'ils arrivèrent. Johnson, une fois son installation de radio faite, s'affaira dans la cuisine. C'était un homme aux multiples talents domestiques : il fit la cuisine et lava la vaisselle sans rechigner, foulant sans bruit les dalles sous ses semelles de caoutchouc. Il prépara du bœuf haché aux œufs et leur servit du chocolat très sucré. Ils dînèrent dans le vestibule, devant le poêle. Ce fut Johnson surtout qui entretint la conversation ; Leiser, très silencieux, ne mangea presque rien.

– Qu'est-ce qu'il y a, Fred ? Vous n'avez pas faim ?

– Désolé, Jack.

– Vous avez pris trop de bonbons dans l'avion, voilà ce que c'est. (Johnson fit un clin d'œil à Avery.) J'ai vu le regard que vous avez lancé à cette hôtesse de l'air. Vous ne devriez pas, Fred, vous savez, vous allez lui briser le cœur. (Il promena autour de lui un regard faussement désapprobateur.) Il l'a vraiment inspectée de la tête aux pieds, vous savez, en détail.

Avery sourit d'un air poli. Haldane parut ne même pas avoir entendu.

Leiser s'inquiétait du clair de lune ; après le dîner, ils se plantèrent donc en un petit groupe frissonnant sur le seuil pour examiner le ciel. Il était étrangement clair ; les nuages dérivaient comme de la fumée noire, si bas qu'ils semblaient se mêler aux branches agitées par le vent du petit bois et jeter leur ombre sur les champs gris qui s'étendaient au-delà.

– Il fera plus sombre à la frontière, Fred, dit Avery. C'est une région différente, plus vallonnée.

Haldane dit qu'ils devraient se coucher de bonne heure ; ils burent encore un whisky et, à dix heures un quart, ils allèrent se coucher, Johnson et Leiser dans une chambre, Avery et Haldane dans l'autre. Personne n'avait spécifié cet arrangement : chacun, semblait-il, savait où était sa place.

Il était minuit passé quand Johnson vint dans leur chambre. Avery fut tiré de son sommeil par le crissement de ses semelles de caoutchouc.

– John, vous êtes réveillé ?

Haldane se dressa sur son séant.

– C'est à propos de Fred. Il est assis tout seul dans l'entrée. Je lui ai dit d'essayer de dormir, mon capitaine ; je lui ai donné deux comprimés, le somnifère que prend ma mère ; il n'a même pas voulu se coucher, et voilà maintenant qu'il s'est installé dans le hall.

– Laissez-le tranquille, dit Haldane. Ça n’a aucune importance. Aucun de nous ne peut dormir avec ce satané vent.

Johnson regagna sa chambre. Une heure dut s’écouler ; toujours aucun bruit en provenance de l’entrée. Haldane dit :

– Vous feriez mieux d’aller voir ce qu’il fabrique.

Avery enfila son manteau et sortit dans le couloir, passant devant les citations de la Bible brodées sur des bouts de tapisserie et devant une vieille gravure représentant le port de Lübeck. Leiser était assis sur une chaise auprès du poêle de faïence.

– Salut, Fred.

Il avait l’air vieux et las.

– C’est près d’ici, n’est-ce pas, que je passe ?

– À environ cinq kilomètres. Le directeur nous donnera des instructions demain matin. Il paraît que ça ne présente aucune difficulté. Il vous donnera tous les papiers nécessaires. Dans l’après-midi, nous vous montrerons l’endroit. Ils ont fait un travail préparatoire énorme à Londres.

– À Londres, répéta Leiser, et soudain : J’ai fait une mission en Hollande pendant la guerre. Les Hollandais étaient très bien… Nous avons envoyé beaucoup d’agents en Hollande. Des femmes. Tout le monde a été ramassé. Vous étiez trop jeune.

J’en ai cntcndu parler.

– Les Allemands ont arrêté un opérateur radio. Chez nous, ils ne le savaient pas. Ils ont continué à envoyer de nouveaux agents. Il paraît qu’il n’y avait rien d’autre à faire. (Il parlait plus vite maintenant.) Je n’étais qu’un gosse à l’époque ; ils avaient besoin de quelqu’un pour une mission brève, un simple aller et retour. Ils étaient à court de radios. Ils m’ont dit que tant pis si je ne parlais pas hollandais, qu’on m’attendrait sur les lieux du parachutage. Je n'aurais qu'à me servir de l'émetteur. Il devait y avoir une maison sûre où je pourrais me planquer. (Il semblait très loin.) L'avion arrive donc sans que rien ne bouge, pas un projecteur, pas un obus de DCA, et je saute. Et quand j'atterris, je trouve les gens qui m'attendaient : deux hommes et une femme. Nous échangeons les mots de passe et ils m'emmènent jusqu'à la route pour prendre les vélos. Pas le temps d'enterrer le parachute, on ne s'en donne pas la peine. Nous trouvons la maison et ils me donnent à manger. Après le dîner, nous montons dans la pièce où se trouve l'émetteur : pas d'horaire fixe, Londres était à l'écoute tout le temps à cette époque-là. Ils me donnent le texte de leur message : j'envoie l'indicatif… « Appelle TYR, appelle TYR » et puis le message que j'ai devant moi, vingt et un groupes de quatre lettres.

Il s'interrompit.

– Alors ?

– Ils suivaient le message, vous comprenez ; ils voulaient savoir à quel moment se situait le signal indiquant que tout allait bien. C'était dans la neuvième lettre ; un décalage d'un coup. Ils m'ont laissé terminer le message et puis ils m'ont sauté dessus, ils se sont mis à me cogner dessus, des hommes ont surgi de partout.

– Mais qui, Fred ? Qui étaient-ils ?

– On ne peut pas en parler comme ça : on ne sait jamais. Ça n'est jamais aussi simple.

– Mais, bonté divine, à qui était-ce la faute ? Qui a fait ça ? Fred !

– Ça pouvait être n'importe qui. On ne peut jamais dire. Vous verrez. (Il semblait avoir renoncé à expliquer.)

– Cette fois, vous êtes seul. Personne n'est au courant. Personne ne vous attend.

– Non. C'est vrai. (Il avait les mains crispées sur ses

genoux. Il était là, petite silhouette tassée dans le froid.) Pendant la guerre, c'était plus facile parce que, même si ça allait mal, on se disait qu'un jour on gagnerait. Même si on se faisait arrêter, on pensait : « Ils viendront me chercher, ils vont parachuter des gars ou organiser un commando. » On savait qu'ils ne le faisaient jamais, vous comprenez, mais on pouvait le penser quand même. Tout ce qu'on voulait c'était qu'on vous laisse y croire. Mais cette guerre-ci, personne ne la gagne, vous savez.

– Ça n'est pas pareil. Mais c'est plus important.

– Qu'est-ce que vous faites si je suis pris ?

– On vous fait revenir. Ne vous en faites pas, allons, Fred.

– Oui, mais comment ?

– Nous sommes un service puissant, Fred. Il se passe un tas de choses dont vous n'avez pas idée. Nous avons des contacts ici et là. Vous ne pouvez pas avoir une vue d'ensemble.

– Et vous ?

– Pas complète, Fred. Seul le directeur voit le tout. Même le capitaine ne le peut pas.

– Comment est-il, le directeur ?

– Il est dans le Service depuis longtemps. Vous le verrez demain. C'est un homme tout à fait bien, remarquable.

– Le capitaine s'entend bien avec lui ?

– Bien sûr.

– Il ne parle jamais de lui, dit Leiser.

– Aucun de nous ne parle jamais de lui.

– Il y a cette fille à Londres. Je lui ai dit que je partais en voyage. Si ça tourne mal, je ne veux pas qu'on lui dise quoi que ce soit, vous entendez ? Ce n'est qu'une gosse.

– Comment s'appelle-t-elle ?

Leiser eut un moment de méfiance.

– Peu importe. Mais si elle se manifeste, trouvez quelque chose à lui raconter.

– Comment ça, Fred ?

– Ça ne fait rien.

Leiser n'ajouta rien après cela. Lorsque le matin arriva, Avery regagna sa chambre.

– Qu'est-ce qui se passe ? demanda Haldane.

– Il a eu un pépin pendant la guerre, en Hollande. Il a été trahi.

– Mais il nous donne une seconde chance. Comme c'est gentil. C'est ce qu'ils disaient toujours. Puis il ajouta : Leclerc arrive ce matin.

Son taxi arriva à onze heures. Il s'était à peine arrêté que Leclerc descendait déjà. Il portait un duffle-coat, de grosses chaussures marron pour la campagne et une casquette. Il semblait en pleine forme.

– Où est Mayfly ?

– Avec Johnson, dit Haldane.

– Vous avez un lit pour moi ?

– Vous pouvez avoir celui de Mayfly quand il sera parti.

À onze heures trente, Leclerc leur fit un briefing ; l'après-midi, ils devaient aller inspecter la frontière.

Le briefing eut lieu dans le hall.

Leiser arriva le dernier. Il se planta sur le seuil, en regardant Leclerc, qui lui fit un sourire enchanté comme s'il était ravi de ce qu'il voyait. Ils étaient à peu près de la même taille.

– Monsieur le directeur, dit Avery, je vous présente Mayfly.

Regardant toujours Leiser, Leclerc répondit :

– Je crois que je peux me permettre de l'appeler Fred. Bonjour. (Il avança et lui serra la main, tous deux un peu guindés comme deux personnages sortant d'un baromètre.)

– Bonjour, dit Leiser.

– J'espère qu'ils ne vous ont pas fait travailler trop dur ?

– Je vais très bien, monsieur.

– Nous sommes tous très impressionnés, dit Leclerc. Vous avez fait un travail remarquable. (On aurait dit qu'il s'adressait à ses électeurs.)

– Je n'ai pas encore commencé.

– J'estime toujours que l'entraînement représente les trois quarts du combat. Pas vous, Adrian ?

– Si.

Ils s'assirent. Leclerc se tenait un peu à l'écart. Il avait accroché une carte au mur. Par des moyens indéfinissables – peut-être ses cartes, peut-être la précision de son langage, peut-être son attitude sévère qui alliait de façon si exclusive la décision et la réserve – Leclerc évoquait alors la même ambiance nostalgique qui planait sur le briefing de Blackfriars Road un mois auparavant. Qu'il parlât de fusées ou de radio, de couverture ou de l'endroit où il fallait franchir la frontière, il avait ce don de l'illusionniste de faire croire qu'il connaissait parfaitement le sujet dont il parlait.

– Votre objectif est Kalkstadt (petit sourire), célèbre jusqu'à présent seulement pour une église du XIVe siècle d'une beauté remarquable.

Ils éclatèrent de rire, Leiser aussi. C'était excellent, Leclerc connaisseur de vieilles églises.

Il avait apporté une carte du point de passage, dessinée avec des encres de différentes couleurs et la frontière en rouge. Tout était très simple. Du côté ouest, expliqua-t-il, se trouvait une petite colline boisée couverte de genêts et de bruyère. Elle était parallèle à la frontière jusqu'à l'endroit où son extrémité méridionale s'incurvait vers l'est en une étroite ramification qui s'arrêtait à deux cent vingt yards de la frontière, juste en face d'un mirador. Ce mirador était bien en retrait de la ligne de démarcation : à son pied courait une clôture de barbelés. On avait observé qu'il n'y avait qu'une rangée de barbelés et que ceux-ci étaient assez mal fixés aux poteaux. On avait vu des gardes est-allemands les détacher pour passer et patrouiller dans la zone non défendue qui s'étendait entre la ligne de démarcation et la frontière proprement dite. Cet après-midi, Leclerc indiquerait les poteaux en question. Mayfly, dit-il, ne devrait pas s'inquiéter d'avoir à passer si près du mirador ; l'expérience avait montré que l'attention des gardes était concentrée sur les parties les plus lointaines de la zone dont ils avaient la responsabilité ; la nuit était idéale ; on prévoyait un fort vent ; il n'y aurait pas de lune. Leclerc avait fixé comme heure de passage deux heures trente-cinq ; la garde changeait à minuit et toutes les trois heures. Il était raisonnable de supposer que les sentinelles ne seraient pas aussi en alerte au bout de deux heures et demie de veille qu'au début de leur tour de garde. La relève, qui devait arriver d'une caserne à une certaine distance au nord, ne serait pas encore en route.

On avait soigneusement étudié, poursuivit Leclerc, la possibilité qu'il y eût des mines. Ils pouvaient voir sur la carte – le petit index suivait la ligne verte en pointillé partant de l'extrémité de la colline qui barrait la frontière – ils pouvaient voir sur la carte qu'il existait un vieux sentier qui suivait le chemin qu'emprunterait Leiser. On avait vu les gardes-frontières éviter ce sentier et passer à une dizaine de mètres au sud. On en avait conclu, dit Leclerc, que le sentier était miné, alors que les alentours ne l'étaient pas pour permettre la circulation des patrouilles. Leclerc suggérait que Leiser utilisât le chemin tracé par les gardes-frontières.

Partout où cela serait possible au cours des deux cents et quelques yards qui séparaient le pied de la colline du mirador, Leiser devrait ramper en gardant la tête au-dessous du niveau des fougères. Cela éliminait le faible risque qu'il courait d'être aperçu du mirador. Sans doute serait-il réconforté d'apprendre, ajouta Leclerc avec un sourire, qu'on n'avait jamais observé de patrouille circulant du côté ouest pendant la nuit. Les Allemands de l'Est semblaient craindre qu'un de leurs gardes ne parvint ainsi à s'échapper.

Une fois la frontière franchie, Leiser devrait éviter tous les chemins. La campagne était accidentée et un peu boisée. Cela rendrait la marche rude mais d'autant plus sûre ; il devrait se diriger vers le sud. La raison en était simple. Vers le sud, la frontière obliquait vers l'ouest sur une dizaine de kilomètres. Ainsi, en marchant vers le sud, Leiser se trouverait rapidement, non pas à deux mais à quinze kilomètres de la frontière, et il échapperait plus vite aux patrouilles qui surveillaient la région frontalière. Voici donc ce que lui conseillait Leclerc – il sortit négligemment une main de la poche de son duffle-coat et alluma une cigarette, conscient d'être le point de mire de leurs regards à tous : marcher vers l'est pendant une demi-heure, puis obliquer droit au sud en se dirigeant vers le lac de Marienhorst. À la pointe orientale du lac se trouvait un hangar à bateaux abandonné. Il pourrait s'étendre là une heure et prendre quelque nourriture. Peut-être à ce moment, l'idée de boire un petit coup ne lui déplairait-elle pas – rires de soulagement – et il trouverait alors un peu de cognac dans son sac à dos.

Leclerc avait l'habitude, quand il faisait une plaisanterie, de se tenir au garde-à-vous et de se dresser sur ses talons comme pour lancer plus haut le mot qu'il faisait.

– Je ne pourrais pas avoir du gin, non ? demanda Leiser. Je bois toujours un White Lady.

Il y eut un moment de silence stupéfait.

– Il n'en est pas question, dit sèchement Leclerc, d'un ton qui impliquait qu'il était le maître.

Après s'être reposé, il gagnerait le village de Marienhorst et se mettrait en quête d'un moyen de transport à destination de Schwerin. À partir de là, ajouta Leclerc d'un air dégagé, il n'aurait qu'à suivre son inspiration.

– Vous avez tous les papiers nécessaires pour un voyage de Magdebourg à Rostock. Quand vous arriverez à Schwerin, vous serez sur la route normale. Je ne veux pas trop vous en dire en ce qui concerne votre couverture car vous avez vu tout cela avec le capitaine. Vous vous appelez Fred Hartbeck, vous êtes un mécanicien célibataire de Magdebourg à qui on a offert un emploi aux ateliers de construction navale de la Coopérative de l'État, à Rostock. (Il sourit, nullement démonté.) Je suis certain que vous avez déjà étudié tout cela en détail. Votre vie sentimentale, votre salaire, vos antécédents médicaux, vos états de service pendant la guerre et tout le reste. Il n'y a qu'une précision que je pourrais personnellement ajouter à ce propos. Ne donnez jamais de renseignements spontanément. Les gens ne s'attendent pas à ce que vous vous expliquiez. Si vous êtes coincé, suivez votre inspiration. Restez aussi près de la vérité que possible. Une couverture, déclara-t-il, citant une de ses maximes favorites, ne devrait jamais être fabriquée de toutes pièces mais n'être qu'une extension de la vérité.

Leiser eut un petit rire réservé, comme s'il avait pu regretter que Leclerc ne fût pas plus grand.

Johnson apporta du café de la cuisine et Leclerc dit « Merci, Jack » d'un ton guilleret, comme si tout était exactement comme il fallait.

Leclerc passa ensuite au problème de l'objectif de Leiser ; il donna un résumé des renseignements obtenus, en ayant l'air de laisser entendre qu'ils ne faisaient que confirmer des soupçons que lui-même nourrissait depuis longtemps. Il employait un ton qu'Avery ne lui avait jamais entendu : il cherchait à donner l'impression, tout autant par ses allusions directes que par ses omissions, que leur Service groupait des hommes d'une science et d'une habileté remarquables, et qu'il jouissait sur le plan financier, dans ses rapports avec les autres services et quant à l'autorité que l'on prêtait aux jugements qu'il portait, d'une sorte d'immunité d'oracle, si bien que Leiser aurait pu être en droit de se demander pourquoi, si c'était bien vrai, il devait prendre la peine de risquer sa vie.

– Les fusées sont maintenant dans la région, dit Leclerc. Le capitaine vous a dit quels indices rechercher. Nous voulons savoir à quoi elles ressemblent, où elles se trouvent et, surtout, qui en a le contrôle.

– Je sais.

– Il vous faudra essayer les trucs habituels. Les ragots de cafés, rechercher un vieux camarade de l'armée, vous connaissez tout ça. Quand vous aurez trouvé, rentrez.

Leiser acquiesça.

– À Kalkstadt, il y a un hôtel d'ouvriers. (Il déplia un plan de la ville). Ici. À côté de l'église. Descendez-y si vous pouvez. Vous pouvez tomber sur des gens qui ont participé aux travaux…

– Je sais, répéta Leiser.

Haldane tressaillit et lui jeta un coup d'œil anxieux.

– Vous entendrez peut-être même parler d'un employé de la gare, Fritsche. Il nous a fourni des détails intéressants sur les fusées, puis il a disparu. Enfin, si vous en avez l'occasion, vous pourriez demander à la gare, dire que vous êtes un ami à lui…

Il y eut un très bref silence.

– Il s'est volatilisé, répéta Leclerc, pour eux et non

pour lui. (Il avait l'esprit ailleurs. Avery l'observait avec inquiétude, en attendant qu'il continue. Il finit par dire précipitamment :) J'ai délibérément laissé de côté la question des communications (indiquant par son ton qu'ils en avaient presque fini). J'imagine que vous avez déjà étudié cela assez souvent.

– Il n'y a pas d'inquiétude à avoir là-dessus, dit Johnson. Tous les horaires prévus sont de nuit. Ça laisse une gamme de fréquences assez simple. Il aura les mains libres pendant la journée, monsieur. Nous avons fait des exercices très réussis, n'est-ce pas, Fred ?

– Oh, oui. Très réussis. (On aurait dit un enfant qui remerciait d'avoir été invité.)

– En ce qui concerne le retour, dit Leiser. Nous opérons comme en temps de guerre. Il n'y a plus de sous-marins, Fred ; pas pour ce genre de mission. Quand vous reviendrez, vous devrez vous présenter aussitôt au consulat ou à l'ambassade britannique le plus proche, donner votre vrai nom et demander à être rapatrié. Vous vous ferez passer pour un ressortissant britannique en difficulté. Je vous conseillerais de repartir par où vous êtes entré. Si vous avez des ennuis, ne vous croyez pas obligé de regagner aussitôt l'Ouest. Terrez-vous un moment. Vous emportez beaucoup d'argent.

Avery savait qu'il n'oublierait jamais ce matin-là, comment ils étaient assis autour de la table de la ferme, comme des soldats vautrés derrière leurs bureaux de campagne, leurs visages tendus tournés vers Leclerc qui, dans un silence d'église, lisait la liturgie de leur dévotion, agitant sa petite main en travers de la carte comme un prêtre déplace un cierge. Tous ceux qui se trouvaient dans cette pièce – mais Avery surtout – connaissaient la fatale disproportion qui existait entre le rêve et la réalité, entre le mobile et l'action. Avery avait parlé à la fille de Taylor, il avait balbutié ses mensonges informes à Peersen et au consul ; il avait entendu ces pas redoutables à l'hôtel, et il était rentré d'un voyage de cauchemar pour voir ses propres aventures transformées en images du monde de Leclerc. Pourtant Avery, comme Haldane, écoutait Leclerc avec la piété d'un agnostique, estimant peut-être que c'était ainsi, dans un univers net et magique, que cela devrait être en réalité.

– Excusez-moi, dit Leiser.

Il regardait le plan de Kalkstadt. Il avait l'air de désigner les défectuosités d'un moteur. La gare, l'hôtel et l'église étaient marqués en vert ; dans un encadrement, dans le coin inférieur gauche, étaient dessinés les entrepôts de la gare et les hangars.

– Et ça, dit Leiser, c'est l'église ?

– Exactement, Fred.

– Pourquoi est-elle face au nord ? Les églises sont bâties d'est en ouest. Vous avez mis l'entrée du côté est, là où devrait se trouver l'autel.

Haldane se pencha, l'index de sa main droite posé sur ses lèvres.

– Ce n'est qu'un plan sommaire, dit Leclerc.

Leiser se redressa, au garde-à-vous, plus raide que jamais.

– Je comprends. Pardonnez-moi.

Une fois la réunion terminée, Leclerc prit Avery à part.

– Un point encore, John, il ne doit pas prendre de pistolet. C'est absolument hors de question. Le Ministre a été catégorique. Si vous voulez bien lui en toucher un mot…

Avery le regarda avec ahurissement.

– Pas de pistolet ?

– Je crois que nous pouvons autoriser le poignard. Cela pourrait lui servir de couteau ; je veux dire que si quelque chose tournait mal, nous pourrions dire que cela lui servait de couteau.

Après le déjeuner, ils allèrent inspecter la frontière : Gorton avait fourni une voiture. Leclerc emporta avec lui des notes qu'il avait prises d'après le rapport du Cirque sur la frontière et qu'il garda sur ses genoux, ainsi qu'une carte pliée.

La partie la plus septentrionale de la frontière qui divise les deux moitiés de l'Allemagne est essentiellement une région d'une déprimante banalité. Ceux qui s'attendent à trouver des dents de dragon et des fortifications imposantes seront déçus. La frontière traverse des paysages très variés : des ravins et de petites collines envahies de fougères et de bois poussant au hasard. Souvent les défenses du côté oriental sont installées si en arrière de la ligne de démarcation qu'on ne les distingue pas de l'ouest : seuls une casemate avancée, des routes défoncées, une ferme évacuée ou, de loin en loin, un mirador excitent l'imagination.

Par contraste, le côté occidental s'orne de toute la statuaire grotesque de l'impuissance politique : une réplique en contreplaqué de la Porte de Brandebourg, dont les vis rouillent dans leurs logements, se dresse ridiculement sur un champ en friche ; des panneaux démantelés par les intempéries proclament à travers une vallée des slogans vieux de quinze ans. C'est seulement la nuit, quand le faisceau d'un projecteur jaillit de l'obscurité pour promener son doigt hésitant sur la terre glacée, qu'on songe, le cœur serré, au captif tapi comme un lièvre au creux d'un sillon et qui attend de surgir de sa cachette pour courir, terrifié, jusqu'à ce qu'il tombe.

Ils suivirent une route non revêtue sur la crête d'une colline, et chaque fois qu'elle passait près de la frontière, ils arrêtaient la voiture et descendaient. Leiser avait un imperméable et un chapeau. Il faisait très froid.

Leclerc portait son duffle-coat et il avait une canne de chasse: Dieu sait où il se l'était procurée. La première fois qu'ils s'arrêtèrent, puis la seconde et encore la troisième, Leclerc déclara tranquillement: «Pas ici.» Comme ils remontaient en voiture pour la quatrième fois, il dit: «C'est le prochain arrêt.» C'était le genre de plaisanterie crâne qu'on aimait au combat.

Avery n'aurait pas reconnu l'endroit d'après la carte de Leclerc. La colline était là, certes, tournant vers la frontière, puis descendant en pente abrupte vers la plaine en bas. Mais le paysage derrière était vallonné et un peu boisé, avec un horizon bordé d'arbres sur le fond desquels on voyait à la jumelle se détacher la silhouette brune d'un mirador en bois.

– Ce sont les trois poteaux sur la gauche, dit Leclerc.

En examinant le sol, Avery distingua çà et là la trace de l'ancien sentier.

– C'est miné. Le sentier est miné sur toute sa longueur. Leur territoire commence au pied de la colline. (Leclerc se tourna vers Leiser.) C'est d'ici que vous partez. (Il tendit sa canne de chasse.) Vous gagnez le versant de la colline et vous restez là jusqu'à l'heure du départ. Nous vous amènerons de bonne heure pour que vos yeux s'habituent à l'éclairage. Je crois que nous devrions rentrer maintenant. Il ne faut pas que nous attirions l'attention, vous savez.

Ils roulaient vers la ferme lorsque la pluie se mit à ruisseler sur le pare-brise, martelant avec fracas le toit de la voiture. Avery, assis auprès de Leclerc, était plongé dans ses pensées. Il se rendait compte, avec ce qu'il prenait pour le détachement le plus complet, que si sa mission avait tourné à la comédie, Leiser devait, lui, jouer le même rôle en tragédie; il était témoin d'une course de relais insensée dans laquelle chaque concurrent courait plus vite et plus longtemps que le dernier, pour n'arriver nulle part sinon à sa propre destruction.

– À propos, dit-il soudain, s'adressant à Leiser, est-ce que vous ne devriez pas faire quelque chose pour vos cheveux ? Je ne crois pas qu'ils aient grand-chose en fait de lotions là-bas. Un détail comme ça pourrait être dangereux.

– Il n'a pas besoin de les couper, observa Haldane. Les Allemands aiment bien les cheveux longs. Vous n'aurez qu'à les laver, ça suffira pour enlever le cosmétique. Bien observé, John. Je vous félicite.

17

La pluie avait cessé. La nuit vint lentement, luttant contre le vent. Ils attendaient, assis autour de la table de la ferme ; Leiser était dans sa chambre. Johnson fit du thé et s'occupa de son matériel. Personne ne parlait. Fini de jouer la comédie. Même Leclerc, maître en formules scolaires, ne se donnait plus la peine. Il semblait mécontent qu'on le fit attendre, voilà tout, comme s'il était au mariage retardé d'un ami qu'il n'aimait pas. Ils étaient retombés dans un état de crainte somnolente, comme des hommes dans un sous-marin, tandis que la lampe au-dessus de leurs têtes se balançait doucement. De temps en temps, on envoyait Johnson jusqu'à la porte pour regarder la lune et chaque fois il annonçait qu'il n'y en avait pas.

– Les bulletins météo étaient excellents, remarqua Leclerc en s'éloignant vers le grenier pour observer Johnson.

Avery, resté seul avec Haldane, dit précipitamment :

– Il dit que le Ministère ne veut pas de pistolet. Il ne doit pas l'emporter.

– Et quel crétin a commencé par lui dire de consulter le Ministère ? interrogea Haldane que la fureur mettait hors de lui. Puis il reprit : Il va falloir que vous le préveniez. C'est à vous de le faire.

– Que je prévienne Leclerc ?

– Non, idiot ; Leiser.

Ils mangèrent un peu, puis Avery et Haldane emmenèrent Leiser dans sa chambre.

– Il faut qu'on vous habille, dirent-ils.

Ils le firent déshabiller, lui prenant l'un après l'autre ses vêtements chauds et coûteux : la veste et le pantalon gris assortis, la chemise de soie crème, les chaussures noires sans bout ferré, les chaussettes de nylon bleu marine. Il défaisait le nœud de sa cravate écossaise quand ses doigts découvrirent l'épingle en or avec la tête de cheval. Il la dégrafa soigneusement et la tendit à Haldane.

– Et ça ?

Haldane avait apporté des enveloppes pour les objets de valeur. Il glissa dans l'une d'elles l'épingle de cravate, la cacheta, écrivit quelque chose au dos et la jeta sur le lit.

– Vous vous êtes lavé les cheveux ?

– Oui.

– Nous avons eu du mal à nous procurer du savon est-allemand. Je crois malheureusement qu'il vous faudra tâcher d'en trouver quand vous serez là-bas. Il paraît que cela manque.

– Bon.

Il était assis sur le lit, tout nu, n'ayant sur lui que sa montre, penché en avant, ses bras robustes croisés sur ses cuisses sans poil, sa peau blanche marbrée de froid. Haldane ouvrit une malle dont il tira un paquet de vêtements et une demi-douzaine de paires de chaussures.

À mesure que Leiser enfilait toutes ces choses étranges

pour lui – le pantalon de grosse serge qui pochait de partout, flottant autour des chevilles et serré à la taille ; la veste grise usée jusqu'à la trame, avec des soufflets ; les chaussures marron et qui brillaient d'un éclat malsain –, il semblait se recroqueviller sous leurs yeux, revenir à un état antérieur qu'ils n'avaient jusqu'alors que deviné. Ses cheveux bruns, dégraissés par le shampooing, étaient striés de gris et tombaient en mèches indociles. Il leva vers Haldane et Avery un regard timide, comme s'il venait de révéler un secret ; on aurait dit un paysan en compagnie de ses maîtres.

– De quoi ai-je l'air ?

– Parfait, dit Avery. Vous êtes formidable, Fred.

– Qu'est-ce que vous diriez d'une cravate ?

– Une cravate gâcherait tout.

Il essaya les chaussures l'une après l'autre, les enfilant péniblement par-dessus les grosses chaussettes de laine.

– Elles viennent de Pologne, dit Haldane, en lui passant une seconde paire. Les Polonais les exportent en Allemagne de l'Est. Vous feriez mieux de prendre celles-ci aussi : vous ne savez pas si vous n'aurez pas beaucoup à marcher.

Haldane alla chercher dans sa chambre un lourd coffret d'acier qu'il ouvrit.

Il commença par y prendre un portefeuille, un vilain portefeuille marron avec au centre un étui en cellophane contenant la carte d'identité de Leiser, avec ses empreintes et un cachet ; la carte était ouverte à l'intérieur de l'étui, si bien que la photographie de Leiser regardait vers l'extérieur, comme d'une petite prison. Il y avait aussi un permis de voyage et une offre d'emploi émanant des ateliers de constructions navales de la Coopérative d'État à Rostock. Haldane vida le contenu d'un des compartiments du portefeuille, puis remit l'un après l'autre les papiers en place, les décrivant au fur et à mesure.

– Carte d'alimentation... permis de conduire... carte du Parti. Depuis quand êtes-vous membre du Parti ?

– Depuis 47.

Il remit dans le portefeuille une photographie de femme, ainsi que trois ou quatre lettres un peu jaunies, dont certaines étaient encore dans leur enveloppe.

– Des lettres d'amour, expliqua-t-il brièvement.

Puis il y avait une carte syndicale ainsi qu'une coupure d'un journal de Magdebourg sur les chiffres de production d'une entreprise de travaux publics de la région ; une photographie de la Porte de Brandebourg avant la guerre et un certificat à demi déchiré d'un ancien employeur.

– Voilà pour le portefeuille, conclut Haldane. Sauf l'argent. Le reste de votre équipement est dans le sac à dos. Les provisions et tout le reste.

Il tendit à Leiser une liasse de billets qu'il avait prise dans le coffret. Leiser était figé dans l'attitude docile d'un homme qu'on est en train de fouiller, les bras à peine écartés du corps et les pieds ne se touchant pas tout à fait. Il acceptait tout ce que lui remettait Haldane, le rangeait soigneusement puis reprenait la même posture. Il signa un reçu pour l'argent. Haldane jeta un coup d'œil à la signature et serra le papier dans une serviette de cuir noir qu'il avait posée à côté sur une petite table.

Ce fut ensuite le tour des objets divers que Hartbeck devrait normalement avoir sur lui : un trousseau de clefs attaché à une chaîne – parmi lesquelles la clef de la valise – un peigne, un mouchoir kaki maculé de cambouis et une cinquantaine de grammes d'ersatz de café dans un bout de papier journal ; un tournevis, un peu de fil de fer et des fragments de pièces métalliques fraîchement tournées : le bric-à-brac sans intérêt qu'on trouve dans les poches d'un ouvrier.

– Vous ne pouvez malheureusement pas emporter cette montre, dit Haldane.

Leiser défit le bracelet d'or et laissa tomber la montre dans la paume ouverte de Haldane. On lui en remit une en acier, de fabrication est-allemande, que l'on mit soigneusement à l'heure du réveil de voyage d'Avery.

Haldane recula.

– Ça va. Maintenant restez là et inspectez le contenu de vos poches. Assurez-vous que chaque chose est à l'endroit où vous la mettriez naturellement. Ne touchez à rien d'autre dans la chambre surtout.

– Je connais la musique, dit Leiser en jetant un coup d'œil à sa montre en or sur la table. (Il prit le couteau et fixa la gaine noire à la ceinture de son pantalon.) Et mon pistolet ?

Haldane fit glisser dans son logement le verrou de sa serviette qui claqua comme le loquet d'une porte.

– Vous n'en emportez pas, dit Avery.

– Pas de pistolet ?

– Ça n'est pas possible, Fred. Ils pensent que c'est trop dangereux.

– Pour qui ?

– Cela pourrait provoquer une situation dangereuse. Je veux dire sur le plan politique. Envoyer un homme armé en Allemagne de l'Est. Ils craignent un incident.

– Ils craignent…

Il dévisagea longuement Avery, ses yeux cherchant sur le visage jeune et lisse quelque chose qui n'y était pas. Il se tourna vers Haldane.

– C'est vrai ?

Haldane acquiesça.

Il étendit soudain ses mains vides devant lui, en un geste terrible de pauvreté, les doigts recroquevillés et serrés les uns contre les autres comme pour recueillir la dernière goutte d'eau, ses épaules tremblant sous la veste de mauvais tissu, le visage crispé dans une expression à la fois suppliante et affolée.

– Mais John, le pistolet ! On ne peut pas envoyer un homme sans pistolet ! Je vous en prie, laissez-moi l'emporter !

– Je regrette, Fred.

Les mains toujours tendues, il se tourna vers Haldane.

– Vous ne savez pas ce que vous faites !

Leclerc avait entendu des éclats de voix ; il apparut sur le seuil. Haldane avait un visage de pierre ; Leiser aurait pu se meurtrir les poings à essayer de l'attendrir. Sa voix n'était plus qu'un murmure :

– Qu'est-ce que vous faites ? Bon Dieu, mais qu'est-ce que vous êtes en train de faire ? (Comme s'il venait soudain de découvrir quelque chose, il leur cria :) Vous me détestez, hein ? Qu'est-ce que je vous ai fait ? John, qu'est-ce que j'ai fait ? On était pourtant copains, non ?

La voix de Leclerc, quand il parla, paraissait très pure, comme s'il voulait délibérément souligner le fossé qui les séparait.

– Qu'est-ce qui se passe ?

– Il est ennuyé à cause du pistolet, expliqua Haldane.

– Nous n'y pouvons malheureusement rien. Cela ne dépend pas de nous. Vous savez ce que nous en pensons, Fred. Vous le savez, bien sûr. C'est un ordre, voilà tout. Avez-vous oublié comment cela se passait ? (Il ajouta d'un air guindé, en homme de devoir et de décision :) Je ne peux pas contester les ordres que je reçois : que voulez-vous que je dise ?

Leiser secoua la tête, et laissa retomber ses mains le long de son corps.

– Ça ne fait rien, dit-il en regardant Avery.

– À certains égards, Fred, un couteau est préférable, ajouta Leclerc d'un ton consolant. C'est plus discret.

– Oui.

Haldane prit le linge de rechange de Leiser.

– Il faut que je mette ça dans le sac à dos, dit-il et, lançant un coup d'œil au passage à Avery, il sortit en entraînant Leclerc.

Leiser et Avery se regardèrent en silence. Avery était gêné de le voir si laid. Ce fut Leiser qui finit par parler.

– C'était nous trois : le capitaine, vous et moi. C'était bien comme ça. Ne vous occupez pas des autres, John. Ils ne comptent pas.

– C'est vrai, Fred.

Leiser sourit.

– Ça a été la plus belle semaine que j'aie jamais connue, John. C'est drôle, vous ne trouvez pas ? On passe tout son temps à courir après les filles, et ce sont les hommes qui comptent ; rien que les hommes.

– Vous êtes un des nôtres, Fred ; vous l'avez toujours été ; votre fiche a toujours été là, vous étiez un des nôtres. Nous n'oublions pas.

– À quoi ça ressemble ?

– Ce sont deux fiches agrafées ensemble : une pour autrefois, une pour maintenant. C'est dans le fichier… on appelle ça la liste active. Votre nom est le premier. Vous êtes le meilleur que nous ayons eu. (Il parvenait à l'imaginer maintenant : le fichier était quelque chose qu'ils avaient construit ensemble.)

– Vous disiez que c'était par ordre alphabétique, dit brusquement Leiser. Vous avez dit qu'il y avait un fichier spécial pour les meilleurs agents.

– Les affaires importantes sont devant.

– Et vous avez des hommes dans le monde entier ?

– Partout.

Leiser fronça les sourcils, comme s'il s'agissait d'un

problème d'ordre personnel, d'une décision qu'il avait à prendre tout seul. Son regard parcourut lentement la pièce nue, vint se poser sur les manchettes de sa veste grossière, puis sur Avery, interminablement, jusqu'au moment où, le prenant par le poignet, mais doucement, plus pour le toucher que pour le guider, il murmura :

– Donnez-moi quelque chose à emporter. Une chose à vous. N'importe quoi.

Avery fouilla dans ses poches et en tira un mouchoir, de la menue monnaie et un bout de carton froissé qu'il déplia. C'était la photographie de la petite fille de Taylor.

– C'est votre gosse ? (Leiser regarda par-dessus l'épaule de son compagnon le petit visage au nez chaussé de lunettes ; sa main se referma sur celle d'Avery.) J'aimerais bien ça.

Avery acquiesça de la tête. Leiser mit la photo dans son portefeuille, puis prit sa montre sur le lit. Elle était en or avec un cadran noir pour les phases de la lune.

– Prenez-la, dit-il. Gardez-la. J'essayais de me souvenir, reprit-il, chez moi. Il y avait l'école. Une grande cour comme une cour de caserne, avec uniquement des fenêtres et des tuyaux de gouttières. On y jouait à la balle après le déjeuner. Puis une grille et un chemin menant à l'église, et la rivière de l'autre côté… (Il dessinait la ville avec ses mains, posant des briques.) On y allait le dimanche, par la porte de côté, les enfants en dernier, vous savez. (Il eut un sourire triomphant.) Cette église-là faisait face au nord, déclara-t-il. Absolument pas à l'est. (Il demanda soudain.) Depuis combien de temps êtes-vous là, John ?

– Dans le groupe ?

– Oui.

– Quatre ans.

– Quel âge aviez-vous alors ?

– Vingt-huit ans. Plus jeune, on ne vous prend pas.
– Vous m'avez dit que vous aviez trente-quatre ans.
– Ils nous attendent, dit Avery.

Dans le hall ils avaient apporté le sac à dos et la valise de toile verte avec des coins de cuir. Il essaya le sac, régla les courroies pour le faire reposer haut sur son dos comme la serviette d'un écolier allemand. Il souleva la valise pour se rendre compte du poids de l'ensemble.

– Ça peut aller, murmura-t-il.
– C'est le minimum, dit Leclerc.

Bien que personne ne pût les entendre, ils commençaient à chuchoter. Ils montèrent l'un après l'autre dans la voiture.

Une poignée de main hâtive et il s'éloigna vers la colline. Pas de belles paroles, cette fois, pas même de Leclerc. On aurait dit qu'ils lui avaient fait leurs adieux depuis longtemps. La dernière image qu'ils eurent de lui, ce fut le sac oscillant doucement tandis que Leiser disparaissait dans la nuit. Il avait toujours eu une démarche bien rythmée.

18

Leiser, couché dans les fougères au flanc de la colline, contemplait le cadran lumineux de sa montre. Dix minutes à attendre. Le trousseau de clefs pendait à sa ceinture. Il les remit dans sa poche et, en retirant sa main, il sentit les anneaux glisser entre son pouce et son index comme les grains d'un rosaire. Il les laissa un moment s'attarder là : ce contact était réconfortant ; il retrouvait son enfance. Saint Christophe et tous ses saints, protégez-nous des accidents de la route.

Devant lui, le terrain descendait en pente raide, puis plus doucement. Il l'avait vu ; il savait. Mais maintenant, en regardant de ce côté, il ne distinguait rien dans les ténèbres au-dessous de lui. Et si c'était du terrain marécageux qu'il y avait en bas ? Il avait plu ; l'eau s'était amassée dans la vallée. Il s'imagina luttant avec de la boue jusqu'à la taille, tenant la valise au-dessus de sa tête, les balles giclant autour de lui.

Il essaya d'apercevoir le mirador sur la colline d'en face, mais s'il était là, il se perdait sur le fond sombre des arbres.

Sept minutes. Ne vous inquiétez pas du bruit, avaient-ils dit, le vent l'emportera vers le sud. Ils n'entendront rien avec un vent pareil. Courez le long du chemin, du côté sud, c'est-à-dire à droite, suivez le nouveau passage à travers les fougères, il est étroit mais bien net. Si vous rencontrez quelqu'un, utilisez votre couteau, mais pour l'amour du ciel n'approchez pas du sentier.

Son sac était lourd. Trop lourd. Comme la valise. Il en avait âprement discuté avec Jack. « Il vaut mieux ne pas prendre de risque, Fred », avait expliqué Jack. « Ces petits émetteurs sont délicats comme des pucelles ; ils sont parfaits dans un rayon de quatre-vingts kilomètres et muets comme des carpes à cent kilomètres. Mieux vaut avoir une marge de sécurité, Fred, comme ça, on sait où on en est. Ce sont des experts, de vrais experts les gens qui ont mis cet appareil-là au point. »

Encore une minute. On avait réglé sa montre sur le réveil d'Avery.

Il avait peur. Tout d'un coup, il ne pouvait plus penser à autre chose. Peut-être qu'il était trop vieux, peut-être qu'il en avait fait assez. Peut-être que l'entraînement l'avait fatigué. Il sentait son cœur battre dans sa poitrine. Son corps ne tenait plus le coup ; il n'avait plus la force. Il était couché là, et il s'adressait à Haldane : Bon sang, mon capitaine, vous ne voyez donc pas que j'ai passé l'âge ? Ma vieille carcasse craque de partout. Voilà ce qu'il leur dirait ; il allait rester là quand l'aiguille des minutes arriverait au point fixé, il resterait là, trop chargé pour bouger. « C'est mon cœur, leur dirait-il. J'ai eu une crise cardiaque, patron, je ne vous ai jamais dit que j'avais le cœur fatigué ? Ça m'a pris pendant que j'étais couché là dans les fougères. »

Il se leva, histoire de tenter le diable.

Descendez la colline en courant, avaient-ils dit ; avec ce vent, ils n'entendront rien ; descendez la pente en courant parce que c'est là qu'ils risquent de vous repérer, ils surveilleront ce versant-là en espérant y apercevoir une silhouette. Courez vite parmi les fougères agitées par le vent, restez penché et vous vous en tirerez. Lorsque vous arriverez en terrain plat, arrêtez-vous pour reprendre haleine et puis commencez à, ramper.

Il courait comme un fou. Il trébucha et le poids du sac le fit tomber, il sentit son genou lui heurter le menton, il sentit aussi la douleur lorsqu'il se mordit la langue, puis il se releva et la valise le fit chanceler. Il tomba à moitié sur le sentier et attendit la flamme d'une mine explosant. Il dévalait la pente, le sol se dérobait sous ses pas, la valise bringuebalait comme un vieux tacot. Pourquoi ne l'avaient-ils pas laissé emporter le pistolet ? La douleur le saisit à la poitrine comme du feu, s'étendant sous les côtes, lui brûlant les poumons ; il comptait chaque pas, il sentait la secousse de chaque enjambée ralentie toujours par le fardeau du sac et de la valise. Avery avait menti. Il avait menti sur toute la ligne. Vous feriez mieux de faire attention à cette toux, mon capitaine, vous feriez mieux de voir un médecin, c'est comme des barbelés dans les entrailles. Le terrain devenait plat ; Leiser tomba encore une fois et resta immobile, haletant comme un animal, ne sentant rien que la peur et que la sueur qui trempait sa chemise de laine.

Il pressa le visage contre le sol. Le corps arqué, il glissa une main sous son ventre et resserra la courroie de son sac.

Il se mit à escalader en rampant le versant de la colline, se hissant sur les coudes et sur les paumes, poussant la valise devant lui, sans cesse conscient de la bosse du sac sur son dos qui dépassait des broussailles. L'eau s'infiltrait à travers ses vêtements ; elle ne tarda pas à ruisseler sur ses cuisses et sur ses genoux. La forte odeur de l'humus lui emplissait les narines ; des petites branches lui accrochaient les cheveux. On aurait dit que tout, dans la nature, conspirait à le retenir. Il leva les yeux vers le haut de la colline et aperçut le mirador qui se détachait sur la ligne des arbres noirs à l'horizon. Aucune lumière ne brillait sur la tour d'observation.

Il resta immobile. C'était trop loin : il ne pourrait jamais ramper jusque-là. Sa montre indiquait trois heures moins le quart. Le garde assurant la relève arriverait du nord. Il déboucla son sac et le prit sous son bras comme un cartable d'écolier. Prenant la valise de l'autre main, il se mit à remonter avec précaution la pente, laissant sur sa gauche le sentier, son regard fixé sur la silhouette squelettique du mirador, qui se dressait devant lui soudain comme la sombre ossature d'un monstre.

Le vent soufflait bruyamment au-dessus de la crête. Juste au-dessus de lui, il entendait les branches s'entrechoquer dans la futaie et le long grincement d'une fenêtre. La ligne de barbelés n'était pas simple mais double ; lorsqu'il tira, ils se détachèrent des poteaux. Il les enjamba, les remit en place et contempla la forêt qui se dressait devant lui. Même en cet instant d'indicible terreur où la sueur l'aveuglait et où les pulsations de son cœur dominaient la rumeur du vent, il éprouvait un sentiment de totale gratitude envers Avery et Haldane, comme s'il savait que c'était pour son bien qu'ils l'avaient trompé.

Puis il aperçut la sentinelle, comme la silhouette au stand de tir, à moins de dix mètres de lui, lui tournant le dos, plantée au milieu de l'ancien sentier, fusil en bandoulière, son corps massif oscillant de droite à gauche tandis qu'il battait de la semelle le sol détrempé pour ne pas geler sur place. Leiser sentit l'odeur du tabac – une bouffée qui passa en une seconde – et celle du café, tiède comme une couverture. Il posa à terre son sac et sa valise et s'avança instinctivement vers le garde ; il aurait pu tout aussi bien être au gymnase de Headington. Il sentit dans sa main les cannelures du manche, pour empêcher que ça ne glisse. La sentinelle était un très jeune homme sous sa capote militaire ; Leiser fut surpris de le trouver si jeune. Il le tua rapidement, d'un seul coup, comme un homme qui fuit tirerait sur la foule ; d'un geste bref ; non pour détruire mais pour sauver ; avec impatience aussi, parce qu'il avait du chemin à faire ; et avec indifférence parce que ce n'était qu'un accessoire.

– Vous ne voyez rien ? répéta Haldane.

– Non, dit Avery en lui tendant les jumelles. Il vient d'entrer dans l'ombre.

– Voyez-vous de la lumière sur le mirador ? Ils allumeraient s'ils l'entendaient.

– Non, je cherchais Leiser, répondit Avery.

– Vous auriez dû l'appeler Mayfly, protesta Leclerc derrière eux. Johnson connaît son nom maintenant.

– Je l'oublierai, monsieur.

– De toute façon, il est passé, dit Leclerc en revenant vers la voiture.

Ils rentrèrent sans échanger un mot.

En arrivant à la ferme, Avery sentit une main se poser amicalement sur son épaule et il se retourna, s'attendant à voir Johnson ; il trouva derrière lui le visage creux de Haldane, mais si changé, si manifestement en paix qu'il semblait empreint de la tranquillité juvénile d'un homme qui a survécu à une longue maladie ; la souffrance l'avait totalement quitté.

– Je n'ai pas l'habitude de prodiguer les éloges, dit Haldane.

– Vous croyez qu'il est passé sans encombre ?

– Vous vous en êtes bien tiré, dit-il en souriant.

– Nous aurions entendu, n'est-ce pas ? Nous aurions entendu les coups de feu ou vu les projecteurs ?

– Nous ne sommes plus responsables de lui. Bien joué. (Il bâilla.) Je propose que nous nous couchions tôt. Nous n'avons rien d'autre à faire. Jusqu'à demain soir, bien sûr. (Il s'arrêta sur le pas de la porte et, sans tourner la tête, il observa :) Vous savez, ça n'a pas l'air vrai. Pendant la guerre, on ne se posait pas de questions. Ils marchaient ou bien ils refusaient. Mais lui, pourquoi y est-il allé, Avery ? Jane Austen disait que l'argent ou l'amour, il n'y avait que ça au monde. Leiser n'a pas fait ça pour l'argent.

– Vous disiez qu'on ne pouvait jamais savoir. C'est ce que vous avez dit le soir où il a téléphoné.

– Il m'a dit que c'était la haine qui le poussait. La haine des Allemands ; et je ne l'ai pas cru.

– En tout cas, il est parti. Je croyais que c'était tout ce qui comptait pour vous, vous disiez que vous ne vous fiiez pas aux mobiles.

– Il ne ferait pas ça par haine, nous le savons. Alors, qu'est-ce que c'est ? Nous ne l'avons jamais vraiment connu, n'est-ce pas ? Il est près du but, vous savez ; il est sur son lit de mort. À quoi pense-t-il ? S'il meurt maintenant, cette nuit, quelles pensées lui occuperont l'esprit ?

– Vous ne devriez pas dire des choses pareilles.

– Ah. (Il finit par se tourner vers Avery et son visage demeurait aussi paisible.) Quand nous l'avons trouvé, c'était un homme sans amour. Savez-vous ce qu'est l'amour ? Je vais vous le dire : c'est ce qu'on peut encore trahir. Nous-mêmes, dans notre profession, nous vivons sans. Nous ne forçons pas les gens à faire des choses pour nous. Nous les laissons découvrir l'amour. Et, bien entendu, c'est ce qui est arrivé à Leiser. Il nous a épousés pour l'argent, si je puis dire, et c'est par amour qu'il nous a quittés. Il a prononcé ses seconds vœux. Je me demande quand.

– Que voulez-vous dire : pour l'argent ?

– Je veux dire pour ce que nous lui avons donné. L'amour est ce qu'il nous a donné. À propos, je vois que vous avez sa montre.

– Je la garde pour lui.

– Ah. Bonne nuit. Ou plutôt, bonjour. (Petit rire.) Comme on perd vite le sens du temps. Puis il ajouta, comme pour lui-même : Et le Cirque nous a aidés jusqu'au bout. C'est très étrange. Je me demande pourquoi.

Leiser rinça très soigneusement le couteau : il était sale et avait besoin d'être lavé. Dans le hangar à bateaux, il mangea ses provisions et but le cognac qu'il y avait dans la flasque. « Après cela, avait dit Haldane, vous vivez sur le pays ; vous ne pouvez pas vous promener avec des conserves de viande et du cognac français. » Il ouvrit la porte et sortit pour se laver la figure et les mains dans l'eau du lac.

L'eau était très calme dans l'obscurité. Sa surface lisse était comme une peau parfaite enveloppée de voiles flottants de brume grise. Il apercevait les roseaux le long de la berge ; le vent, qui se calmait aux approches de l'aube, les effleurait en passant sur l'eau. Par-delà le lac se dressait l'ombre des petites collines. Il se sentait calme, reposé. Jusqu'au moment où comme un frisson le souvenir du jeune garde lui traversa l'esprit.

Il lança le plus loin possible la boîte de corned-beef vide et la bouteille de cognac et, lorsqu'elles touchèrent l'eau, un héron s'éleva languissamment des roseaux. Se penchant, il ramassa une pierre et fit des ricochets sur le lac. Il l'entendit rebondir à trois reprises avant de couler. Il en lança une autre mais ne parvint pas à faire plus de trois ricochets. Retournant à la cabane, il prit son sac et sa valise. Il avait le bras droit endolori, sans doute à cause du poids de la valise. Quelque part du bétail se mit à mugir.

Il partit en direction de l'est, en suivant le chemin qui bordait le lac. Il voulait aller le plus loin possible avant le matin.

Il avait dû traverser une demi-douzaine de villages. Chacun était mort, plus silencieux même que la route car il offrait un abri momentané contre le vent qui se levait. Il remarqua soudain qu'il n'y avait pas de panneaux indicateurs, pas de constructions neuves. C'était de là que venait cette impression de paix, la paix qui naît de l'absence de toute innovation : cela aurait pu se passer il y a cinquante ans, ou cent. Il n'y avait pas de lampadaires, pas d'enseignes criardes sur les cafés ou les boutiques. C'étaient les ténèbres de l'indifférence et cela lui parut réconfortant. Il s'y enfonçait comme un homme las se plonge dans la mer : cela le rafraîchissait et le ranimait comme le vent ; jusqu'au moment où il repensa à la sentinelle. Il passa devant une ferme. Une longue allée la reliait à la route. Il s'arrêta. À mi-chemin entre la ferme et la route était garée une motocyclette, un vieil imperméable jeté par-dessus la selle. Il n'y avait personne en vue.

Le poêle fumait doucement.

– Quand avez-vous dit qu'était sa première heure d'émission ? demanda Avery. (Il avait déjà posé la question.)

– Johnson a dit vingt-deux heures vingt. Nous commencerons à chercher une heure avant.

– Je croyais qu'il avait une fréquence déterminée, murmura Leclerc, mais sans manifester beaucoup d'intérêt.

– Il peut se tromper de cristal en commençant. Ça arrive quand on est tendu. Le plus sûr pour la base, c'est de chercher sur diverses fréquences.

– Il doit être sur la route maintenant.

– Où est Haldane ?

– Il dort.

– Comment peut-on dormir à un moment pareil ?

– Il va bientôt faire jour.

– On ne peut rien faire pour ce feu ? demanda Leclerc. Ça ne devrait pas fumer comme ça, j'en suis sûr. (Il secoua brusquement la tête, comme s'il s'ébrouait et dit :) John, il y a un rapport extrêmement intéressant de Fielden. Sur des mouvements de troupes à Budapest. Peut-être quand vous serez rentré à Londres… (Il perdit le fil de son discours et prit un air soucieux.)

– Vous m'en avez parlé, dit doucement Avery.

– Ah oui, eh bien, il faudra que vous y jetiez un coup d'œil.

– Volontiers. Ça paraît très intéressant.

– Mais oui, n'est-ce pas ?

– Très.

– Vous savez, dit-il comme s'il se rappelait quelque chose, ils ne veulent toujours pas donner de pension à cette pauvre femme.

Il était assis très droit sur la motocyclette, les coudes comme appuyés sur une table. La machine faisait un fracas terrible ; elle semblait emplir l'aube d'un bruit qui se répercutait à travers les champs gelés et allait éveiller les basses-cours. L'imperméable avait des empiècements de cuir aux épaules ; Leiser cahotait sur la route sans revêtement, les pans flottant derrière lui, frottant contre les rayons de la roue arrière. Le jour se leva.

Il allait bientôt devoir manger. Il ne comprenait pas pourquoi il avait si faim. C'était peut-être l'exercice. Oui, ce devait être l'exercice. Il allait manger, mais pas dans un bourg, pas encore. Pas dans un café plein d'étrangers. Pas dans un café où la sentinelle avait peut-être bu.

Il continua à rouler. La faim le tenaillait. Il était incapable de penser à autre chose. Sa main tourna la poignée des gaz, entraînant en avant son corps affamé. Il s'engagea sur un chemin conduisant à une ferme et stoppa. La maison était vieille et tombait en ruine ; le chemin était envahi d'herbes et les charrettes avaient creusé des ornières. Les barrières étaient brisées. Il y avait un jardin en terrasse, jadis en partie cultivé et aujourd'hui laissé à l'abandon, comme s'il nc scrvait plus à rien.

Une lumière brûlait à la fenêtre de la cuisine. Leiser frappa à la porte. Sa main tremblait encore des trépidations de la motocyclette. Personne ne vint ; il frappa de nouveau et le bruit qu'il fit l'effraya. Il crut voir un visage, ç'aurait pu être l'ombre du garde-frontière passant devant la fenêtre avant de s'écrouler, ou bien le reflet d'une branche agitée par le vent.

Il revint précipitamment auprès de sa motocyclette,

se rendant compte avec terreur que sa faim n'était pas de la faim, mais de l'esseulement. Il lui fallait s'allonger quelque part et se reposer. Il se dit : « J'avais oublié l'effort que ça représente. » Il roula jusqu'aux bois où il s'étendit, son visage brûlant enfoui dans les fougères.

C'était le soir ; il faisait encore clair dans les champs, mais l'ombre envahissait rapidement le bois où il était allongé si bien qu'en un moment les troncs rougeâtres des pins étaient devenus des colonnes noires.

Il brossa les feuilles collées à sa veste et relaça ses chaussures. Elles le serraient douloureusement au cou-de-pied. Il n'avait jamais eu l'occasion de les faire. Il se prit à penser : Ils s'en fichent bien, eux, et il se souvint que rien ne comblait jamais l'abîme qui séparait l'homme qui partait de celui qui restait en arrière, les vivants des mourants.

Il enfila les courroies de son sac et sentit de nouveau cette douleur cuisante aux épaules lorsque le cuir revint appuyer sur les vieilles meurtrissures. Ramassant sa valise, il traversa le champ jusqu'à la route où il avait laissé la moto ; cinq kilomètres encore avant Langdorn. Ce devait être derrière la colline : la première des trois agglomérations annoncées. Bientôt il allait trouver le barrage routier ; bientôt il allait devoir manger.

Il roula lentement, la valise sur ses genoux, scrutant sans cesse la route mouillée, écarquillant les yeux pour apercevoir une rangée de lumières rouges ou un rassemblement d'hommes et de véhicules. Il prit un virage et vit sur sa gauche une maison avec un panneau publicitaire pour une marque de bière derrière la fenêtre. Il entra dans la cour ; la pétarade du moteur fit apparaître un vieil homme sur le pas de la porte. Leiser posa la moto sur sa béquille.

– Je voudrais une bière, dit-il, et du saucisson. Vous avez ça ?

Le vieil homme le fit entrer, l'installa à une table dans la grande salle d'où Leiser pouvait surveiller sa moto garée dans la cour. Il lui apporta une bouteille de bière, des tranches de saucisson et un bout de pain noir ; puis il se planta devant la table pour le regarder manger.

– Vous allez où ? (Son visage émacié était ombré de barbe.)

– Dans le Nord. (Leiser connaissait la musique.)

– D'où venez-vous ?

– Quelle est la prochaine agglomération ?

– Langdorn.

– C'est loin ?

– Cinq kilomètres.

– Vous connaissez un endroit où on puisse descendre ?

Le vieil homme haussa les épaules. C'était un geste ni d'indifférence ni de refus, mais de négation, comme s'il rejetait tout et que tout également le rejetait.

– Comment est la route ? demanda Leiser.

– Bonne.

– On m'a dit qu'il y avait une déviation.

– Pas de déviation, dit le vieil homme, comme si une déviation, c'était un espoir, un réconfort, la promesse d'un peu de compagnie ; n'importe quoi susceptible de réchauffer l'air humide et froid ou d'éclairer les recoins de la salle.

– Vous êtes de l'Est, déclara l'homme. Ça s'entend.

– Mes parents, dit-il. Vous avez du café ?

Le vieil homme lui apporta du café, très noir et âcre, mais sans goût.

– Vous êtes de Wilmsdorf, reprit-il. Vous avez une plaque de Wilmsdorf.

– Il y a beaucoup de passage ? demanda Leiser en jetant un coup d'œil vers la porte.

Le vieil homme secoua la tête.

– Ça n'est pas une route à gros trafic, hein ? (Le vieil homme ne disait toujours rien.) J'ai un homme du côté de Kalkstadt. C'est loin ?

– Non. Quarante kilomètres. On a tué un gars près de Wilmsdorf.

– Il tient un café. Au nord de la ville. *Le Chat qui boit*. Vous connaissez ?

– Non.

– Ils ont eu des ennuis là-bas, dit Leiser en baissant la voix. Une bagarre. Avec des soldats de la garnison. Des Russes.

– Allez-vous-en, dit le vieil homme.

Il voulut le payer, mais il n'avait qu'un billet de cinquante marks.

– Allez-vous-en, répéta le vieil homme.

Leiser ramassa sa valise et son sac.

– Vieil imbécile, dit-il brutalement. Pour qui me prenez-vous ?

– Vous êtes ou bien innocent ou bien coupable et les deux sont dangereux. Allez-vous-en.

Il n'y avait pas de barrage sur la route. Il se retrouva tout d'un coup au centre de Langdorn ; il faisait déjà sombre ; les seules lumières éclairant la grande rue filtraient de derrière les volets clos, atteignant à peine le pavé mouillé. Il n'y avait pas de circulation. Il était affolé par le vacarme de sa moto ; on aurait dit un coup de trompette en pleine place du marché. Pendant la guerre, songea Leiser, les gens se couchaient tôt pour avoir chaud ; peut-être qu'ils le faisaient toujours.

Le moment était venu de se débarrasser de la machine. Il traversa la ville, trouva une église abandonnée et laissa la moto à la porte de la sacristie. Revenant en ville, il se dirigea vers la gare.

– Un aller simple pour Kalkstadt.

L'employé tendit la main. Leiser prit un billet dans son portefeuille et le lui tendit. L'employé le secoua avec impatience. Un moment, le vide se fit dans l'esprit de Leiser: il regardait stupidement les doigts qui s'agitaient devant lui et le visage méfiant et furieux derrière la grille.

L'employé cria brusquement:

– Carte d'identité !

Leiser eut un sourire d'excuse.

– On est distrait, dit-il en ouvrant le portefeuille pour montrer la carte dans son étui de cellophane.

– Sortez-la du portefeuille, dit l'employé.

Leiser le regarda l'examiner sous la lampe de son bureau.

– Permis de voyage ?

– Oui, bien sûr, fit Leiser en lui remettant le document.

– Pourquoi voulez-vous aller à Kalkstadt si vous devez vous rendre à Rostock ?

– Notre coopérative de Magdebourg a envoyé du matériel par voie ferrée à Kalkstadt. Des turbines et des machines-outils. Il faut les installer.

– Comment êtes-vous venu jusqu'ici ?

– J'ai fait du stop.

– C'est défendu.

– Par le temps qui court, il faut se débrouiller.

– Par le temps qui court ?

L'homme pressa son visage contre la vitre en regardant les mains de Leiser.

– Qu'est-ce que vous tripotez là ? demanda-t-il sans douceur.

– Une chaîne ; la chaîne d'un trousseau de clefs.

– Alors, il faut installer ce matériel. Eh bien ? Je vous écoute !

– Je peux faire ça en chemin. Les gens de Kalkstadt

attendent déjà depuis six semaines. La livraison a été retardée.

– Alors ?

– Nous avons fait une enquête… auprès des chemins de fer.

– Et ?

– Ils n'ont pas répondu.

– Vous avez une heure d'attente. Le train part à six heures trente. (Un silence.) Vous avez entendu la nouvelle. On a tué un jeune gars à Wilmsdorf. Les salauds ! (Il lui rendit sa monnaie.)

Il n'avait nulle part où aller ; il n'osait pas déposer ses bagages à la consigne. Il n'y avait rien d'autre à faire : il alla marcher une demi-heure, puis revint à la gare. Le train avait du retard.

– Vous méritez tous deux de vives félicitations, dit Leclerc avec un hochement de tête approbateur à l'intention de Haldane et d'Avery. Vous aussi, Johnson. Désormais, aucun de nous ne peut plus rien : à Mayfly de jouer. (Il eut un sourire particulier à l'adresse d'Avery.) Et vous, John, vous êtes bien silencieux. Pensez-vous que cette affaire ait enrichi votre expérience ? (Il ajouta avec un petit rire, comme s'il en appelait aux deux autres :) J'espère que nous n'allons pas avoir sur les bras la responsabilité d'un divorce ; il faut que nous vous ramenions à votre femme.

Il était assis au bord de la table, ses petites mains soigneusement croisées sur ses genoux. Comme Avery ne répondait rien, il dit avec entrain.

– Carol m'a fait une scène, vous savez, Adrian ; elle m'a reproché de briser un jeune ménage.

Haldane sourit comme si cette idée lui paraissait amusante.

– Je suis sûr qu'il n'y a pas de danger, dit-il.

– Il a eu beaucoup de succès auprès de Smiley aussi ; il faut veiller à ce qu'ils ne nous le piquent pas !

19

Lorsque le train arriva à Kalkstadt, Leiser attendit que les autres voyageurs eussent quitté le quai. Un employé d'un certain âge ramassait les billets. Il avait l'air d'un brave homme.

– Je cherche un ami, dit Leiser. Un nommé Fritsche. Il travaillait ici.

L'employé fronça les sourcils.

– Fritsche ?

– Oui.

– Quel était son prénom ?

– Je ne sais pas.

– Quel âge avait-il alors ; à peu près ?

– Quarante ans, fit-il, au hasard.

– Fritsche, ici, à cette gare ?

– Oui. Il avait une petite maison auprès du fleuve ; un célibataire.

– Toute une maison ? Et il travaillait à cette gare ?

– Oui.

Le garde secoua la tête.

– Jamais entendu parler de lui. (Il dévisagea Leiser.) Vous êtes sûr ? fit-il.

– C'est ce qu'il m'a dit. (Un détail parut lui revenir.) Il m'a écrit en novembre… il se plaignait parce que les Vopos avaient fermé la gare.

– Vous êtes fou, dit le cheminot. Bonsoir.

– Bonsoir, répondit Leiser. (En s'éloignant, il sentait le regard de l'autre peser sans cesse sur lui.)

Il y avait dans la rue principale un petit hôtel à l'enseigne de *La Vieille Cloche*. Il attendit au bureau en bas, mais personne ne vint. Il ouvrit une porte et se trouva dans une grande pièce dont le fond était plongé dans l'ombre. Une jeune fille était assise à une table devant un vieux gramophone. Elle était affalée en avant la tête enfouie entre ses bras, et elle écoutait la musique. Une unique ampoule brûlait au-dessus d'elle. Lorsque le disque s'arrêta, elle le refit jouer, déplaçant le bras de l'appareil sans même lever la tête.

– Je cherche une chambre, dit Leiser. J'arrive de Langdorn.

Il y avait dans tous les coins des oiseaux empaillés : des hérons, des faisans et un martin-pêcheur.

– Je cherche une chambre, répéta-t-il. (C'était de la musique de danse, très ancienne.)

– Demandez à la réception.

– Il n'y a personne.

– De toute façon, ils n'ont rien. Ils n'ont pas le droit de vous prendre. Il y a un hôtel près de l'église. Il faut que vous descendiez là.

– Où est l'église ?

Avec un soupir théâtral, elle arrêta le phonographe et Leiser comprit qu'elle était contente d'avoir quelqu'un avec qui parler.

– Elle a été bombardée, expliqua-t-elle. Mais on continue à en parler. Il ne reste plus que le clocher.

Il finit par dire :

– Ils ont sûrement un lit ici, non ? C'est grand. (Il posa son sac dans un coin et s'assit à la table à côté de la sienne. Il passa la main dans ses cheveux secs et drus.)

– Vous avez l'air crevé, dit la fille.

Son pantalon bleu était encore maculé de la boue de la frontière.

– J'ai voyagé toute la journée. Ça fatigue.

Elle se leva d'un air un peu embarrassé et se dirigea vers le fond de la salle où un escalier menait au premier, vers de la lumière. Elle appela, mais personne ne vint.

– Steinhäger ? lui demanda-t-elle dans le noir.

– Oui.

Elle revint avec une bouteille et un verre. Elle portait un imperméable, un vieil imperméable marron, de coupe militaire, avec des épaulettes et des épaules carrées.

– D'où êtes-vous ? demanda-t-elle.

– De Magdebourg. Je vais dans le Nord. J'ai trouvé du travail à Rostock. (Combien de fois devrait-il encore le répéter ?) À cet hôtel, je peux trouver une chambre où je serai seul ?

– Si vous en voulez une.

La lumière était si mauvaise qu'au début ce fut à peine s'il la distinguait. Peu à peu elle s'anima. Elle avait environ dix-huit ans et elle était lourdement bâtie ; un joli visage, mais une vilaine peau. Le même âge que le garde-frontière ; peut-être un peu plus âgée.

– Qui êtes-vous ? demanda-t-il. (Elle ne répondit rien.) Qu'est-ce que vous faites ?

Elle prit le verre de Leiser et y but en le regardant par-dessus le rebord d'un air entendu, comme si elle était une beauté. Elle le reposa lentement, sans le quitter des yeux, et elle lui toucha les cheveux. Elle avait l'air de croire que ses gestes comptaient. Leiser reprit :

– Ça fait longtemps que vous êtes ici ?

– Deux ans.

– Qu'est-ce que vous faites ?

– Tout ce qu'on veut. (Elle avait dit cela avec empressement.)

– Il y a beaucoup de passage ici ?

– C'est mort. Rien de rien.

– Pas d'hommes ?

– Quelquefois.

– Des troupes ?

(Un silence.)

– De temps en temps. Vous ne savez pas que c'est défendu de demander ça ?

Leiser se servit une nouvelle rasade de Steinhäger. Elle prit son verre et se mit à jouer avec.

– Qu'est-ce qui se passe dans cette ville ? demanda-t-il. J'ai essayé de venir il y a six semaines. On n'a pas voulu me laisser entrer. Kalkstadt, Langdorn, Wolken, on m'a dit que tout était bouclé. Qu'est-ce qui se passait ?

Elle pianotait du bout des doigts sur la main de Leiser.

– Rien n'était bouclé.

– Allons donc, fit Leiser en riant. Je vous dis qu'on n'a pas voulu me laisser approcher. Il y avait des barrages sur les routes entre ici et Wolken. (Il pensait : Huit heures vingt ; deux heures seulement avant la première émission prévue.)

– Rien n'était bouclé. (Elle ajouta soudain :) Vous êtes venu de l'ouest, par la route. On recherche quelqu'un comme vous.

Il se leva pour prendre congé.

– Je ferais bien de chercher l'hôtel. (Il posa de l'argent, sur la table.)

La fille murmura :

– J'ai une chambre à moi. Dans un appartement neuf derrière la Friedensplatz. Un immeuble pour ouvriers. Ça leur est égal. Je ferai tout ce que tu veux.

Leiser secoua la tête. Il ramassa ses bagages et se dirigea vers la porte. Elle le regardait toujours et il comprit qu'elle le soupçonnait.

– Au revoir, dit-il.

– Je ne dirai rien. Emmène-moi.

– J'ai pris une Steinhäger, marmonna Leiser. On n'a même pas parlé. Tu n'as pas cessé de faire jouer ton disque. (Ils avaient tous les deux peur.)

– Oui. Je n'ai pas cessé, dit la fille.

– Ça n'a jamais été bouclé, tu en es sûre ? Langdorn, Wolken, Kalkstadt, il y a six semaines ?

– Pourquoi bouclerait-on ici ?

– Pas même la gare ?

– Pour la gare, dit-elle, je ne sais pas. Les alentours ont été interdits pendant trois jours en novembre. Personne ne sait pourquoi. Il y avait des soldats russes, une cinquantaine. Ils étaient cantonnés en ville. Vers mi-novembre.

– Une cinquantaine ? Du matériel ?

– Des camions. Il y avait des manœuvres dans le Nord, c'est ce qu'on disait. Reste avec moi ! Laisse-moi t'accompagner. J'irai n'importe où.

– De quelle couleur les épaulettes ?

– Je ne me souviens pas.

– D'où venaient-ils ?

– C'étaient de jeunes recrues. Certains venaient de Leningrad, deux frères.

– Vers où sont-ils allés ?

– Vers le nord. Écoute, personne ne saura jamais. Je ne parle pas, ça n'est pas mon genre. Je te ferai tout ce que tu voudras.

– Vers Rostock ?

– Ils ont dit qu'ils allaient à Rostock. Ils m'ont recommandé de ne pas le dire. Le Parti a fait la tournée de toutes les maisons.

Leiser hocha la tête. Il était en nage.

– Au revoir, dit-il.

– Et demain, demain soir ? Je ferai ce que tu voudras.

– Peut-être. Ne dis rien à personne, tu as compris ?

Elle secoua la tête.

– Je ne leur dirai pas, promit-elle, parce que je m'en fous. Demande le *Hochhaus*, derrière la Friedensplatz. Appartement dix-neuf. Viens à n'importe quelle heure. Je t'ouvrirai la porte. Tu sonnes deux coups et ils savent que c'est pour moi. Je ne te ferai pas payer. Fais attention, dit-elle. Il y a des gens partout. On a tué un jeune gars à Wilmsdorf.

Il alla jusqu'à la place du marché, revenant dans la peau de son personnage parce que le temps pressait, et il se mit à chercher le clocher de l'église et l'hôtel. Des silhouettes un peu tassées le croisaient dans l'obscurité ; certaines avaient des vestiges d'équipement militaire : des casquettes de laine et les longs manteaux qu'ils portaient pendant la guerre. De temps en temps, il entrevoyait leur visage à la pâle lueur d'un lampadaire et il cherchait sur leurs traits fermés et hostiles les qualités qu'il détestait. Il se disait : « Tu peux le haïr... il est assez vieux », mais cela le laissait indifférent. Ils n'étaient rien. Peut-être dans une autre ville, dans un autre lieu les trouverait-il et les détesterait-il ; mais pas ici. Ceux-là étaient vieux et ne comptaient pas ; ils étaient pauvres, comme lui, et seuls. Le clocher était noir et vide. Cela lui rappela brusquement le mirador à la frontière et le garage après onze heures, le moment où il avait poignardé la sentinelle : un gosse, comme lui pendant la guerre ; plus jeune même qu'Avery.

– Il devrait y être maintenant, dit Avery.

– En effet, John. Il devrait y être, n'est-ce pas ? Encore une heure. Ils se regardèrent en silence.

– Vous ne connaissez pas du tout l'*Alias Club* ? demanda soudain Johnson. À côté de Villiers Street ? Beaucoup d'anciens se retrouvent là. Vous devriez passer un soir, quand on sera rentré.

– Volontiers, dit Avery. Ça me ferait plaisir.

– C'est bien à l'époque de Noël, reprit-il. C'est à ce moment-là que j'y vais. Il y a une bonne bande, et même un ou deux qui viennent en uniforme.

– Ça doit être bien.

– Pour la Nouvelle Année, ils ont une soirée où les femmes peuvent venir. Vous pourriez venir avec votre épouse.

– Parfait.

– Ou votre petite amie, dit Johnson avec un clin d'œil.

– Pour moi, il n'y a que Sarah, dit Avery.

Le téléphone sonnait. Leclerc se leva pour aller répondre.

20

RETOUR

Il posa par terre le sac et la valise et inspecta les murs. Il y avait une prise de courant près de la fenêtre. La porte ne fermait pas à clef, aussi poussa-t-il le fauteuil devant. Il ôta ses chaussures et s'allongea sur le lit. Il pensait aux doigts de la fille sur sa main et au mouvement nerveux de ses lèvres ; il se rappelait son regard fourbe qui le guettait dans l'ombre et il se demandait dans combien de temps elle le trahirait.

Il se souvenait d'Avery : il se rappelait la cordialité et la retenue si britannique des débuts de leur camaraderie ; il se rappelait son jeune visage luisant sous la pluie et le regard timide et surpris qu'il avait lorsqu'il essuyait ses lunettes, et il songea : il a dû toujours dire trente-deux ans. C'est moi qui ai mal entendu.

Il regarda le plafond. Dans une heure, il installerait l'antenne.

La chambre était vaste et nue, avec un lavabo rond dans un coin. Un unique tuyau le reliait au plancher et il espérait que cela ferait une prise de terre suffisante. Il fit couler de l'eau et constata avec soulagement qu'elle était froide, car Johnson avait dit qu'un tuyau chaud était aléatoire. Il dégaina son couteau et gratta soigneusement la surface du tuyau sur un côté. La prise de terre était importante, avait dit Jack. Faute de mieux, avait-il dit, on déroule la prise de terre en zigzags sous le tapis, avec la même longueur de fil que pour l'antenne. Mais il n'y avait pas de tapis et il faudrait se contenter du tuyau. Pas de tapis, et pas de volets n'ont plus.

Devant lui se dressait une armoire massive aux portes cintrées. L'établissement avait dû être jadis le premier hôtel de la ville. Il flottait dans l'air une odeur de tabac d'Orient et des relents de désinfectant. Les murs étaient de plâtre gris ; l'humidité s'était répandue en taches sombres, arrêtée çà et là par quelque mystérieuse vertu interne de la maison qui avait séché une sorte d'allée à travers le plafond. À certains endroits, la moisissure avait fait s'effriter le plâtre, laissant un îlot de minuscules champignons blancs ; ailleurs, le plâtre s'était contracté et était venu combler les cavités avec une sorte de pâte qui formait des rivières blanches aux coins de la chambre. Le regard de Leiser les suivait attentivement pendant qu'il était à l'affût du moindre bruit venant de l'extérieur.

Il y avait au mur un tableau représentant des travailleurs dans un champ, guidant un cheval de labour. À l'horizon, un tracteur. Il entendit la voix bienveillante de Johnson parlant de l'antenne : « Si on est à l'intérieur, c'est assommant, et c'est à l'intérieur que ça se passera. Alors écoutez : installez-la en zigzags à travers la pièce, sur un quart de votre longueur d'ondes et à une trentaine de centimètres du plafond. De grands zigzags, Fred, et jamais parallèles aux poutrelles métalliques, aux conduites d'électricité, etc. Et ne repliez pas non plus le fil sur lui-même, sinon vous serez baisé.» Toujours des allusions grivoises, pour aider la mémoire des hommes simples.

Leiser se dit: Je vais l'accrocher au cadre du tableau, et puis faire des aller et retour jusqu'à l'autre coin. Je peux enfoncer un clou dans ce plâtre. Il chercha du regard un clou ou une épingle et aperçut un cintre accroché à une patère. Il se leva et dévissa le manche de son rasoir. Le pas de vis tournait vers la droite, et c'était une ingénieuse précaution, car si quelqu'un de méfiant tournait négligemment le manche vers la gauche, il irait dans le sens inverse du pas de vis. Il tira de la cavité la boule de tissu de soie qu'il se mit à lisser soigneusement sur son genou, de ses gros doigts. Il trouva un crayon dans sa poche et se mit à le tailler, sans bouger du bord du lit, car il ne voulait pas faire tomber le bout de tissu. Par deux fois la pointe cassa; les rognures de bois s'amassaient sur le plancher à ses pieds. Il commença à écrire sur son carnet, en capitales, comme un prisonnier écrivant à sa femme, et chaque fois qu'il mettait un point, il traçait un rond autour comme on le lui avait enseigné il y avait longtemps.

Le message composé, il dessina un trait toutes les deux lettres et, sous chaque compartiment, il inscrivit l'équivalent en chiffres d'après le tableau qu'il avait appris par cœur: il devait parfois recourir à un truc mnémotechnique, comme une chanson, pour se rappeler les chiffres; parfois il se souvenait de travers et devait effacer pour recommencer. Lorsqu'il eut terminé, il divisa la ligne des chiffres par groupes de quatre et déduisit chacun d'eux ensuite des groupes imprimés sur le tissu de soie; puis il reconvertit les chiffres en lettres et écrivit le résultat, redivisant le résultat en groupes de quatre.

La peur, comme une vieille douleur, lui tenaillait le ventre si bien qu'à chaque bruit qu'il imaginait, il jetait un coup d'œil inquiet vers la porte, sa main s'arrêtant au milieu de sa transcription. Mais il n'entendait rien que les craquements d'un vieux bâtiment, comme le bruit du vent dans le gréement d'un navire.

Il examina le message terminé, se rendant compte que c'était trop long et que s'il avait plus de pratique, s'il était plus rapide, il pourrait le réduire, mais pour l'instant il ne voyait aucun moyen de le faire et il savait, on le lui avait répété, que mieux valait mettre un mot ou deux de trop que d'envoyer un message ambigu. Il y avait quarante-deux groupes.

Il écarta la table de la fenêtre et souleva la valise; prenant une clef de son trousseau, il l'ouvrit en priant le ciel que rien ne se fût cassé pendant le voyage. Il ouvrit les boîtes contenant le matériel de rechange et découvrit avec des doigts tremblants le sac de soie contenant les quartz et fermé par un ruban vert. Défaisant le nœud, il étala les quartz sur le tissu rugueux du couvre-pieds. Chacun portait une étiquette rédigée de la main de Johnson et mentionnant d'abord la fréquence et en dessous un seul chiffre précisant la position dans le plan d'émission. Il les disposa dans l'ordre, bien à plat sur la couverture. Les quartz, c'était le plus facile. Il vérifia que le fauteuil bloquait bien la porte. La poignée lui glissa dans la main. Le fauteuil ne lui assurait aucune protection. Pendant la guerre, il s'en souvenait, on lui avait donné des cales d'acier. Revenant à la valise, il brancha l'émetteur et le récepteur sur la batterie, inséra la fiche des écouteurs et dévissa le manipulateur du couvercle d'une des boîtes de pièces de rechange. Ce fut alors qu'il vit la liste.

Sur la face intérieure du couvercle de la valise était fixé un bout de papier collant avec une demi-douzaine de groupes de lettres et, auprès de chacun, sa traduction en morse ; c'était le code international pour les formules standards, celles dont il ne se souvenait jamais.

Quand il vit ces lettres, tracées de la main sûre et appliquée de Jack, des larmes de gratitude lui montèrent aux yeux. Il ne m'a jamais dit, songea-t-il, il ne m'a jamais dit qu'il avait fait ça. Jack était un chic type, au fond, et le capitaine et le jeune John : quelle équipe formidable ! On pouvait vivre toute une vie sans rencontrer des types pareils. Il se calma en appuyant les mains bien à plat sur la table. Il tremblait un peu, peut-être à cause du froid ; sa chemise humide collait à ses omoplates ; mais il était heureux. Il jeta un coup d'œil au fauteuil devant la porte en se disant : Quand j'aurai le casque, je ne les entendrai pas venir, comme le garde ne l'avait pas entendu à cause du vent.

Il fixa ensuite l'antenne et la prise de terre, attachant la prise de terre au tuyau du lavabo, les deux fils collés à la surface qu'il avait grattée avec de l'Albuplast. Debout sur le lit, il déploya l'antenne en huit zigzags à travers la pièce, comme le lui avait expliqué Johnson, la fixant de son mieux à la tringle des rideaux ou au plâtre du mur. Quand ce fut fait, il revint à l'appareil et régla le bouton de longueur d'ondes sur la quatrième position, car il savait que toutes les fréquences étaient dans la gamme de trois mégacycles. Il prit sur le lit le premier quartz de la rangée, le brancha dans le coin gauche de l'appareil et procéda au réglage de l'émetteur, marmonnant doucement à chaque geste : Régler le sélecteur de fréquences sur « bon pour tous quartz », brancher la bobine ; réglage de l'anode et le contrôle de l'antenne sur dix.

Il hésita, essayant de se rappeler ce qui venait ensuite. Il y avait un bloc dans son esprit. « P. A… tu ne sais pas ce que veut dire P. A. ? » Il mit le cadran sur trois pour voir ce que donnait l'ampli… le bouton ARE sur A pour accord. Ça lui revenait. Le bouton sur la position six pour s'assurer du courant total… accord d'anode pour une lecture minimale.

Il passa sur E pour émettre, pressa brièvement le manipulateur, fit une lecture, tripota le bouton de contrôle de l'antenne pour obtenir un chiffre un peu plus élevé ; fit de nouveau un rapide réglage de l'anode. Il renouvela l'opération jusqu'au moment où, à son profond soulagement, il vit l'aiguille plonger sur le fond blanc du cadran en demi-cercle, ce qui signifiait que l'émetteur et l'antenne étaient bien ajustés et qu'il pouvait parler à John et à Jack.

Il se rassit avec un grognement de satisfaction, alluma une cigarette en regrettant que ce ne fût pas une anglaise, car s'ils entraient maintenant, ils n'auraient pas à se préoccuper de la marque de cigarettes qu'il fumait. Il regarda sa montre, la remonta à fond, terrifié à l'idée qu'elle pourrait s'arrêter ; elle était réglée sur celle d'Avery et cette simple idée le réconfortait. Comme des amoureux séparés, ils contemplaient la même étoile.

Trois minutes avant l'heure. Il avait dévissé le manipulateur du couvercle car il n'arrivait pas à s'en servir facilement tant qu'il restait fixé là. Jack avait dit que ça n'avait pas d'importance. Il était obligé de tenir le socle du manipulateur de la main gauche pour l'empêcher de glisser, mais Jack disait que tous les radios avaient leurs tics. Il était certain que ce manipulateur était plus petit que celui qu'il utilisait pendant la guerre ; il en était certain. Des traces de craie collaient au levier. Il serra les coudes contre son corps et se redressa. Le troisième doigt de sa main droite se recourba au-dessus du manipulateur. Mon premier indicatif, c'est JAJ, se dit-il, mon nom, c'est Johnson, on m'appelle Jack ; c'est facile à se rappeler. JA, John Avery ; JJ, Jack Johnson. Puis il se mit à frapper. Un point, trois traits, point trait, un point et trois traits, et il pensait : C'est comme dans la maison en Hollande, seulement il n'y a personne avec moi.

Répète deux fois, Fred, et puis tu cesses. Il passa sur écoute, poussa la feuille de papier plus vers le milieu de la table et se rendit compte brusquement qu'il n'avait rien pour écrire lorsqu'il aurait Jack.

Il se leva et chercha son carnet et son crayon, la sueur perlant sur son dos. Il ne les voyait nulle part. Se précipitant à quatre pattes, il tâta l'épaisse poussière sous le lit, trouva le crayon, chercha vainement à tâtons son carnet. En se relevant, il entendit un grésillement dans les écouteurs. Il revint en hâte vers la table, tout en s'efforçant de maintenir en place la feuille de papier pour pouvoir écrire dans un coin auprès de son propre message.

« QSA 3 ; je vous entends suffisamment », c'était tout ce qu'ils disaient. « Du calme, mon garçon, du calme », murmura-t-il. Il se carra sur son siège, passa sur émission, regarda son message codé et tapa quatre-deux, parce qu'il y avait quarante-deux groupes. Sa main était maculée de sueur et de poussière, son bras droit était endolori, peut-être d'avoir porté la valise.

« Tu as tout le temps du monde, avait dit Johnson. On sera à l'écoute : il ne s'agit pas d'un examen. » Il prit son mouchoir dans sa poche et s'essuya les mains. Il était terriblement las ; sa fatigue était comme un désespoir physique, comme l'instant de culpabilité avant de faire l'amour. Des groupes de quatre lettres, avait dit Johnson, pense aux groupes de quatre lettres, hein, Fred. Tu n'as pas besoin de tout faire d'un coup, Fred, un petit arrêt au milieu si tu veux ; deux minutes et demie sur la première fréquence, deux minutes et demie sur la seconde, il n'y a qu'à opérer comme ça; Mrs Hartbeck attendra, j'en suis sûr. Il souligna d'un trait de crayon la neuvième lettre parce que c'était là que se situait le signal de sécurité. C'était un détail auquel il préférait ne penser qu'en passant.

Il se prit la tête à deux mains, se concentrant autant qu'il en était capable, puis il posa le doigt sur le manipulateur et se mit à taper. La main souple, l'index et le médius sur la partie supérieure du levier, le pouce sous le bord, ne pas poser le poignet sur la table, Fred, le souffle régulier, Fred, tu verras que ça aide à se détendre.

Seigneur, pourquoi avait-il la main si lente ? À un moment, il ôta ses doigts du manipulateur et considéra d'un air impuissant sa paume ouverte; à un autre moment, il se passa la main gauche sur le front pour empêcher la transpiration de lui couler dans les yeux, il sentit le manipulateur glisser sur la table. Il avait le poignet trop raide : c'était avec cette main-là qu'il avait tué le garde-frontière. Il se répétait sans cesse : point, point, trait, puis un K, celui-là il le savait toujours, un point entre deux traits... ses lèvres épelaient les lettres, mais sa main ne suivait pas, c'était une sorte de bégaiement qui empirait à mesure qu'il parlait, et il pensait toujours au jeune garde, toujours. Peut-être était-il plus rapide qu'il ne croyait. Il perdait toute notion de temps ; la sueur lui ruisselait dans les yeux, il ne pouvait plus l'arrêter. Il épelait toujours les points et les traits, et il savait que Johnson serait furieux, parce qu'il ne devrait pas penser en points et en traits, mais musicalement comme les professionnels : di-ah, da, mais c'était Johnson qui avait tué la sentinelle. Les battements de son cœur étaient plus forts que le pianotement las du manipulateur : sa main semblait s'alourdir, et pourtant il continuait à émettre car c'était la seule chose à faire, la seule chose à quoi se cramponner pendant que son corps cédait. Il les attendait maintenant, il souhaitait leur venue – emmenez-moi, emportez tout ça – il guettait avec impatience des bruits de pas.

Lorsqu'il eut enfin terminé, il revint jusqu'au lit. D'un regard presque détaché, il aperçut les quartz sur la couverture, toujours là, en attente, alignés à partir de la gauche sur le dos, comme des sentinelles mortes, comme des soldats.

Avery regarda sa montre. Dix heures un quart.

– Il devrait commencer dans cinq minutes, dit-il.

Leclerc annonça soudain :

– C'était Gorton qui téléphonait. Il a reçu un télégramme du Ministère. Ils ont l'air d'avoir des nouvelles pour nous. On nous envoie un courrier.

– Qu'est-ce que ça pourrait bien être ? demanda Avery.

Je pense que c'est l'affaire de Hongrie. Le rapport de Fielden. Il se peut que je sois obligé de rentrer à Londres. (Il eut un sourire satisfait.) Mais je pense que vous pouvez vous débrouiller sans moi.

Johnson, écouteurs aux oreilles, était assis, penché en avant sur une chaise de bois à haut dossier qu'il avait apportée de la cuisine. Le récepteur vert sombre bourdonnait doucement au passage du courant ; le cadran de réglage, éclairé de l'intérieur, brillait d'une lueur pâle dans la pénombre du grenier.

Haldane et Avery étaient inconfortablement installés sur un banc. Johnson avait un bloc et un crayon devant lui. Il souleva les écouteurs et dit à Leclerc debout auprès de lui.

– Je vais lui répéter la procédure à suivre, monsieur ; je ferai de mon mieux pour vous dire ce qui se passe. Et en même temps j'enregistre sur magnétophone, pour plus de sûreté.

– Je comprends.

Ils attendirent en silence. Soudain – ce fut pour eux un moment d'absolue magie – Johnson se redressa sur son siège, leur fit un petit signe de tête bref et mit en marche le magnétophone. Il sourit, passa sur émission et se mit à taper.

– Ça va Fred, dit-il tout haut. Je vous entends parfaitement.

– Il y est arrivé ! s'exclama Leclerc. Il a atteint son objectif ! (Ses yeux brillaient d'excitation.) Vous entendez, John ? Vous entendez ?

– Si nous nous taisions ? suggéra Haldane.

– Le voilà, dit Johnson. (Il parlait d'un ton calme, tranquille.) Quarante-huit groupes.

– Quarante-huit ! répéta Leclerc.

Johnson était parfaitement immobile, il avait la tête un peu penchée sur le côté, toute son attention concentrée sur ce qu'il entendait dans son casque, le visage impassible dans la lumière pâle.

– J'aimerais le silence maintenant, s'il vous plaît.

Pendant peut-être deux minutes, sa main courut rapidement sur le bloc. De temps en temps, il poussait un grognement inintelligible, chuchotait une lettre ou secouait la tête jusqu'au moment où le message parut arriver plus lentement, son crayon s'arrêtant pendant qu'il écoutait, et où il ne tarda pas à tracer chaque lettre séparément avec un soin infini. Il jeta un coup d'œil à la pendulette.

– Allons, Fred, fit-il d'un ton pressant. Allons, change, ça fait presque trois minutes.

Mais le message continuait toujours, lettre par lettre, et le visage de Johnson prenait une expression inquiète.

– Qu'est-ce qui se passe ? interrogea Leclerc. Pourquoi n'a-t-il pas changé de fréquence ?

Mais Johnson se contenta de dire

– Cesse d'émettre, bon sang, Fred, cesse d'émettre !

Leclerc lui posa sur le bras une main impatiente. Johnson leva un écouteur.

– Pourquoi n'a-t-il pas changé de fréquence ? Pourquoi continue-t-il ?

– Il a dû oublier ! Il n'oubliait jamais pendant l'entraînement. Je sais qu'il est lent, mais bon Dieu ! (Il écrivait toujours machinalement.) Cinq minutes, murmura-t-il. Cinq minutes, merde ! Mais change de fréquence, nom de Dieu !

– Vous ne pouvez pas lui dire ? s'exclama Leclerc.

– Bien sûr que je ne peux pas. Comment voulez-vous que je fasse ? Il ne peut pas émettre et recevoir en même temps !

Ils étaient là, debout ou assis, fascinés et horrifiés. Johnson s'était tourné vers eux, sa voix se faisait maintenant suppliante.

– Je lui ai dit ; si je ne lui ai pas répété vingt fois, je ne lui ai jamais dit. C'est du suicide, ce qu'il fait, voilà ! (Il regarda sa montre.) Ça fait près de six minutes qu'il émet, bon sang. Quel con, quel con, quel con !

– Que vont-ils faire ? dit Haldane.

– S'ils interceptent son message ? Appeler une autre station. Faire un relevé, et puis c'est un simple problème de trigonométrie quand il est aussi long. (Il frappa des mains à plat sur la table d'un geste désespéré, désignant l'appareil comme si c'était un affront qu'on lui faisait.) Un gosse pourrait le faire. Avec un simple compas. Bonté divine ! Allons, Fred, bon Dieu, assez ! (Il écrivit une série de lettres, puis jeta son crayon.) De toute façon, dit-il, c'est enregistré.

Leclerc se tourna vers Haldane.

– On peut sûrement faire quelque chose !

– Ne faites pas de bruit, dit Haldane.

Le message s'interrompit. Johnson signala qu'il avait

bien reçu, très vite, comme quelqu'un qui est furieux. Il rebobina la bande magnétique et se mit à transcrire. Posant la feuille de codage devant lui, il travailla sans s'arrêter pendant peut-être un quart d'heure, faisant de temps en temps de petites additions sur le papier brouillon qu'il avait auprès de lui. Personne ne disait mot. Quand il eut terminé, il se leva, dans un geste à demi oublié de respect. « Voici le message : Région Kalkstadt bouclée trois jours mi-novembre quand cinquante soldats unité soviétique non identifiée cantonnés en ville. Pas de matériel spécial. Selon rumeurs manœuvres soviétiques plus au nord. Soldats ont fait mouvement sans doute sur Rostock. Fritsche inconnu je répète inconnu gare Kalkstadt. Pas de contrôle routier sur route Kalkstadt. » Il lança le papier sur le bureau.

– Après cela, il y a quinze groupes auxquels je ne comprends rien. Je crois qu'il s'est embrouillé dans son codage.

Le sergent de Vopo à Rostock décrocha le téléphone ; c'était un homme d'un certain âge, grisonnant et songeur. Il écouta un moment, puis composa un numéro sur un autre poste.

– Ce doit être un gosse, dit-il en formant le numéro. Quelle fréquence, disiez-vous ? (Il porta l'autre appareil à son oreille et parla rapidement dans le combiné, répétant à trois reprises la fréquence. Il passa dans le bureau voisin.) Nous aurons Witmar dans une minute, dit-il. Ils font un repérage. Vous l'entendez toujours ? (Le caporal acquiesça. Le sergent porta un écouteur à son oreille.) Ça ne pourrait être qu'un amateur, murmura-t-il. En pleine infraction. Mais qu'est-ce que c'est ? Pas un agent sain d'esprit n'émettrait un signal comme ça. Quelles sont les fréquences voisines ? Militaires ou civiles ?

– C'est proche des militaires. Très proche.

– C'est curieux, dit le sergent. Ça correspondrait, n'est-ce pas ? Ils faisaient ça pendant la guerre.

Le caporal contemplait les bandes qui s'enroulaient lentement sur leurs bobines.

– Il émet toujours. Par groupes de quatre.

– De quatre ? (Le sergent cherchait dans sa mémoire quelque chose qui s'était passé il y avait bien longtemps.) Laissez-moi entendre encore. Écoutez-moi ce crétin ! Il est lent comme un enfant.

Le rythme du morse éveillait des échos dans ses souvenirs : les intervalles qui manquaient de netteté, les points si courts que ce n'étaient plus guère que des clics. Il aurait juré qu'il connaissait cette main… pendant la guerre, en Norvège… mais ce n'était pas si lent : il n'avait jamais rien entendu d'aussi lent. Non, pas la Norvège… la France. Ce n'était peut-être que son imagination. Oui, c'était son imagination.

– Ou un vieil homme, dit le caporal.

Le téléphone sonna. Le sergent écouta un moment, puis se précipita en courant, en courant aussi vite qu'il en était capable, vers le mess des officiers de l'autre côté de l'allée d'asphalte.

Le capitaine russe buvait de la bière ; sa tunique était accrochée au dossier d'une chaise et il avait l'air de s'ennuyer terriblement.

– Vous vouliez quelque chose, sergent ? (Il affectait volontiers un style nonchalant.)

– Il est arrivé. L'homme dont on nous a parlé. Celui qui a tué le garde-frontière.

Le capitaine reposa aussitôt sa chope.

– Vous l'avez entendu ?

– Nous avons fait un repérage gonio. Avec Witmar. Il émet par groupes de quatre. Lentement. Dans la région de Kalkstadt. Sur une fréquence proche d'une des nôtres. Sommer à enregistré son émission.

– Bon Dieu, fit-il entre ses dents. (Le sergent fronça les sourcils.)

– Qu'est-ce qu'il cherche ? Pourquoi l'envoient-ils là ? demanda le sergent.

Le capitaine boutonna sa tunique.

– Demandez-leur donc à Leipzig. Peut-être qu'ils savent ça aussi.

21

Il était très tard.

Le feu brûlait très bien dans la grille de Control, mais il le tisonnait avec une nervosité de femme agacée. Il avait horreur de travailler la nuit.

– On vous réclame au Ministère, dit-il, avec irritation. Comme si c'était une heure ! Pourquoi tout le monde s'agite-t-il donc ainsi un jeudi ? Ça va nous gâcher le week-end. (Il reposa le tisonnier et revint à son bureau.) Ils sont dans un état épouvantable. Un crétin parle de pierre dans une mare. C'est extraordinaire comme la nuit affecte les gens. Dieu, que j'ai horreur du téléphone. (Il en avait plusieurs devant lui.)

Smiley lui offrit une cigarette et il en prit une sans la regarder, comme si on ne pouvait pas le tenir pour responsable des actions de ses bras.

– Quel Ministère ? demanda Smiley.

– Celui de Leclerc. Vous n'avez aucune idée de ce qui se passe ?

– Si, dit Smiley. Pas vous ?

– Leclerc est si vulgaire. J'avoue que je le trouve vulgaire. Il croit que nous sommes concurrents. Qu'est-ce que je pourrais bien faire de son horrible petite milice ? Des agents minables ramassés dans toute l'Europe. Et il croit que je veux l'absorber.

– Ça n'est pas ce que vous faites ? Pourquoi avons-nous annulé ce passeport ?

– Quel être stupide. Stupide et commun. Comment Haldane a-t-il pu se laisser séduire par un pareil personnage ?

– Il avait une conscience autrefois. Il est comme nous tous. Il a appris à la supporter.

– Oh, mon Dieu. C'est une pierre dans mon jardin ?

– Que veut le Ministère ? demanda brusquement Smiley.

Control brandit quelques papiers.

– Vous avez vu ces messages de Berlin ?

– Ils sont arrivés il y a une heure. Les Américains ont fait un repérage. Des groupes de quatre ; un code en lettres. Ils disent que ça vient de la région de Kalkstadt.

– Où diable est-ce donc ?

– Au sud de Rostock. L'émission s'est prolongée six minutes sur la même fréquence. On aurait dit, paraît-il, un amateur lançant son premier message. Sur un vieil émetteur du temps de guerre : ils voulaient savoir s'il nous appartenait.

– Et vous avez répondu ? demanda aussitôt Control.

– J'ai dit que non.

– J'espère bien. Seigneur !

– Ça n'a guère l'air de vous préoccuper, dit Smiley.

Control parut évoquer un très ancien souvenir.

– Il paraît que Leclerc est à Lübeck. Voilà une jolie ville. J'adore Lübeck. Le Ministère vous demande immédiatement. J'ai dit que vous iriez. Pour je ne sais quelle conférence. (Il ajouta avec un semblant de conviction :) Il faut absolument que vous y alliez, George. Nous avons été d'une affreuse stupidité. C'est dans tous les journaux allemands, de Königsberg à Brunswick ; ils parlent tous de conférences de la paix, crient au sabotage. (Du menton, il désigna la batterie de téléphones.) Le Ministère aussi. Dieu, que je déteste les fonctionnaires !

Smiley l'observait avec scepticisme.

– Nous aurions pu les arrêter, dit-il. Nous en savions assez.

– Bien sûr que nous aurions pu, dit calmement Control. Savez-vous pourquoi nous ne l'avons pas fait ? Par pure, par stupide charité chrétienne. Nous les avons laissés jouer à la guerre. Vous feriez mieux d'y aller maintenant. Et Smiley…

– Oui ?

– Ne soyez pas trop désagréable. (Et de sa voix un peu niaise :) Quand même, je les envie d'être à Lübeck. C'est là qu'il y a ce restaurant, n'est-ce pas ; comment s'appelle-t-il ? Où Thomas Mann allait souvent. C'est si intéressant.

– Il n'y est jamais allé, dit Smiley. L'endroit auquel vous pensez a été bombardé.

Smiley ne partait toujours pas.

– Je me demande, fit-il. Vous ne me direz jamais, n'est-ce pas ? Mais je me demande… (Il ne regardait pas Control.)

– Mon cher George, qu'est-ce qui vous prend ?

– Nous leur avons tout fourni. Le passeport qui a été annulé… un courrier dont ils n'ont jamais eu besoin… un émetteur radio de pacotille… des papiers, des rapports sur la frontière… qui a dit à Berlin d'écouter ses émissions ? Qui leur a dit sur quelles fréquences ? Nous avons même fourni les quartz à Leclerc, n'est-ce pas ? Était-ce simplement de la charité chrétienne aussi ? De la pure, stupide charité chrétienne ?

Control était scandalisé.

– Qu'est-ce que vous suggérez ? C'est de très mauvais goût. Qui ferait jamais une chose pareille ?

Smiley enfilait son manteau.

– Bonsoir, George, dit Control. (Et d'un ton dur, comme s'il en avait assez des sensibleries :) Filez. Et sauvegardez la différence qui nous sépare : votre pays a besoin de vous. Ce n'est pas ma faute s'ils ont mis si longtemps à mourir.

L'aube vint et Leiser n'avait pas dormi. Il aurait voulu se laver, mais il n'osait pas sortir dans le couloir. Il n'osait pas bouger. Si on le recherchait, il savait qu'il devait s'en aller normalement, ne pas se précipiter hors de l'hôtel avant le matin. Ne jamais courir, disait-on toujours : marcher comme un simple passant. Il pourrait partir à six heures : c'était assez tard. Il se frotta le menton du dos de la main : la barbe dure et rugueuse laissa des marques sur sa peau brune.

Il avait faim et il ne savait plus quoi faire, mais il n'allait pas s'enfuir en courant.

Il se retourna à demi sur le lit, tira le couteau de l'intérieur de sa ceinture de pantalon et le tint un moment devant ses yeux. Il frissonnait. Il sentait sur son front la chaleur anormale de la fièvre qui venait. Il regarda le couteau et se rappela leur conversation amicale. Pouce sur le dessus, la lame parallèle au sol, l'avant-bras tendu. « Allez-vous-en, avait dit le vieil homme. Vous êtes ou bien innocent ou bien coupable et les deux sont dangereux. » Comment tenir le couteau quand les gens lui parlaient comme ça ? Comme il l'avait fait pour le garde-frontière ?

Il était six heures. Il se leva. Il avait les jambes lourdes et engourdies. Les épaules encore endolories d'avoir porté le fardeau du sac. Il remarqua que ses vêtements sentaient le pin et l'humus. Il ôta la boue à demi séchée qui restait sur son pantalon et sur sa seconde paire de chaussures.

Il descendit, cherchant quelqu'un à qui payer sa note, les chaussures neuves crissant sur les marches. Il y avait une vieille femme en blouse blanche qui triait des lentilles dans un saladier en parlant à un chat.

– Qu'est-ce que je dois ?

– Remplissez votre fiche, dit-elle, acariâtre. C'est la première chose que vous devez. Vous auriez dû le faire en arrivant.

– Excusez-moi.

Elle se tourna vers lui en marmonnant mais sans oser élever la voix.

– Vous ne savez donc pas que c'est défendu de séjourner dans une ville sans signaler votre présence à la police ? (Elle regarda ses chaussures neuves.) Ou bien êtes-vous si riche qu'à votre avis, vous n'avez pas à vous donner cette peine ?

– Excusez-moi, répéta Leiser. Donnez-moi la fiche et je vais la remplir. Je ne suis pas riche.

La femme se tut et se remit à trier minutieusement ses lentilles.

– D'où venez-vous ? demanda-t-elle.

– De l'est, dit Leiser. (Il voulait dire du sud, de Magdebourg, ou de l'ouest, c'est-à-dire de Wilmsdorf.)

– Vous auriez dû vous présenter hier soir. C'est trop tard maintenant,

– Qu'est-ce que je paie ?

– Vous ne pouvez pas payer, répondit la femme. Ça ne fait rien. Vous n'avez pas rempli de fiche. Qu'est-ce que vous direz s'ils vous prennent ?

– Je dirai que j'ai couché avec une fille.

– Il neige dehors, dit la femme. Faites attention à vos belles chaussures.

Des grains de neige dure tombaient tristement dans le vent, se rassemblant dans les fentes entre les pavés noirs, s'attardant sur le stuc des maisons. Une neige triste, inutile, qui n'avait pas de volume. Le clocher démoli se dressait comme une dent noire dans le ciel maussade.

Il traversa la Friedensplatz et aperçut un immeuble neuf, peint en jaune et de six ou sept étages, bâti au milieu d'un terrain vague auprès d'un lotissement. Du linge pendait aux fenêtres, poudré de neige. L'escalier sentait la cuisine et l'essence russe. L'appartement était au troisième étage. Il entendait un enfant qui pleurait et un poste de radio qui marchait. Il crut un moment qu'il allait faire demi-tour et repartir, car il risquait de leur attirer des ennuis. Il sonna deux fois, comme le lui avait dit la fille. Elle ouvrit la porte ; elle était à demi endormie. Elle avait passé un imperméable par-dessus sa chemise de nuit de coton et elle le serrait autour de son cou à cause du froid glacial. Quand elle le vit, elle hésita, ne sachant que faire, comme s'il était porteur de mauvaises nouvelles. Il ne dit rien, se contentant de rester planté là, la valise se balançant doucement au bout de son bras. Elle lui fit signe de la tête ; il la suivit dans le couloir jusqu'à sa chambre et déposa dans un coin le sac et la valise. Il y avait des affiches de voyage aux murs, des photos de déserts, de palmiers et un clair de lune sur une mer tropicale. Ils se mirent au lit et elle le couvrit de son corps massif, tremblant un peu parce qu'elle avait peur.

– Je veux dormir, dit-il. Laisse-moi dormir d'abord.

Le capitaine russe dit :

– Il a volé une motocyclette à Wilmsdorf et il a demandé Fritsche à la gare. Qu'est-ce qu'il va faire maintenant ?

– Il doit avoir une nouvelle émission de prévue. Ce soir, répondit le sergent. S'il a quelque chose à dire.

– À la même heure ?

– Bien sûr que non. Ni sur la même fréquence. Ni du même endroit. Il ira peut-être à Witmar, à Langdorn ou à Wolken ; peut-être même jusqu'à Rostock. À moins qu'il ne reste en ville, mais dans un autre immeuble. Ou bien qu'il n'émette pas du tout.

– Un autre immeuble ? Qui voudrait donner asile à un espion ?

Le sergent haussa les épaules comme pour dire que lui-même en serait bien capable. Piqué, le capitaine demanda :

– Comment savez-vous qu'il émet d'une maison ? Pourquoi pas d'un bois ou d'un champ ? Comment pouvez-vous être si sûr ?

– On le perçoit très clairement. Il a un appareil puissant. Il ne pourrait pas obtenir une puissance pareille avec une batterie, pas une batterie qu'on peut transporter tout seul. Il utilise le courant du secteur.

– Faites cerner la ville, dit le capitaine. Qu'on fouille toutes les maisons.

– On le veut vivant. (Le sergent regardait ses mains.) Il nous le faut vivant.

– Alors, dites-moi ce que nous devrions faire ? reprit le capitaine avec impatience.

– Assurez-vous qu'il émet. C'est le premier point. Et qu'il ne quitte pas la ville. C'est le second.

– Bon. Ensuite ?

– Il faut agir vite, observa le sergent.

– Alors ?

– Faites venir des troupes en ville. Tout ce que vous pourrez trouver. Le plus vite possible. Des blindés, de l'infanterie, peu importe. Que ça fasse du mouvement. Qu'il s'en aperçoive. Mais faites vite !

– Je vais partir bientôt, dit Leiser. Ne me retiens pas. Donne-moi du café et je m'en vais.

– Du café ?

– J'ai de l'argent, dit Leiser, comme s'il n'avait que ça. Tiens. (Il se leva du lit, alla prendre son portefeuille dans sa veste et tira de la liasse un billet de cent marks.) Garde-le.

Elle prit le portefeuille et, avec un petit rire, en vida le contenu sur le lit. Elle avait des façons de grosse chatte qui n'étaient pas tout à fait normales ; et l'instinct rapide des illettrés. Il l'observait avec indifférence, promenant ses doigts sur la ligne de son épaule nue. Elle brandit une photo de femme ; une tête blonde et ronde.

– Qui est-ce ? Comment s'appelle-t-elle ?

– Elle n'existe pas, dit-il.

Elle trouva les lettres et en lut une tout haut, riant aux passages affectueux.

– Qui est-ce ? insista-t-elle. Qui est-ce ?

– Je te le dis, elle n'existe pas.

– Alors, je peux les déchirer ? (Elle tendit une lettre à deux mains devant lui, le taquinant, s'attendant à le voir protester. Leiser ne dit rien. Elle commença à déchirer, sans le quitter des yeux, puis alla jusqu'au bout, et en fit de même avec une seconde, puis une troisième.)

Elle trouva la photo d'une enfant, une fillette à lunettes de peut-être huit ou neuf ans, et elle demanda encore :

– Qui est-ce ? C'est ta fille ? Elle existe, elle ?

– Ça n'est personne. C'est la fille de personne. C'est simplement une photo.

Elle la déchira aussi, répandant les morceaux d'un geste théâtral sur le lit, puis elle se laissa tomber sur lui, lui couvrant de baisers le visage et le cou.

– Et toi, qui es-tu ? Comment t'appelles-tu ?

Il voulait le lui dire lorsqu'elle le repoussa.

– Non ! cria-t-elle. Non ! (Elle baissa la voix.) Je te veux sans rien. Tout seul. Rien que toi et moi. Nous inventerons nos noms, nos règles. Personne, absolument personne, ni père ni mère. Nous imprimerons nos journaux, nos laissez-passer, nos cartes de rationnement. (Elle chuchotait, les yeux brillants.) Tu es un espion, dit-elle tout contre son oreille. Un agent secret. Tu as un pistolet.

– Un couteau fait moins de bruit, dit-il.

Elle rit longuement, jusqu'au moment où elle remarqua les meurtrissures qu'il avait sur les épaules. Elle les palpa avec curiosité, comme un enfant tâte quelque chose de mort.

Elle sortit, un panier à provisions au bras, serrant toujours l'imperméable autour de son cou. Leiser s'habilla, après s'être rasé à l'eau froide, en regardant son visage marqué dans le miroir qui le déformait un peu au-dessus du lavabo. Lorsqu'elle revint, il était presque midi, et elle avait un air soucieux.

– La ville est pleine de soldats. Et de camions militaires. Qu'est-ce qu'ils peuvent bien vouloir ici ?

– Peut-être qu'ils recherchent quelqu'un.

– Ils sont simplement assis un peu partout, à boire.

– Quel genre de soldats ?

– Je n'en sais rien. Des Russes. Comment veux-tu que je te dise ?

Il se dirigea vers la porte.

– Je reviendrai dans une heure.

– Tu ne veux pas rester avec moi. (Elle le retint par le bras en le regardant, prête à faire une scène.)

– Je reviendrai. Peut-être plus tard. Peut-être ce soir. Mais si je reviens…

– Oui ?

– Ce sera dangereux. Il faudra que… je fasse quelque chose ici. Quelque chose de dangereux.

Elle lui planta sur le visage un baiser léger, stupide.
– J'aime le danger, dit-elle.

– Dans quatre heures, dit Johnson. S'il est toujours vivant.
– Bien sûr qu'il est vivant, dit Avery, furieux. Pourquoi dire des choses pareilles ?
Haldane l'interrompit.
– Ne soyez pas stupide, Avery. C'est un terme technique. Il y a les agents morts ou vivants. Ça n'a rien à voir avec leur état.
Leclerc pianotait sur la table.
– Il s'en tirera, dit-il. Fred a la vie dure. C'est un vieux routier. (La lumière du jour semblait l'avoir ranimé. Il jeta un coup d'œil à sa montre.) Je me demande ce qui a bien pu arriver à ce courrier.

Leiser regardait les soldats en clignotant comme un homme qui émerge des ténèbres. Ils emplissaient les cafés, contemplaient les vitrines, lorgnaient les filles. Des camions étaient garés sur la place, leurs roues encroûtées de boue rouge, une mince pellicule de neige recouvrant leur capot. Il les compta : il y en avait neuf. Les uns avaient de lourds crochets à l'arrière, pour traîner des remorques, certains avaient une ligne de caractères cyrilliques sur leurs portières délabrées, ou l'insigne d'une unité avec un numéro. Il nota les écussons sur les uniformes des chauffeurs, la couleur de leurs épaulettes ; il se rendit compte qu'ils appartenaient à des unités différentes.

Regagnant la grand-rue, il entra dans un café et commanda à boire. Une demi-douzaine de soldats étaient assis tristement à une table à partager trois bouteilles de bière. Leiser leur sourit ; on aurait dit l'encouragement d'une putain fatiguée. Il leva le poing, saluant à la soviétique, et ils le regardèrent comme s'il était fou. Il laissa son verre et revint vers la place ; un groupe d'enfants s'était réuni autour des camions et les chauffeurs ne cessaient de leur dire de s'en aller.

Il fit le tour de la ville, entra dans une douzaine de cafés, mais personne ne voulait lui parler parce qu'il était un étranger. Partout les soldats étaient assis ou formaient de petits groupes, l'air mécontents et ahuris, comme si on les avait dérangés sans raison.

Il mangea du saucisson, arrosé de Steinhäger, et alla jusqu'à la gare pour voir s'il se passait quelque chose. Le même employé était là, l'observant cette fois sans méfiance de derrière sa petite fenêtre ; et Leiser comprit sans savoir pourquoi que l'homme avait prévenu la police.

En revenant de la gare, il passa devant un cinéma. Des filles étaient rassemblées autour des photos et il se mêla à elles en faisant mine de regarder. Puis il entendit le bruit, un vrombissement métallique, irrégulier, qui emplissait la rue du tintamarre et du fracas des moteurs, du métal et de la guerre. Il recula jusque dans le hall, il vit les jeunes filles se retourner et la caissière se dresser dans sa guérite. Un vieil homme se signa ; il avait perdu un œil et portait son chapeau incliné sur un côté. Les chars traversèrent la ville ; ils étaient chargés de fantassins armés de fusils. Les canons pointaient des tourelles, trop longs, blanchis de neige. Il les regarda passer, puis rapidement traversa la place.

Elle le regarda entrer ; il était hors d'haleine.

– Qu'est-ce qu'ils font ? demanda-t-elle. (Elle vit alors son visage.) Tu as peur, murmura-t-elle, mais il secoua la tête. Tu as peur, répéta-t-elle.

– C'est moi qui ai tué le jeune gars, dit-il.

Il s'approcha du lavabo et examina son visage dans la glace avec l'attention soutenue d'un homme qu'on vient de condamner. Elle le suivit et referma les bras autour de sa poitrine, se plaquant contre son dos. Il se retourna et la saisit avec violence, il la serra gauchement, la repoussa à travers la chambre. Elle luttait avec la rage d'une fille bousculée par son père, l'injuriant, le maudissant, le serrant elle aussi, le monde n'était que feu et eux seuls étaient vivants ; ils pleuraient et riaient ensemble, tombant, comme des amants maladroits, maladroitement triomphants, chacun ne reconnaissant que lui-même, chacun en cet instant parachevant une existence à demi vécue et oubliant pour un instant toute cette saloperie de nuit.

Johnson se pencha à la fenêtre et tira doucement sur l'antenne pour s'assurer qu'elle était toujours fixée, puis se mit à examiner son récepteur comme un pilote de course avant le départ, tripotant inutilement les bornes et tournant les boutons. Leclerc l'observait avec admiration.

– Johnson, c'était du beau travail la dernière fois. Très beau travail. Nous vous devons un vote de félicitations. (Leclerc avait le visage luisant, comme s'il venait de se raser. Il paraissait étrangement fragile dans la pâle lumière.) Je vous propose d'écouter encore une fois et puis de rentrer à Londres. (Il eut un petit rire.) Nous avons du travail à faire, vous savez. Ça n'est pas la saison pour passer des vacances sur le continent.

On aurait dit que Johnson n'avait pas entendu. Il leva la main.

– Dans trente minutes, dit-il. Je ne vais pas tarder à vous demander un peu de silence, messieurs. (Il était comme un prestidigitateur à une matinée enfantine.) Fred est la ponctualité même, observa-t-il d'une voix forte.

Leclerc se tourna vers Avery.

– John, vous êtes un de ces heureux mortels à avoir vu de l'action en temps de paix. (Il semblait avoir envie de parler.)

– Oui. Je vous en suis bien reconnaissant.

– Ce n'est pas la peine. Vous avez fait du bon travail et nous en sommes conscients. Il n'est pas question de reconnaissance. Vous avez réussi quelque chose de très rare dans notre métier ; je me demande si vous savez quoi ?

Avery dit que non.

– Vous avez amené un agent à vous trouver sympathique. Généralement – Adrian ne me contredira pas sur ce point – les relations entre un agent et ceux qui l'emploient sont empreintes de méfiance. Tout d'abord, il leur en veut de ne pas faire le travail eux-mêmes. Il les soupçonne d'avoir d'autres mobiles, il les soupçonne d'incapacité, de duplicité. Mais nous ne sommes pas le Cirque, John : ce n'est pas comme ça que nous procédons.

– Pas tout à fait, dit Avery en hochant la tête.

– Vous avez fait autre chose, vous et Adrian. Je me plais à penser que si dans l'avenir le besoin s'en faisait de nouveau sentir, nous pourrions utiliser la même technique, les mêmes ressources, les mêmes compétences, c'est-à-dire la combinaison Avery-Haldane. Ce que j'essaie de dire, fit Leclerc en levant une main et en frottant doucement de son pouce et de son index la base du nez, c'est que l'expérience que vous avez faite est à notre mutuel avantage. Merci.

Haldane s'approcha du poêle et se réchauffa les mains, les frottant doucement comme s'il égrenait des épis de blé.

– Cette affaire de Budapest, reprit Leclerc, élevant la voix, un peu par enthousiasme et peut-être un peu pour dissiper l'atmosphère d'intimité qui menaçait de les envelopper, c'est une réorganisation complète. Pas moins. Leurs blindés font mouvement vers la frontière, vous savez. Le Ministère parle de stratégie agressive. Cela les intéresse vraiment beaucoup.

– Plus que la région Mayfly ? dit Avery.

– Non, non, protesta Leclerc d'un ton léger. Tout cela fait partie du même complexe – ils pensent sur une grande échelle, là-bas, vous savez – un mouvement ici, un mouvement là... il faut rapprocher toutes les pièces.

– Bien sûr, fit doucement Avery. Nous ne pouvons pas le voir nous-mêmes, n'est-ce pas ? Nous ne pouvons pas avoir une vue d'ensemble. (Il essayait de faciliter les choses à Leclerc.) Il nous manque le recul nécessaire.

– Quand nous serons rentrés à Londres, proposa Leclerc, il faudra que vous veniez dîner avec moi, John ; votre femme et vous ; tous les deux. Cela fait un certain temps que je comptais vous le proposer. Nous irons à mon club. Ils servent d'assez bons dîners dans la salle des Dames ; votre femme devrait aimer ça.

– Vous m'en aviez parlé. J'ai demandé à Sarah. Nous serions ravis. Ma belle-mère est justement chez nous en ce moment. Elle pourra faire le baby-sitter.

– Parfait. N'oubliez pas.

– Vous pouvez être tranquille.

– Je ne suis pas invité ? demanda Haldane timidement.

– Mais bien sûr que si, Adrian. Comme ça nous serons quatre. Parfait. (Sa voix changea.) Au fait, les propriétaires de la maison d'Oxford se sont plaints. Ils prétendent que nous l'avons laissée dans un triste état.

– Dans un triste état ? répéta Haldane, furieux.

– Il paraît que nous avons surchargé les installations électriques. Il y a des fils grillés sous les baguettes. J'ai dit à Woodford de s'en occuper.

– Nous devrions avoir notre maison à nous, dit Avery. Comme ça, nous n'aurions pas de problèmes.

– Je suis bien de votre avis. J'en ai parlé au Ministre. Un centre d'entraînement, voilà ce qu'il nous faut. Il s'est montré enthousiaste. Il est tout à fait partisan de ce genre de choses maintenant, vous savez. Ils ont une nouvelle expression au Ministère. Ils parlent d'OCI. Il suggère que nous trouvions une propriété et que nous la louions pour six mois. Il propose de parler au Trésor d'un bail.

– C'est formidable ! dit Avery.

– Ça pourrait être très utile. Il faut que nous soyons sûrs de ne pas…

– Certainement.

Il y eut un courant d'air, puis le bruit de quelqu'un qui montait prudemment l'escalier. La silhouette d'un homme apparut sur le seuil du grenier. Il portait un somptueux manteau de tweed brun, aux manches un peu trop longues. C'était Smiley.

22

Smiley inspecta la pièce, regardant Johnson, coiffé maintenant de son casque et s'affairant sur les boutons de son poste, Avery, qui examinait par-dessus l'épaule de Haldane le plan d'émission, Leclerc, figé comme un soldat, qui seul l'avait remarqué et dont le visage, bien que tourné vers lui, avait une expression vague et lointaine.

– Qu'est-ce que vous venez faire ici ? dit enfin Leclerc. Qu'est-ce que vous me voulez ?

– Je suis navré. On m'a envoyé.

– Nous aussi, dit Haldane, sans bouger.

Leclerc dit d'un ton qui sonnait un peu comme une mise en garde :

– C'est mon opération, Smiley. Nous n'avons pas de place pour vous autres ici.

Le visage de Smiley n'exprimait rien que la compassion ; sa voix, que cette terrible patience avec laquelle on s'adresse aux déments.

– Ce n'est pas Control qui m'a envoyé, dit-il. C'est le Ministère. Ils m'ont réclamé, vous comprenez, et Control m'a laissé partir. Le Ministère a frété un avion.

– Pourquoi ? interrogea Haldane, l'air presque amusé.

L'un après l'autre, ils remuèrent, s'éveillant du même rêve. Johnson reposa soigneusement son casque d'écoute sur la table.

– Eh bien ? fit Leclerc. Pourquoi vous ont-ils envoyé ?

– On m'a convoqué la nuit dernière. (Il parvint à faire comprendre qu'il était aussi surpris qu'eux.) Je n'ai pu qu'admirer l'opération, la façon dont vous l'avez menée ; vous et Haldane. Tout cela à partir de rien. Ils m'ont montré les dossiers. Méticuleusement tenus… Exemplaire d'archives, exemplaire opérationnel, les minutes cachetées ; exactement comme pendant la guerre. Je vous félicite… vraiment.

– Ils vous ont montré les dossiers ? *Nos* dossiers ? répéta Leclerc. C'est une entorse aux consignes de sécurité : interpénétration entre services. Vous avez commis une faute, Smiley. Il faut qu'ils soient fous ! Adrian, vous entendez ce que Smiley vient de me dire ?

– Il y a une émission de prévue ce soir, Johnson ? dit Smiley.

– Oui, monsieur. À vingt et une heures.

– J'ai été surpris, Adrian, que vous ayez trouvé les indices assez concluants pour une opération de cette envergure.

– Haldane n'en est pas responsable, dit sèchement Leclerc. Il s'agit d'une décision collective ; nous d'un côté, le Ministère de l'autre. (Sa voix changea de ton.) Une fois l'heure de l'émission passée, je vous demanderai, Smiley, j'ai le droit de savoir comment vous en êtes venu à voir ces dossiers. (C'était sa voix de conférence, forte et nette ; pour la première fois, elle avait un accent de dignité.)

Smiley se dirigea vers le centre de la pièce.

– Il est arrivé quelque chose ; quelque chose que vous ne pouviez pas savoir. Leiser a tué un homme à la frontière. Il l'a poignardé en passant, à trois kilomètres d'ici, au point de franchissement.

– C'est ridicule, dit Haldane. Ça n'est pas forcément Leiser. Ç'aurait pu être un réfugié qui passait à l'Ouest. Ç'aurait pu être n'importe qui.

– On a trouvé des traces se dirigeant vers l'Est. Des traces de sang dans le hangar au bord du lac. C'est dans tous les journaux est-allemands. Ils l'ont annoncé à la radio hier à midi...

– Je ne le crois pas, s'écria Leclerc. Je ne crois pas qu'il ait fait ça. C'est un coup de Control.

– Non, répondit doucement Smiley. Il faut me croire. C'est vrai.

– Ils ont tué Taylor, dit Leclerc. Vous l'avez oublié ?

– Non, bien sûr que non. (Il poursuivit précipitamment :) Votre Ministère a informé le Foreign Office hier après-midi. Les Allemands vont sûrement le prendre, vous comprenez ; c'est une hypothèse que nous devons faire. Ses émissions sont lentes... très lentes. Tous les policiers, tous les soldats de la région sont à ses trousses. Ils le veulent vivant. Nous pensons qu'ils vont monter un procès spectaculaire, lui arracher des aveux publics, exposer son matériel. Ça pourrait être très embarrassant. On n'a pas besoin d'être politicien pour plaindre le Ministre. La question se pose donc de savoir que faire.

– Johnson, dit Leclerc, faites attention à l'heure.

Johnson recoiffa son casque, mais sans conviction.

Smiley semblait chercher un autre interlocuteur, mais personne ne disait mot, alors il répéta pesamment :

– La question est de savoir que faire. Comme je vous le disais, nous ne sommes pas des politiciens, mais on peut voir les risques. Un groupe d'Anglais dans une ferme à trois kilomètres de l'endroit où l'on a découvert le corps, se faisant passer pour des universitaires, des provisions de la NAAFI et une maison bourrée d'équipement de radio. Vous voyez ce que je veux dire ? Et vous émettez, reprit-il, sur une seule fréquence… la fréquence sur laquelle reçoit Leclerc… Il pourrait y avoir en effet un très grand scandale. On peut imaginer que même les Allemands de l'Ouest seraient furieux.

Ce fut encore Haldane qui parla le premier.

– Qu'est-ce que vous essayez de dire ?

– Un avion militaire attend à Hambourg. Vous décollez dans deux heures ; vous tous. Un camion viendra chercher le matériel. Vous ne devez rien laisser derrière vous, même pas une épingle. Telles sont mes consignes.

– Et l'objectif ? dit Leclerc. Ont-ils oublié pourquoi nous sommes ici ? Ils demandent beaucoup, vous savez, Smiley ; beaucoup.

Oui, concéda Smiley, l'objectif. Nous aurons une conférence à Londres. Peut-être pourrions-nous monter une opération combinée.

– C'est un objectif militaire. Je veux que mon Ministère soit représenté. Pas de monolithe ; c'est une question de principe, vous savez.

– Bien sûr. Et ce sera votre opération.

– Je propose que le résultat soit diffusé par nos deux services : mon Ministère pourrait conserver son autonomie quant à la diffusion qu'il souhaite donner à cette opération. J'imagine que cela répondrait à leurs objections les plus évidentes. Comment voyez-vous ça pour vous ?

– Je pense que Control accepterait cet arrangement.

Leclerc dit nonchalamment, tous les regards braqués sur lui :

– Et l'émission ? Qui se charge de l'écoute ? Nous avons un agent en mission, vous savez. (Ce n'était qu'un détail mineur.)

– Il n'aura qu'à se débrouiller tout seul.

– Comme en temps de guerre, dit fièrement Leclerc. Nous opérons comme en temps de guerre. Il le savait. Il a été bien entraîné. (Il semblait calmé ; l'affaire était classée.)

Avery pour la première fois prit la parole.

– On ne peut pas le laisser là-bas tout seul, fit-il d'une voix sans timbre.

Leclerc intervint.

– Vous connaissez Avery, mon adjoint ? (Cette fois, personne ne vint à son secours.)

Smiley poursuivit sans s'occuper de lui :

– Il a sans doute déjà été arrêté. Ce n'est qu'une question d'heures.

– Vous le laissez mourir là-bas ! (Avery prenait courage.)

– Nous le désavouons. Ça n'est jamais joli. C'est comme s'il était déjà pris, vous ne comprenez donc pas ?

– Vous ne pouvez pas faire ça, cria-t-il. Vous ne pouvez tout de même pas l'abandonner là-bas pour je ne sais quelle sordide raison diplomatique !

Haldane pivota vers Avery, furieux.

– S'il y en a un qui ne devrait pas se plaindre, c'est bien vous ! Vous vouliez une foi, n'est-ce pas ? Vous vouliez un onzième commandement qui satisfasse votre âme d'élite ! (Il désigna. Smiley et Leclerc.) Eh bien, vous l'avez : voilà la loi que vous cherchiez. Félicitez-vous, vous l'avez trouvée. Nous l'avons envoyé là-bas parce que nous avions besoin de le faire ; nous l'abandonnons parce qu'il le faut. C'est la discipline que vous admiriez. (Il se tourna vers Smiley.) Vous aussi, je vous trouve méprisable. Vous nous abattez et vous venez ensuite faire le prêche aux mourants. Allez-vous-en. Nous sommes des techniciens, pas des poètes. Allez-vous-en !

– Oui, dit Smiley. Vous êtes un excellent technicien, Adrian. La faculté de souffrir n'existe plus en vous. Vous avez fait de la technique un mode de vie… comme une putain… la technique pour remplacer l'amour. (Il hésita.) Les petits drapeaux… La nouvelle guerre remplace l'ancienne. C'était tout ça, n'est-ce pas ? Et puis cet homme… il a dû vous bluffer. Consolez-vous, Adrian, vous n'étiez pas en forme.

Il se redressa et déclara :

– Un Polonais naturalisé anglais et ancien condamné de droit commun franchit la frontière et passe en Allemagne de l'Est. Il n'y a pas de traité d'extradition. Les Allemands diront que c'est un espion et exhiberont son matériel ; nous dirons qu'ils ont monté l'affaire de toutes pièces et que cet équipement a vingt-cinq ans. Sa couverture, m'a-t-on dit, c'est qu'il suit un cours à Coventry. Il est facile de prouver que c'est faux : ce cours n'existe pas. La conclusion est qu'il se proposait de quitter l'Angleterre ; nous laisserons entendre qu'il avait des dettes. Il entretenait une jeune femme ; elle travaillait dans une banque. Tout cela colle très bien. Je veux dire avec le fait qu'il ait un casier judiciaire, puisque nous devons lui en fabriquer un… (Il hocha la tête.) Je vous le disais, tout ça n'est pas très joli. Enfin, à ce moment-là, nous serons tous à Londres.

– Alors, il émettra, dit Avery, et personne n'écoutera !

– Au contraire, répliqua Smiley d'un ton amer, ils écouteront.

– Control aussi, je n'en doute pas, demanda Haldane. N'est-ce pas ?

– Arrêtez ! cria soudain Avery. Arrêtez, bon Dieu ! Si quelque chose compte, s'il y a quoi que ce soit de vrai dans tout ça, il faut l'écouter maintenant ! Ne serait-ce que par…

– Par quoi ? s'enquit Haldane d'un ton narquois.

– Par affection. Parfaitement, par affection ! Pas la vôtre, Haldane, mais la mienne. Smiley a raison ! Vous vous êtes arrangé pour que je l'amène à exécuter cette mission ! Je vous l'ai amené, je l'ai gardé dans votre maison, je l'ai fait danser sur la musique de votre sale guerre ! J'ai joué de la flûte pour lui, mais je n'ai plus de souffle maintenant. Il est la dernière victime de Peter Pan, Haldane, la dernière, le dernier ami ; la fin de la musique.

Haldane regardait Smiley.

– Mes félicitations à Control, dit-il. Remerciez-le bien, voulez-vous ? Remerciez-le pour son assistance, son assistance technique, Smiley ; pour ses encouragements, remerciez-le de nous avoir donné la corde pour nous pendre. Remerciez-le de nous avoir prodigué les bonnes paroles aussi : de vous avoir prêté pour apporter les fleurs. C'est du travail si joliment fait.

Mais Leclerc semblait impressionné par le côté sans faille du raisonnement de Smiley.

– Ne soyons pas durs avec Smiley, Adrian. Il fait son travail, voilà tout. Il faut que nous rentrions tous à Londres. Il y a le rapport Fielden… J'aimerais vous montrer ça, Smiley. Des mouvements de troupes en Hongrie ; quelque chose de nouveau.

– J'aimerais bien le voir, répondit poliment Smiley.

– Il a raison, vous savez, Avery, répéta Leclerc, d'un ton plein d'entrain. Il faut être un vrai soldat. Les hasards de la guerre ; jouer le jeu ! Nous tenons à ce que les choses se passent comme en temps de guerre. Smiley, je vous dois des excuses. Et à Control aussi, je le crains. J'ai cru que la vieille rivalité existant entre nos services nous opposait toujours. J'ai tort. (Il pencha la tête.) Il faudra que nous dînions ensemble à Londres. Mon club n'a pas la classe du vôtre, je sais, mais c'est tranquille ; les gens sont agréables. C'est très bien. Il faudra que Haldane vienne aussi. Adrian, je vous invite !

Avery s'était enfoui le visage entre ses mains.

– Il y a un autre point dont je voudrais discuter avec vous, Adrian – Smiley, vous permettez, bien sûr, vous êtes pratiquement de la famille – c'est la question des archives. Le système de classement est vraiment démodé. Bruce m'a entrepris là-dessus juste avant mon départ. La pauvre miss Courtney peut à peine suivre le train. Je crois malheureusement que la seule solution, c'est de faire davantage d'exemplaires de chaque document… un pour l'officier chargé de l'affaire et des doubles pour que les autres soient au courant. Il y a un nouvel appareil qu'on trouve dans le commerce et qui fait des photocopies à très bon compte, trois pence et demi l'exemplaire, ça me semble très raisonnable à notre époque… Il faut que j'en parle… au Ministère… ils savent ce qui est bien. Peut-être – il s'interrompit – Johnson, j'aimerais que vous fassiez moins de bruit, nous sommes toujours en opération, vous savez. (Il parlait comme un homme qui tient aux apparences, qui a conscience de la tradition.)

Johnson s'était approché de la fenêtre. Penché dehors, il commençait avec sa précision habituelle à enrouler le fil de l'antenne. Il tenait une bobine dans sa main gauche comme un moulinet de pêcheur. Il le faisait doucement tourner au fur et à mesure qu'il récupérait du fil, comme une vieille femme avec son rouet. Avery sanglotait comme un enfant. Personne ne faisait attention à lui : peut-être n'était-ce pas sur Leiser qu'il pleurait, mais sur lui-même.

23

La camionnette verte descendit lentement la rue, traversa la place de la gare où se dressait la fontaine vide. Sur le toit, la petite antenne circulaire tournait dans un sens puis dans l'autre, comme une main qui tâte d'où vient le vent. Elle était suivie, à bonne distance, de deux camions. La neige maintenant s'était installée. Ils roulaient avec simplement leurs feux de position, à vingt mètres l'un de l'autre, le second suivant les traces du premier.

Le capitaine était assis à l'arrière de la camionnette, avec un microphone pour parler au chauffeur ; auprès de lui, le sergent était perdu dans ses souvenirs. Le caporal était accroupi devant son récepteur, sa main tournant constamment un bouton en même temps qu'il observait la ligne lumineuse trembler sur le petit écran.

– L'émission s'est arrêtée, dit-il soudain.

– Combien de groupes avez-vous enregistrés ? demanda le sergent.

– Une douzaine. L'indicatif répété plusieurs fois et puis une partie d'un message. Je ne crois pas qu'on lui réponde.

– Cinq lettres ou quatre ?

– Toujours quatre.

– Il a annoncé qu'il avait terminé ?

– Non.

– Quelle fréquence utilisait-il ?

– Trois mille six cent cinquante.

– Continuez à chercher dans ces fréquences-là. Deux cents de chaque côté.

– Il n'y a rien.

– Continuez quand même, dit le sergent sèchement. Sur cette gamme de fréquences. Il a changé de quartz. Ça va lui prendre quelques minutes de régler.

L'opérateur se mit à tourner lentement le gros bouton central, en surveillant la lumière verte au milieu du poste qui s'épanouissait et se refermait à chaque fois qu'il traversait la fréquence d'un émetteur.

– Le voilà. Trois mille huit cent soixante-dix. L'indicatif a changé, mais c'est la même frappe. Plus rapide qu'hier ; plus nette.

Le magnétophone tournait de façon monotone auprès de son coude.

– Il travaille sur plusieurs quartz, dit le sergent. Comme ils faisaient pendant la guerre. C'est le même procédé. (Il était embarrassé : un homme d'un certain âge confronté avec son passé.)

Le caporal leva lentement la tête.

– Ça y est, dit-il. Zéro. Nous sommes en plein dessus.

Les deux hommes descendirent sans bruit de la camionnette.

– Attendez ici, dit le sergent au caporal. Restez à l'écoute. Si l'émission s'arrête, même un instant, dites au chauffeur de faire clignoter ses phares, vous comprenez ?

– Je lui dirai. (Le caporal avait l'air effrayé.)

– S'il arrête complètement, continuez à chercher et prévenez-moi.

– Faites attention, lança le capitaine en mettant pied à terre.

Le sergent l'attendait impatiemment ; derrière lui un grand immeuble se dressait sur un terrain vague. Au loin, à demi masquées par la neige qui tombait, s'alignaient des rangées de petites maisons. On n'entendait pas un bruit.

– Ça s'appelle comment ici ? demanda le capitaine.

– C'est un immeuble d'habitation ; d'habitations ouvrières. Il n'a pas encore de nom.

– Non, je veux dire là-bas.

– Ce n'est rien. Suivez-moi, dit le sergent.

De faibles lumières brillaient à presque toutes les fenêtres ; il y avait six étages. Un escalier aux marches couvertes d'une épaisse couche de feuilles menait à la cave. Le sergent passa le premier, braquant devant eux le faisceau de sa torche sur les murs de ciment. Le capitaine faillit tomber. La première pièce était vaste et sans air, à moitié en briques et à moitié en plâtre non revêtu. Tout au fond, deux portes d'acier. Au plafond, une unique ampoule était allumée derrière un grillage métallique. Le sergent n'avait pas éteint sa torche et balayait vainement les recoins.

– Qu'est-ce que vous cherchez ? demanda le capitaine.

Les portes d'acier étaient fermées à clef.

– Trouvez le concierge, ordonna le sergent. Vite.

Le capitaine monta l'escalier en courant et revint avec un vieil homme, pas rasé, qui grommelait vaguement ; il avait apporté un trousseau de longues clefs, dont certaines étaient rouillées.

– Les disjoncteurs, dit le sergent. Pour l'immeuble. Où sont-ils ?

Le vieil homme tria les clefs. Il en présenta une devant la serrure, mais elle n'entrait pas ; il en essaya une seconde, puis une troisième.

– Vite, imbécile, cria le capitaine.

– Ne le bousculez pas, dit le sergent.

La porte s'ouvrit. Ils s'engagèrent dans le couloir, leurs torches éclairant le crépi. Le concierge brandissait une clef en souriant.

– C'est toujours la dernière, dit-il.

Le sergent trouva ce qu'il cherchait, caché sur le mur derrière la porte : coffrage fermé par une paroi vitrée. Le capitaine posa la main sur le plus gros levier et l'avait déjà à demi abaissé, quand l'autre l'écarta brutalement.

– Non ! Allez en haut de l'escalier ; dites-moi quand le chauffeur fait clignoter ses phares.

– Qu'est-ce qui commande ici ? protesta le capitaine.

– Faites ce que je vous dis !

Il avait ouvert le coffrage et tirait doucement sur la première mâchoire, ses yeux clignotant derrière les verres de ses lunettes : il avait l'air d'un brave homme appliqué.

Avec des gestes précis de chirurgien, le sergent retira les fusibles, prudemment, comme s'il s'attendait à recevoir une décharge électrique, puis les remit aussitôt en place, tournant les yeux vers la silhouette en haut de l'escalier : il fit de même pour la seconde mâchoire, et le capitaine ne disait toujours rien. Dehors, les soldats immobiles surveillaient les fenêtres de l'immeuble, ils voyaient à un étage après l'autre les lumières s'éteindre puis se rallumer aussitôt. Le sergent ôta un quatrième fusible et cette fois il entendit un cri venant du haut de l'escalier :

– Les phares ! Les phares se sont éteints.

– Chut ! Allez demander au chauffeur à quel étage ça correspond. Mais ne faites pas de bruit.

– Ils ne nous entendront jamais avec ce vent, dit le capitaine avec agacement.

Il revint au bout d'un moment :

– Le chauffeur dit que c'est le troisième étage. Les lumières du troisième se sont éteintes et l'émission a cessé au même moment. Ça a repris maintenant.

– Faites cerner l'immeuble, dit le sergent. Et prenez cinq hommes pour venir avec nous. Il est au troisième.

Sans bruit, comme des félins, les Vopos descendirent des deux camions, leur carabine à la main, et avancèrent en tirailleurs, foulant la mince couche de neige qui disparaissait sous leurs pas ; les uns se postèrent au pied de l'immeuble, les autres un peu à l'écart, surveillant les fenêtres. Quelques-uns d'entre eux portaient un casque et leur silhouette carrée faisait songer à la guerre. De loin en loin, on entendait un déclic : la première balle qu'on introduisait doucement dans la culasse ; cela fit comme un léger bruit de grêle qui peu à peu s'éteignit.

Leiser débrancha l'antenne et l'enroula sur le moulinet, revissa le manipulateur sur le couvercle, rangea les écouteurs dans leur compartiment et replia le tissu de parachute dans le manche du rasoir.

– Vingt ans, murmura-t-il en brandissant le rasoir, et ils n'ont toujours pas trouvé de meilleure cachette.

– Pourquoi fais-tu ça ?

Elle était assise d'un air satisfait sur le lit, en chemise de nuit, enveloppée dans les plis de l'imperméable comme si elle y trouvait un réconfort.

– À qui parles-tu ? demanda-t-elle.

– À personne. Personne n'a entendu.

– Alors, pourquoi le fais-tu ?

Il fallait bien dire quelque chose, alors il dit :

– Par acquit de conscience.

Il enfila sa veste, s'approcha de la fenêtre et regarda dehors. La neige recouvrait les maisons, sur lesquelles le vent soufflait en rafales rageuses. Il jeta un coup d'œil dans la cour en bas, où les silhouettes attendaient.

– Pour la conscience de qui ? demanda-t-elle.

– La lumière s'est éteinte, n'est-ce pas, pendant que je faisais marcher le poste ?

– Ah oui ?

– Une brève interruption, une seconde ou deux, comme une coupure du secteur ?

– Oui.

– Éteins de nouveau. (Il ne bougeait pas.) Éteins.

– Pourquoi ?

– J'aime bien regarder la neige.

Elle éteignit la lumière et il écarta les rideaux usés jusqu'à la trame. Dehors, la lune reflétait une lueur pâle dans le ciel. Ils étaient dans une sorte de pénombre.

– Tu as dit que maintenant on allait faire l'amour, protesta-t-elle.

– Écoute ; comment t'appelles-tu ?

Il entendit un froissement d'imperméable.

– Comment ? répéta-t-il d'une voix sans douceur.

– Anna.

– Écoute, Anna, reprit-il en s'approchant du lit. Je veux t'épouser. Quand je t'ai rencontrée dans ce bistrot, quand je t'ai vue assise là à écouter des disques, je suis tombé amoureux de toi, tu comprends ? Je suis ingénieur à Magdebourg, c'est ce que je t'ai dit, tu te souviens ? Tu m'écoutes ?

Il la prit par le bras et la secoua. Il parlait d'un ton pressant.

– Emmène-moi, dit-elle.

– Voilà ! J'ai dit qu'on allait faire l'amour, que je t'emmènerai dans tous les endroits dont tu as rêvé, tu comprends ? (Il désigna les affiches sur le mur.) Dans les îles, les pays du soleil…

– Pourquoi ? souffla-t-elle.

– Je t'ai ramenée ici. Tu as cru que c'était pour faire

l'amour, mais j'ai tiré mon couteau et je t'ai menacée. Je t'ai dit que si tu disais un mot, je te tuais avec ce couteau, comme… comme je t'ai raconté que j'ai tué le jeune soldat à la frontière, et je le ferais.

– Pourquoi ?

– Il fallait que j'utilise mon émetteur. J'avais besoin d'une maison, tu comprends ? Un endroit où je pourrais le brancher. Je n'avais nulle part où aller. Alors, je t'ai embarquée et je me suis servi de toi. Écoute si on t'interroge, c'est ça qu'il faudra que tu dises.

Elle se mit à rire. Elle avait peur. Elle était étendue sur le lit, hésitante, l'invitant à la prendre comme si c'était ce qu'il voulait.

– Si on t'interroge, souviens-toi de ce que je t'ai dit.

– Rends-moi heureuse. Je t'aime.

Elle tendit les bras et attira sa tête vers elle. Elle avait les lèvres humides et froides, trop minces contre des dents acérées. Il s'écarta, mais elle ne le lâchait pas. Il tendit l'oreille pour percevoir un son dominant le bruit du vent, mais il n'y avait rien.

– Bavardons un peu, dit-il. Tu te sens seule, Anna ? Tu n'as personne ?

– Qu'est-ce que tu veux dire ?

– Des parents, un ami. Quelqu'un ?

Elle secoua la tête dans l'obscurité.

– Rien que toi.

– Écoute, attends, commence par boutonner ton col. Je voudrais te parler d'abord. Je vais te parler de Londres. Je suis sûr que tu as envie de savoir des choses sur Londres. Je suis allé me promener un jour, il pleuvait, et il y avait un type auprès de la Tamise, qui dessinait sur le trottoir sous la pluie. Tu te rends compte ! Il dessinait à la craie sous la pluie, et la pluie effaçait tout au fur et à mesure.

– Pas possible !

– Tu sais ce qu'il dessinait ? Des chiens, des maisons, des choses comme ça. Et les gens, Anna – écoute ! –, restaient debout sous la pluie à le regarder.

– J'ai envie de toi. Serre-moi dans tes bras. J'ai peur.

– Écoute ! Tu sais pourquoi j'étais allé faire un tour ce jour-là ? Ils voulaient que je fasse l'amour à une fille. Ils m'ont envoyé à Londres et au lieu de ça, je me suis promené.

Il la voyait vaguement qui l'observait, le jugeant en se fiant à un instinct qu'il ne comprenait pas.

– Tu es seul aussi ?

– Oui.

– Pourquoi es-tu venu ?

– Ils sont fous, tu sais, les Anglais ! Ce vieux type près du fleuve : ils s'imaginent que la Tamise est le plus grand fleuve du monde, figure-toi ! Ce n'est qu'une petite rivière aux eaux boueuses, à certains endroits, on pourrait presque l'enjamber d'un saut !

– Qu'est-ce que c'est que ce bruit ? dit-elle soudain. Je connais ce bruit ! C'était un pistolet ; le déclic d'un pistolet qu'on charge !

Il la serra fort pour l'empêcher de trembler.

– C'était seulement une porte, dit-il. Le loquet d'une porte. Cet immeuble est en carton. Comment pourrait-on entendre quoi que ce soit avec un vent pareil ?

Il y eut des bruits de pas dans le couloir. Elle se débattit, terrorisée, les pans de l'imperméable battant autour d'elle. Lorsqu'ils entrèrent, il était planté à quelques pas d'elle, le couteau contre sa gorge, le pouce sur le dessus de la lame, et la lame parallèle au sol. Il se tenait très droit et son petit visage était tourné vers elle, l'air absent, tendu par une discipline intérieure, lui aussi un homme qui tenait aux apparences, qui avait conscience de la tradition.

La ferme était dans l'obscurité, aveugle et sourde, immobile derrière les mélèzes agités par le vent et le ciel où couraient des nuages.

Ils avaient laissé un volet ouvert, qui battait lentement, sans rythme, suivant la force de la tempête. La neige s'amassait en tas comme de la cendre avant de se disperser. Ils étaient partis, sans rien laisser derrière eux que des traces de pneus dans la boue qui durcissait, un bout de fil électrique et le martèlement incessant du vent du nord.

DU MÊME AUTEUR

Chandelles noires
Gallimard, 1963
et « Folio », n°2177, 1990
et coll. « Bouquins », œuvres t.1

L'Espion qui venait du froid
Gallimard, 1964
et « Folio », n°414, 1973
et coll. « Bouquins », œuvres t.1

Une petite ville en Allemagne
Robert Laffont, 1969
et « 10 / 18 », n°1542, 1983
et coll. « Bouquins », œuvres t.2
rééd. Seuil, 2005
et « Points », n°P1474

Un amant naïf et sentimental
Robert Laffont, 1972
rééd. Seuil, 2003
et « Points », n°P1276

L'Appel du mort
Gallimard, 1973
et « Folio », n°2178, 1990
et coll. « Bouquins », œuvres t.1

La Taupe
Robert Laffont, 1974
coll. « Bouquins », œuvres t.1
rééd. Seuil, 2001
et « Points », n°P921

Comme un collégien
Robert Laffont, 1977
coll. « Bouquins », œuvres t.1
rééd. Seuil, 2001
et « Points », n°P922

Gens de Smiley
Robert Laffont, 1980
coll. « Bouquins », œuvres t.2
rééd. Seuil, 2001
et « Points », n°P923

La Petite Fille au tambour

Robert Laffont, 1983
et « Le Livre de poche », n°7542, 1989
et coll. « Bouquins », œuvres t.2

Un pur espion

Robert Laffont, 1986
rééd. Seuil, 2001
et « Points », n°P996

Le Bout du voyage

théâtre
Robert Laffont, 1987
et « Bouquins », œuvres t.2

La Maison Russie

Robert Laffont, 1987
et coll. « Bouquins », œuvres t.3
rééd. Seuil, 2003
et « Points », n°P1130

Le Voyageur secret

Robert Laffont, 1990
et « Le Livre de poche », n°9559, 1993

Une paix insoutenable

essai
Robert Laffont, 1991
et « Le Livre de poche », n°9560, 1993

Le Directeur de nuit

Robert Laffont, 1993
et « Le Livre de poche », n°13765, 1995
rééd. Seuil, 2003

Notre jeu

Seuil, 1996
et « Points », n°P330

Le Tailleur de Panama

Seuil, 1998
et « Points », n°P563

Single & Single
Seuil, 1999
et « Points », n°P776

La Constance du jardinier
Seuil, 2001
et « Points », n°P1024

Une amitié absolue
Seuil, 2004
et « Points », n°P1326

RÉALISATION : PAO ÉDITIONS DU SEUIL
IMPRESSION : BRODARD ET TAUPIN À LA FLÈCHE
DÉPÔT LÉGAL : MAI 2006. N° 47996. (35487)
IMPRIMÉ EN FRANCE

Collection Points

DERNIERS TITRES PARUS

P1325. Niagara, *Jane Urquhart*
P1326. Une amitié absolue, *John le Carré*
P1327. Le Fils du vent, *Henning Mankell*
P1328. Le Témoin du mensonge, *Mylène Dressler*
P1329. Pelle le Conquérant 1, *Martin Andersen Nexø*
P1330. Pelle le Conquérant 2, *Martin Andersen Nexø*
P1331. Mortes-Eaux, *Donna Leon*
P1332. Déviances mortelles, *Chris Mooney*
P1333. Les Naufragés du Batavia, *Simon Leys*
P1334. L'Amandière, *Simonetta Agnello Hornby*
P1335. C'est en hiver que les jours rallongent, *Joseph Bialot*
P1336. Cours sur la rive sauvage, *Mohammed Dib*
P1337. Hommes sans mère, *Hubert Mingarelli*
P1338. Reproduction non autorisée, *Marc Vilrouge*
P1339. S.O.S., *Joseph Connolly*
P1340. Sous la peau, *Michel Faber*
P1341. Dorian, *Will Self*
P1342. Le Cadeau, *David Flusfeder*
P1343. Le Dernier Voyage d'Horatio II, *Eduardo Mendoza*
P1344. Mon vieux, *Thierry Jonquet*
P1345. Lendemains de terreur, *Lawrence Block*
P1346. Déni de justice, *Andrew Klavan*
P1347. Brûlé, *Leonard Chang*
P1348. Montesquieu, *Jean Lacouture*
P1349. Stendhal, *Jean Lacouture*
P1350. Le Collectionneur de collections, *Henri Cueco*
P1351. Camping, *Abdelkader Djemaï*
P1352. Janice Winter, *Rose-Marie Pagnard*
P1353. La Jalousie des fleurs, *Ysabelle Lacamp*
P1354. Ma vie, son œuvre, *Jacques-Pierre Amette*
P1355. Lila, Lila, *Martin Suter*
P1356. Un amour de jeunesse, *Ann Packer*
P1357. Mirages du Sud, *Nedim Gürsel*
P1358. Marguerite et les Enragés
Jean-Claude Lattès et Éric Deschodt
P1359. Los Angeles River, *Michael Connelly*
P1360. Refus de mémoire, *Sarah Paretsky*
P1361. Petite Musique de meurtre, *Laura Lippman*
P1362. Le Cœur sous le rouleau compresseur, *Howard Buten*
P1363. L'Anniversaire, *Mouloud Feraoun*
P1364. Passer l'hiver, *Olivier Adam*

P1365. L'Infamille, *Christophe Honoré*
P1366. La Douceur, *Christophe Honoré*
P1367. Des gens du monde, *Catherine Lépront*
P1368. Vent en rafales, *Taslima Nasreen*
P1369. Terres de crépuscule, *J. M. Coetzee*
P1370. Lizka et ses hommes, *Alexandre Ikonnikov*
P1371. Le Châle, *Cynthia Ozick*
P1372. L'Affaire du Dahlia noir, *Steve Hodel*
P1373. Premières Armes, *Faye Kellerman*
P1374. Onze Jours, *Donald Harstad*
P1375. Le croque-mort préfère la bière, *Tim Cockey*
P1376. Le Messie de Stockholm, *Cynthia Ozick*
P1377. Quand on refuse on dit non, *Ahmadou Kourouma*
P1378. Une vie française, *Jean-Paul Dubois*
P1379. Une année sous silence, *Jean-Paul Dubois*
P1380. La Dernière Leçon, *Noëlle Châtelet*
P1381. Folle, *Nelly Arcan*
P1382. La Hache et le Violon, *Alain Fleischer*
P1383. Vive la sociale !, *Gérard Mordillat*
P1384. Histoire d'une vie, *Aharon Appelfeld*
P1385. L'Immortel Bartfuss, *Aharon Appelfeld*
P1386. Beaux seins, belles fesses, *Mo Yan*
P1387. Séfarade, *Antonio Muñoz Molina*
P1388. Le Gentilhomme au pourpoint jaune
Arturo Pérez Reverte
P1389. Ponton à la dérive, *Daniel Katz*
P1390. La Fille du directeur de cirque, *Jostein Gaarder*
P1391. Pelle le Conquérant 3, *Martin Andersen Nexø*
P1392. Pelle le Conquérant 4, *Martin Andersen Nexø*
P1393. Soul Circus, *George P. Pelecanos*
P1394. La Mort au fond du canyon, *C. J. Box*
P1395. Recherchée, *Karin Alvtegen*
P1396. Disparitions à la chaîne, *Åke Smedberg*
P1397. Bardo or not bardo, *Antoine Volodine*
P1398. La Vingt-septième Ville, *Jonathan Franzen*
P1399. Pluie, *Kirsty Gunn*
P1400. La Mort de Carlos Gardel, *António Lobo Antunes*
P1401. La Meilleure Façon de grandir, *Meir Shalev*
P1402. Les Plus Beaux Contes zen, *Henri Brunel*
P1403. Le Sang du monde, *Catherine Clément*
P1404. Poétique de l'égorgeur, *Philippe Ségur*
P1405 La Proie des âmes, *Matt Ruff*
P1406. La Vie invisible, *Juan Manuel de Prada*
P1407. Qu'elle repose en paix, *Jonathan Kellerman*
P1408. Le Croque-mort à tombeau ouvert, *Tim Cockey*

P1409. La Ferme des corps, *Bill Bass*
P1410. Le Passeport, *Azouz Begag*
P1411. La station Saint Martin est fermée au public
Joseph Bialot
P1412. L'Intégration, *Azouz Begag*
P1413. La Géométrie des sentiments, *Patrick Roegiers*
P1414. L'Âme du chasseur, *Deon Meyer*
P1415. La Promenade des délices, *Mercedes Deambrosis*
P1416. Un après-midi avec Rock Hudson
Mercedes Deambrosis
P1417. Ne gênez pas le bourreau, *Alexandra Marinina*
P1418. Verre cassé, *Alain Mabanckou*
P1419. African Psycho, *Alain Mabanckou*
P1420. Le Nez sur la vitre, *Abdelkader Djemaï*
P1421. Gare du Nord, *Abdelkader Djemaï*
P1422. Le Chercheur d'Afriques, *Henri Lopes*
P1423. La Rumeur d'Aquitaine, *Jean Lacouture*
P1425. Un saut dans le vide, *Ed Dee*
P1426. En l'absence de Blanca, *Antonio Muñoz Molina*
P1427. La Plus Belle Histoire du bonheur, *collectif*
P1424. Une soirée, *Anny Duperey*
P1429. Comment c'était. Souvenirs sur Samuel Beckett
Anne Atik
P1430. Suite à l'hôtel Crystal, *Olivier Rolin*
P1431. Le Bon Serviteur, *Carmen Posadas*
P1432. Traité de savoir-vivre à l'usage des jeunes Russes
Gary Shteyngart
P1433. C'est égal, *Agota Kristof*
P1434. Le Nombril des femmes, *Dominique Quessada*
P1435. L'Enfant à la luge, *Chris Mooney*
P1436. Encres de Chine, *Qiu Xiaolong*
P1437. Enquête de mor(t)alité, *Gene Riehl*
P1438. Le Château du roi dragon, La Saga du roi dragon I
Stephen Lawhead
P1439. Les Armes des Garamont, La Malerune I
Pierre Grimbert
P 1440. Le Prince déchu, Les Enfants de l'Atlantide I
Bernard Simonay
P1441. Le Voyage d'Hawkwood, Les Monarchies divines I
Paul Kearney
P1442. Un trône pour Hadon, Le Cycle d'Opar I
Philip-José Farmer
P1443. Fendragon, *Barbara Hambly*
P1444. Les Brigands de la forêt de Skule, *Kerstin Ekman*
P1445. L'Abîme, *John Crowley*

P1446. Œuvre poétique, *Léopold Sédar Senghor*
P1447. Cadastre, *suivi de* Moi, Laminaire…, *Aimé Césaire*
P1448. La Terre vaine et autres poèmes, *Thomas Stearns Eliot*
P1449. Le Reste du voyage et autres poèmes, *Bernard Noël*
P1450. Haïkus, *anthologie*
P1451. L'Homme qui souriait, *Henning Mankell*
P1452. Une question d'honneur, *Donna Leon*
P1453. Little Scarlet, *Walter Mosley*
P1454. Elizabeth Costello, *J.M. Coetzee*
P1455. Le maître a de plus en plus d'humour, *Mo Yan*
P1456. La Femme sur la plage avec un chien, *William Boyd*
P1457. Accusé Chirac, levez-vous !, *Denis Jeambar*
P1458. Sisyphe, roi de Corinthe, *François Rachline*
P1459. Le Voyage d'Anna, *Henri Gougaud*
P1460. Le Hussard, *Arturo Pérez-Reverte*
P1461. Les Amants de pierre, *Jane Urquhart*
P1462. Corcovado, *Jean-Paul Delfino*
P1463. Hadon, le guerrier, Le Cycle d'Opar II
Philip José Farmer
P1464. Maîtresse du Chaos, La Saga de Raven I
Robert Holdstock et Angus Wells
P1465. La Sève et le Givre, *Léa Silhol*
P1466. Élégies de Duino *suivi de* Sonnets à Orphée
Rainer Maria Rilke
P1467. Rilke, *Philippe Jaccottet*
P1468. C'était mieux avant, *Howard Buten*
P1469. Portrait du Gulf Stream, *Érik Orsenna*
P1470. La Vie sauve, *Lydie Violet et Marie Desplechin*
P1471. Chicken Street, *Amanda Sthers*
P1472. Polococktail Party, *Dorota Maslowska*
P1473. Football factory, *John King*
P1474. Une petite ville en Allemagne, *John le Carré*
P1475. Le Miroir aux espions, *John le Carré*
P1476. Deuil interdit, *Michael Connelly*
P1477. Le Dernier Testament, *Philip Le Roy*
P1478. Justice imminente, *Jilliane Hoffman*
P1479. Ce cher Dexter, *Jeff Lindsay*
P1480. Le Corps noir, *Dominique Manotti*
P1481. Improbable, *Adam Fawer*
P1482. Les Rois hérétiques, Les Monarchies divines II
Paul Kearney
P1483. L'Archipel du soleil, Les Enfants de l'Atlantide II
Bernard Simonay
P1484. Code Da Vinci: l'enquête
Marie-France Etchegoin et Frédéric Lenoir